BASTEI
LÜBBE

Weitere Titel des Autors in der Verlagsgruppe Lübbe:

14842 Die Geisterseher
15067 Die Winterprinzessin
15265 Der Rattenzauber
15334 Loreley
15400 Der Schattenesser
15504 Das Gelübde
15633 Faustus
15701 Nibelungengold
15796 Göttin der Wüste
15545 Das Buch von Eden

HC:
978-3-7857-2261-9 Herrin der Lüge

Über den Autor:

Kai Meyer, geboren 1969, ist der Autor von Bestsellern wie »Das Buch von Eden«, »Die Fließende Königin«, Die Wellenläufer« und »Herrin der Lüge«. 2005 erhielt er für »Frostfeuer« den internationalen Buchpreis Corine. Seinen ersten Roman veröffentlichte er im Alter von 24 Jahren, inzwischen werden seine Werke in zwanzig Sprachen übersetzt. Kai Meyer lebt in der Nähe von Köln. Besuchen Sie seine Hompage unter: www.kaimeyer.com

Kai Meyer

HEX

Roman

BASTEI LÜBBE

BASTEI LÜBBE TASCHENBUCH
Band 15 864

1. Auflage: Juni 2008

Vollständige Taschenbuchausgabe

Bastei Lübbe Taschenbücher in der Verlagsgruppe Lübbe

Deutsche Erstausgabe 1997 im Econ Verlag
Diese Neuausgabe erscheint in der
Verlagsgruppe Lübbe GmbH & Co. KG, Bergisch Gladbach
in Zusammenarbeit mit der Michael Meller Literary Agency, München
Titelillustration: getty-images/Robert Van Der Hilst
Umschlaggestaltung: Nadine Littig
Satz: hanseatenSatz-bremen, Bremen
Druck und Verarbeitung: GGP Media GmbH, Pößneck
Printed in Germany
ISBN 978-3-404-15864-5

Sie finden uns im Internet unter
www.luebbe.de
Bitte beachten Sie auch: www.lesejury.de

Der Preis dieses Bandes versteht sich einschließlich
der gesetzlichen Mehrwertsteuer.

PROLOG

April 1561

Heiß war die Luft, ganz ungewöhnlich heiß, als der Priester sich zum Himmel wandte und betete, es möge beginnen. Endlich, endlich beginnen.

Er dachte: Wenn es ein Traum war, dann hat Gott ihn gesandt, denn nur der Herr kann solche Träume bringen. Die Evangelisten und Seher, die Weisen und jene, die sich Propheten nannten, sie alle hatten geträumt, wieder und wieder; die Heilige Schrift war voll von ihren Geschichten und berauschten Visionen, von Begegnungen mit dem Fremden, dem Unbekannten – dem Guten, wie sie meinten.

Der Traum hatte ihn hierherbefohlen, auf eine Hügelkuppe außerhalb der Stadt. Sein Blick streifte über die Türme und Giebel, über ganz Nürnberg hinweg, bis hinauf zur mächtigen Kaiserburg auf ihrem schroffen, hohen Felsen. Rauchfahnen wehten aus den Kaminen empor, Marionettenfäden, die sich zum klaren Morgenhimmel spannten. In den Fachwerkhäusern schwelte noch die Ofenglut, und das bestärkte den Priester in seiner Überzeugung. Drunten, in den alten Gassen, war es bitterkalt, und jedes Wort nahm vor den Lippen Gestalt an. Hier oben aber, auf dem Hügel, schwitzte er, und die Luft flimmerte vor seinen Augen. Ort und Zeit waren richtig, es gab keinen Zweifel.

Dabei war er keineswegs der Einzige, der es gespürt hatte. Die ganze Stadt wurde seit Tagen von den Auswüchsen einer sonderbaren Erregung heimgesucht. Menschen taten mit einem Mal Dinge, die ihnen zuvor völlig fremd gewesen waren. Vor drei Tagen war die Sonne zwei Mal aufgegangen – einmal über den östlichen Giebeln, kurz darauf ein weiteres Mal, sodass für kurze Zeit zwei gleißende Kugeln am Himmel standen, ehe die überzählige sich auf einen Schlag in Luft auflöste.

In der folgenden Nacht waren die Bewohner der Häuser am Fuße des Burgberges aus ihren Betten aufgefahren. Als sie aus den Fenstern blickten, sahen sie auf der steilen Rampe, die hinauf zum Burgtor führte, einen einzelnen Mann, der gotteslästerliche Worte in die Nacht hinausschrie. Er stand inmitten eines brennenden Pentagramms, das er mithilfe von Schießpulver aufs Pflaster gezogen hatte. An jeder der fünf Spitzen lag der Kopf eines schwarzen Schäferhundes. Im Nachhinein wusste niemand zu klären, wie er seine Vorbereitungen unter den Augen der Wachtposten auf den Wehrgängen hatte treffen können.

Aber da waren auch andere Ereignisse gewesen, freudige, wenngleich auch ebenso unerklärliche Begebenheiten. So behauptete ein Bettler, einer der reichsten Kaufleute Nürnbergs sei am Morgen des Vortages an sein Lager unweit des Tiergärtnertores getreten und habe ihn mit einer erheblichen Barschaft in Gold beschenkt. Als man den Kaufmann wenig später ausfindig machte, um die Angabe des Bettlers zu prüfen, da stellte sich heraus, dass der Händler nicht allein diesen einen Mann, sondern eine ganze Vielzahl der Ärmsten reichlich mit seinen Gaben bedacht hatte. Da er nur zwei Drittel seines Reichtums derart verschleudert hatte, wurde er nicht, wie es sein Weib gefordert, für geisteskrank erklärt. Im Gegenteil, der Bürgermeister ehrte ihn gar für sein Wohlverhalten.

Der Priester hatte seit dem Tag der zwei Sonnen von vielerlei ähnlichen Vorkommnissen gehört, wobei die erfreulichen die garstigen an Zahl übertrafen. Seit jenem Tag träumte er den Traum, der ihm den Weg hinauf zum Hügel wies.

Er fiel auf die Knie, legte den Kopf in den Nacken und wandte den Blick empor zum stahlblauen Himmel. Die Sonne stand erst wenige Fingerbreit über den Dächern.

Die kochende Luft geriet in Bewegung, und ein seltsamer Ton schwoll an, ganz leise nur. Und dann, ohne spürbaren Übergang, ohne weitere Ankündigung, war es so weit.

Die Thronwagen Gottes jagten heran, und die Welt offenbarte ihren Wahnsinn.

Im Kerkerkeller unter dem Alten Rathaus brachte eine Gefangene ein Kind mit zwei Köpfen zur Welt. Der Arzt, der die Geburt betreute, immerhin ein gestandener Mann und ausgezeichneter Doktor der Medizin, schwor später auf die Bibel, der eine Kopf habe nach dem anderen geschnappt wie ein wildes Tier und dabei in lateinischer Sprache geschrien: »Kain muss sterben! Kain muss sterben!«

Wenige Straßen entfernt fand die Frau des Kaufmanns, der sein Geld so freigebig verschenkt hatte, ihren Ehemann auf dem Speicher ihres Hauses, wie er mit aufgeschnittenen Handgelenken groteske Zeichen und Gestalten an eine Mauer malte. Der Blutverlust raffte ihn wenig später dahin, und es brauchte acht Diener, die Zeichnungen in tagelanger Arbeit zu entfernen. Ganz gelang es ihnen nicht, denn einige der seltsamen Hieroglyphen hatten sich tief ins Gestein geätzt.

Ein junges Paar, er ein Weber, sie die Gehilfin einer Näherin, vereinigte sich im gleichen Augenblick, da der Kaufmann sein Werk vollendete und die Gefangene ihre Missgeburt ins Leben spie. Die beiden Verliebten hatten sich unter Vorwänden von ihrer Arbeit in einen Schuppen zurückgezogen und hielten einander in den Armen, als grelles Licht durch die Spalten im Holzdach fiel. Der junge Weber ergoss seinen Samen in die Geliebte, und neun Monate später brachte sie ein Mädchen zur Welt, von dem es in den Annalen heißen sollte, es habe zeit seines Lebens einen Heiligenschein getragen.

Ein junger Schuster brach auf dem Vorhof der Kaiserburg tot zusammen, als ihn der Schatten des Wetterhahnes auf dem Sinwellturm traf. Zeugen erklärten unter Eid, der Schatten sei plötzlich vorgeschnellt wie die Zunge einer Schlange und habe den Schuster regelrecht aufgespießt. Eine äußerliche Wunde konnte nicht gefunden werden, doch ergab eine Untersuchung, dass sein Herz geplatzt war wie der Frosch am Strohhalm eines Kindes.

■ ■ ■

Zuerst war es im Osten, und von dort aus kam es näher. Der Priester spürte den unbändigen Zwang, die Augen im Angesicht solcher Herrlichkeit zu schließen, doch dagegen hatte er vorgesorgt. Unter seinem Gewand holte er eine Hand voll winziger Holzspäne hervor, nicht größer als Nadeln, und legte sie vor sich auf den Boden. Zitternd hob er mit der linken Hand seine Augenlider, während er mit der Rechten die kleinen Hölzer darunter steckte, vier auf jede Seite, bis es aussah, als blickte er durch Gitterstäbe. Jetzt mochte geschehen was wollte, seine Augen würden sich nicht mehr schließen. Den Schmerz nahm er nicht einmal wahr.

Als er wieder aufblickte, waren die ersten Lichter vom Himmel gestürzt und verharrten nun hoch über der Stadt in völliger Reglosigkeit. Der Priester lächelte verklärt. Sie schienen abzuwarten, genauso wie er selbst.

Weitere Erscheinungen fielen aus der Höhe hernieder, manche steil und schnell wie Steine, andere in gemächlichen Spiralen und Kurven. Wenig später schon wimmelte es am Himmel über Nürnberg von merkwürdigen Scheiben, Kugeln und Kreuzen, manche strahlend hell, andere schwarz wie Kohle oder rot wie übergroße Blutstropfen. Sie alle wirbelten wirr durcheinander, als sich ein weiteres Ding herabsenkte, geformt wie eine Speerspitze und vom Schwarz der tiefsten Nacht. Aus zwei hellen Kerben an seiner Unterseite schwirrten mehr und noch mehr Kugeln hervor, von denen sich einige wiederum an die Enden der Kreuze setzten. Auf den ersten Blick sah all das aus wie das überirdische Spielzeug eines Kindes, frech und lustig durcheinandergewirbelt. Dann aber ertönte ein Donnerschlag, und eine der Kugeln sackte abrupt in die Tiefe. In einer schwarzen Wolke prallte sie außerhalb der Stadtmauern in die Felder. Zu weit, um Genaueres auszumachen.

Der Priester kniete im Gras und betete ohne Unterlass. Nun, da er die Lider nicht mehr schließen konnte, brannten seine Augen wie Feuer. Er spürte, wie seine Augäpfel trockneten, seine Sicht wurde mit jedem Herzschlag schlechter. Und doch wagte er nicht, die Holzspäne herauszunehmen, aus Furcht vor der eigenen Schwäche, aus

Angst, seine Augen könnten sich vor dem Glorienschein des Göttlichen für immer verschließen. Dünne Rinnsale bluteten über seine Wangen, vermischt mit Tränen, und immer noch betete er mit all seiner Kraft, betete, wie nie zuvor in seinem Leben.

Er konnte so gut wie nichts mehr erkennen. Seine verschleierten Blicke nahmen nur noch die gröbsten Bewegungen wahr. Das Surren in seinen Ohren war betäubend in seiner Kraft und Klarheit, und immer wieder ertönten schreckliche Donnerschläge. Mehrfach erbebte die Erde, als weitere der himmlischen Erscheinungen zu Boden stürzten. Wo, das vermochte er nicht zu erkennen, wohl aber war eines der Beben so heftig, dass er ehrfürchtig annahm, der Aufschlag habe ganz in seiner Nähe stattgefunden.

Sein Sichtfeld war ein einziger Taumel aus Farben, blau und rot und schwarz, übertüncht vom Gleißen der Sonnenstrahlen und dem Licht der leuchtenden Kugeln. Er betete jedes Gebet, das ihm in den Sinn kam, und nach dem letzten Vers begann er von vorne. Was hier geschah, gleich vor ihm und dem Antlitz einer ganzen Stadt, würde die Welt verändern. Bald schon würde jeder von Gottes Gesandten wissen, würde erfahren, was vorgefallen war.

Das durchdringende Geräusch verstummte allmählich, und der Schmerz in seinen Augen nahm überhand. Mit einem Aufschrei riss er die Holzspäne unter den Lidern hervor und strich sich mit den Fingern über die Augen. Als er sie wieder aufschlug, lag ein roter Schleier über seinen Pupillen, aber das kümmerte ihn nicht. Die Erscheinungen waren verschwunden, der Himmel war wie leergefegt. Qualm stieg von einem halben Dutzend Stellen rund um die Stadt auf, dort waren die Kugeln zur Erde gestürzt.

Benommen wie nach mehreren Bechern Messwein, halb blind und gefangen im Wirrwarr der Eindrücke, stemmte sich der Priester auf die Füße, schwankte eine Weile und taumelte schließlich den Hügel hinab. In einiger Entfernung von ihm stand eine schwarze Rauchsäule über einem Waldstück. Dort wollte er hin; er musste aus der Nähe sehen, was der Herr in seiner Güte den Menschen herabgesandt hatte.

Schon nach wenigen Schritten stolperte er über ein Gewirr aus Flechten, stürzte schwer zu Boden und rollte den Hügel hinunter. Ein Findling beendete seinen Sturz; er prallte mit der Stirn dagegen und blieb benommen liegen.

Wie viel Zeit verging, konnte er im Nachhinein unmöglich sagen. Als er erwachte, stand die Sonne nur unmerklich höher, daher nahm er an, dass er nur kurz ohnmächtig gewesen war.

Als er das Waldstück schließlich erreichte, stellte er fest, dass die Zeit ausgereicht hatte, um einen bewaffneten Trupp von Landsknechten aus Nürnbergs Garnisonen hierher zu entsenden. Die Soldaten verschwanden soeben im Unterholz. Aufgepeitscht vom Gebrüll ihres Hauptmanns, näherten sie sich dem Ursprung der Qualmsäule. Einige waren zurückgeblieben und hatten Mühe, die aufgebrachten Pferde ruhig zu halten. Die Tiere scheuten vor dem, was sich jenseits der Bäume befand.

Beißender Rauch schlug dem Priester entgegen, als er unbemerkt von den Soldaten durchs Dickicht eilte. Die Sicht reichte kaum drei Schritte weit, so dicht waren die Schwaden. Bald schon loderte der Schmerz in seinen gereizten Augen von Neuem auf.

All das war ihm gleichgültig. Er wollte nur *sehen*, wollte die Wahrheit mit eigenen Augen schauen.

Schreie ertönten jenseits der Wand aus Rauch und Unterholz. Zwischendurch war leises Wimmern zu vernehmen, das verzweifelte Weinen von Kindern. Wenig später schon erkannte der Priester den Ursprung. In der Mitte des Waldstückes befand sich ein kleiner Hof, Haupthaus und Scheune. Das, was vom Himmel gestürzt war, hatte das Dach des Hauses durchschlagen und das gesamte Anwesen in Brand gesetzt. Zwei kleine Kinder, ein Junge und ein Mädchen, irrten mit ausgestreckten Armen umher. Von den Eltern der Kleinen war keine Spur zu entdecken; sie mussten im Haus gewesen sein, als Gottes Faust das Dach zerschlug.

Unweit der Scheune befand sich ein Hundezwinger aus Holz. Die Flammen hatten ihn verschont, und der Priester ging dahinter in Deckung. Er bemerkte, dass die Vorderseite der Hundehütte zersplittert war; der Wachhund musste in seiner Panik ungeheure Kräfte entwickelt und die Kette aus der Verankerung gerissen haben. Das Tier war längst geflohen.

Die Landsknechte traten mit gezogenen Waffen aus dem Rauch und näherten sich der Flammenhölle. Zwei von ihnen ergriffen die Kinder und nahmen sie auf die Arme. Der Priester aber hatte nur Augen für die Flammen und für das, was sie verbergen mochten. Er erwartete Engelserscheinungen, überirdische Stimmen und Gesichter, doch da war nichts dergleichen.

Etwa zwanzig Landsknechte hatten sich jetzt um das Feuer versammelt, hustend und mit tränenden Augen, gebannt von dem, dessen Zeugen sie wurden. Der Hauptmann erschien, dann trat eine weitere Gestalt aus den Schwaden. Der Priester wollte seinen geschundenen Augen kaum trauen, denn der Neuankömmling war Geistlicher wie er. Obgleich er keine langen Gewänder trug, sondern Hose und Wams wie die Soldaten, hing an einer Kette um seinen Hals das Brustkreuz, die Pektorale. An seiner Hand entdeckte der Priester den Ring seines Standes. Und auch das Gesicht erkannte er. Es war der Bischof, dem er seit Jahren vertraute.

Die Vorsicht aber bewahrte den Priester davor, kurzerhand sein Versteck zu verlassen. Es war eine Ahnung, ein vages Gefühl, bestärkt von der Tatsache, dass er immer noch halbblind war. Verschwommen sah er, wie der Hauptmann und der Bischof die Köpfe zusammensteckten und leise etwas miteinander beredeten. Schließlich gab der Hauptmann den beiden Landsknechten, die den Jungen und das Mädchen trugen, einen Wink.

Die Soldaten zogen ihre Messer und schnitten den Kindern die Kehlen durch.

Der Priester schrie auf. Er sprang aus seinem Versteck, stürmte vorwärts, auf die Leichen der Kinder zu, die jetzt reglos am Boden lagen. Ein Dutzend Köpfe ruckte herum.

Das Erstaunen auf den Zügen des Bischofs wandelte sich in Bedauern. Ein Wink zum Hauptmann, ein gebrüllter Befehl.

Und während der Priester neben den Kindern ins rußige Gras sank, holte einer der Soldaten mit dem Stiefel aus und trat ihm mit aller Kraft in den Magen. Eine Klinge wurde blankgezogen, Feuerschein blitzte auf Stahl. Dann bohrte sich das Schwert in den Leib des Priesters.

■ ■ ■

Finsternis und knirschende Räder. Pferdegewieher, so laut, dass er glaubte, ihm berste der Schädel. Handschuhe, die ihn packten, ihn und andere Dinge. Holz unter ihm, und wieder Räder und Pferde. Erschütterungen. Schlaf und erneutes Erwachen, wieder Hände. Er wurde getragen, über Treppen, tief hinab ins Herz der Erde. Achtlos warf man ihn auf harten Stein. Nur sein Kopf landete weich. Einen Augenblick später wusste er, weshalb; unter seiner Wange lag ein Leichnam, sehr klein. Ein Kind.

Der Priester wusste nicht, weshalb das Schwert ihn geschont hatte, ob aus Unachtsamkeit oder Absicht, aber er lebte. Er konnte sich nicht bewegen, konnte kaum die Augen öffnen, und die Wunde in seiner Seite tat schlimmer weh, als jeder andere Schmerz, der ihm je widerfahren war. Er lebte, aber er wusste auch, dass er bald sterben würde. Sehr bald.

Von irgendwoher schien Licht auf sein Gesicht. Männer stöhnten unter schwerer Anstrengung. Stein schleifte über Stein. Der Lichtschein bündelte sich, seine Quelle wurde kleiner, immer kleiner.

Sie mauerten ihn ein, bei lebendigem Leibe. Der Priester konnte sehen, wie die letzten Steine in die Wand geschoben wurden. Noch einer, der allerletzte, dann herrschte neuerliche Finsternis. Diesmal nicht in seinem Kopf, sondern um ihn herum. Aber die Erkenntnis bereitete ihm keine Angst. Was war schon die irdische Dunkelheit gegen jene des Todes, die ihm bevorstand?

Er weinte, aber er tat es um der beiden Kinder willen, nicht um sich selbst. Er tastete in die Dunkelheit und fand weitere Körper, alle noch warm. Waren das – lieber Himmel, ja, das waren Uniformen! Die Toten, die man mit ihm eingemauert hatte, waren Landsknechte. Unliebsame Zeugen der Geschehnisse wie er selbst.

Der Priester verstand nichts von alledem, aber er gab sich auch keine Mühe, die Zusammenhänge zu durchschauen. Die Ereignisse sprachen für sich. Der Bischof hatte ihn und die Kinder, sogar seine Soldaten, kaltblütig ermorden lassen. Fraglos, weil sie jener Stelle zu nahe gekommen waren, wo der Herr die Erde berührt hatte. Vielleicht auch, weil sie zu viel gesehen hatten. Das galt auf jeden Fall für die Soldaten. Aber tötete man seine eigenen Männer, nur weil sie das Versteck einiger Leichen kannten?

Und da begriff er. Die Landsknechte hatten nicht nur gewusst, wohin man die *Leichen* brachte. Etwas anderes befand sich mit ihm und den Toten in dieser Gruft. Etwas, das vom Himmel gefallen war.

Die Erkenntnis gab dem Priester neue Kraft. Es war hier, irgendwo in der Finsternis! Wie hatte er da noch Angst haben oder zaudern können, jetzt, da er wusste, dass er Gott so nahe war wie niemals zuvor?

Mühsam kletterte er auf allen vieren über die Leichen hinweg. Es waren Dutzende, ein ganzer Berg von reglosen Körpern mit abgewinkelten Gliedern. Keine Laute waren zu hören, außer jenen, die der Priester selbst verursachte. Er war allein – allein mit Gott. Und glücklich.

Er erreichte den Fuß des Leichenberges und schob sich weiter über kalten Stein. In einigen Schritten Entfernung bemerkte er ein sanftes Glimmen. Ebenso gut mochte es ein Streich seiner Sinne sein, wie die Muster, die man sah, wenn man zu lange in die Sonne blickte. Aber tief im Herzen wusste er, dass da wirklich ein Licht war.

Seine Finger stießen gegen etwas Hartes. Es fühlte sich an wie die Scherben eines riesigen Tonkruges, nur dass diese hier aus kaltem Eisen waren oder aus Stahl oder Messing. Die Berührung ließ ihn erschauern, und er zog die Finger blitzschnell zurück. Er war nicht würdig, Gottes Werk zu betasten. Denn Tasten hieß Neugier, hieß Zweifel. Und Zweifel war Sünde.

Da! Das Licht wurde heller. Jetzt war es eindeutig ein weißer Schimmer, der spärlich aus den Trümmern fiel. Er fragte sich, wie groß das Ding war, das sich vor ihm befand.

Die Soldaten konnten Menschen töten, Kinder, sogar ihresgleichen. Doch über das, was im Thronwagen des Herrn zur Erde gefahren war, hatten sie keine Macht. Niemand hatte das.

Der Priester hoffte nicht für die Menschheit. Hoffte nicht einmal für sich selbst. Alles, was er wollte, war, es zu sehen. Nicht den Tod wollte er besiegen, nur die Zweifel, jene ganz tief unten, am Grunde seiner Seele.

Etwas schlüpfte zwischen den Trümmern hervor. Plötzlich wurde die Dunkelheit von gleißendem Weiß erfüllt.

Der Priester erinnerte sich: Es werde Licht!

Er sah Bilder, vertraute Bilder, und ein Name brannte sich in seine Sinne.

Ezechiel.

September 1920

Die Straße schnitt durch das Moor wie ein Seil, das man von einer Ortschaft zur anderen gespannt hatte, schnurgerade, ohne jede Biegung, ohne Steigung, ohne Abhang. Es fiel leicht, in dieser Gegend das Gefühl für Zeit und Entfernung zu verlieren. Die Spätsommersonne schien warm und hell auf das Heidemeer herab und zauberte Schattenspiele auf die poröse Oberfläche der einsamen Felsspitzen, die sich kantig aus der Landschaft erhoben. Hier und da stach das Gerippe eines Baumes hervor, mit windgebeugten Ästen, die knorrig und schwarz nach Osten wiesen.

Wie die anbrechende Nacht glitt ein Krähenschwarm über das flache Land, vertrieb das Sonnenlicht mit seinen Schwingen, flatternd und kreischend. Der Fahrer des einsamen Automobils, das knatternd in nördliche Richtung raste, sah zu, wie sich der Schwarm ausdehnte und zusammenzog, pulsierend wie ein finsteres Herz am Himmel über dem Moor.

Eisenstein verfluchte nicht zum ersten Mal an diesem Tag den jämmerlichen Umstand, der ihm geboten hatte, die Reise ohne seinen Chauffeur anzutreten. Es war Monate her, seit er zum letzten Mal selbst am Steuer eines Automobils gesessen hatte, und das war auf den sicheren Straßen Berlins gewesen, nicht hier draußen, zig Kilometer vom nächsten Dorf entfernt. Und was für Dörfer das waren – alle endeten sie mit der Silbe »ow«. Strasow, Neussow, Bosedow. Wie, in Drei Teufels Namen, sollte man das überhaupt aussprechen? Wie ein betontes »o«? Oder »off«?

Mit solcherlei Fragen vertrieb er sich die Zeit, und er gestand sich ein, dass es eine erbärmliche Beschäftigung war. In seinem Büro in Berlin erwartete ihn ein Schreibtisch voller Akten, so hoch, dass er seiner Sekretärin kaum mehr auf den entzückend hochgeschlitzten

Rock blicken konnte, wenn sie zur Tür hereinkam. Als hätte er nichts Besseres zu tun, als ausgerechnet durch diese Einöde zu fahren, ohne Chauffeur, ohne einen Schimmer, was Kayssler überhaupt von ihm wollte. Er hatte die Stadt früh am Morgen verlassen, und nun war es bereits später Nachmittag, und noch immer waren weder das Haus noch der See zu sehen.

Kayssler würde eine gute Erklärung parat haben müssen. Eisenstein war nicht irgendeiner dieser Lakaien, über die Kayssler in erstaunlichen Mengen verfügte. Er war Regierungsbeamter, einer der Beauftragten für Innere Angelegenheiten, und er war es nicht gewohnt, dass man ihn herbeizitierte, wann und wohin es einem beliebte. Sicher, Kayssler war ein großartiger Wissenschaftler – wenigstens hatten Eisensteins Informanten das erklärt –, und bis vor einigen Jahren hatte er in der Forscherwelt einen makellosen Ruf genossen. Dann aber hatte er mit Experimenten begonnen, die man ihm übel enommen hatte. Wer Kayssler einmal in die Augen gesehen hatte, der ahnte, was in diesem Mann vor sich ging. Eine sonderbare Atmosphäre umgab den Wissenschaftler; ihn und seinen Trupp schweigsamer Assistenten, die ihm folgten wie eine Schar gedrillter Soldaten.

Trotz allem hatten es gewisse Umstände notwendig gemacht, sich ausgerechnet an einen Mann wie Kayssler zu wenden. Umstände, die in den Akten unerwähnt blieben und von denen nur ein enger Kreis von Eingeweihten Kenntnis besaß; der Reichspräsident und sein Reichskanzler gehörten nicht dazu. Alles in allem mochten neben dem Wissenschaftler, seinen Assistenten und Eisenstein noch fünf andere Personen wissen, um was es wirklich ging, was tatsächlich in jenem abgelegenen Anwesen geschah, in dem Kayssler und seine Leute sich vor acht Monaten einquartiert hatten.

Noch einmal beugte Eisenstein sich über das Steuer und blickte hinauf zum Himmel, wo die Krähen wild durcheinanderflatterten. Die Versammlung der Vögel beunruhigte ihn, obgleich er keinen Grund für seine Gefühle benennen konnte. Es waren nur Krähen. Federvieh.

Eine halbe Stunde später entdeckte er in einigen Kilometern Entfernung ein kleines Gehölz, Bäume in einer solchen Schräglage, dass die Spitzen ihrer Zweige den Boden berührten. Der eisige Wind, der in dieser Gegend niemals verebbte, hatte sie in jahrelanger Mühe niedergedrückt. Nur Heidekraut und Stechginster trotzten ihm beharrlich. Eisenstein fand es höchst passend, dass Kayssler sich in einer Gegend niedergelassen hatte, wo selbst die Kräfte der Natur miteinander im Streit lagen.

Der See lag hinter dem kleinen Wald, und an seinem Ufer stand das Haus. Eisenstein hätte erleichtert sein sollen, als er das Anwesen endlich vor sich sah, doch nun, da er am Ziel war, spürte er nur das Bedürfnis, möglichst schnell wieder von hier zu verschwinden. Er hatte keine Angst vor Kayssler – natürlich nicht, Eisenstein *bezahlte* ihn –, aber da war etwas an diesem Ort und seinen Bewohnern, das ihm kalte Schauer über den Rücken jagte.

Das Haus war zweistöckig und besaß drei spitze Schiefergiebel. Die Fenster waren blind und dunkel, selbst im Sonnenschein glänzten sie nur matt; wahrscheinlich waren sie seit Jahren nicht mehr geputzt worden. Ein Kiesweg führte zu einer Vordertreppe aus gesprungenem Marmor. Auf den drei Giebeln saßen Krähen, mindestens zwei Dutzend.

Eisenstein lenkte den Wagen bis zum Fuß der Treppe, die hinauf zu einer mächtigen Doppeltür führte. Spätestens jetzt musste man ihn im Inneren bemerkt haben.

Er stoppte den Motor und stieg mit einem leisen Stöhnen aus. Schwerfällig streckte er seine Glieder und presste den Kopf in den Nacken, bis es schmerzte. Sein ganzer Körper war von der langen, unbequemen Fahrt verspannt. Sein Chauffeur stieg erheblich in seiner Achtung, dafür, dass er sein halbes Leben in solch einem Sitz verbrachte.

Die Haustür stand offen, aber niemand trat heraus. Höflichkeit war niemals Kaysslers Stärke gewesen, doch der Wissenschaftler wusste sehr wohl, wem er sein Einkommen und vor allen Dingen die Chance verdankte, ein Unternehmen wie dieses zu leiten. Bislang hatte ihn dies dazu bewegt, Eisenstein gegenüber zumindest die

Grundregeln höflichen Benehmens einzuhalten. Dass er ihn diesmal nicht persönlich in Empfang nahm, war ungewöhnlich.

Und noch etwas war eigenartig. Dies war Eisensteins zweiter Besuch in Kaysslers Haus, und beide Male zuvor war erheblicher Lärm von Maschinen, von Sägen und Bohrern aus dem Inneren erklungen; die Geräusche waren einer der Gründe, weshalb man die Untersuchungen in einen so abgelegenen Landstrich verlegt hatte. Ein anderer war zweifellos Kaysslers Persönlichkeit.

Eisenstein überlegte, ob er durch einen Ruf auf sich aufmerksam machen sollte, entschied sich aber dagegen. Falls der Wissenschaftler ihn verunsichern oder gar reizen wollte, so würde Eisenstein sich nicht darauf einlassen. Er würde die Treppe hinaufsteigen, auch ohne Empfang, und so tun, als sei alles in Ordnung. Verdammt, nicht *er* war es, den Kayssler studieren sollte!

Und dann kam ihm der Gedanke, dass irgendetwas hier nicht stimmte. Dass etwas geschehen war, etwas Unvorhergesehenes. Er hatte bereits die Hälfte der Stufen erklommen, als ihm seine Vernunft riet, innezuhalten. Seine Instinkte schlugen Alarm.

Wo waren sie alle? Mindestens ein Dutzend Assistenten hatte Kayssler mit hierher gebracht. Sie konnten nicht alle zugleich im Labor sein. Es sei denn, die Wissenschaftler hätten eine ganz besondere Entdeckung gemacht. Fraglos würde sie das in den Keller gelockt haben. Das hätte auch erklärt, weshalb Kayssler auf Eisensteins Anwesenheit bestanden hatte.

Eine vernünftige Erklärung, wie er meinte, aber keine, die ihn zu beruhigen vermochte. Warum starrten die Krähen so reglos auf ihn herab? Ganz so, als warteten sie nur auf den Augenblick, da er Aas für ihre Schnäbel war.

Also gut. »Hallo?«, rief er. »Professor Kayssler? Ist da jemand?«

Niemand gab Antwort.

Falls sie wirklich alle im Labor waren, war das nicht weiter verwunderlich. Die Türen zu den Kellerräumen bestanden aus zentimeterdickem Stahl. Aber konnte Kayssler wirklich so unvorsichtig sein, keinen Wächter aufzustellen, der auf unliebsame Besucher achtgab?

Mit einem Mal fühlte Eisenstein sich schrecklich verletztlich. Hier stand er nun, im schwarzen Anzug auf der weißen, efeuumrankten Marmortreppe, mit schwarzem Hut und dunkler Brille. Eine ideale Zielscheibe. Wenn nun die Franzosen von dem Unternehmen Wind bekommen hatten? Oder die Engländer, die Italiener? Oder gar alle gemeinsam?

Seine Hand fuhr zur Innentasche seiner Jacke. Seine Finger packten den kleinen Revolver und zogen ihn hervor. Sicherer fühlte er sich damit nicht.

Er entschied sich, die Treppe wieder hinunterzugehen – rückwärts, um die Tür nicht aus den Augen zu lassen –, und das Haus zu umrunden. Kayssler würde nicht so weit gehen, sich einen solchen Scherz mit ihm zu erlauben. Trotzdem beobachtete Eisenstein auch die Fenster. Wehe, wenn er den Wissenschaftler oder einen seiner Lakaien mit grinsendem Gesicht hinter der Scheibe entdecken sollte!

Vorsichtig näherte er sich der linken Ecke des Gebäudes, bog herum und ging an der Seitenwand entlang zur Rückseite. Ginsterbüsche hatten sich am Fuß der Mauer angesiedelt, und wilder Wein wucherte an der Wand empor. Die Sonne näherte sich dem westlichen Horizont und warf Eisensteins Schatten verzerrt auf die Fassade. Außer dem Krächzen der Krähen und dem Rauschen des Sees im Moorwind war nichts zu hören. Der Heideteppich schluckte sogar seine Schritte.

Als er die Rückseite des Hauses erreichte, öffnete sich vor ihm der Blick auf den runden See. Es war ein kleines Gewässer, kaum größer als zwei Sportplätze, und sein Ufer war zerfurcht von zahllosen Schneisen, wo schmale Bäche und Rinnsale einmündeten. Die Oberfläche glitzerte betörend. Fraglos ein hübscher Anblick,

Trotzdem konnte das Eisensteins Laune nicht heben. Ganz im Gegenteil; mit jedem Schritt ging sein Atem schneller – nicht vor Anstrengung –, und seine Füße wurden schwer wie Blei. Herrgott, er war Beamter, kein Held! Er durfte Angst haben. Mut gehörte nicht zu seinen besonderen Merkmalen, und meist hatte er keinen nötig.

»Kayssler?«, rief er noch einmal und schalt sich gleich darauf einen

Narren. Der Wissenschaftler würde ihm keine Antwort geben, gleichgültig aus welchem Grund. Jeder unnötige Laut würde die Gefahren, die hier lauern mochten, nur auf ihn, auf Eisenstein lenken.

Er wandte den Blick vom See und der süchtig machenden Weite der Moore ab und schaute stattdessen zur Hinterwand des Gebäudes. Auch hier führte eine Treppe nach oben, hinauf zu einer weitläufigen Terrasse. Zwischen den gesprungenen Bodenplatten wuchs das Unkraut so hoch, dass seine Spitzen sich bereits über die steinerne Brüstung neigten.

Die doppelflügelige Hintertür war zersplittert. Ebenso sämtliche Fensterscheiben im Erdgeschoss. Eisenstein sandte ein Stoßgebet zum Himmel. Das waren keine Folgen des jahrzehntelangen Verfalls. Diese Wunden waren frisch.

Sein erster Reflex war, sich herumzuwerfen und zurück zum Wagen zu laufen. Motor starten und auf und davon. Doch so einfach war es nicht. Die anderen, die von Kayssler wussten, würden einen Bericht erwarten. Und unglücklicherweise war Eisenstein der Rangniedrigste von allen. Sie würden es ihn über Jahre hinweg spüren lassen, wenn er jetzt einfach kehrtmachte. Schlimmer noch, es war möglich, dass eine Flucht das Ende seiner Laufbahn bedeutete.

Nun gut, er würde einen Blick ins Innere werfen. Möglicherweise reichte das, um zu erkennen, was hier geschehen war. Langsam stieg er die Treppe zur Terrasse hinauf. Zu seiner Überraschung waren Tür und Scheiben nach innen gesplittert. Er hatte angenommen, etwas sei von drinnen nach draußen entkommen; etwas, das aus Kaysslers Labor entwichen war. Aber ein Eindringling von außen? Also doch Spione. Das machte ihn nicht glücklicher, gab ihm aber die Gewissheit, dass sein Revolver von Nutzen sein mochte. Er fasste die Waffe fester und betrat die Terrasse.

Die von Unkraut überwucherte Fläche war leer. Kein Lebenszeichen. Also musste er noch näher an die Tür heran. Vielleicht war es besser, wenn er erst einen Blick durch eines der zersplitterten Fenster warf. Er näherte sich lautlos dem leeren Rahmen rechts neben der Tür und sah hinein. Der Raum dahinter war verlassen. Die

Scheiben waren in winzige Scherben zersprungen, sie bedeckten den gesamten Boden. Das hereinfallende Tageslicht ließ sie aufblitzen wie Millionen funkelnder Eiskristalle. Nur eine Bombe hätte das Glas in derart kleine Partikel zertrümmern können. Wo aber waren Spuren von Rauch oder Feuer? Eisenstein konnte nichts dergleichen entdecken.

Zögernd, geplagt von einem Schweißausbruch nach dem anderen, wandte er sich zur Tür und trat hindurch. Die hölzernen Flügel waren bis auf ein paar Splitter rund um die Scharniere verschwunden. Der Boden des dahinter liegenden Korridors sah aus, als hätte jemand einen Sack voller Sägemehl ausgestreut. Auch hier gab es keine Anzeichen einer Explosion, nicht einmal Ruß.

Einen Augenblick lang war Eisenstein versucht, auf seine Laufbahn zu pfeifen und sich aus dem Staub zu machen. Aber er hatte nicht all die Monate der Versuchung widerstanden, sein Wissen mit anderen zu teilen, um jetzt einfach aufzugeben. Er musste herausfinden, was geschehen war. Alles Weitere hing allein von seiner Courage ab. Selbst wenn ihm die Flucht glücken sollte, würde es Stunden dauern, ehe er entsprechende Schritte einleiten konnte. Bis dahin mochten alle Spuren beseitigt sein.

In der Küche wurde er fündig. Wahrscheinlich einer der Assistenten; die Wissenschaftler hatten sich mit dem Kochen abgewechselt. Dem jungen Mann war es nur unmerklich besser ergangen als den Scheiben und Türflügeln. Seine Überreste klebten an Töpfen und Pfannen, ein scheußlicher Brei, der Wände, Schränke und Armaturen bedeckte.

Eisenstein fuhr herum und übergab sich keuchend auf seine Schuhe. Nach einigen Augenblicken hatte er sich wieder in der Gewalt. Kraftlos schleppte er sich den Gang hinunter, den Revolver bebend im Anschlag. In zwei weiteren Zimmern waren die Wände ähnlich gemustert wie jene in der Küche. Schwer zu sagen, wie viele Männer es hier erwischt hatte.

Die schwere Stahltür vor der Kellertreppe war eingedrückt und zerfetzt. Ein sternförmiges Loch klaffte in ihrer Mitte, die Ränder waren zur Treppe hin gebogen. Die Öffnung war gerade groß genug, dass ein Mann durchklettern konnte.

Eisenstein war ehrgeizig, aber er war nicht verrückt. Ganz gleich, was von ihm erwartet wurde, er würde nicht dort hinuntergehen. Um keine Beförderung der Welt.

Stattdessen drehte er sich um und rannte zur Hintertür. Je schneller er lief, desto größer wurde seine Angst, desto eindringleicher wurde das furchtbare Gefühl, dass etwas ihm folgte. Atem, der in seinen Nacken blies. Schritte, gleich hinter seinem Rücken. Doch als er die Tür erreichte und zurückschaute, war da nichts. Nur das unsichtbare Gespenst seiner Furcht.

Er wollte hinaus auf die Terrasse treten, als sein Blick erneut auf den See fiel. Die Oberfläche schimmerte immer noch bemerkenswert hell. Zu hell. Und jetzt erkannte er auch, dass es keineswegs die Wellen waren, die derart glitzerten und blinkten. Es war etwas darunter. Ein riesiger Spiegel, rund oder oval, gleich unter der Oberfläche. Das Licht brach sich darin in tausend Facetten.

Eisenstein erstarrte. Er wagte kaum zu atmen. Ganz allmählich sickerte die Konsequenz der Entdeckung in sein Hirn. Es waren nicht die Franzosen. Auch nicht die Engländer und Italiener. Dieser Spiegel, diese Scheibe dort unten im See, war etwas gänzlich anderes.

Das Ufer war nur wenige Schritte vom Fuß der Treppe entfernt. Unmöglich, dort hinunterzugehen. Nichts und niemand würde ihn dazu bewegen, sich diesem Ding zu nähern.

Eisenstein wich zurück ins Haus. Er wusste, dass er von zwei Übeln möglicherweise das größere wählte. Aber die Entscheidung zwischen dem Schrecken, den er sehen konnte, und jenem, den er nur vermutete – zumal unten im Keller –, fiel ihm nicht schwer. So schnell er konnte, rannte er den Gang hinunter. Noch wenige Schritte, dann würde er die zerstörte Kellertür passieren.

Er schloss die Augen und lief blind an der Tür vorüber. Die klaffende Wunde im Stahl blieb hinter ihm zurück. Stöhnend näherte er sich dem vorderen Teil des Hauses. Durch eine weitere zerstörte Tür konnte er bereits den Haupteingang erkennen.

»Eisenstein!«

Großer Gott! Jemand rief seinen Namen. Hinter ihm!

»Eisenstein!« Noch einmal.

Das war Kaysslers Stimme. Im Laufen drehte Eisenstein sich um, blickte zurück.

Der Oberkörper und die wedelnden Arme des Professors ragten aus dem Loch in der Kellertür. Sein weißes Haar war blutverklebt, sein Gesicht von einem roten Film überzogen. Weiß und riesig starrten seine Augen Eisenstein an.

»Helfen Sie mir!«, keuchte er. Er schien an den Stahlzähnen der Öffnung festzuhängen.

Eisenstein dachte nicht daran, umzukehren. Er hatte genug damit zu tun, sich selbst zu retten. Und war es nicht Kayssler gewesen, der ihn hierher bestellt hatte? Achtlos lief er weiter.

Hinter ihm begann Kayssler zu kreischen.

Eisenstein rannte auf das Ende des Korridors zu. Dort lag die Eingangshalle. Und der Ausgang.

Das Schreien des Professors schraubte sich zu einem irren Crescendo empor, immer heller, immer panischer. Dann brach es auf einen Schlag ab. Etwas prasselte auf den Boden und gegen die Wand des Flurs.

Noch einmal sah Eisenstein sich um. Grellweißes Licht strahlte aus dem Loch in der Tür herauf, wie von starken Scheinwerfern. Kälte wehte empor. Auf dem Boden, gleich unterhalb der Tür, schwamm eine rotbraune Pfütze. Zähe Fäden tropften von der Wand und der Decke.

Eisenstein schrie auf. Es war gleichgültig, ob man ihn hörte. Er musste schreien, musste seinem Entsetzen Luft machen. Vor ihm am Boden glänzte etwas, gleich an der Schwelle des Foyers. Sein Fuß rutschte nach hinten, er ruderte mit den Armen, versuchte vergeblich, sich an den Wänden abzustützen. Dann fiel er. Krachte auf den Stein, prallte auf den Rücken, dann auf den Hinterkopf.

Schmerz und Schwärze. Benommenheit.

Als er die Augen aufschlug, blendete ihn gleißende Helligkeit. Er lag noch immer am Boden, natürlich. Er war nur wenige Sekunden ohne Bewusstsein gewesen. Licht, heller als alles, was er zuvor gesehen hatte, erfüllte sein Blickfeld. Die Strahlen stachen durch seine Augen direkt in sein Denken, nahmen seinen Geist mit auf eine Reise, direkt in einen Traum.

Denn Träume waren es, die sie den Menschen gebracht hatten. Sie hatten sie angesteckt, vor Jahrtausenden. Wie mit einer Grippe, ganz beiläufig. Mit etwas, das es vorher nicht auf dieser Welt gegeben hatte. Sie waren gekommen und hatten ihre Seuche mitgebracht, so wie die alten Seefahrer ihre Syphilis auf den Inselparadiesen eingeschleppt hatten. Und die Menschen fanden ein Wort für die neue Epidemie. *Träumen.*

Eisenstein war es, als versinke der Boden unter ihm in der Tiefe. Etwas schälte sich aus dem Licht. Er sah etwas, ganz allmählich nur. Eine Landschaft. Eine endlose Fläche aus grauem Sand, darüber ein pechschwarzer Himmel.

Und vor ihm, inmitten der Staubwüste: Abdrücke nackter Füße.

Menschliche Fußspuren auf dem Mond.

ERSTER TEIL

Die Kinder schreien

Kapitel 1

Sechs Jahre später – Berlin 1926

Der Tag hatte nicht schlecht begonnen, aber er nahm eine deutliche Wendung zum Unangenehmen, als der Mann am Einlass von ihr wissen wollte, warum sie keine Glatze habe. Als Sina ihn befremdet bat, seine Frage zu wiederholen, sagte er: »Heute nur Kahlköpfe!« Und damit schien die Sache für ihn erledigt.

Sina sah sprachlos zu, wie er sich an den nächsten in der Schlange wandte. Der Mann hinter ihr zog seine Wollkappe vom Kopf und entblößte einen rasierten Schädel. Und da fiel ihr zum ersten Mal auf, dass nahezu alle der Männer und Frauen in der endlosen Reihe Mützen, Hüte und Kopftücher trugen. Alle, nur sie nicht.

»Entschuldigen Sie«, sagte Sina, als sie ihre Stimme wiederfand, »aber ich habe einen Ausweis. Hier, sehen Sie.«

Der Torwächter warf kaum einen Blick darauf. »Dir hängen die Haare doch nicht über die Ohren, Mädchen, oder?«, fragte er barsch und winkte dabei den Mann hinter ihr durchs Tor. »Ich hab' doch gesagt, heute kommen hier nur Leute mit Glatzkopf rein. Von Haaren steht nichts in meinen Vorschriften. Nicht mal von kurzen.«

»Ihren … Vorschriften?« Sie konnte es noch immer nicht glauben.

»Jawohl.«

»Aber mein Ausweis …«

Er unterbrach sie, diesmal eine Spur schärfer. »Deinen Ausweis kannste vergessen, Mädchen. Mit Haaren kommste nicht zum Film. Wenigstens nicht heute.«

Sie hatte vier Tage gebraucht, ehe man sie ins Komparsenverzeichnis aufgenommen hatte, und es hatte erhebliche Bestechungssummen gekostet, bis man zustimmte, sie ausgerechnet heute anzufordern. Von Kahlköpfen hatte ihr niemand etwas gesagt.

»Du stehst im Weg, Mädchen«, fuhr sie der Torwächter an. »Hör zu, am Ende der Stahnsdorfer Straße ist ein kleiner Friseurladen. Lass dir die Haare runtersäbeln, dann kannste von mir aus wiederkommen.« Mit anzüglichem Grinsen fügte er hinzu: »Viele sind's ja sowieso nicht mehr, nicht wahr, meine Kleine?«

Mädchen konnte sie gerade noch ignorieren, aber *meine Kleine* machte sie wirklich wütend. Und mehr noch die Anspielung auf ihren modischen Kurzhaarschnitt. Die Männerwelt tat sich immer noch schwer damit.

Sina holte tief Luft und setzte ihr süßlichstes Lächeln auf. Ehe der Mann sich versah, zupften ihre Finger zärtlich seine Kragenspitzen zurecht. »Nun seien Sie nicht so ein Ekel. Ich hab' doch einen Ausweis, oder? In irgendeine Ecke wird man mich schon stellen können.«

Der Torwächter löste sich unsicher von ihr, halb unbehaglich, halb geschmeichelt, und winkte die nächsten Komparsen durch die Absperrung. Eilig stürmten sie aufs Studiogelände und folgten den Wegweisern. Darauf stand in handgemalten Lettern der Titel der Produktion, für die sie eingeteilt waren.

»Ich habe ganz klare Anweisungen, Mädchen«, sagte der Wächter und warf knappe Blicke auf die geschorenen Schädel der nächsten Männer und Frauen in der Reihe. Sina war zur Seite getreten und stand nun neben ihm. Sie überragte ihn um einen halben Kopf. Sanft ergriff sie seine Hand.

Er sah aus, als wollte er sie empört zurückziehen. Dann aber spürte er die Scheine, die sie ihm zwischen die Finger drückte.

»Bitte«, hauchte sie ihm ins Ohr.

Er überlegte einen Augenblick. »Na, lauf schon«, zischte er dann und ließ das Geld in seiner Hosentasche verschwinden. Keiner der anderen hatte etwas bemerkt.

Sina zwang sich zu einem letzten Lächeln, dann trat sie durchs Tor – bewusst langsam, mit betonten, fast gekünstelten Schritten. Sie wusste genau, dass er ihr jetzt auf den Hintern starrte.

Sekunden später bereute sie bereits ihren Auftritt. Alles hing davon ab, dass sie unauffällig blieb. Und sie hatte wieder einmal nichts Besseres zu tun, als einem Mistkerl feuchte Träume zu bescheren.

Liebe Gewohnheiten, dachte sie zynisch. Bist schon ein Schätzchen.

Sie sah jetzt einen der Wegweiser aus der Nähe. *Metropolis* stand in handgemalten schwarzen Lettern darauf. Die spitze Seite wies entlang eines asphaltierten Weges zwischen zwei Studiohallen hindurch. In einiger Entfernung liefen Sina Dutzende von Komparsen voraus.

Seit Monaten waren die Zeitungen voll von den Statistiken der Materialschlacht, die die Ufa in ihren Studios in Neubabelsberg veranstaltete. Obgleich Sina sich nicht besonders dafür interessierte, gab es niemanden in ganz Berlin, an dem die pompöse Werbemaschinerie der Produktionsgesellschaft vorüberzog. 36 000 Komparsen waren für diesen einen Film eingeplant, darunter Hunderte von Kindern und Farbigen. Die Gesamtkosten näherten sich der Fünf-Millionen-Grenze, ein bislang unerhörter Aufwand. Die Dreharbeiten liefen bereits seit einem Jahr, seit Mai '25, und keine Woche verging, in der Schwarzseher nicht den Untergang der Ufa über dieses Mammutprojekt prophezeiten.

Sina war das gleichgültig. Sie hatte beileibe andere Sorgen. Die größte war, wie es ihr gelingen sollte, sich auf dem Gelände zu verstecken – eine andere, was sie tun würde, wenn man ihre Pistole entdeckte.

Ein Lastwagen rollte im Schritttempo an ihr vorüber. Auf der Ladefläche lag ein Berg grauer Kleidungsstücke, die aussahen wie Sträflingsuniformen.

Sie hatte eigentlich vorgehabt, ihre Rolle als Komparsin bis zum Abend in aller Konsequenz zu spielen. Ihr Haar machte das nun unmöglich. Sie musste eine andere Möglichkeit finden, die Kulissen zu erforschen und den Ort der Zusammenkunft ausfindig zu machen.

Vorerst aber blieb sie auf dem Weg zum Drehort. Viel Mühe wäre ihr erspart geblieben – und dem Hex eine Menge Geld –, hätte sie früher gewusst, dass ausgerechnet dies der Ort für das große Finale war. Sie hätte sich einige Wochen im Voraus in die Komparsenlisten einschreiben können, und es hätte nicht die geringsten Probleme gegeben. Musste man natürlich unbedingt ein paar Tage vorher ins Statistenheer der Ufa aufgenommen werden, sah die Sache ganz anders aus. Die Listen waren längst mehrere Meter lang, und die Geschäftsführung hatte einen absoluten Einstellungsstopp verhängt.

Bis hierhin zumindest hatte Sina es geschafft. Sie trug ein schwarzes, knielanges Kleid aus Kunstseide und Chiffon, mit weiten Ärmeln und engem Ausschnitt, darüber eine leichte Jacke. Ihre Waffe steckte in der Innentasche. Eine Hose wäre ihr lieber gewesen, aber das wäre zu auffällig gewesen. So hatte sie ein Kleid gewählt, dessen Saum weit genug war, um darin rennen zu können, falls es nötig sein würde. Aus dem gleichen Grund trug sie statt der passenden Pumps ein Paar schlichter Leinenschuhe. Unter den mausgrauen Arbeiterinnen und Arbeitslosen, aus denen sich das übrige Komparsenheer rekrutierte, stach sie trotzdem hervor wie ein Paradiesvogel.

Sie musste so schnell wie möglich untertauchen. Wenn nicht zwischen den Menschen vor der Kamera, dann eben unter jenen, die dahinter standen. Dort bestand freilich die Gefahr, dass jeder jeden kannte. Aber ihr blieb keine Wahl.

Die riesige Halle, in der die *Metropolis*-Kulissen errichtet worden waren, lag jetzt vor ihr, ein hoher, schlichter Bau mit riesigen Eisentoren. Davor wimmelte es nur so von Menschen, die der Regisseur Fritz Lang für seine berüchtigten Massenszenen benötigte. Aus Gulaschkanonen schenkten Hilfsköche Erbsensuppe aus. Die Atmosphäre schwankte zwischen Volksfest und politischer Kundgebung.

Sina überlegte fieberhaft, wie sie ungesehen ins Innere der Halle gelangen konnte, entschied sich dann aber für den einfachsten Weg. Sie setzte ihre eitelste Miene auf und ging geradewegs zwischen den Hunderten von Glatzköpfen hindurch, die ihr bereitwillig Platz machten. Man hielt sie tatsächlich für jemanden vom Produktionsstab.

Ihr Vorhaben endete abrupt vor dem gewaltigen Tor. Eine Kette von Ufa-Leuten, an ihren Hemden Stecker mit der Aufschrift »Ordner«, versperrte ihr und dem Rest der heranbrandenen Masse den Weg. Es war noch nicht an der Zeit für die Komparserie.

Sina fluchte insgeheim und bemühte sich, einen Blick ins Innere zu erhaschen. Die riesigen Filmscheinwerfer waren dunkel, um zwischen den Szenen abzukühlen. Die schwächeren Studiolichter enthüllten nur wenig von dem, was in der Halle vor sich ging. Sie erkannte eine Kamera, die vor irgendwelchen übergroßen Pappmaschee-Kulissen postiert war, um sie herum eine Gruppe von zehn oder zwanzig Leuten. Auf einem hölzernen Podest standen neben einer weiteren Kamera zwei Männer, Lang und einer seiner Kameraleute. Der Regisseur trug eine Flüstertüte in der Hand. In seinem rechten Auge glänzte ein Monokel.

Sina blieb im Augenblick nichts übrig, als sich zurückzuziehen. Vielleicht gab es später eine Möglichkeit, unbemerkt in die Halle zu gelangen.

Sie machte kehrt und ließ die Menschenmasse hinter sich. Zügig ging sie auf eines der kleineren Gebäude zu, die gleich in der Nähe standen. Ein Materiallager, nahm sie an.

Zu ihrer Überraschung fand sie dort eine Kantine. An der Tür stand, dass nur Angestellte der Ufa Zutritt hatten, aber es gab keine Kontrollen. Sie kaufte drei belegte Brote und ging damit zurück ins Freie. Ohne Eile schlenderte sie über das Studiogelände und tat dabei ungemein zielstrebig, damit niemand auf den Gedanken kam, dass sie nicht hierher gehörte. Es wunderte sie ein wenig, wie einfach es doch war, sich ins Allerheiligste der deutschen Filmwirtschaft zu schmuggeln. Aber die Komparsen, die hier außer den Angestellten Zutritt hatten, hatten ohnehin nur ihre Suppe im Sinn. Man vertraute wohl darauf, sie mit Verpflegung und ein paar Mark im Zaum zu halten.

Hinter einem der Flachbauten und einer Reihe hoher Birken entdeckte sie einen mittelalterlichen Burghof, gesäumt von einem trübe schillernden Graben. Daneben stand eine Dorfkirche mit verfallenem Friedhof und ein schiefes, ginsterüberwuchertes Häuschen. Alle Bauten waren leer, ihr Innenleben bestand aus Stützbalken und abgeblättertem Gips.

Sina entsann sich, dass sie den Film gesehen hatte, für den die romantische Szenerie gebaut worden war. Sogar an den Titel konnte sie sich erinnern: *Die Chronik von Grieshuus.* Zum ersten Mal, seit sie das Gelände betreten hatte, spürte sie einen Hauch von Faszination. Wahrscheinlich waren die Kulissen mehrfach benutzt worden, deshalb hatte man sie nicht abgerissen. Erstaunlich, dass sie Wind und Wetter selbst über Jahre hinweg standhalten konnten.

Aus der Ferne trug der Wind den Lärm der *Metropolis*-Massen herüber. Jetzt übertönte eine einzelne Stimme den Tumult, vielleicht die von Lang. Die Menschen wurden schroff aufgefordert, die ausgegebene Kleidung überzuziehen, sich in Reih und Glied zu formieren und um Himmels willen den Mund zu halten. Die Männer mussten ihre Oberkörper freimachen.

Sina vergewisserte sich, dass niemand sie beobachtete, dann erklomm sie den Wehrgang der Burghof-Kulisse. Hier oben war sie durch die Zementzinnen vor Blicken geschützt. Sie kontrollierte noch einmal die Munition ihrer Waffe, dann wickelte sie die Brote aus. Die dünn belegten Schnitten hatten den faden Geschmack des Papiers angenommen. Trotzdem aß Sina sie bis zur letzten Krume auf.

Danach richtete sie ihren Blick über die falschen Zinnen hinweg zur Halle. Aus diesem Winkel konnte sie gerade noch sehen, wie die Massen in ihren grauen Hosen durchs Tor marschierten, ein farbloser Menschenfluss, der fügsam in den Olymp der Filmgeschichte strömte.

■ ■ ■

Die Dreharbeiten endeten gegen acht Uhr abends, aber die Lichter in der Halle erloschen erst nach zehn. Die Komparsen hatten längst ihre fünfzig Mark Gage für den Tag kassiert und waren nach Hause gegangen. Draußen war es stockdunkel, nur an den Wegen zwischen den Atelierhallen brannten vereinzelte Straßenlaternen. Sina hörte, wie irgendwo in der Finsternis die Motoren einiger Automobile gestartet wurden, dann verschwanden auch die letzten Filmleute vom Gelände. Das große Haupttor schloss sich knirschend auf seiner Eisenschiene. Die Filmstadt gehörte den Nachtwächtern.

Vor zwei Stunden hatte Sina zu frieren begonnen. Sie hatte sich schützend hinter die falschen Zinnen gekauert, doch der Wind pfiff durch die Scharten und ließ sie vergessen, dass der Frühling schon ein paar Wochen alt war.

Vorsichtig kletterte sie von der Burgmauer und drückte sich entlang der Kulisse zur Sperrholzkirche und dem verfallenen Friedhof, auf dem nie ein Mensch begraben worden war. Die Szenerie, ganz gleich wie künstlich, trug nicht gerade zur Besserung ihrer Stimmung bei.

In der Dunkelheit bellte ein Hund, weit genug entfernt, um keine Gefahr zu bedeuten. Ein zweites Tier fiel ein, dann ein drittes und viertes. Die beiden letzten klangen deutlich näher. Man hatte Sina gewarnt, dass bei Nacht Wachhunde über das Gelände liefen, hungrig und ohne Ketten. Sina hatte nicht gewusst, wie sie sich dagegen schützen sollte, deshalb ließ sie es einfach darauf ankommen. Irgendwie mussten ja auch die Teilnehmer der Zusammenkunft zur Halle gelangen. Fraglos waren die Nachtwächter bestochen und würden ihre Bluthunde lange genug im Zaum halten.

Sina schlich zwischen den unbeleuchteten Flachbauten hindurch, an der dunklen Kantine vorüber, bis sie von einer Ecke aus wieder die Halle sehen konnte. Das große Tor lag gleichfalls im Finsteren, aber links von ihr zuckte ein Schatten durch den Lichtkreis einer Straßenlaterne. Erst glaubte sie, es sei doch einer der Hunde, aber dann bemerkte sie, dass es ein Zwerg war. Der Liliputaner rannte mit wackelnden Stummelarmen auf die Atelierhalle zu und verschwand in der Dunkelheit vor dem Tor. Metallscharniere quietschten, als eine Seitentür geöffnet und wieder geschlossen wurde.

Als hätte der kleine Mann ein Zeichen gegeben, lösten sich nun weitere Gestalten aus der Finsternis, so unvermittelt, dass Sina sich erschrocken umschaute, ob nicht auch in ihrer Nähe jemand auf der Lauer lag.

Mehrere Männer und Frauen eilten wortlos auf die Halle zu, einige rannten, andere gingen mit zügigen Schritten. Von Hunden und Nachtwächtern war nichts zu sehen, nur in weiter Ferne erklang erneutes Bellen. Die bestochenen Wachtposten hatten ihre Tiere in die äußeren Winkel des Geländes abgezogen.

Das knappe Dutzend Menschen durchquerte die Lichtinseln der kargen Straßenbeleuchtung, dann knirschte erneut die Seitentür. Diesmal blieb sie offen, damit auch jene, die noch erwartet wurden, den Weg dorthin fanden.

Zehn Minuten später waren zwanzig weitere Personen eingetroffen. Insgesamt machte das etwa dreißig, wobei andere sich bereits in der Halle aufgehalten haben mochten. Sina hoffte, dass noch einige hinzukamen, denn umso größer war die Chance, dass sie zwischen ihnen unentdeckt blieb.

Zum dritten Mal an diesem Tag überprüfte sie ihre Waffe, dann trat sie hinter der Ecke hervor auf den Weg. Eilig, ohne weiterhin zu versuchen, ungesehen zu bleiben, strebte sie auf die Halle zu.

Die offene Tür rückte näher. Sina spürte eine Gänsehaut auf ihren Armen. Nur die Kälte, dachte sie. Fahler Lichtschein fiel durch das Rechteck auf den Boden. Der Abfall, den die Komparsen am Nachmittag hinterlassen hatten, lag noch auf dem Pflaster: Becher, zerbrochene Löffel, sogar eine zerknüllte Hose, die vergessen worden war. Konnte es sein, dass ein Mann das Studio mit nackten Beinen verlassen hatte? Oder hatte ihm die graue Komparsenhose so viel besser gefallen?

Sina betrat die Halle. Sie erkannte riesenhafte Formen, Umrisse der vorderen Dekorationen, die von einem Lichtschein an der Rückseite aus dem Dunkel gerissen wurden. Gleich hinter der Tür stand ein Mann. Als er einen Schritt nach vorne machte und sein Gesicht aus den Schatten stieg wie ein toter Fisch zur Oberfläche, da sah sie, dass er lächelte. Freundlich, nicht heimtückisch.

»Willkommen, Schwester«, sagte er. »Bitte, leg deine Kleidung ab.«

»Meine Kleidung?«, fragte sie irritiert und wusste gleich, dass das ein Fehler war. Wenn sie vorgab, eine der ihren zu sein, musste sie mit den Regeln vertraut sein.

Der Mann musterte sie einen Augenblick lang verwundert, dann lächelte er wieder. »Du bist neu, nicht wahr? Ich kenne dich nicht.«

»Ganz neu«, gab sie schnell zurück, weil ihr nichts Besseres einfiel.

Er nickte verständnisvoll. Immer noch schwamm nur sein Gesicht in der Schwärze, sein Körper stand völlig im Dunkeln. »Wer hat dich eingeführt?«

»Der kleine Mann«, erwiderte sie, jetzt mit betonter Ruhe. »Er hat seinen Namen nicht genannt.« Das war erbärmlich. Grauenvoll. Sie war sicher, dass spätestens dies der Moment war, in dem er Verdacht schöpfen würde.

Aber der Mann lächelte noch immer. »Er hat so Vieles zu tun, nicht wahr? Dann hat er dir auch nicht gesagt, dass du dich ausziehen musst. Ist es nicht so?«

»Allerdings.«

»Nun, dann sage ich es dir«, erklärte er weihevoll. »Wir müssen rein sein, wenn wir zur Zeremonie erscheinen. Rein im Geiste, rein am Körper. Deshalb bitte ich dich, leg deine Kleider ab.«

Sie spürte, wie Panik in ihr aufstieg. Nicht, weil sie sich ihrer Blöße schämte. Vielmehr ängstigte sie der Gedanke, sich von ihrer Waffe zu trennen. In ihrer Nacktheit war sie dann doppelt schutzlos.

Die Augen des Mannes ruhten erwartungsvoll auf ihr. Sie konnte nicht einschätzen, ob er sie nackt sehen wollte oder ob das bevorstehende Ritual zur Eile zwang.

Mit langsamen Bewegungen, um ihr Zögern zu überspielen, streifte sie ihre Jacke ab. Das Gewicht der Pistole zog den Stoff nach unten. Sie hoffte im Stillen, dass der Mann es nicht bemerken würde.

»Gib sie mir«, bat er, »ich werde sie für dich aufbewahren.«

Verflucht! Aber was blieb ihr schon übrig? Schweiß brach ihr aus allen Poren. Sie reichte ihm die Jacke, ganz oben am Kragen, damit er nicht mit der Waffe in Berührung kam.

»Ganz schön schwer«, meinte er.

Sie tat verlegen. »Was eine Dame so alles braucht.«

Er seufzte. »Du wirst noch lernen, dass all das ohne Wert ist.«

Sina nickte. Jetzt das Kleid. Sie streifte es über die Schultern und spürte, wie ihre Brustwarzen sich in der Kälte versteiften.

Ein Gedanke schoss ihr durch den Kopf. Was, wenn man sie erwartete? Wenn all das nur dem Zweck diente, sie nicht nur zu entwaffnen, sondern auch zu demütigen? Sie stellte sich vor, wie sie nackt hinter die Kulissen trat und alle anderen sie erwarteten – vollständig bekleidet.

Aber, nein. Sie musste solche Ängste ablegen.

Kurz darauf war sie auch aus der Unterwäsche geschlüpft und stand nun splitternackt vor dem Mann im Schatten. Entgegen ihrer Befürchtung blickte er nur starr in ihre Augen.

»Rechts an den vorderen Kulissen vorbei«, wies er ihr den Weg, »auf der anderen Seite der großen Dekoration. Es geht gleich los.«

Sie dankte ihm mit verkrampfter Freundlichkeit und entfernte sich in die angegebene Richtung. Ein eigenartiger Geruch dampfte ihr entgegen, wie von exotischem Räucherwerk. Sie spürte die kühlen Dielen des Hallenbodens unter den Füßen, hatte aber nur Augen für die Kulisse, die sich finster vor ihr erhob. Es war eine gewaltige Freitreppe, die größte, die sie je gesehen hatte, Dutzende von Stufen hoch und mindestens fünfundzwanzig Meter breit. Sie endete an einem großen Tor. Die Holzstufen sahen mitgenommen aus. Augenscheinlich hatte der Regisseur seine Kahlkopf-Armee zigmal die Treppe hinauf- und hinunterstürmen lassen.

Sina hielt sich rechts, ging an der Treppe vorbei und folgte dem Lichtschein zur Rückseite der Dekoration. Die Treppe war zur Seite hin offen, und Sinas Blick fiel auf das verschachtelte Gerüst aus Eisenstangen, das sie hielt. Dahinter verlief ein schmaler Gang, der auf der anderen Seite von einer hohen Holzwand begrenzt wurde, dem Rücken einer weiteren Kulisse.

Der fremdartige Geruch wurde stärker. Süß und schwer hingen die Schwaden in der Luft. Sie kam an mehreren Tischen und Ablagen vorbei, die mit Schminkzeug, zerknüllten Kostümen und allerlei Kleinkram bedeckt waren, Dingen, die die Filmleute bei Feierabend achtlos zur Seite gelegt hatten.

Sie umrundete die Holzwand in weitem Bogen und gelangte auf die andere Seite. Plötzlich befand sie sich inmitten einer stimmungsvollen Szenerie aus falschen Katakomben. Ein Halbrund von schmalen Terrassen aus Gips und Papier wuchs vor ihr empor, durchlöchert von Höhleneingängen und grobgehauenen Fenstern. Im Vordergrund führte eine Treppe, begrenzt von wuchtigen Steinquadern, zu einem kerzengesäumten Altar. Dahinter, zwischen Altar und Felsterrassen, erhoben sich drei mächtige Kreuze, acht oder neun Meter hoch.

Drei Dutzend Männer und Frauen, alle nackt, standen am Fuß der Treppe und schauten ehrfurchtsvoll zum Altar empor. Die Kreuze wurden von unten beleuchtet, von der einzigen Lichtquelle in der gesamten Kulisse. Nicht einmal die Kerzen waren entzündet worden. Niemand achtete auf Sina, als sie sich der schweigenden Menge anschloss.

Unter den Versammelten waren Fette und Spindeldürre, Alte wie Junge, solche, die wahrscheinlich Industrielle mit ihren Gattinen waren, und andere, die Schauspieler oder Modelle sein mochten. Was den einen an Schönheit fehlte, machten sie durch Reichtum und Spenden wett; jene, die nur wenig besaßen, boten ihre Körper der Gemeinschaft dar. Sina hatte sich lange genug mit Gruppen wie dieser beschäftigt, um ihre Gesetzmäßigkeiten zu kennen.

Die Gesichter der Anwesenden zuckten vor Erregung. Sie alle erwarteten die Ankunft ihres Oberhauptes. Blanke, schwitzende Mienen blickten zum Pappmaschee-Altar empor, als sollte der Heiland persönlich dort erscheinen; und vielleicht war es genau das, was sie erwarteten. Sina ließ ihre Blicke so unauffällig wie möglich über die Männer und Frauen huschen und prägte sich ihre Züge ein. Zu ihrer Enttäuschung war keiner darunter, den sie bereits kannte.

Bis auf einen.

Dominik!, durchzuckte es sie.

Das Gesicht eines blonden Mannes in ihrem Alter, Ende Zwanzig, wandte sich ihr zu. Ein Blitzen in seinen Augen, ein verhaltenes Grinsen. Er stand drei Reihen vor ihr, am rechten Rand der Gruppe.

Was hatte er hier zu suchen?

Sie war drauf und dran, sich ihm zu nähern, aber er schüttelte unmerklich den Kopf. Und natürlich hatte er recht.

Es war *ihr* Auftrag, verflucht noch mal! Sie mochte Dominik, recht gerne sogar, wenn sie ehrlich war. Aber dass er hier auftauchte, machte sie zornig. Sie hatte seine Hilfe nicht nötig.

Wirklich nicht? Hatte sie nicht eben noch bedauert, dass sie allein hier war? Nackt, unbewaffnet, den Kultisten völlig ausgeliefert? Aber es war etwas anderes, sich Hilfe herbeizuwünschen und sie dann tatsächlich zu bekommen. Das bewies nur einmal mehr, dass der alte Zacharias niemandem traute. Schlimm genug – aber musste er deshalb von allen Mitarbeitern des Hex ausgerechnet seinen Sohn hierher schicken?

Sie würde eine Menge Staub in der Abteilung aufwirbeln, eine gehörige Menge – falls sie heil hier herauskam.

Ein Raunen in der Menge verkündete, dass die Zeremonie ihren Anfang nahm. Hinter den Kreuzen trat der Zwerg hervor, den sie vor der Halle beobachtet hatte. Er trug als einziger ein weites Gewand aus schillerndem Stoff. Darunter zeichnete sich eine Erektion ab,

Sie hatte es geahnt. Es reichte nicht, dass sie sich in eine Sekte verrückter Geisterbeschwörer eingeschlichen hatte. Es musste wieder einer jener Kulte sein, denen es ohnehin nur um eines ging. Warum konnten diese Leute nicht einfach ins nächstbeste Hurenhaus gehen? Warum musste ausgerechnet Sina sich ständig mit ihnen herumschlagen? Hätte sie das vorher gewusst, sie hätte die ganze Sache mit Handkuss an Dominik abgegeben, wenn er denn so wild darauf war.

Aber Selbstmitleid half ihr nicht weiter. Sie war hergekommen, um zu beobachten, nicht mehr – wenigstens, soweit es sich vermeiden ließ. Keine Sekte sah es gerne, wenn Ungeweihte sie ausspionierten. Es hatte früher schon Tote gegeben, auch aus den Reihen des Hex.

Sie blickte verstohlen zu Dominik hinüber. Er machte seine Sache gut. Der Fanatismus in seinen Zügen wirkte nicht gekünstelt.

Der Zwerg auf der Bühne stimmte einen lallenden Singsang an, zweifellos in irgendeiner Fantasiesprache, die er und seine Hintermänner sich bei viel Wein und teurem Whiskey ausgedacht hatten. Die Belohnung mochte den Aufwand rechtfertigen: Sex und wertvolle Spenden.

Sina hatte kein Mitleid mit jenen, die sich von solchen Betrügern ausnehmen ließen. Wer sich darauf einließ, hatte es in ihren Augen nicht besser verdient. Sie wusste auch, dass der alte Zacharias und einige andere Mitarbeiter des Hex, Dominik eingeschlossen, diesen Aspekt ihrer Aufgabe mit mehr Verständnis betrachteten.

Sie nicht. Ihr konnte das ganze Pack gestohlen bleiben. Sie hatte andere Motive, dem Treiben der Sektierer Einhalt zu gebieten. Berlin wimmelte seit einigen Jahren nur so von Hochstaplern, die Kulte von beachtlicher Größe ins Leben gerufen hatten.

Der Zwerg gab einer jungen Frau in der ersten Reihe einen Wink. Sie war zweifellos minderjährig. Lange rote Locken fielen über ihre Schultern. Beim Anblick ihrer Formen widerstand Sina nur mühsam der Versuchung, an sich selbst herabzublicken. *Zu dünn!*, hatte der letzte Mann, mit dem sie sich eingelassen hatte, ihr entgegengeschmettert, als die Sache zu Ende ging. Sie war froh gewesen, als die Tür hinter ihm zuschlug. Aber der Vorwurf nistete in ihrem Schädel. Zu dünn!

Genau der richtige Augenblick für solche Erinnerungen, dachte sie lakonisch.

Das rothaarige Mädchen gesellte sich zu dem zwergenhaften Kultführer auf die Bühne. Die Kleine war ohne Frage angeheuert. Gleich würde sie mit verstellter Stimme Obszönitäten von sich geben. Vielleicht machte sie auch nur die Beine breit.

Das Publikum bebte vor stummer Erwartung. Einige der älteren Männer kniffen die Augen zusammen, damit sie alles, jede Kleinigkeit mitbekamen.

Sina blickte zu Dominik. Der Sohn ihres Vorgesetzten schaute ebenfalls zum Altar, aber ihr entging nicht, dass er einen vorsichtigen Schritt zur Seite machte. Er stand jetzt ganz nah am Rand der Katakombenkulisse. Gleich neben ihm klaffte ein armlanger Spalt in der falschen Felsoberfläche.

Sina unterdrückte ein missbilligendes Kopfschütteln. Sollte es ihm tatsächlich gelungen sein, dort eine Waffe zu deponieren, würde er hoffentlich nicht so dumm sein, die Versammlung bereits an diesem Punkt zu sprengen. Es war zu früh. Noch war nichts geschehen, was eine Anklage rechtfertigen würde. Abgesehen vielleicht vom Einbruch ins Atelier.

Zugleich aber verspürte Sina auch Neid, dass Dominik geschafft haben mochte, woran sie selbst gescheitert war. Es würde einige Vorurteile bestätigen, die im Hex kursierten. Zu seiner Ehrenrettung musste man Dominik jedoch zugestehen, dass er keiner von denen war, die weibliche Hex-Agenten zu besseren Sekretärinnen abqualifizierten.

Das nackte Mädchen legte sich mit einstudierten Bewegungen vor dem Zwerg am Boden nieder. Zu Sinas Überraschung machte er keine Anstalten, das Mädchen zu berühren. Im Gegenteil, er trat einen Schritt zurück, bis sein Rücken gegen den Altar stieß. Sein wirrer, unmelodischer Gesang wurde lauter und brach dann schlagartig ab.

»Was sucht ihr?«, rief er mit kindlicher Stimme in die Menge.

»Wir suchen Schutz in allen Dingen«, kam die vielstimmige Antwort.

»Dann sei Anubis mit uns«, rezitierten Priester und Menge gemeinsam. Der Zwerg hatte die Arme gespreizt, seine Augen geschlossen und den übergroßen Kopf in den Nacken gelegt.

Sina kannte die altägyptischen Rituale, die in vielen solcher Sekten praktiziert wurde. Die Antworten waren ihr längst in Fleisch und Blut übergegangen. Mit einem zufriedenen Seitenblick registrierte sie, dass für Dominik keineswegs dasselbe galt.

»Was sucht ihr?«, fragte der Zwerg erneut.

»Wir suchen spirituellen Beistand.«

»Ptah sei mit uns.«

»Was sucht ihr?«

»Wir suchen das Wissen um den Willen der Götter.«

»Nephthys sei mit uns.«

Dominik wirkte verunsichert. Er trat nervös von einem Fuß auf den anderen.

»Was sucht ihr?«

»Wir suchen Kraft und Nahrung.«

»Hathor sei mit uns.«

Das Mädchen vor dem Altar bäumte sich auf, als biete sie ihren Unterleib einer mystischen Macht dar. Sina verkniff sich ein Grinsen. Keine solche Zeremonie ohne unsichtbaren Liebhaber. Die Betrüger waren erschreckend einfallslos.

»Was sucht ihr?«

»Wir suchen den Pfad des wahren Karma.«

»Toth sei mit uns.«

Schweiß glänzte auf Dominiks Stirn, er machte sich Sorgen. Sina aber wusste, dass er nicht auffallen würde. Der Mann am Eingang hatte auch sie für einen Neuling gehalten. Es musste noch weitere unter den Anwesenden geben, die mit dem Ritual nicht vertraut waren.

»Was sucht ihr?«

»Wir suchen Freude und Erfüllung.«

»Bast sei mit uns.«

Sina bemerkte Bewegungen am Rand der Kulisse, dort, wo sie selbst eben hergekommen war. Gestalten schoben sich aus den Schatten, vier unbekleidete Männer. Ihr Blicke waren auf das stöhnende Mädchen am Altar gerichtet. Sie näherten sich den hinteren Reihen. Zu ihrem Entsetzen erkannte Sina unter ihnen den Torwächter, den sie am Morgen bestochen hatte, um auf das Gelände zu kommen. Wenn er sie wiedererkannte …

Langsam bewegte sie sich weiter nach rechts, fort von den Neuankömmlingen und in Dominiks Richtung. Einer ihrer Nachbarn runzelte missbilligend die Stirn.

»Was sucht ihr?«

»Wir suchen Harmonie und Erlösung.«

»Horus sei mit uns.«

Der Torwächter konnte seine Augen nicht von dem zuckenden Mädchen abwenden. Mit stummen Mundbewegungen fiel er in die Litanei ein. Sina schob sich weiter zur gegenüberliegenden Seite der Kulisse. Sie sah, wie Dominik bemerkte, dass sie ihren Platz verlassen hatte. Seine Hand näherte sich dem Spalt in der Felsattrappe.

»Was sucht ihr?«

»Wir suchen kosmische Liebe.«

»Isis sei mit uns.«

Sina stieß versehentlich mit der Schulter gegen eine nackte Frau. Sie war trotz ihres vorgerückten Alters nicht unattraktiv. Sina glaubte, ihr Gesicht schon einmal auf der Leinwand gesehen zu haben. Die Schauspielerin fuhr verärgert herum und funkelte die Ruhestörerin wütend an. Sina biss sich auf die Unterlippe und deutete mit einem Kopfnicken eine Entschuldigung an. Die Augen der Frau folgten ihr voller Misstrauen. Es schien ein schwerer Verstoß gegen die Regeln des Rituals zu sein, wenn man sich ohne Aufforderung durch den Kultraum bewegte.

Der Zwerg beendete die Litanei mit einer letzten Frage: »Was sucht ihr?«

»Wir suchen das Licht.«

»Osiris sei mit uns.«

Zwei Männer und eine Frau standen zwischen Sina und Dominik. Die vier verspäteten Kultisten, unter ihnen der Torwächter, befanden sich nun etwa dort, wo Sina bis vor wenigen Augenblicken gestanden hatte.

Das nackte Mädchen vor den Füßen des Zwerges simulierte einen heftigen Höhepunkt und sackte dann erschöpft zusammen. Ein gefälliges Raunen ging durch die Zuschauer. Bald, so nahm Sina an, würden sie alle übereinander herfallen und keinen Gedanken mehr an die beschworenen Götter verschwenden. So war es jedes Mal. Ein erbärmliches Spektakel.

Sie sah sich erneut nach den vier Männern um – und blickte dem Torwächter genau in die Augen. Er hatte sie bereits erkannt. Ein Moment verging, in dem die beiden sich durchdringend anstarrten. Dann stieß der Wächter einen der anderen an und deutete flüsternd in Sinas Richtung.

Sie fluchte im Stillen. Genau das hätte niemals passieren dürfen. Jetzt blickten alle vier Männer zu ihr herüber, betrachteten sie von oben bis unten. Zum ersten Mal schämte sie sich ihres nackten Körpers. Nur mit Mühe unterdrückte sie den Zwang, ihre Arme schützend vor Brüste und Scham zu legen. Aber den Männern ging es nicht um ihre Nacktheit.

Aufgebracht sah sie zu Dominik und bemerkte, dass seine Hand jetzt in dem Kulissenspalt steckte. Die schale Gewissheit, dass wenigstens einer von ihnen bewaffnet war, spendete nur wenig Trost.

Auf der Bühne stand der Zwerg immer noch mit geschlossenen Augen und ausgebreiteten Armen. Er sah aus, als sei er in Trance verfallen. Plötzlich öffnete er den Mund, sehr langsam.

Sina hatte erwartet, dass das Mädchen am Boden die Rolle des Mediums übernehmen sollte. Statt ihrer war es nun der Zwerg, der vorgab, Geistern und Göttern als Sprachrohr zu dienen.

Über seine grauen Lippen quoll der heisere Schrei eines kleinen Kindes.

Keine Worte. Nur wildes, plärrendes Kreischen.

Sina war, als gefriere um sie die Luft. Ihr Körper erstarrte. Der Zwerg stand vollkommen still, ohne sich zu rühren. Sein Mund klaffte weit und schwarz, viel zu groß für ein menschliches Gesicht. Und im Abgrund dahinter schrie das Kind.

Dominiks Augen weiteten sich vor Erstaunen, als er Sina ansah. Sie bemerkte es nur am Rande. Ihr eigener Blick war fest auf den Zwerg gerichtet. Das Kinderkreischen überrollte sie wie eine Woge, die durch alle Öffnungen in ihren Leib sprudelte und alles andere fortspülte.

Eine Täuschung, dachte sie noch. Nur eine Täuschung! Oder?

Sie taumelte plötzlich. Neben und vor ihr wichen die Menschen zur Seite. Hörten sie es denn nicht? Doch, natürlich. Aber die Wirkung der Schreie war auf sie eine andere.

Sina spürte, wie der Boden unter ihr absackte. Sie verlor das Gleichgewicht, stürzte nach vorne. Im letzten Moment fingen zwei Hände sie auf. Dominik, dachte sie dankbar, als man sie sanft zu Boden ließ.

Aber es war nicht Dominik, und sie bemerkte es nur Sekunden später. Als sie aufblickte, sah sie direkt in die Augen des Torwächters.

Die schwarzen Flecken in ihrem Blickfeld füllten sich allmählich mit weiteren Gesichtern. Sie alle starrten auf sie herab. Und das Kinderkreischen umwaberte sie wie Nordlichter, verschleierte ihre Züge, blendete Sinas Blicke.

Alles um sie drehte sich. Jemand schrie, kein Kind. Brüllte auf vor Wut und Entrüstung.

Das Jammern des Neugeborenen floss jetzt in eine feste Form, wie Zinn, das in Wasser zu grotesken Figuren erstarrt. Silben schälten sich aus dem hochtönenden Kreischen. Schrille Worte. Hilfeschreie.

Dann peitschte ein Schuss. Weit entfernt.

Die Gesichter über ihr vermengten sich zu glühenden Kreisen, Fleischräder, die leuchtende Spuren zogen.

Noch ein Schuss.

Noch mehr Worte. Sina konnte sie deutlich verstehen. Ich verliere den Verstand, dachte sie.

Aber sie wusste auch, dass es für den einfachen Ausweg zu spät war.

■ ■ ■

Jemand rief ihren Namen. Immer wieder. Dominik.

»Sina! Wach auf, bitte!«

Schmerz auf ihrer Wange. Einmal, zweimal.

Und wieder: »Sina, wach auf! Du musst aufwachen!«

Ich bin doch wach, wollte sie sagen. Bin doch wach. Bin wach.

»Sina!«

Sie schlug die Augen auf. Oder, nein! Ihre Augen waren längst offen. Es war das Licht, das sie plötzlich wahrnahm, und mit ihm die Farben.

Ein Gesicht. Rosig wie ein Kind, im ersten Augenblick. Dann wurden die Farben wahrhaftiger, zerflossen zu ihren natürlichen Tönen, gewannen an Kontrasten, Schattierungen, an Textur.

Dominiks Gesicht über ihrem. Er hatte nichts an. In ihrem Mund war ein entsetzlicher Geschmack, aber sie war sicher, dass sie nichts getrunken hatte. Nicht so viel, dass er sie herumbekommen hätte. Aber warum trug er keine Kleidung? Und sie selbst?

Das letzte Mal war ihr das vor knapp einem Jahr passiert, nicht mit Dominik und auch nicht so, wie es in den Büchern stand. Sie hatte sich sehr wohl an den Namen des Mannes neben ihr im Bett erinnern können. Tatsächlich war die Erinnerung mit der Zeit viel lebhafter geworden, als sie es sich wünschte. Die wahre Leere im Kopf war ein Versprechen, das der Geist nicht einlöste.

»Du musst aufstehen!«, schrie er sie an. »Steh doch auf, verdammt!«

Er wirkte zornig, aber sie wusste, dass Zorn für Dominik nur eine Maske war, hinter der er seine Hilflosigkeit verbarg. Wirkliche Wut war ihm fremd.

Er zerrte sie auf die Beine. Zu ihrer eigenen Überraschung hielt sie sich recht ordentlich auf den Füßen. Sogar als er sie antrieb, mit ihm zu kommen.

Mit jedem Bruchstück der Umgebung, das sie erkannte, kehrte auch die Erinnerung zurück. Sie wusste jetzt wieder, wo sie sich befand. Auch wie sie hierher gekommen war und was danach geschehen war. Bis zu einem gewissen Punkt. Die Menge, der Zwerg, das Kind. Die Schreie, Schreie, Schreie.

»Wo sind die alle?«, fragte sie, während sie nackt durchs Dunkel rannten. Vorbei an den Kulissen, an der Freitreppe vorüber zum Ausgang. Dominik bückte sich und packte blind in einen zerwühlten Berg von Kleidern. Zwei Hosen, Hemden, irgendwas.

»Zieh das an, schnell!«

Nichts passte, aber irgendwie schlüpfte sie trotzdem hinein. Dann stürmten sie ins Freie, hinaus in die Nacht. Irgendwo jaulte eine Alarmsirene auf. Hunde kläfften im Dunkeln, nicht mehr allzu weit entfernt.

Sie erinnerte sich an die Schüsse.

»Hast du geschossen?«, fragte sie.

»In die Luft. Was war mit dir? Du hast geschrien.«

Geschrien? Sie selbst? Davon wusste sie nichts mehr.

»Ich bin ... bewusstlos geworden.« Vor ihnen kam das Haupttor in Sicht. Es stand einen Spaltweit offen. Die bestochenen Wächter – oder jene, die selbst bei der Zeremonie gewesen waren – hatten für eine Möglichkeit zur Flucht gesorgt. Die übrigen Kultisten waren längst fort.

»Bewusstlos, ja«, sagte Dominik im Laufen, und es klang nachdenklich. »Den Eindruck hatte ich auch. Aber das war nicht alles, oder?«

»Was meinst du?«, fragte sie und wusste natürlich ganz genau, was er meinte. Aber sie würde den Teufel tun, ihm die Wahrheit zu sagen.

Sie zwängten sich durchs Tor, im selben Augenblick, da hinter ihnen drei Schäferhunde aus dem Schatten sprangen. Am Ausgang aber blieben die Tiere stehen, so; wie es ihre Abrichtung gebot. Sie durften das Ateliergelände nicht verlassen.

Hundert Meter weiter die Straße hinunter stand Dominiks Automobil. Eines seiner Automobile. Er zündete bereits den Motor, als Sina sich auf den Beifahrersitz zwängte.

Sie sprachen erst wieder, als die ersten Kilometer hinter ihnen lagen. Mit dröhnendem Motor raste der Wagen Richtung Wannsee und Berlin.

»Also, was war los?«, fragte er noch einmal. Sein hübsches Gesicht glänzte vor Schweiß, und das blonde Haar war strähnig.

»Es ging mir nicht gut, reicht das als Antwort?« Die Erschöpfung nahm ihr den Willen, sich seiner Sorge zu widersetzen.

Zweifel schärften seine Stimme. »Es ging dir nicht gut?«

»Ja, genau.«

»Macht es dir was aus, dieses Unwohlsein etwas näher zu beschreiben?« Er klang ein wenig beleidigt.

»Frauenbeschwerden, du weißt schon,«

»Mach's dir nicht zu einfach.«

Sie sah ihn scharf an. »Ach, verflucht, Dominik – ich möchte nicht darüber sprechen. Einverstanden?«

»Nein.« Er sah sie an und begegnete ihrem entschlossenen Blick. »Aber ich werde mich damit abfinden müssen, nicht wahr?«

»Sieht ganz so aus.« Sie schaute auf die finstere Straße und bot ihm ihr Profil dar: zerzauster Pony, Stupsnase, geschwungene Lippen. »Sei lieb und setz mich zu Hause ab.«

»Meine Wohnung ist näher.«

»Ist ein toller Zeitpunkt für ein Rendezvous.«

»So hab' ich das nicht gemeint.«

Sie unterdrückte ein Seufzen. »Ja, ich weiß.« Er wollte nur nett sein, und sie spielte wieder mal das Biest. Wie meistens in seiner Nähe. »Bring mich trotzdem nach Hause. Ich bin hundemüde, und mir ist schlecht.«

»Sicher«, sagte er nur.

Sie spürte seine Enttäuschung, nicht über die Abfuhr, sondern weil sie ihm nicht vertraute. Aber sie war zu schwach, sich zu entschuldigen, und ihr fehlte sogar die Kraft, ihm zuzuhören.

»Sehen wir uns morgen?«, fragte er später, als der Wagen anhielt. »Wegen des Berichts, meine ich.«

Sie glaubte, dass sie ihm eine Antwort darauf gab, aber schon wenig später war sie dessen nicht mehr sicher. Das Kindergeschrei im Abgrund des Zwergenschlundes hallte noch immer in ihren Ohren.

Dann lag sie im Bett und wünschte sich, sie könnte einen Stein in diesen Abgrund werfen und darauf horchen, wie tief er war.

Kapitel 2

Von der Straßenbahnhaltestelle aus waren es noch drei Kilometer bis zur Villa, trotzdem entschied Sina sich, das letzte Stück zu Fuß zu gehen. Sie hätte eine der Droschken nehmen können, die am Straßenrand auf Fahrgäste warteten, aber die Vorstellung, die frische Morgenluft gegen den Gestank von Pferdedung einzutauschen, war ihr zuwider.

Sie hatte die Hälfte der Strecke bereits zurückgelegt, als neben ihr ein Wagen bremste.

»Guten Morgen«, rief Dominik durchs Beifahrerfenster. »Spazierfahrt gefällig?«

»Spielst du jetzt Schutzengel?« Ihr grober Tonfall tat ihr gleich darauf leid. Sie zwang sich zu einem freundlichen Lächeln und sah an seinem Grinsen, dass es gelang. »Wenn du mir versprichst, keine Fragen zu stellen, darfst du mich mitnehmen.«

»Es ist mir eine Ehre, Madame.«

»Das erwarte ich.«

»Selbstverständlich.«

»Freilich.«

»Gewiss.«

Sie stieg ein. »Sei still und gib dich geschlagen.« Es war eine alte Gewohnheit zwischen ihnen, nach Synonymen für die Worte des anderen zu suchen. Sie spielten dieses Spiel, seit sie sich kannten, seit drei Jahren. Meistens war er es, der gewann. Der Meister des letzten Wortes.

Die Villa stand auf einer seichten Anhöhe mit Blick auf den Halensee. An stillen Tagen war die Jahrmarktsmusik vom Luna-Park bis hierher zu hören. Aus den Fenstern des obersten Stockwerks konnte man am anderen Ende des Sees die expressionistischen Dekorationen des Vergnügungsparks erkennen. Sina war ein paarmal dort gewesen, wenn einer ihrer Verehrer sie eingeladen hatte, weil er es romantisch fand, sie im eisigen Durchzug der Riesenrad-Kabinen zu befingern. Ihr war das nur recht; es fiel ihr leichter, nein zu sagen, wenn sie fror.

Ein Schild neben der Gartenpforte wies das Gebäude als Sitz einer obskuren Handelsgesellschaft aus. In Wahrheit hatte sich das Hex hinter der grauen Stuckfassade eingerichtet. Von der Straße aus war das Gebäude kaum zu sehen, so dicht wuchsen die riesigen Fliederbüsche und Nadelbäume, die das Anwesen umgaben. Die Villa lag ein wenig abseits der übrigen Häuser, In der Nachbarschaft lebten vornehmlich Industrielle und begüterte Kaufleute, die die Inflation von 1923 heil überstanden hatten. Jeder dieser Familiensitze war von weitläufigen Gärten umgeben, manche gar von regelrechten Parks. Es war eine ruhige Gegend, ein Vorzug, der die schlechte Anbindung an den Schienenverkehr der Hauptstadt aufwog.

Der Weg vom Gartentor durch die wildwuchernden Büsche führte zu einer Veranda, die man, vielleicht nachträglich, dem eigentlichen Haus vorangebaut hatte. Der Fliederduft hing süß und schwer in der Luft, und in den Ästen veranstalteten Spatzen ein wüstes Pfeifkonzert.

Sina und Dominik stiegen die Stufen zur Veranda empor und betraten die Eingangshalle. Der schweigsame Pförtner hatte sie längst durch ein verborgenes Guckloch neben der Haustür identifiziert.

»Sieh dir das an«, flüsterte Sina, als sie mit zügigen Schritten das Foyer durchquerten.

Dominik folgte ihrem Blick und grinste, als er sah, was sie meinte.

Auf halber Höhe der Treppe, die an der Rückseite der Halle nach oben führte, hockte ein dunkelhaariger junger Mann. Auf Knien rutschte er auf den breiten Stufen hin und her. In einer Hand hielt er ein Zentimetermaß, mit dem er penibel die Höhe der einzelnen Absätze ermittelte. Die Zahlen trug er in ein Notizbuch ein.

»Max«, rief Dominik ihm zu, »wenn mein Vater dich sieht, wird er wahnsinnig.«

Max von Poser blickte kurz auf, runzelte die Stirn, als er Sina neben seinem Freund erblickte, und widmete sich erneut seinen Stufenmaßen. »Hat er schon und ist er schon.«

Sina beobachtete ihn missbilligend. »Sieht aus, als wäre das eine wirklich wichtige Sache, die du da machst.« Sie kannte Max ebenso lange wie Dominik, aber sie mochte ihn nicht besonders. Nein, das stimmte nicht; es war nicht er selbst, sondern seine eigentümliche Arbeitsmoral, die sie ablehnte. Besser: die Tatsache, dass er es vorzog, sich mit Treppenkunde zu befassen, statt Kultisten aufzustöbern, wie es seine Aufgabe war.

»Schön, dass du so viel Verständnis dafür aufbringst.« Er hatte nie ein Geheimnis daraus gemacht, dass er Sina für unqualifiziert hielt, sich über seine Tätigkeit zu äußern.

»Ganz bestimmt gibt es einen Zusammenhang zu einem Fall, den du gerade bearbeitest, nicht wahr?«, entgegnete sie lakonisch.

»Nicht den geringsten.«

Dominik, der ahnte, dass ein neuer Streit zwischen den beiden bevorstand, ergriff das Wort. »Sina, geh doch schon mal vor. Wir treffen uns im Büro meines Vaters.«

Sie schnaubte abfällig. »Ich will erst noch ins Archiv.«

»Tu das.«

Sina machte einen Bogen um Max und stieg die Stufen hinauf.

Er rief ihr hinterher: »Du machst es genauso wie alle anderen.«

Mit einem Ruck fuhr sie herum, »Wie bitte?«

Max strahlte sie entwaffnend an. »Wie du die Treppe hochgehst. Ich hab's ausgemessen. Kein Mensch geht den gerade Weg, nicht einmal du, wo du's doch so eilig hast, zur Arbeit zu kommen.«

»Ich hab' nicht die geringste Ahnung, wovon du sprichst.«

Er deutete auf seine Aufzeichnungen, während Dominik hinter ihm entnervt die Augen verdrehte. »Ich hab' die Steigspur der Treppe ermittelt. Den genauen Weg, den man benutzt, wenn man hinaufgeht. Man sollte doch meinen, dass jeder Mensch die kürzeste, also die gerade Strecke wählt. Aber so ist es nicht. Die Steinstufen sind völlig ausgetreten, und anhand der Höhe lässt sich nachvollziehen, wie sie während der letzten hundert Jahre benutzt worden sind. Mal ist eine Stufe rechts eingekerbt, mal links. Das bedeutet, dass wir die Treppe unbewusst im Zickzack hinaufgehen. Und das hast du gerade bewiesen.«

Sina schüttelte verständnislos den Kopf. »Schreib das in deine Abhandlung, wenn du willst, aber lass mich damit in Ruhe.«

»Tatsächlich ist es ein philosophisches Problem.« Max ließ nicht locker. »Die Art und Weise, wie wir Treppen steigen, beweist die Unfähigkeit des Menschen, in geraden Bahnen zu denken. Der Mensch ist einfach nicht für den kürzesten Weg geschaffen. Unser Leben verläuft in einer Schlangenlinie.«

Sina, halb amüsiert, halb verärgert, sah aus dem Augenwinkel, wie sich der Pförtner hinterm Ohr kratzte. Sie selbst hatte sich an die eigenwilligen Theorien ihres Kollegen längst gewöhnt. Trotzdem brachte sie keine Geduld dafür auf.

Mit einem Stoßseufzer drehte sie sich um. »Ich bin im Archiv, falls mich jemand sucht.«

Sie glaubte zu hören, wie Max hinter ihr lachte, und das irritierte sie nur noch mehr. Zögernd gestand sie sich ein, dass sie nicht einmal seinen Humor verstand, geschweige denn ihn selbst.

■ ■ ■

Max setzte sich auf die Stufe, die er zuletzt vermessen hatte, und blickte zu Dominik auf. Er wusste genau, was jetzt kam. Bester Freund hin oder her, Dominik war trotz allem der Sohn seines Vaters. Der Sohn des Alten, ihres Vorgesetzten.

»Er wird dich nicht rauswerfen«, sagte Dominik leise. »Ganz gleich, wie sehr du ihn reizt. Er hat es deinem Vater versprochen.«

Max nickte betont. Auch das wusste er. So wie er und Dominik befreundet waren, so waren es auch ihre Väter, wenn auch auf einer anderen, gesellschaftlichen Ebene. Man begegnete sich auf Bällen, bei Galaempfängen und Opernpremieren. Das war nicht immer so gewesen, aber seit einigen Jahren war die Freundschaft der beiden alten Männer in Manierismen erstarrt.

»Ich will gar nicht, dass dein Vater mich aus dem Hex wirft«, entgegnete Max. »Solange er mir meine Freiheiten lässt, gefällt es mir hier ganz ausgezeichnet.«

»Treppenkunde ist nicht gerade der Grund, weswegen du hier bist«, meinte Dominik, aber es klang nicht wirklich vorwurfsvoll. Früher hatte er es mit Appellen an Max' Gewissen versucht und war damit gescheitert. Jetzt vertraute er nur noch auf die Kraft der Wiederholung. Er hoffte wohl, irgendwann würden seine Worte Max zur Vernunft bringen.

»Müssen wir diese Diskussion jetzt führen?«

Dominik zog eine Grimasse. »Hör auf, mit mir wie mit deinem Vater zu reden.«

»Du redest wie *deiner.*«

»Ich rede wie jeder gescheite Mensch reden würde.«

Max gab sich zugleich amüsiert und gedankenverloren. »Was sagst du denn zu meiner Theorie von vorhin?«

»Interessant.«

»Sie ist abgegriffen.«

Dominik neigte den Kopf. »Ich denke, sie stammt von dir?«

»Ich hab' nur den Bezug zum Steigverlauf …«

»… der Treppe hergestellt, natürlich.«

»Ja, genau. Aber ›Das Leben verläuft in Schlangenlinie‹? Ich weiß nicht … Klingt irgendwie flach.«

»Steht das schon in deinem Buch?«

Max nickte nachdenklich.

»Dann streich's wieder raus.« Dominik schaute ihn auffordernd an. »Kommst du mit rauf?«

Max überlegte einen Augenblick und fasste den Entschluss, dass es wenig Sinn hatte, weitere Messungen anzustellen. Außerdem wollte er seine Ergebnisse aus dem Notizbuch in die Fußnoten seines Manuskriptes übertragen. Es lag in der Schreibtischschublade. Auf der obersten Seite stand: *Kultur- & Geistesgeschichte der Treppe.* Ein viel zu behäbiger Titel für etwas, an dem er aus purem Vergnügen arbeitete. Aber ihm war noch kein besserer eingefallen.

Gemeinsam stiegen sie hinauf ins Allerheiligste der Abteilung Sechs, der irgendwer den Spitznamen Hex verpasst hatte.

Abteilung Sechs. Die Abteilung für unbearbeitete Reichsangelegenheiten.

Max fragte sich, weshalb sich überhaupt jemand aufregte, wenn seine Fälle liegenblieben und er sich stattdessen Sinnvollerem zuwandte. Er machte dem »unbearbeitet« im Namen der Abteilung doch alle Ehre.

Einmal hatte er das dem alten Zacharias gegenüber laut ausgesprochen. Ein Tobsuchtsanfall war die Folge gewesen. Dominiks Vater war kein Mann für höhere Ironie.

»Wie geht's Larissa?«, fragte Dominik, als sie den oberen Treppenabsatz erreichten.

»Man hat ihr eine Rolle angeboten. Im *Student von Prag.*«

»Gab's den nicht schon mal?«

Max nickte. »Ist 'ne Neuverfilmung.«

»Und man hat ihr die Rolle wirklich angeboten?«

»Sie hat vorgesprochen, und die haben sie genommen.«

»Das ist toll.«

Max holte Luft, blickte auf seine Hände und lächelte halbherzig. »Wie man's nimmt. Das Szenarium ist von Ewers.«

»*Alraunen*-Ewers?«

»Eben dem.«

Dominik warf ihm ein wissendes Lächeln zu. »Oho.«

Der Schriftsteller Hans Heinz Ewers hatte anderthalb Jahrzehnte zuvor den Roman *Alraune* publiziert; aufgrund seiner Freizügigkeit war das Werk zum Skandal geraten – und hatte sich entsprechend gut verkauft. Seither hing seinem Namen der Beigeschmack des Ruchlosen, fast Obszönen an.

Max stieß einen bitteren Laut aus. »Meinen Vater wird das ins Grab bringen.«

»Das hat er schon behauptet, als du ihm Larissa vorgestellt hast«, sagte Dominik mit einer wegwerfenden Handbewegung. »Und noch mal, als er erfahren hat, dass ihr heiraten wollt.«

Max imitierte das Naserümpfen seines Vaters. »Eine Schauspielerin – schlimm genug. Aber in einem Ewers-Film? Lieber Himmel!«

Vor ihnen öffnete sich der Korridor zu einem großen Raum, in dem ein Dutzend Schreibtische standen. Unter der Decke hing ein elektrisch betriebenes Flügelrad, ein dreiarmiger Propeller, der die Luft aufwirbelte. Der alte Zacharias hatte ihn zum dreijährigen Bestehen des Hex gestiftet. In seinem eigenen Büro, am anderen Ende des Flurs, hingen gleich zwei davon.

Auf einem der drei Flügel saß ein gelber Vogel, nicht größer als eine Hand, und drehte sich mit dem Rad im Kreis. Immer und immer wieder. Einer der Agenten hatte ihn eines Tages mitgebracht, und seitdem saß er dort oben und drehte sich geduldig. Nachts, wenn das Büro verlassen war, sprang er herunter und pickte die Körner aus seinem Napf auf der Fensterbank und trank ein paar Tropfen Wasser, doch spätestens am Morgen, wenn die ersten Mitarbeiter des Hex eintrafen, saß er wieder auf seinem Propeller und fuhr Karussell.

Welches Problem das mit sich brachte, erfuhr Dominik jetzt am eigenen Leib. Mit einem kaum hörbaren Laut landete ein Klecks weißen Vogelkots auf seinem Revers. Die Drehung katapultierte solche Geschosse in unregelmäßigen Abständen durch den ganzen Raum. Trotzdem hatte nie irgendjemand verlangt, das Tierchen abzuschaffen. Im Gegenteil: Solche Treffer wurden meist mit Applaus quittiert.

Zu dieser Stunde aber waren bis auf einen alle Schreibtische verlassen. Nur Ella, eine der Sekretärinnen, saß über einen Stapel Papier gebeugt und sortierte Blätter. Sie grüßte, als sie die beiden bemerkte, und versuchte vergeblich, ein schadenfrohes Grinsen zu unterdrücken, als sie den Fleck auf Dominiks Jacke bemerkte.

»Herr von Poser«, rief sie Max durch den leeren Raum hinweg zu. »Herr Zacharias möchte sie in einer halben Stunde in seinem Büro sehen.«

Max winkte ab und trat an seinen Schreibtisch am Fenster, während Dominik verdrießlich mit einem Stück Papier an seinem Revers herumwischte.

»Vielleicht hast du dich getäuscht«, sagte Max. »Vielleicht wirft er mich doch noch raus.«

Dominik starrte finster auf den hellen Fleck, der auf seiner Jacke zurückblieb. »Ja, vielleicht.« Mit Daumen und Zeigefinger formte er eine Pistole und zielte auf den Vogel unter der Decke. »Bumm!«, machte er.

Der Vogel drehte und drehte und drehte sich.

»Wo sind die anderen?«, fragte Max, während er die Zahlen aus seinem Notizbuch in den Manuskriptstapel seiner *Kulturgeschichte* übertrug.

Ella blickte erneut auf. »Alle im Einsatz. Eine alte Frau hat behauptet, ein Fischmensch aus dem Wannsee habe ihren Pudel gefressen. Kinder wollen im Keller ihrer Schule einen Altar entdeckt haben, auf dem ihre Lehrer Tieropfer bringen. An der Wand der Synagoge in der Fasanenstraße hat man angeblich eine Spinne mit Fledermausflügeln gesichtet. In Buckow wurde ein Kalb mit zwei Köpfen geboren. In Reinickendorf ...«

»Danke«, unterbrach Dominik mürrisch ihren Redeschwall, »es reicht.«

»Wie gut, dass es so viele wirklich bedeutsame Aufgaben gibt«, bemerkte Max sarkastisch, ohne von seinen Blättern aufzusehen.

Dominik deutete spöttisch auf das Manuskript. »Ein Glück, dass immerhin einer sich den wirklich wichtigen Dingen widmet.«

»Ich weiß deine Dankbarkeit zu schätzen.«

»Bald wird man sowieso sämtliche Treppen niederreißen, weil wir alle nur noch Aufzug fahren.«

»Hätten die alten Römer alle Packesel erschlagen, als sie die ersten Sklaven fingen, würdest du nicht hier sitzen.«

Dominik brummte etwas, während Ella im Hintergrund kicherte.

Max beendete seine Aufzeichnungen und hielt vergeblich nach Kaffee Ausschau. Auf einem Tisch am Fenster stand ein Stapel ungespülter Tassen, aber die Blechkanne war nirgends zu sehen. Irgendwer musste sie in einen der anderen Räume entführt haben,

»Hast du eine Ahnung, was dein Vater von mir will?«, fragte er an

Dominik gewandt, der gerade ein neues Farbband in seine klobige Schreibmaschine einlegte. »Außer mich zu feuern, meine ich.«

»Ein Auftrag, nehme ich an.«

Max schnitt eine gequälte Grimasse. »Verflixt!«

»*Ich* würde dich rauswerfen«, spöttelte Dominik und fluchte gleich darauf, als seine Finger sich im Farbband verhedderten.

»Wie der Vater, so der Sohn.«

Dominik lächelte, aber es wirkte nicht ganz so gelöst wie sonst. »Ich fürchte, da ist was dran.«

■ ■ ■

Sina saß im Archiv und begutachtete unglücklich das halbe Dutzend Aktenordner, das Karel Haaf, der Archivar, vor ihr auf den Tisch häufte.

»Hier, unterschreiben Sie das«, bat er und hielt ihr eine Benutzungsbestätigung vor die Nase.

»Ist das wirklich nötig?« Seufzend griff sie nach einem Stift.

Karel sah sie streng an. »Das gilt für alle, sogar für den Alten.« Er war ungemein penibel, was die Ordnung in seinem Archiv anging.

Sie unterschrieb: *Sina Zweisam.* Sie kannte jeden anzüglichen Witz über ihren Namen. Keinen hatte sie weniger als dreimal gehört.

Das Archiv war auf dem Speicher der Villa untergebracht, ein staubtrockener, weitläufiger Raum, der von mehreren Regalreihen beherrscht wurde. Jedes Fach, jeder freie Winkel war mit Ordnern und schweren Folianten zugestopft. Die Regale und Schränke quollen über vor Papier. Vieles war Fachliteratur, einiges davon mehrere hundert Jahre alt. Den meisten Platz aber nahmen die Berichte der Agenten ein. Gut neunzig Prozent entlarvten die Meldungen von übersinnlichen Erscheinungen als Unfug und Hirngespinste. Über neun Prozent waren unaufgeklärt. Interessant war allein der winzige Rest.

Karel deutete auf die sechs prallgefüllten Ordner und hob eine Augenbraue. »Sie werden drei Tage brauchen, wenn Sie das alles durcharbeiten wollen. Und ob Sie ihn dann wirklich finden – ich weiß es nicht …«

Sina ließ seinen Einwand nicht gelten. »Er ist kleinwüchsig. Ein Zwerg. Irgendwem muss er aufgefallen sein. In irgendeinem Zusammenhang.«

Der Archivar, ein grauaariger, hagerer Mann, dessen Gesicht von Muttermalen übersät war, stützte sich ihr gegenüber auf die Tischplatte. »Sie wissen, wie das mit diesen Kerlen ist. Tauchen aus dem Nichts auf, veranstalten ein paar Zirkel und Beschwörungen, kassieren ab und verschwinden wieder.«

»Aber seine Größe …« Sina blieb beharrlich. »Ich hab' das Gefühl, dass ich schon mal was über ihn gelesen habe.«

»Warum sind Sie eigentlich so versessen auf ihn?«

»Dafür werde ich bezahlt«, gab sie mit sprödem Lächeln zurück,

Karel schüttelte den Kopf. »Das meine ich nicht. Weshalb gerade *er*?«

Sie suchte noch nach einer Antwort, als Karels Gesichtsausdruck sich schlagartig änderte. Sein Mund klappte auf. Sina holte tief Luft, sie wusste, was als nächstes geschehen würde.

Völlig unvermittelt begann Karel zu singen. Mit der Stimmgewalt eines Troubadours schmetterte er eine Opernarie. Der Gesang musste im ganzen Haus zu hören sein.

»Karel!«, rief Sina aufgebracht, aber sie wusste, dass es nichts nützen würde.

Mit dem Archivar hatte es eine ganz besondere Bewandtnis (und nicht wenige behaupteten, gerade das sei der Grund, weshalb man ihn ausgerechnet zum Hex abgeschoben hatte). Karel behauptete, er habe einen bösartigen Tumor am Kehlkopf. Nachdem die Ärzte ihm klargemacht hatten, dass jede Behandlung aussichtslos sei, hatte er beschlossen, sich mit dem Parasiten in seinem Körper abzufinden. Karel behauptete, er sei in sich gegangen und habe seinen Frieden mit dem Tumor gemacht; nun aber ergreife das Geschwür gelegentlich Besitz von seinen Stimmbändern und bringe ihn dazu, Dinge auszusprechen oder, schlimmer noch, zu singen, ohne dass er selbst darauf Einfluss habe.

Manche hielten ihn schlichtweg für verrückt, ein krankhafter Wichtigtuer, sagten sie, der sich aufspielte und anderen auf die Nerven fiel. Sina aber, die an und für sich wenig Verständnis für Launen und Verschrobenheiten zeigte, seit sie ihre eigenen aufgegeben hatte, machte bei dem Archivar eine Ausnahme. Sie waren nicht wirklich befreundet, aber auf eine seltsame Weise erschien er ihr liebenswert. Vielleicht verstanden sie sich deshalb so gut, weil sie eine der wenigen, vielleicht gar die einzige Agentin des Hex war, die ihre Arbeit ernst nahm. Während einem seiner Anfälle hatte Karel einmal mit seiner hellen Krebsstimme zu ihr gesagt: ›*Du glaubst es, nicht wahr? Du glaubst wirklich an diese Dinge.*‹ Sie hatte nicht geantwortet, denn sie weigerte sich, mit einem *Tumor* zu sprechen. Und als Karels Stimme wieder zu seiner eigenen geworden war, da war es, als hätte er sich an seine Worte nicht mehr erinnern können. Sie hatten nie wieder über Glauben und Überzeugung gesprochen, aber seither schien zwischen ihnen eine stille Übereinkunft zu bestehen. Denn auch Karel, davon war sie überzeugt, glaubte an die Existenz des …

»Sina!« Jemand stand hinter ihr und rief ihren Namen.

Karels Stimme schraubte sich höher, sein Gesang dröhnte ohrenbetäubend durch den Speicher. Sina fuhr herum und entdeckte Max, der an der Tür stand und ihr zuwinkte.

»Was ist los?«, brüllte sie und versuchte, Karels Arie zu übertönen.

Max machte zwei Schritte auf sie zu, blieb dann aber stehen, als fürchtete er, seine Trommelfelle könnten Schaden nehmen, käme er noch näher an den verrückten Sänger heran.

»Der Alte will uns sprechen«, rief er.

»Uns beide gemeinsam?« Das war eigenartig. Sie hatte eher erwartet, dass Zacharias sie und Dominik zu den Ereignissen im Atelier befragen würde. Aber Max? Was hatte sie mit Max zu schaffen? Es war selten, dass zwei Agenten gemeinsam für einen Auftrag abgestellt wurden, und bislang war es ihm gelungen, sich um alle größeren Aufgaben herumzudrücken.

Sie stand auf und warf einen letzten Blick auf Karel. Der Archivar stand mit ausgebreiteten Armen hinter dem Aktenberg, die Augen geschlossen, den Mund weit aufgerissen. Sein Gesang schwoll auf und ab.

Als sie mit Max durch die Tür ins Treppenhaus trat, herrschte auf einen Schlag Ruhe. Sie drehte sich um.

Karel blickte ihr nach.

»Komm wieder«, zischte seine Krebsstimme schneidend. *»Komm wieder, kleine Sina.«*

Max nahm sie kopfschüttelnd bei der Hand und zog sie mit sich. Sina spürte es kaum. Sie hörte nur die Stimme. Sie wusste, dass sie sich täuschte – aber für einen Augenblick war es ihr vorgekommen, als klinge sie wie die eines kleinen Kindes.

■ ■ ■

»Guten Morgen«, sagte Zacharias steif, als sie sein Büro betraten. Der Raum war in stilechtem Biedermeier eingerichtet, Tische, Sessel, sogar der schnörkelige Bilderrahmen, aus dem Reichspräsident Hindenburg herabblickte. Scheußlich, fand Sina. Sie fühlte sich jedes Mal, wenn sie das Büro des Alten betrat, um hundert Jahre zurückversetzt. Rückschrittlichkeit war etwas, das sie verabscheute, einer der Gründe, weshalb sie sich begeistert das Haar hatte kurz schneiden lassen.

»Wie war's im Atelier?«, fragte Dominiks Vater, nachdem sie und Max vor seinem Schreibtisch Platz genommen hatten.

»Ihr Sohn schreibt den Bericht«, erwiderte sie knapp. Sie würde den Teufel tun, in Max' Gegenwart ihr Scheitern einzugestehen. Nicht, wenn es sich vermeiden ließ.

Zu ihrer Erleichterung fragte Zacharias nicht weiter. Demnach hatte er sie nicht wegen der Ereignisse vom Vorabend herbestellt.

Johannes Zacharias war ein großer Mann, über einen Meter neunzig, und trotz seines Alters von Anfang sechzig hielt er sich gestreckt wie ein Soldat. Sina wusste, dass er im Krieg einen hohen militärischen Rang bekleidet hatte, kurz darauf aber in Ungnade gefallen war. Als er seinen Vorgesetzten im Innenministerium die Gründung des Hex vorgeschlagen hatte, waren sie – so wurde zumindest unter den Agenten gemunkelt – nur zu glücklich gewesen, den Alten bis zur Pensionierung dorthin abzuschieben. So war das Hex von Anfang an das gewesen, was es auch heute noch war: das Sammelbecken der Unerwünschten, der, wie es hieß, »Unstabilen«. Nicht in politischer Hinsicht, wie man hätte annehmen können; wer die Arbeit bei Geheimdienst und Staatspolizei nicht mehr verkraftete – *geistig* nicht mehr verkraftete –, der landete hier. Fortan durfte er sich auf die Verfolgung von Fischmenschen konzentrieren, die am Wannseeufer Pudel fraßen. Oder auf Spinnen mit Fledermausflügeln. Oder auf …

»Frau Zweisam, störe ich Sie vielleicht?«

Die Stimme des Alten ließ sie aufschrecken. »Ich … nein, Verzeihung.«

»Ich erklärte gerade, dass Ihnen beiden eine größere Reise bevorsteht. Sind Sie schon mal geflogen?«

Sie wollte verneinen, aber Max kam ihr zuvor. »Es heißt ›fahren‹. Mit einem Luftschiff fliegt man nicht, man fährt.«

Zacharias funkelte ihn ungehalten an, »Vielen Dank, Maximilian. Ich schätze es, wenn du so aufmerksam zuhörst.« Er duzte ihn und nannte ihn beim Vornamen, weil er ihn seit seiner Geburt kannte. Zacharias war Max' Pate.

Der Alte hielt nicht viel von ihm, jeder hier wusste das, genauso wie jedem klar war, dass Max nur hier saß, weil sein Vater Zacharias darum gebeten hatte. Dabei legte er selbst nicht den geringsten Wert darauf. Er war Kulturhistoriker, hatte sein Studium ein Semester vor dem Abschluss abgebrochen und hätte sich liebend gern für den Rest seines Lebens mit Treppen – und mit Larissa – beschäftigt. Sein Vater verabscheute beides, seine Braut noch mehr als seine Forschungen, und er hatte Max mit der Streichung seines Erbteils gedroht, wenn er keine Laufbahn im Staatsdienst einschlug. Max aber war auf das Vermögen seiner Familie angewiesen, wenn er seine Untersuchungen an Treppen in ganz Europa fortsetzen wollte. Seine Reisen verschlangen enorme Geldbeträge. Seit er fürs Hex arbeitete, war ihm zwar das Erbe gewiss, aber er hatte keine Zeit mehr, es zu nutzen.

»Du kennst dich mit Luftschiffen aus, nicht wahr?«, fragte Zacharias, obgleich er die Antwort kannte.

»Ich hab' ein paarmal drin gesessen. Aber mir wird schlecht in der Luft.«

»Das tut mir leid«, bemerkte der Alte, und es klang weder aufrichtig noch ironisch. Er hatte die Fähigkeit, sein Gesicht von allen Emotionen reinzuwaschen.

Zacharias wirkte stets altmodisch und korrekt, und so war es umso verblüffender, dass gerade er das Hex ins Leben gerufen hatte. Pseudo-übernatürliche Erscheinungen, die Zerschlagung von Satanssekten und Geisterzirkeln – das waren Dinge, die in keinerlei Einklang zu seinem Wesen standen. Und trotzdem war es sein Vorschlag gewesen, die Beschäftigung damit einem inoffiziellen Zweig der Spionageabwehr anzuvertrauen. Niemand hatte das verstehen können. Selbst Dominik, sein Sohn, hatte Max gestanden, dass ihm die Motivation seines Vaters unbegreiflich sei. Die meisten anderen sahen im Hex genau das Abstellgleis, das es in Wirklichkeit war, doch Zacharias wollte von derlei nichts wissen. Er glaubte an seine Mission. Ein Kreuzfahrer des zwanzigsten Jahrhunderts.

»Also, Frau Zweisam«, begann er erneut und richtete seine tiefliegenden Augen auf Sina, »sind Sie schon einmal mit einem Luftschiff … gefahren?« Er schenkte Max einen Seitenblick, den dieser mit seinem freundlichsten Lächeln quittierte.

»Nein.«

»Es wird Ihnen gefallen. Und vielleicht findest du, Max, ja auch noch Gefallen daran.«

»Wenn du es sagst, Onkel Johannes.« Max wusste, dass Zacharias es hasste, wenn er ihn in Anspielung auf seine Patenschaft so nannte.

»Wo fliegen wir hin?«, wollte Sina wissen, der bei dem Gedanken keineswegs wohl war.

Zacharias lehnte sich in seinem Stuhl zurück, verhakte die Finger vor dem Bauch und lächelte zum ersten Mal. »Nach Grönland.«

Ihnen beiden blieb schlagartig die Luft weg. Während Sina pflichtschuldig schwieg, sah Max keinerlei Veranlassung, sich zurückzuhalten. »Grönland?«, stieß er hervor. Seine weiteste Reise in den Norden hatte ihn nach Schweden geführt. Das war vor drei Jahren gewesen.

»Allerdings.« Zacharias wirkte beinahe amüsiert und fügte hinzu: »Zieh dich warm an, sonst wirst du dich erkälten.«

Sina gewann langsam ihre Fassung zurück. »Ich nahm an, die Aktivitäten der Abteilung beschränken sich aufs Reich.« Tatsächlich waren die wenigsten von ihnen über die Hauptstadt hinausgekommen.

»Der Fall ist durchaus eine Reichsangelegenheit«, sagte Zacharias mit eigenartiger Betonung. »Und zwar eine von enormer Bedeutung. Deshalb habe ich Sie dafür ausgewählt, Frau Zweisam.« Max blickte er dabei nicht einmal an.

»Was ist passiert?«

»Eines unserer Forschungsluftschiffe ist abgestürzt, in der Nähe einer Stadt namens« – er griff nach einem Zettel und las ab – »Ittoqqortoormiit. Verzeihen Sie, wenn ich das falsch ausspreche.«

»Kein Problem«, erwiderte Max mit großmütigem Lächeln.

Zacharias ignorierte ihn. »Die Stadt liegt irgendwo an der Ostküste Grönlands. Das Gebiet steht unter dänischer Hoheit, wird aber von den Norwegern beansprucht. Es kommt ständig zu Reibereien. Das ist leider auch schon alles, was ich über den Ort weiß.«

Sina beugte sich verständnislos vor. »Aber das ist keine Angelegenheit des Hex.«

»O doch«, widersprach der Alte und stützte seine Ellbogen auf die Tischkante. »Es gab einen Funkspruch, wenige Augenblicke vor dem Absturz. Die Dänen haben ihn aufgefangen und ihn – unglücklicherweise rein fonetisch – aufgeschrieben. Falls die Nachricht korrekt entschlüsselt wurde, hat der Kapitän des Luftschiffs behauptet, kurz vor der Katastrophe eine Erscheinung am Himmel gesehen zu haben. Eine leuchtende Scheibe.«

»Du liebe Güte!« Max wand sich gequält in seinem Sessel. »Und deshalb willst du uns in die Arktis schicken? Wegen einer Scheibe am Himmel, die irgendein Kapitän in Todesangst gesehen haben will? Ich bitte dich!«

»Nein, ich bitte *dich*!«, fuhr Zacharias zornig auf. »Und zwar, deine Aufgabe ein einziges Mal ernst zu nehmen. Nur dieses eine Mal, Maximilian.«

Sina fühlte sich plötzlich in die Rolle der Schlichterin gedrängt. Sie behagte ihr nicht im Geringsten.

Einen Augenblick später aber hatte Zacharias sich wieder unter Kontrolle. Er wandte seinen Blick von Max ab und fixierte stattdessen Sina. »Ich weiß, dass es zahllose Verrückte gibt, die immer wieder Engel und Lichter und weiß-der-Teufel-was am Himmel sehen. Und ich weiß natürlich, wie viele von diesen Meldungen wir untersucht und als Unfug zu den Akten gelegt haben.«

»Alle«, bemerkte Max leise.

Jetzt war es Sina, die einen wütenden Blick auf ihn abschoss. Er hob eilig beide Handflächen und gab sich geschlagen.

»Aber in diesem Fall liegen die Dinge ein wenig anders«, fuhr der Alte fort. »Wir haben Grund zu der Annahme, dass unser Luftschiff mit etwas kollidiert ist. Und dass alle beide, das Schiff *und* diese Scheibe, abgestürzt sind.«

»Wie kommt ihr darauf?«, fragte Max. Sein Potential an Trotz war allmählich erschöpft.

Zacharias starrte ihn über die Dokumentenwüste seines Schreibtischs an. »Beim Aufschlag ist es zu einer Explosion gekommen, die das Eis im Umkreis von vier Kilometern geschmolzen hat. Die Stadt, von der ich sprach, liegt neunundzwanzig Kilometer vom Absturzort entfernt – und selbst dort hat die Schockwelle noch einige Fenster eingedrückt. So etwas passiert nicht, wenn ein Luftschiff vom Himmel fällt.«

Sina fing sehr sorgfältig seinen Blick auf und versuchte, seine Beweggründe zu durchschauen. »Was hoffen Sie dort zu finden? Bei einer Detonation von solcher Kraft, von solcher Hitze kann schwerlich irgendetwas übriggeblieben sein.«

Zacharias lehnte sich erschöpft zurück. »Nicht unser Luftschiff, natürlich nicht. Aber wer weiß, was mit dieser Scheibe ist.«

»Du sagst doch selbst, das Schiff kann eine solche Explosion nicht verursacht haben«, warf Max nachdenklich ein. »Also muss sie von der Scheibe ausgegangen sein. Das heißt aber doch, dass auch sie zerstört wurde.«

»Vielleicht nicht völlig.«

Sina legte die Stirn in Falten. »Vielleicht gibt es Wrackteile. Wurde noch kein Suchtrupp dorthin geschickt?«

»Natürlich nicht. Die ganze Sache ist streng geheim. Ich habe alles in Bewegung gesetzt, damit wir die Ersten sind, die sich die Sache ansehen. *Sie* werden sie sich ansehen.«

Vor Sinas Augen erstand die Erinnerung an eine Fotografie, die sie einmal oben im Archiv, beim verrückten Karel, gesehen hatte. »Es gab schon mal einen ähnlichen Vorfall.«

»Angara«, bestätigte Zacharias.

Max sah verwundert von einem zum anderen. »Was ist das?«

Sina drehte sich zu ihm um, »Die Angara ist ein Fluss, der durch Sibirien fließt. Im Jahre 1908, vor achtzehn Jahren, wurde dort in einer Nacht …«

»Am 30. Juni«, ergänzte Zacharias.

Sie dankte ihm mit einem Nicken. »In der Nacht zum 30. Juni 1908 wurde dort ein blauer Feuerball am Himmel entdeckt. Sekunden später kam es weit im Norden, in einem dichtbewaldeten Tal an der oberen Angara, zu einer gigantischen Explosion. In einem Radius von zweiunddreißig Kilometern fällte die Detonation alle Bäume. Der Druck erschütterte Häuser in einer Entfernung von 650 Kilometern! Eine pilzförmige Staubwolke stieg auf und sorgte noch viele Tage später für seltsame Lichtreflexionen und Farberscheinungen am Himmel über Europa und dem Westen Asiens. Als vor ein paar Jahren eine wissenschaftliche Expedition dort hinauffuhr, stellte sie fest, dass der Wald noch immer völlig verwüstet war. Nichts wächst dort, nicht einmal Sträucher.«

»Und man hat auch dort so eine Scheibe gesehen?«, fragte Max zweifelnd.

»Nein«, erwiderte Zacharias. »Die Wissenschaft hat sich darauf geeinigt, dass ein Meteorit dort eingeschlagen ist, irgendein Felsbrocken aus dem All.«

»Aber bewiesen hat man das nicht«, fügte Sina hinzu. »Der Landstrich um die obere Angara ist vollkommen unbewohnt. Es gab keine Zeugen.«

»Wahrscheinlich wäre es ihnen ohnehin wie den Bäumen ergangen«, sagte Max trocken.

»Wahrscheinlich.« Zacharias sprang vom Stuhl und trat ans Fenster. Von hier aus sah er auf das gegenüberliegende Ufer des Halensees. »Auch in Grönland gibt es keine direkten Zeugen. Wenn, dann höchstens ein paar umherziehende Indianerstämme, von denen wir nie erfahren werden.«

»Inuit«, verbesserte Max. »Sie heißen Inuit, nicht Indianer.«

Der Alte lächelte schief. »Es freut mich, dass du bereits das nötige Vorwissen für diesen Auftrag mitbringst.«

Max sagte nichts mehr. Das Ganze missfiel ihm zutiefst. Er hatte in drei Wochen heiraten wollen. Wie es aussah, würden sie den Termin nun verschieben müssen. Larissa würde begeistert sein.

»Wann brechen wir auf?«, fragte Sina.

»Morgen.«

»Morgen?«, rief Max erstaunt. »Wir müssen uns vorbereiten. Uns über die Gegend informieren. Und das alles bis morgen?«

Zacharias nickte gelassen. »Ein Luftschiff startet morgen nach Nuuk. Das ist die Hauptstadt Grönlands. Es transportiert Ausrüstungsgegenstände und Verpflegung für mehrere deutsche Forschergruppen, die sich dort oben herumtreiben. Ihr müsst mit an Bord gehen. Die Schiffe fliegen nur alle fünf oder sechs Wochen. Und auf dem Seeweg wärt ihr viel zu lange unterwegs. Ihr habt keine andere Wahl. Es muss dieses Schiff sein.«

»Wunderbar«, schimpfte Max.

»Werden uns die Dänen nicht zuvorkommen?«, fragte Sina. »Grönland gehört ihnen. Sie haben dort einen eigenen Verwaltungsapparat.«

»Sie haben niemanden dort, der sich mit diesen Dingen auskennt«, widersprach Zacharias. »Zudem wurde diese Frage bereits mit der dänischen Regierung abgesprochen. Es war unser Schiff, und sie überlassen uns die Nachforschungen. Die Dänen kümmern sich nicht ums Inland. Sie interessiert nur der Fischfang an der Küste. Dreißig Kilometer ins Eis hinein ist Niemandsland, Einöde, das Ende der Welt. Niemand wird Ihre Untersuchungen behindern, dessen bin ich sicher.«

»Ich werde dich bei Gelegenheit daran erinnern«, versicherte Max.

Erstaunlicherweise war es Sina, die letzte Zweifel anmeldete. »Glauben Sie wirklich, dass das, was wir hier in Berlin treiben, uns für diese Sache qualifiziert? Die Jagd auf …«

»Fischmenschen im Wannsee«, bemerkte Max trocken.

»Nicht für die wissenschaftliche Bewertung«, antwortete Zacharias. »Die werden später andere übernehmen. Es interessiert mich nicht, wie groß und tief dieser Krater ist. Ich will wissen, was in seiner Mitte liegt.« Er zögerte, dann fügte er mit leuchtenden Augen hinzu: »Und wo es, um Himmels willen, herkommt.«

Kapitel 3

Die Reporter waren alle da, und das machte aus dem Missgeschick eine Katastrophe. Vorne, gleich in der ersten Reihe, saß die fette Schwanheim von der *Berliner Illustrirten Zeitung*, schräg hinter ihr der skandalverliebte Beckmann vom *12-Uhr-Blatt*. Sogar die *Dame* hatte jemanden geschickt. Keiner von ihnen, weder die Schwanheim noch Beckmann, gehörten zur ersten Klatschgarnitur, aber sie besaßen Einfluss genug, um Schaden anzurichten. Finanziellen Schaden, aber auch seelischen. Der Magier war sensibel, ein Künstler, und er schätzte es nicht, wenn man sich über ihn lustig machte.

Umso schlimmer, dass die Schuld allein bei ihm lag. Er hatte die Aufhängung höchstpersönlich überprüft, und er war sicher, selbst jetzt noch, dass sie in Ordnung gewesen war. Es hätte nicht passieren dürfen.

Begonnen hatte alles wie immer. Der schwarze Vorhang war aufgegangen, und der Magier war unter Applaus aus dem Schatten getreten. Die Bühnenscheinwerfer erfassten ihn dabei in so glücklichem Winkel, dass es auf die Zuschauer, selbst auf jene, die am nächsten saßen, wirken musste, als materialisiere er sich aus leerer Dunkelheit. Hübsch, aber noch kein wirkliches Kunststück.

Sodann trat er an die lange schwarze Kiste, geformt wie ein Sarg, die in der Mitte der Bühne stand. Wortlos präsentierte er das leere Innenleben und legte sich hinein. Ein künstlicher Donner krachte, Rauch und kleine Blitze stiegen auf, und dann fiel Licht auf die erste Attraktion des Abends. Das Pendel.

Mit scharfen, sausenden Geräuschen schwang es über dem Sarg hin und her, eine mannslange Klinge, geschwungen wie ein Sarazenensäbel. Dabei rückte es tiefer und tiefer. Noch wenige Sekunden, dann würde es den Deckel des Sarges streifen, ihn beim nächsten

Schlag berühren, immer tiefer und tiefer schneiden, um schließlich den Magier auf Höhe des Bauchnabels zu zerteilen. Ein primitiver Trick, fürwahr, aber der Magier wusste, dass er immer und immer wieder funktionierte. Stöhnen. Schreie. Dann stehende Ovationen. So war es jedes Mal.

Nur nicht an diesem Abend. Heute hatte sich das Pendel nach dem fünften oder sechsten Schlag gelöst, war vom eigenen Schwung nach vorne gerissen worden, über den Sarg und den Magier hinweg – direkt in die Richtung der vorderen Reihen. Nur ein Wunder hatte verhindert, dass die Klinge ein Blutbad anrichtete. Der Schaft des Pendels war gegen die Schiene des Bühnenvorhangs gestoßen, dadurch aus der Bahn geraten und geradewegs nach unten gekracht. Zwei Schritte vor den vorderen Gästen war die Schneide auf den Boden geprallt und hatte eine handbreite Kerbe ins Parkett geschlagen.

Das war vor fünf Minuten gewesen, und die meisten Zuschauer – jene, die nicht gleich hinausgestürzt waren – standen immer noch empört zwischen den Sitzreihen und schrien Beschimpfungen und Vorwürfe in die Richtung der Bühne. Es war kein gehobenes Publikum, keine feinen Damen und Herren in Abendgarderobe, sondern schlichte Männer und Frauen, die mit eigenen Augen hatten sehen wollen, was denn an dem hochgelobten Magier so Großartiges war, dass selbst die Zeitungen auf ihn aufmerksam geworden waren. Obwohl er doch – und später würde es deshalb heißen: Man hätte es ja wissen müssen! – in keinem der großen Theater mit Logenplätzen und Galabeleuchtung auftrat. Freilich, das wäre der nächste Schritt gewesen, sein Einzug in die Welt der glitzernden Schaubühnen. Dies war der Abend gewesen, der es allen hatte zeigen sollen: Hier ist das nächste große Talent am Unterhaltungshimmel!

Die Klatschreporter waren als Erste verschwunden, zweifellos, um das Erscheinen ihrer Schmähschriften in der Morgenausgabe zu sichern. Sie hätten dem Magier den Aufstieg zu wahrer Größe sichern sollen, und nun würden sie es sein, die seinen Untergang besiegelten. Nach Erscheinen ihrer Artikel würde es mit seiner Karriere vorbei sein. Er musste ihre Texte gar nicht erst lesen, um zu wissen, mit welcher Häme sie über ihn herfallen würden.

Der Magier warf einen letzten Blick auf das Schlachtfeld, das seinen Untergang besiegelt hatte, wandte sich dann um und verschwand wortlos in seiner Garderobe. Den aufgeregten Theaterleiter, der mit pomadisiertem Haar und tränenden Augen hinter ihm her trampelte, sperrte er kurzerhand aus, und auch den Chef der Bühnenarbeiter ließ er vor verschlossener Tür einfach stehen. Er brauchte weder ihre Anklagen noch ihr Mitgefühl. Alles, was er jetzt wollte, war Ruhe. Er musste darüber nachdenken, was noch zu retten war. Er hätte den beiden Zeitungsschmierern nachfahren und ihnen eine Kugel in den Kopf jagen können, aber das hätte wenig Sinn gehabt; er hätte schon die ganze Zeitungszunft ausrotten müssen. Und er war bereits zu lange in diesem Geschäft, um zu wissen, dass sein größter Gegner die Mundpropaganda war.

Nein, die Reporter zu töten, bevor sie ihre Pamphlete diktierten, war keine gute Lösung.

Er wusch sich die Schminke vom Gesicht und legte sein Zauberkostüm ab. Stattdessen schlüpfte er in einen bequemeren Ausgehanzug und horchte auf den Trubel draußen auf dem Gang. Der Theaterleiter würde einiges über sich ergehen lassen müssen. Sicher war es am besten, wenn auch der Magier ihm die Schuld zuschob. Ob das seinen Ruf retten würde, stand trotzdem in Zweifel.

Er hatte sich gerade ein Glas Scotch eingeschenkt, als es erneut an der Tür klopfte. Nicht das hektische Pochen der aufgeregten Theaterleute. Es war ein ruhiges, fast sanftes Klopfen mit nur einem Finger. Höflich, wie von jemandem, der nicht in Eile ist. Vielleicht einer der Reporter? Möglicherweise bot sich die Chance, ihm eine Lügengeschichte über die Unfähigkeit der Bühnenarbeiter aufzutischen. Nur töten konnte er ihn nicht, nicht hier drinnen. Zu aufwändig, die Leiche verschwinden zu lassen. Zu auffällig.

Der Magier trat an die Tür. »Wer ist da?«, fragte er durchs Holz.

»Niemand, den Sie kennen«, antwortete gedämpft eine männliche Stimme.

»Nennen Sie mir Ihren Namen.«

»Das ist unnötig. Er würde Ihnen nichts sagen.« So viel zur Höflichkeit. Aber es war kein Angestellter des Theaters. Offenbar auch kein Journalist. Selbst die unangenehmsten zeigten zu Anfang Manieren.

»Was wollen Sie?« Er hatte die Hand schon nach dem Schlüssel ausgestreckt, aber jetzt zog er sie wieder zurück. Abwarten.

»Mit Ihnen reden. Über Geld.«

Der Magier war nicht reich, aber seine Auftritte brachten genug ein, um gut davon leben zu können. Nach dem Vorfall heute Abend würde er sich mit weniger gefüllten Sälen zufriedengeben müssen. Aber er legte keinen großen Wert auf Geld. Wichtig war ihm sein Ruf. Und den würde auch der Fremde vor der Tür nicht retten können.

Trotzdem öffnete er. Neugier war eine seiner Schwächen.

Draußen auf dem Gang stand ein Mann mit hochgeschlagenem Mantelkragen, dunklem Hut und einem Schal, den er sich bis zur Nase hochgezogen hatte. Er sah aus, als sei er dem Titelbild eines billigen Kriminalromans entstiegen, einem von der Sorte, die es für zwanzig Pfennig an jedem Kiosk gab, auf schlechtem, gelbem Papier gedruckt. *John Kling's Abenteuer* oder *Harry Fiel.*

Der Magier wollte die Tür gleich wieder zuschlagen. »Verzeihen Sie, ich habe keinen Sinn für Albernheiten dieser …«

Der Mann unterbrach ihn und setzte einen Fuß in die Tür. »Lassen Sie mich rein, und löschen Sie das Licht.«

»Das Licht?«, fragte der Magier irritiert. Ein seltsames Gefühl überkam ihn. Erinnerungen, die er vergessen wollte.

Der Mann nickte. Seine Augen, das Einzige, was von ihm zu sehen war, wirkten jung. Mochte der Himmel wissen, wie er in diesem Aufzug hinter die Bühne gelangt war. Wahrscheinlich hatte er die allgemeine Aufregung genutzt und nicht um Erlaubnis gebeten.

»Reicht es aus, wenn ich Oslo erwähne?«, fragte er. »Oder Kopenhagen?«

Der Magier erstarrte. Nur für eine Sekunde. Dann sprang er herum, stürzte auf den Garderobentisch zu, riss die Schublade auf und packte die Pistole. Sie lag immer dort. Eine alte Angewohnheit.

Der Fremde war schnell. In Windeseile war er im Zimmer, hatte die Tür zugeschlagen und ließ den Drehschalter fürs Licht herumschnappen. Augenblicklich wurde es dunkel. Nur durch das einzige Oberlicht fiel der schwache Schein einer Straßenlaterne. Gerade genug, um den Umriss des Mannes aus der Finsternis zu schälen.

Die Waffe des Magiers deutete auf die Brust des Fremden. Zu seiner Überraschung machte der Mann keine Anstalten ihn anzugreifen. Er stand einfach nur im Dunkel neben der Tür und streckte ihm beide Handflächen entgegen. Obwohl der Magier sein Gesicht nicht erkennen konnte, hörte er doch am Klang seiner Stimme, dass er den Schal heruntergezogen hatte.

»Sie waren gut, damals«, sagte der Mann. »Sie können die Waffe weglegen, aber das werden Sie nicht tun, nicht wahr?«

»Nicht, bis ich weiß, weswegen Sie hier sind.«

»Ich möchte Ihre Dienste in Anspruch nehmen. Der Preis ist unwichtig.«

Der Magier versuchte, mit den Augen die Dunkelheit zu durchdringen. Die Stimme kannte er nicht. Wahrscheinlich würde ihm auch das Gesicht nichts sagen.

Die Mündung deutete weiterhin auf den Besucher. Draußen vor der Tür rannte ein Trupp Bühnenarbeiter vorbei, das Poltern ihrer Schritte war ohrenbetäubend.

»Ich gehe dieser Arbeit nicht mehr nach, von der Sie sprechen«, sagte der Magier. Seine Zunge fühlte sich trocken und pelzig an.

»Oh, das weiß ich.« Die Stimme des Fremden klang amüsiert. »Ich habe im Publikum gesessen. Schon mehrfach. Sie sind jetzt ein Magier, ein sehr guter, wie ich betonen möchte. So hat man Sie doch früher schon genannt: der Magier, nicht wahr?«

»Wer sind Sie?«, fragte er noch einmal und wusste doch längst, dass er auch diesmal keine Antwort bekommen würde.

»Aber, aber«, sagte der Mann. »Sie haben die Regeln doch nicht verlernt? Unter solchen Umständen müsste ich mich an jemand anderen wenden. Und das will ich nicht.«

»Ich weiß nicht, wovon sie sprechen«, log der Magier halbherzig.

War die Polizei doch noch auf seine Spur gestoßen? Nach all den Jahren? War das Ganze eine Falle? Lieber Gott, Oslo und Kopenhagen, das war eine ganze Weile her. Fünf, nein, sechs Jahre.

»Sie wissen es, und ich weiß es. Und ich bin der Ansicht, wir sollten zur Sache kommen und auf diese Spielchen verzichten.« Der Mann klang jetzt ein wenig ungehalten. Nicht ungeduldig oder nervös, trotz der Pistole. Nur gelangweilt. »Ich habe heute Abend dort draußen gesessen. Das war eine wichtige Vorstellung für Sie, nicht wahr? Die Zeitungsleute waren hier. Gute Kritiken hätten Ihnen neue Engagements gebracht, auf größeren, angeseheneren Bühnen. Aber so, wie es aussieht, wird daraus nichts. Sie hatten ein kleines Problem, wie mir schien.«

Der Magier blieb ruhig. Die alten Instinkte funktionierten noch. Aber ein Gedanke schoss ihm siedendheiß durch den Kopf: War der Sturz des Pendels kein Unfall gewesen? Hatte jemand nachgeholfen? Dieser Mann, vielleicht?

Dann *würde* er ihn töten, gleich hier.

Aber, nein, er selbst war der Letzte gewesen, der die Aufhängung geprüft hatte. Der Bereich über der Bühne war während der gesamten Vorstellung gesperrt. Die Arbeiter hätten niemanden dorthin gelassen.

Es sei denn gegen Schmiergeld.

Der Magier spürte den kühlen Abzug der Waffe unter seinem Zeigefinger. Der Drang, einfach abzudrücken, wurde immer stärker. Er kannte dieses Gefühl nur zu gut. Und es gefiel ihm noch immer.

Aber diese Zeiten waren endgültig vorbei. Das hatte er sich geschworen.

Und was, wenn deine Karriere als Zauberer gleichfalls am Ende ist? Wirst du dann wieder der alte Magier sein? Derselbe, der du früher warst?

»Verschwinden Sie«, zischte er tonlos und deutete mit der Waffe auf die Tür. Das war ein Fehler, und er wusste es im selben Augenblick. Nimm niemals die Mündung vom Ziel, niemals! Früher wäre ihm das nicht passiert. So viele Jahre …

Aber der Fremde nutzte seine Chance nicht. Er fühlte sich nicht gefährdet oder wollte wenigstens diesen Anschein erwecken. »Nennen Sie mir einen Preis«, bat er mit aufgesetzter Freundlichkeit, »irgendeinen, der Ihnen angemessen erscheint. Wir sind bereit, ihre Dienste großzügig zu vergüten.«

Der Mann sagte »wir«, was dem Magier keineswegs entging. Er selbst war nicht der Auftraggeber, und das, was er im Sinn hatte, sicherlich kein Kinderspiel. Ein Einzelner hätte niemals die Spuren bis in dieses Theater zurückverfolgen können. Vielleicht gehörte der Mann zu einer Gruppe, für die er bereits früher gearbeitet hatte. Wiewohl, die meisten davon existierten nicht mehr oder waren ohne Bedeutung. Seine innere Stimme aber sagte ihm, dass es hier um eine ganz große Sache ging. Etwas Außergewöhnliches. Und genau das war der Punkt, an dem er schwach wurde. Er witterte eine Herausforderung.

Denk an deinen Schwur! Du hast dich von all dem verabschiedet. Nie wieder, hast du gesagt. Nicht nach Kopenhagen und den Kindern.

»Ich möchte, dass Sie jetzt gehen.« Er zwang sich abermals zur Ruhe. »Es war ein anstrengender Abend.«

Der Mann beugte sich vor und verfiel in vertrauensvollen Flüsterton. »Sie hatten die Bühne kaum betreten, als dieses ... Unglück geschah.«

»Ich wüsste nicht, was Sie das angeht.«

»Wir könnten dafür sorgen, dass kein Wort über diesen Vorfall veröffentlicht wird. Die Zeitungen würden ihn einfach verschweigen.«

»Wollen Sie mich erpressen?« Die Stimme des Magiers wurde eisig. Zumindest nach außen hin behielt er die Ruhe,

»Nein, das kann ich nicht. Und Sie wissen das. Die Entscheidung liegt allein bei Ihnen.« Der Fremde lehnte sich in der Dunkelheit gegen die Wand, als strenge ihn das lange Stehen an. Sein Tonfall verriet noch immer, wie sehr ihn das Gespräch langweilte. Als wüsste er längst, welches Ende es nehmen würde.

Jemand hämmerte von außen gegen die Tür. »Kommen Sie da raus«, keifte der Theaterleiter. »Ich will mit Ihnen sprechen.«

»Hauen Sie ab«, rief der Magier zurück.

Zu seinem Erstaunen verschwand der Theaterchef tatsächlich. Er hörte ihn in der Ferne fluchen und irgendjemanden anschreien.

»Nun?« Der Mann neigte den Kopf. »Wir könnten sogar dafür sorgen, dass dieser Abend gute Kritiken bekommt. Alles wird sein, als hätte es diesen Zwischenfall nie gegeben. Man würde Sie feiern.«

Der Magier zögerte mit einer Antwort. Wenn der Fremde, oder besser jene, die hinter ihm standen, so viel Einfluss besaßen, mussten sie etwas wirklich Großes im Sinn haben. Das Einzige, was ihn nicht erstaunte, war, dass sie sich damit an ihn wandten. Nicht einmal nach all der Zeit. Sein alter Ruf war unantastbar. Trotz der Kinder.

»Wenn Sie bei dem, was geschehen ist, Ihre Finger im Spiel hatten, werde ich Sie dafür umbringen«, sagte er mit betonter Ruhe.

Der Mann schüttelte den Kopf. Der Magier sah nur, wie sich der Umriss des Hutes bewegte. »Sie meinen das Pendel? Wie hätte ich das tun sollen? Nein, ich bin nur hier, um Ihnen ein Angebot zu machen. Kritiken und Engagements sind ein Leichtes, und sie kosten nicht viel – vorausgesetzt, man hat die Verbindungen. Ich bin befugt, Ihnen außerdem einen Geldbetrag Ihrer Wahl in Aussicht zu stellen. Sie nennen die Höhe.«

Wirf ihn raus!, erklang es in seinem Hinterkopf. Sag ihm, er soll gehen. Hör nicht auf das, was er sagt. Lass dich nicht verführen.

Aber mein Ruf!, dachte der Magier. Die Zeitungen. Die Angebote. Alles wäre gerettet. Nur das eine Mal.

»Wie kann ich einen Preis für etwas nennen, über das ich nichts weiß?«, fragte er vorsichtig und bemühte sich, die beschwörende Stimme in seinem Kopf abzuschalten.

»Darf ich das als Interesse deuten?«

»Sagen Sie, was Sie wollen. Dann sprechen wir über Interessen. Meine *und* Ihre.«

Der Mann überlegte einen Augenblick. »Sie werden eine Reise machen.«

»Wohin?«

»In den Norden. Nach Grönland.«

Der Magier überspielte sein Erstaunen. »Wann?«

»In wenigen Stunden schon, morgen Vormittag. Sie werden in einem Luftschiff reisen, gemeinsam mit der Person, um die es geht.«

»Welche Person?«

»Das erfahren Sie, sobald Sie mir einen Preis genannt haben. Ich brauche Ihre Zusage, bevor ich Einzelheiten preisgebe.«

Der Magier überlegte. Die mahnende Stimme in seinem Schädel war noch immer da, aber er beachtete sie nicht mehr. Es war nicht das Geld, das ihn reizte. Es waren die Engagements, die der Mann in Aussicht stellte. Sein Ruf. Und auch ein wenig seine Neugier.

Er schwieg eine Weile, dann nannte er eine Summe, die ihm erheblich erschien. Nicht zu hoch, aber nah an der Grenze. Jetzt würde sich zeigen, wie viel dem Fremden tatsächlich an ihm lag.

Der Mann nickte, ohne nachzudenken. »Sie bekommen das Geld. Die Hälfte bis morgen, den Rest, wenn Sie zurück sind. Außerdem einen Bonus, wenn alles zu unserer Zufriedenheit verläuft.«

»Und die Kritiken?«

»Werden geschrieben, sobald ich Sie verlasse.«

»Von denselben Leuten, die in der Vorstellung waren?«

»Natürlich nicht. Es werden namhafte Damen und Herren sein, die Ihr Loblied singen. Sobald Sie wieder zurück in Deutschland sind, sollten Sie sich vor Angeboten der großen Häuser nicht retten können.«

Der Magier hatte allen Grund, zufrieden zu sein – hätten nicht irgendwo in seiner Erinnerung die Kinder geschrien. Wegen ihnen hatte er mit der Zauberei begonnen, gleich, nachdem er zurückkam aus Kopenhagen. Erst auf Kindergeburtstagen, dann in Schulen, schließlich auch vor Erwachsenen. In winzigen Varietes und Kellertheatern. Aber er wollte nach draußen, ins Licht der großen Bühnen. Wollte den Titel Magier wirklich verdienen.

Der Fremde kam auf ihn zu und reichte ihm eine Fotografie. Der Magier legte die Waffe beiseite und nahm sie entgegen. Trotz der Dunkelheit im Raum konnte er das Bild gut erkennen. Es war ein professionelles Portrait, sehr scharf und perfekt ausgeleuchtet. Eines von der Sorte, das Eltern auf ihre Kommoden stellen. Es würde leichtfallen, die Person wiederzuerkennen.

Der Magier wedelte mit dem Bild. »Wer ist das?«

»Wie viel müssen Sie wissen?«

»So viel wie möglich.«

Der Mann zog einen prallgefüllten Papierumschlag unter dem Mantel hervor. »Hier drin finden Sie alles, was Sie brauchen. Einige Erklärungen, Flugscheine, Orte und Zeiten. Außerdem einen Termin, wann und wo wir uns wiedersehen. Sollte es aus irgendeinem Grund erforderlich sein, dass Sie Kontakt zu mir aufnehmen, werden Sie auch dafür eine Adresse finden. Sie können dort eine Nachricht hinterlassen. Aber ich glaube nicht, dass das erforderlich sein wird.«

»Nein.«

»Gibt es sonst noch etwas, das Sie benötigen? Im Umschlag steckt auch ein kleinerer Betrag für den Fall, dass Sie noch warme Kleidung brauchen. Sie sollten morgen früh vor dem Start des Luftschiffes genügend Zeit haben, ein paar Sachen zu besorgen.«

Der Magier ließ den Umschlag verschlossen und legte ihn auf den Garderobentisch. »Die erste Hälfte, wie bekomme ich die?«

»Liegt im Geldschrank der Abflughalle für Sie bereit. Sie können sie mitnehmen oder auch bis zu Ihrer Rückkehr dort deponieren. Im Umschlag befindet sich ein falscher Ausweis. Legen Sie ihn vor, und man wird Ihnen alles aushändigen.«

Der Magier schwieg einen Moment lang nachdenklich, dann nickte er. »Lassen Sie mich jetzt allein.«

»Selbstverständlich.« Der Umriss des Mannes bewegte sich zum Ausgang. »Viel Glück.« Die Tür fiel hinter ihm ins Schloss.

Der Magier hinterließ dem Theaterleiter einen Zettel mit einer Adresse, an die er seine Utensilien schicken sollte. Dann steckte er den Umschlag ein und verließ durch den Hinterausgang das Gebäude.

Es gab noch etwas zu erledigen, bevor er sich mit dem neuen Auftrag beschäftigte. Die Kinder hätte es zweifellos erschreckt. Aber das war gut so – vielleicht hatte das Schreien in seinem Kopf dann endlich ein Ende.

■ ■ ■

Max steuerte sein Automobil durch das abendliche Berlin und fragte sich, weshalb das Schicksal ausgerechnet ihn bestrafte. Dabei war die Antwort so einfach: Ein paar Einwände zu viel, einmal zu oft den Trotzkopf gespielt. Und schon bist du unterwegs nach Grönland.

Nach *Grönland*!

Auf dem Weg zu Larissas Wohnung fuhr er einen Umweg. Mehr als das; er kreuzte quer durch die Stadt, über befahrene Hauptstraßen und durch die engen Gassen am Alexanderplatz. Er tat das oft um nachzudenken. Denn das Schlimmste stand ihm noch bevor. Nicht nur hatte sein Vater heute zu einem großen Empfang in der Familienvilla geladen und Max dringend gebeten, daran teilzunehmen; zu allem Übel sollte er Larissa mitbringen, und er wusste, wie das enden würde. Mit langen Gesichtern in den Reihen seiner Verwandten, seinem Vater, der mit Enterbung drohte, wenn er ›dieses Geschöpf‹ heiraten würde – und schließlich mit Larissa, die das beschämende Schauspiel mit Engelsgeduld ertragen würde, um anschließend ein weiteres Mal unter Tränen ihre Hochzeit infrage zu stellen. Noch dazu würde Max ihr beibringen müssen, dass sie den Termin verschieben mussten, weil er an dem geplanten Tag bei zwanzig Grad minus durch eine Eiswüste stapfen oder sich – bestenfalls – mehrere hundert Meter über dem Ozean befinden würde.

Er lenkte den Wagen durchs Scheunenviertel, eine jämmerliehe Ansammlung alter, heruntergekommener Häuser im Herzen der Stadt. Hier lebten Tausende eingewanderter Ostjuden, die verzweifelt und desillusioniert in ihren Elendsquartieren dahinvegetierten. Es war kein Geheimnis, dass eingesessene jüdische Deutsche gegen die Einwanderer intrigierten, weil sie fürchteten, deren schlechter Ruf könne auf sie abfärben. Und da auch ansonsten die Meinung vorherrschte, die zerlumpten Familien sollten zurückkehren, woher sie gekommen waren, bot das Viertel und seine Bewohner einen entsetzlichen Anblick. Es stank nach Abfall, der nicht geleert wurde, nach verstopften Wasserleitungen und übervollen Sickergruben, nach Krankheit, Armut und Hoffnungslosigkeit. Frauen boten sich aus Not in halbdunklen Straßen den Reichen und Devisenausländern an, und manchmal, wenn man nachts entlang der Spree spazieren ging, konnte man die Schreie der Ertrinkenden hören. Viele nahmen sich in diesen Tagen aus Kummer und Sorge das Leben.

Die große Inflation lag erst drei Jahre zurück, und nur wenige hatten so viel Gewinn daraus gezogen wie Max' Vater. Die Katastrophe hatte sich lange abgezeichnet, doch niemand hatte voraussehen können, dass sie mit solcher Wut über das Land hereinbrechen würde. Als es so weit war, war es für alle Versuche, das Unglück abzuwenden, zu spät gewesen. Der Wert einer Mark war innerhalb eines einzigen Tages auf die Hälfte gesunken, dann auf ein Zehntel, Hundertstel, Tausendstel. Schließlich hatte ein Laib Brot Milliarden gekostet. Die kleinen Angestellten und Arbeiter konnten sich für ihren Lohn am Ende des Monats nichts mehr kaufen, weil schon der Preis eines Liters Milch ihr Einkommen überstieg, und ihr Gespartes war von heute auf morgen wertlos. Die Betriebe gingen dazu über, Gehälter und Löhne erst wöchentlich, schließlich täglich auszuzahlen, um sie dem Wertverlust anzupassen. Geschäftsleute brachten ihr Geld jeden Nachmittag zur Bank, um fremde Währungen einzukaufen, vor allem Dollar, Pfund und Schweizer Franken. Menschen, die Geld verliehen hatten, wurden zugrunde gerichtet, weil die Rückzahlungen nichts mehr wert waren; umgekehrt profitierten jene, die Schulden abzahlen mussten.

Für Spekulanten und Glücksjäger eröffnete die Inflation völlig neue Wege der Bereicherung. Gewitzte Industrielle begannen, ganze Konzerne, Schifffahrtslinien, Ladenketten und Häuserblocks aufzukaufen, schlossen Verträge ab über viele Millionen, um sie ein paar Wochen später zu bezahlen, wenn sie nur noch Groschen wert waren.

Einer von ihnen war Max' Vater gewesen. Die Familie war schon vor '23 gut gestellt gewesen, aber die Inflation, die so viel Unglück über die kleinen Sparer gebracht hatte, hatte Wilhelm von Poser zum Herrscher eines Wirtschaftsimperiums gemacht. Er besaß Dutzende Mietshäuser in Berlin und einigen anderen Reichsgroßstädten, eine Reihe gut gehender Restaurants und eine Zulieferfabrik für Automobilteile. Sein größter Wurf aber war im Dezember 1923 der Erwerb zweier Ostsee-Werften gewesen, für einen Preis, der drei Jahre später, nachdem sich der Geldwert wieder stabilisiert hatte, dem Wert eines Kleingartens entsprach. Nicht einmal Max vermochte abzuschätzen, wie groß das Vermögen seiner Familie tatsächlich war. Er wusste nur, dass es irgendwann ihm und seiner jüngeren Schwester Evelina gehören würde.

Max bog auf den Kurfürstendamm. Es war abzusehen, dass sich die beliebte Wohnstraße in wenigen Jahren zum Geschäftsviertel entwickeln würde. Einige der alten Häuser waren eingerüstet, und riesige Plakate verkündeten großspurig, was einst daraus werden sollte. An einigen Stellen, wo Theater und Filmpaläste entstehen sollten, hatte man mit Abrissarbeiten begonnen.

Noch aber war von all dem wenig zu erkennen. Die Mieten bewegten sich in vernünftigem Rahmen, und sogar Larissa konnte ihre zwei Zimmer unterm Dach von ihren kümmerlichen Gagen bezahlen. Max hatte einmal den Versuch unternommen, ihr Geld zu schenken; danach hatte sie zwei Tagen empört nicht mit ihm gesprochen. Der Gedanke, in eine steinreiche Familie einzuheiraten, missfiel ihr noch immer. Ihre Eltern waren unbeugsame Sozialisten und hatten ihre Überzeugung an Larissa weitergegeben. Max sympathisierte insgeheim mit den Zielen der Linken, aber er würde sich niemals offen dazu bekennen können, nicht, solange sein Vater lebte und Evelina nur darauf wartete, ihm neue Schauergeschichten über ihren Bruder zuzutragen.

Der Kudamm war dichtbefahren, selbst um diese Zeit, trotzdem war es nicht schwierig, einen freien Platz für das Automobil zu finden. Max parkte den Wagen direkt vor dem Haus, in dem Larissa wohnte. Der Straßenlärm war im Auto kaum leiser als draußen, die Dichtungen taugten nicht viel. Als er ausstieg, blieb Max einen Augenblick lang benommen stehen. Die vorbeirauschenden Lichter im Dunkel irritierten ihn. Er war kein besonders guter Automobilist, und bei Nacht machten ihm die Scheinwerfer der entgegenkommenden Fahrzeuge zu schaffen. Wann immer möglich, überredete Larissa ihn, zu Fuß zu gehen. Sie selbst hegte eine erhebliche Abneigung gegen Fahrten in Max' Wagen, spätestens seit er sie beide nur um Haaresbreite an einer Säule des Brandenburger Tors vorbeigesteuert hatte. Nein, er war wirklich kein guter Fahrer. Aber das waren die wenigsten Automobilbesitzer, und die meisten von ihnen benutzten die öffentlichen Droschken und Trambahnen häufiger als ihre teuren Fahrzeuge.

Die Haustür war nur angelehnt. Max stieg die Treppen der vier Stockwerke hinauf, bis er schließlich atemlos am Eingang der kleinen Dachwohnung ankam. Larissa hatte ihn schon kommen hören. Sie riss die Tür auf, als er die Hand hob, um anzuklopfen.

Sie küsste ihn und schickte ihn ins Wohnzimmer. Sie selbst verschwand in der Küche und machte sich am Spiegel über dem Waschbecken zurecht.

Die Wohnung war geschmackvoll und modern eingerichtet. Die Schleiflack- und Metallmöbel besaßen klare, einfache Formen und waren platzsparend in kleinen Gruppen angeordnet.

Nach wenigen Minuten trat Larissa ins Wohnzimmer. Max fand, dass sie atemberaubend aussah. Ihr hellblondes, lockiges Haar fiel lang über ihre schmalen Schultern. Sie trug ein ärmelloses Kleid, vorne und hinten spitz zugeschnitten, aus weißem, glattem Spitzenstoff und *Crèpe de Chine*. Beides war wechselweise in senkrechten Streifen angeordnet, die sich in Höhe der Taille verengten, um Weite und Luftigkeit des langen Rockes zu betonen. Darunter schimmerte ein schwarzes Unterkleid mit schmalen Trägern. Kein Zweifel, dass der Rest der Abendgesellschaft neben ihr verblassen würde. »Eben eine Schauspielerin«, würden die übrigen Damen munkeln und offen lassen, ob sie Larissa beneideten oder verachteten.

»Kein Frack?« Mit schalkhaftem Lächeln musterte sie Max von oben bis unten. Er trug einen schwarzen Ausgehanzug, teuer, aber der Festlichkeit im Hause seines Vaters nicht ganz angemessen.

»Den einzigen, den ich hatte, haben die Motten gefressen«, entgegnete er schulterzuckend. Ein Glück, dass das Ding hinüber war; er hatte sich darin so steif gefühlt wie ein Kempinski-Kellner.

»Sag's nicht deinem Vater«, empfahl Larissa, »oder er lässt dir gleich einen neuen besorgen.«

»Gott bewahre. Ich würde aussehen wie er.«

Larissa tänzelte heran und küsste ihn. »Niemals.«

Er konnte sich nicht daran satt sehen, wie sie sich bewegte. Trotzdem hielt er sie fest; er konnte auch nicht genug von ihren Küssen bekommen.

Schließlich löste sie sich von ihm. »Wir fahren mit dem Wagen, fürchte ich.«

»Sicher.«

Sie schluckte in gespieltem Schrecken. »Dann sollten wir jetzt vielleicht losfahren. Unfälle nicht eingeschlossen, wären wir gegen halb neun da. Was stand auf der Einladung?«

»Halb acht.«

»Du bist unmöglich.«

»Ich bin sein Sohn.«

»Du meinst, der Portier lässt uns trotzdem rein?«

»Wenn nicht, umso besser.« Das meinte er ernst.

Sie stubste mit dem Zeigefinger an seine Nasenspitze. »Ach, komm. So schlimm wird's nicht werden. Ich weiß ja, was mich erwartet.«

»Mit offenen Augen zur Schlachtbank.«

»Sind wir doch gewohnt.«

Sie wollte sich abwenden, aber er umarmte sie erneut. »Warte noch. Ich muss dir etwas sagen.«

»Kannst du das nicht im Wagen?«

»Lieber nicht.« Er hielt einen Augenblick inne, um die richtigen Worte zu finden. Dann erzählte er ihr von dem Gespräch in Zacharias' Biedermeierbüro, von der Reise nach Grönland und sogar – obwohl ihm das streng verboten war – von der Explosion im Ewigen Eis.

Danach blieb sie eine Weile still, ehe sie leise fragte: »Wir müssen die Hochzeit verschieben?«

Er schloss für einen Moment die Augen und streichelte ihren Rücken. »Ich fürchte, ja. Nur um ein, zwei Wochen.«

»Versprichst du's?« Larissa blickte ihn aus ernsten, großen Augen an.

»Ja, sicher.«

»Gut.« Mehr sagte sie nicht, nur dieses eine Wort, untermalt von einem unvermittelten Lächeln.

Max musterte sie zweifelnd. »Das ist alles? Keine Vorwürfe?«

Ihr Lachen klang ein wenig zu hell. »Soll ich damit schon vor der Heirat anfangen?«

Er zog ihre Lippen an die seinen und wünschte sich, sie müssten jetzt nicht fortgehen. Wünschte sich, *er* müsste nicht fortgehen, morgen früh.

Dann fuhren sie los.

■ ■ ■

»Es ist eine Zumutung«, sagte der kleine alte Mann in seiner makellosen Husarenuniform. »Wie nennt man das? Foxtrott, Charleston? Eine Zumutung, sage ich Ihnen.«

Sein Gegenüber, ein goldbebrillter Kaplan, lächelte verständnisvoll. »Shimmy heißt es, mit Ypsilon am Ende. Sie sollten nicht so streng sein, Herr Baron, die jungen Leute tanzen ebenso gerne wie Sie in Ihrer Jugend.«

»Eine Zumutung«, wiederholte der Husar a. D. und schüttelte so heftig den Kopf, dass die Orden an seiner Uniform klimperten. »Der gute alte Wiener Walzer ist wohl nicht mehr fein genug.«

Der Kaplan lächelte noch immer und blickte nachsichtig auf die kleine Gruppe von Tänzern und Tänzerinnen, die sich auf der Veranda verrenkten. »Wissen Sie, wie die jungen Damen sich nennen, die diese Tänze beherrschen?«

Der Baron keuchte vor Abscheu. »Wenn Sie es mir sagen, denken

Sie daran, ich bin zweiundsiebzig, und mein Herz ist nicht mehr das beste.«

»Jazzbabys«, sagte der Kaplan beinah triumphierend. »Stellen Sie sich das vor – Jazzbabys!«

Der alte Husar zog ein Gesicht, als wollte er im nächsten Moment auf den Boden spucken. Damals, im Feld, hätte er es zweifellos getan; hier aber entsann er sich seiner guten Sitten. Er wollte etwas erwidern, aber im selben Augenblick wechselte die Musik, und die leichtbekleideten Tänzerinnen verfielen in hemmungsloses Gehopse. Der Baron blickte zweimal hin, um es fassen zu können.

Er stöhnte leise. »Das ist ...«

»Charleston«, ergänzte der Kaplan. Seine Blicke fuhren an den nackten Beinen der jungen Damen auf und nieder.

Die Mädchen wiegten sich wild hin und her, gingen tief in die Knie, um dann mit rudernden Armen, schwingenden Hüften und schwenkenden Beinen wieder aufzuspringen.

»Eine Zumutung«, sagte der Baron zum vierten Mal, ließ aber offen, ob er die unsittlichen Blicke des Kaplans oder die Beine der Mädchen meinte. Dann wandte er sich ab und trat von der Veranda zurück in den Festsaal. Ein paar Schritte entfernt standen der Gastgeber, Wilhelm von Poser, und seine hübsche Tochter Evelina und unterhielten sich mit zwei grell gekleideten Damen. Die eine war Opernsängerin mit entsprechender Leibesfülle, die andere, ein junges, mageres Ding, ihre Sekretärin. Jeder wusste, dass die Diva die Dienste der Sekretärin auch im Dunkeln unter der Bettdecke in Anspruch nahm. Der alte Husar hoffte, dass es dunkel dabei war. Obgleich er die beiden Frauen verabscheute, gesellte er sich zu der kleinen Gruppe.

»Sehen Sie nur, jetzt rauchen Sie!«, empörte sich gerade die Diva und blickte zu zwei jungen Mädchen, Freundinnen Evelinas, die unter einer Reihe alter Portraits an der gegenüberliegenden Wand lehnten. Die beiden tuschelten und kicherten und warfen ab und an verstohlene Blicke zu einem Trio schmucker Offiziere in Galauniform. Die drei Männer hatten das Interesse der Mädchen bemerkt und flüsterten miteinander.

Dass die beiden Mädchen rauchten, fand die Diva skandalös, wie sie nun ein zweites Mal beteuerte. Der Baron bemerkte, dass Evelina, eine dunkelhaarige Schönheit von neunzehn Jahren, verstohlen lächelte. Der Genuss von Tabak war bis vor einigen Jahren allein den Männern vorbehalten gewesen; nur Prostituierte hatten sich in der Öffentlichkeit mit Zigaretten gezeigt. Wie so vieles andere hatte sich auch das geändert. Dass die beiden jungen Frauen allerdings so ungeniert auf einem Fest wie diesem rauchten, war in der Tat gewagt. Es war wahrscheinlich der einzige Punkt, in dem die Ansichten des Barons und der Diva übereinstimmten.

Plötzlich stieß Evelina ihren Vater an. »Da kommt Max. Er hat Larissa mitgebracht.«

Wilhelm von Poser – schlank, grauaarig und mit herrschaftlicher Gebärde – folgte ihrem Blick zur Tür und nickte. »Ich habe ihn darum gebeten.«

»Ich denke, du magst sie nicht?«, fragte Evelina und kümmerte sich nicht darum, dass die Diva, ihre Sekretärin und der alte Husar jedem Wort begierig lauschten.

»Wir werden uns an sie gewöhnen müssen, nicht wahr?« Ihr Vater löste sich mit einer leisen Entschuldigung aus der Gruppe und trat seinem Sohn und dessen Braut entgegen.

Max bemerkte schon von Weitem, wie sein Vater durch das Gewimmel der Gäste auf ihn zukam. Sie sahen sich nicht mehr allzu häufig, seit seine Mutter vor drei Jahren gestorben war, und das, obgleich es an Einladungen in die elterliche Villa nicht mangelte. Ihr Verhältnis war keineswegs das beste; das hatte mit Larissa zu tun, aber nicht allein. Es gab zu viele Punkte, in denen sie unterschiedlicher Meinung waren.

Inmitten von Prominenten aus Berlins Oberschicht, Tischen voll von teurem KPM-Geschirr, Kaviarmessern, Hummergabeln und Decken von F. V. Grünfeld, Berlins renommiertestem Leinengeschäft, trafen Vater und Sohn aufeinander. Ein Chefkoch mit weißer Mütze, angemietet vom Kempinski, balancierte ein Silbertablett um sie herum; seine saubere, haarscharf gebügelte Kleidung verriet, dass er nur zur Zierde durch den Saal eilte. Jene, die die Speisen tatsächlich zubereiteten, durften die Küche während des Festes nicht verlassen.

Max ließ sich von seinem Vater umarmen und lächelte aufmunternd, als Wilhelm von Poser sich mit unmerklichem Zögern an Larissa wandte: »Sie sehen bezaubernd aus«, schwärmte er, und vielleicht meinte er es sogar ehrlich. An seiner Ansicht über Schauspielerinnen würde das kaum etwas ändern. Erst recht nicht, wenn er von Larissas Rolle in dem Ewers-Film erfahren würde.

»Vielen Dank.« Artig schenkte sie ihm ihr strahlendstes Lächeln. Max aber wusste, dass ihr Charme an seinen Vater verschwendet war. Wilhelm von Poser war in seinem Leben nur einer einzigen Frau verfallen, und die war seit drei Jahren tot.

»Ich würde mir wünschen, ihr beiden kämt häufiger hierher«, sagte Max' Vater und blickte von Larissa zu seinem Sohn.

»Ich wünschte, es gäbe häufiger einen Grund«, versetzte Max und ignorierte Larissas tadelnden Blick.

Die Gesichtszüge seines Vaters drohten für einen Augenblick zu entgleisen; dann aber behielt er die Fassung und lächelte merklich zurückhaltender als zuvor. »Kommt mit. Evelina freut sich schon auf euch.«

»Dessen bin ich sicher«, bemerkte Max, aber er sagte es so leise, dass nur Larissa es hören konnte. Sie konnte schwerlich widersprechen; Larissa und Max' Schwester waren sich spinnefeind. Evelina hatte zu viel von der Überheblichkeit ihres Vaters geerbt, mit dem einen großen Unterschied, dass sie ihre Arroganz offen zur Schau trug. Diplomatie war ihr fremd. Manchmal dachte Max, sie sei nur so gehässig zu Larissa, weil sie um ihren Stand als Familienschönheit fürchtete. Himmel, es war Zeit, dass sie sich einen Industriellensohn oder Leutnant angelte und endlich ihre Rolle als Prinzessin auf der Erbse aufgab. Um darin überzeugen zu können, hatte sie ohnehin zu viel von Aschenbrödels bösen Stiefschwestern.

Evelina bedachte Larissa mit einem oberflächlichen Gruß und umarmte dann ihren Bruder. Max' Blick fiel ganz kurz auf die gealterte Operndiva, die hinter ihr stand, und deren Sekretärin. Außerdem war da ein alter Baron in Husarenuniform, dessen Namen er vergessen hatte.

»Was machen deine Treppen?«, fragte Evelina unverfänglich.

Bevor er antworten konnte, rief der Husar: »Sie steigen und fallen wie das Leben, nicht wahr?« Er lachte schallend, und die beiden Frauen an seiner Seite fielen höflich mit ein.

Evelina verdrehte die Augen, ohne dass der Baron es bemerkte, und Max zwang sich zu einem Lächeln. Er sah seinen Vater an, der nur mit den Schultern zuckte. Ihre Gesprächsthemen hatten sich schon vor langer Zeit erschöpft. Trotzdem war da etwas im Verhalten seines Vaters, unter all seiner vordergründigen Freundlichkeit, das Max stutzig machte. Ein eigenartiges Gefühl beschlich ihn. War es möglich, dass sein Vater den Abend zu einem Versöhnungsversuch nutzen wollte?

Nun, dann würde er sich Mühe geben müssen.

Eine Stimme rief von hinten ihre Namen: »Max! Larissa!«

Er drehte sich um und entdeckte Dominik, der mit einem Champagnerglas in der Hand auf sie zu eilte. Er schien dankbar, dass er dem Pulk, in dem er bis eben gestanden hatte, entwichen war. Max entdeckte in der Menge auch den alten Zacharias, ohne dass der auf ihn aufmerksam wurde.

Dominik verbeugte sich galant vor Larissa und küsste ihre Hand. Er liebte es, den altmodischen Charmeur zu mimen, aber spielte diese Rolle stets mit einem leichten Augenzwinkern. Er und Larissa mochten sich. Aber Dominik mochte auch Evelina, trotz aller Freundschaft zu Max. Er hatte einmal nach einigen Gläsern Wein gestanden, dass er nichts dagegen hätte, wenn Max' Schwester sein Interesse erwidern würde. Das aber wünschte Max nicht einmal seinem schlimmsten Feind.

Dominik erlöste sie durch sein Geplauder vorerst von allen familiären Zwängen. Er redete munter drauflos, mit Larissa über die Schauspielerei und mit Max über Grönland, Max hatte den Eindruck, als beneidete sein Freund ihn ein wenig um den Auftrag.

»Aber auch Berlin steckt voller Abenteuer, nicht wahr?«, meinte

Dominik schließlich ein wenig resigniert und sah dabei Evelina an. Max' Schwester lächelte ihn an und nickte. Die kleine Hexe wusste nur zu gut, dass sie Dominiks Zuneigung mit jeder Geste neue Nahrung gab. Max war sicher, dass sie seinen Freund früher oder später offen zurückweisen würde, und sei es nur, um ihren Bruder zu ärgern.

Er ergriff Larissa an der Hand, entschuldigte sich bei den anderen und führte sie auf die Terrasse.

»Du solltest nicht so hässlich zu deinem Vater sein«, sagte sie, als sie im Freien an der Balustrade standen und den Park hinter der Villa betrachteten. Lampions schaukelten in den Bäumen, und der Abendwind zauste in Larissas blondem Haar. Die kleine Jazzcombo, die hier draußen spielte, hatte eine Pause eingelegt. Einige Pärchen, erschöpft vom Tanz, schlenderten turtelnd zwischen Rosenbeeten und japanischen Teichlandschaften.

»Er ist falsch«, sagte Max. »Seine Freundlichkeit ist nur gespielt, du weißt das.«

»Und wenn nicht?«, fragte sie und sah ihn an. »Wenn er es diesmal ernst meint? Er weiß, dass er die Hochzeit nicht mehr verhindern kann.«

»Das will ich hoffen.«

Larissa holte Atem und blickte ihm erst in das eine, dann in das andere Auge, als gäbe es in jedem etwas gänzlich Verschiedenes zu entdecken. »Du glaubst, er hat mit Zacharias gesprochen, damit er ausgerechnet dir diesen Auftrag gibt? Damit unsere Heirat platzt?«

Max stieß einen zitternden Stoßzeufzer aus. »Weshalb sonst hätte der Alte ausgerechnet mich dorthin schicken sollen?«

»Um dir eins auszuwischen.«

»Kann sein. Was weiß ich …«

Larissa nahm ihn bei der Hand. Ihre Augen funkelten im Dunkeln genauso wie die Oberfläche der Teiche im Park. »Du solltest deinem Vater nicht immer das Schlechteste unterstellen. Ich hab' das Gefühl, dass er sich mit dir aussöhnen will.«

Max sah sie erstaunt an. »Du auch? Glaubst du das wirklich?«

»Du kennst ihn besser als ich.«

»Leider.«

»Ach, hör auf. Frauen dürfen verbiestert sein, nicht ihr Männer.«

»Wenn du wüsstest.«

Sie kicherte. »Erzähl mir was über diese Sina, die mit dir fliegt.«

»Du bist doch nicht eifersüchtig?«

»Nicht, wenn du mir sagst, dass sie alt, hässlich und dumm ist.«

Max kratzte sich lachend am Hinterkopf. »Tut mir leid. Sie ist hübsch. Nicht so wie du, meine ich, aber ...«

Sie knuffte ihn in den Bauch. »Du wirst rot, wenn du lügst.«

Er gab ihr einen Kuss. »Es heißt, sie hätte einen ziemlichen Verschleiß an Männern. Außerdem kann Sie mich nicht leiden. Sie glaubt, ich vernachlässige meine Arbeit.«

»Womit sie nicht ganz falsch liegt, oder?«

»Sie nimmt das alles schrecklich ernst. Das Hex, die Aufträge, all dieses Gerede über ...«

»Gespenster und Satanssekten?«

»Fischmenschen im Wannsee«, erwiderte er. »Aber sie ist in Ordnung.«

»Das klingt, als würde sie dich da oben beschützen können.«

Max hob belehrend den Zeigefinger und sagte mit tiefer Stimme: »Aber, mein Kind, du weißt doch, dass wir Männer ...«

»Natürlich«, unterbrach sie ihn sanft. Und küsste ihn.

Kapitel 4

Das neue Empfangsgebäude des Flughafens Tempelhof stand noch im Rohbau, ein skelettartiges Ungetüm aus Gerüsten und Stahlkäfigen. Die Arbeiten hatte gerade erst begonnen und sollten frühestens in zwei Jahren abgeschlossen werden. Die Wellblech- und Holzhütten der Arbeiter klebten dicht gedrängt an der Baustelle wie ein mittelalterliches Dorf an seiner Trutzburg. Maschinenlärm, gebrüllte Befehle und gellendes Hämmern auf Metall dröhnte ohrenbetäubend über das Flugfeld bis zu dem riesigen Luftschiffhangar im Süden des Geländes.

Die *Polar* wirkte seltsam eingezwängt in der riesigen Halle. Sina blickte andächtig an der gigantischen Lufthülle hinauf, dreißig Meter hoch und über zweihundert Meter lang. Sie musste den Kopf weit in den Nacken legen, und als das Schiff ihr gesamtes Blickfeld ausfüllte, da war ihr, als rolle der gewaltige Wurm plötzlich herum, genau auf sie zu. Eine optische Täuschung, gewiss, trotzdem beeilte sie sich, die Augen abzuwenden.

Max stand neben ihr und wartete darauf, dass die Einstiegstreppe endlich ausgefahren wurde. Als es so weit war, gingen sie mit eiligen Schritten darauf zu. Die Schiffshülle schwebte jetzt über ihnen, und Sina wurde schlecht bei dem Gedanken, dieser Monstrosität ihr Leben anzuvertrauen.

Die Führergondel, eine ovale Konstruktion aus Glasfenstern und Leichtmetall, schmiegte sich flach an die Unterseite des Zeppelins. Passagierkabinen, Speisesaal und Frachträume befanden sich im Inneren der Hülle. Einzig vier Motorengondeln, zwei an jeder Seite, ragten an Stahlträgern einige Meter weit aus der stumpfgrauen Außenseite, Besatzungsmitglieder turnten daran herum und nahmen eine letzte Überprüfung der Propeller vor, die am hinteren Teil der Gondeln saßen.

Ein gutes Dutzend Fahrgäste, Forscher, die ihre Kollegen im Eis ablösten, stiegen die Stufen der Einstiegstreppe hinauf und verschwanden im Inneren der Lufthülle.

Max und Sina hielten am Fuß der Treppe an, um sich von Dominik zu verabschieden. Er war der Einzige, der mit zum Flughafen gekommen war. Ihre genauen Instruktionen hatten sie am frühen Morgen von Zacharias bekommen. Das Gepäck war bereits abgeholt und in ihren Kabinen verstaut worden.

»Larissa ist wohl froh, dass sie dich loswird?«, fragte Dominik in Anspielung darauf, dass sie nicht mitgekommen war.

Max' Mund war trocken, sein Lächeln wirkte gequält. »Sie muss heute Morgen vorsprechen.«

»Bei Ewers persönlich?«, bemerkte sein Freund anzüglich.

Max schüttelte den Kopf. »Anderer Film, anderer Autor.«

»Ich werd' sie mal besuchen und nach ihr sehen.«

Sina trat nervös von einem Fuß auf den anderen. »Seid ihr beiden bald so weit?«

»Aufgeregt, Frau Zweisam?«, fragte Dominik und grinste.

Sie zeigte ihm einen Vogel. »Wohl kaum wegen deiner Anwesenheit.«

Max stöhnte betont. »Seid *ihr* bald soweit?«

Dominik umarmte sie beide, wobei er Sina ein wenig länger festhielt. Sie ließ es ohne Protest geschehen und fühlte sich für einen Augenblick sogar recht wohl dabei.

Als sie die Stufen hinaufstiegen, stellte Max insgeheim die Hässlichkeit von Stahltreppen fest. Wahrscheinlich würde er nun einige Wochen lang keine Messungen von Spurverläufen, Kantenhöhen und Steigwinkeln anstellen können; er konnte sich nicht vorstellen, dass es in Grönland bemerkenswerte Treppenbauten gab. Vorsichtshalber hatte er trotzdem Zentimeterband, Winkelmesser und Notizbuch dabei.

»Macht's gut«, rief Dominik ihnen hinterher. Sie nickten ihm zu, dann betraten sie die Lufthülle. Hinter der Einstiegsluke lag ein schmaler Gang, dessen Wände aus leichtem Holz gezimmert waren.

Sie gingen über Metallgitter, die bei jedem Schritt leise klirrten, tiefer ins Schiff hinein; später sollten sie feststellen, dass sämtliche Böden an Bord der *Polar* aus Gitterwerk bestanden. Es war stabiler als Holz und leichter als Metallplatten.

Sie erreichten eine Treppe, die steil nach oben führte. Nachdem sie hinaufgestiegen waren, traten sie durch eine Tür. Hier endeten die beengenden Wände. Sie befanden sich auf einer Plattform im Herzen der Hülle. Ein zweihundert Meter langer Gittersteg, kaum zwei Schritte breit und nur durch Geländer begrenzt, bildete die Längsachse des Schiffes. Er führte von der vorderen zur hinteren Spitze. Die Plattform, auf der sie jetzt standen, lag im Heck. In reinen Passagierschiffen bekamen die Fahrgäste das Innenleben der Hülle nicht zu sehen, ihre Quartiere waren durch Wände begrenzt, die ihnen einen Blick auf die beängstigende Größe der Schiffe verwehrte. Die *Polar* aber wurde vor allem als Transporter auf unbeliebten Nordrouten eingesetzt, und so hatte man auf jeden Luxus verzichtet.

Der Boden des fünfzehn Meter tiefen Abgrundes unter ihnen war nicht zu sehen. Außer bei speziellen Arbeiten am Rumpf wurde nur der Mittelgang durch kleine Lampen am Geländer erhellt. Rundherum herrschte vollkommene Schwärze, auch durch die Hülle fiel kein Lichtstrahl. Sina irritierte das Knirschen des Gittersteges, dessen Ende in der Ferne nicht zu erkennen war. Einmal war ihr gar, als schwanke er leicht. Jetzt begriff sie, warum Max in Zacharias' Büro erwähnt harte, dass ihm in Luftschiffen schlecht wurde. Sie konnte es nur zu gut nachfühlen, schon jetzt, noch vor dem Start.

Ein junger Mann von der Besatzung, gekleidet in eine Uniform der Deutschen Zeppelin-Reederei, führte Sina, Max und die übrigen Passagiere den Steg entlang zu ihren Unterkünften. Dabei passierten sie eine Reihe riesiger Fässer, rechts und links des Mittelgangs. Der junge Mann bemerkte Sinas neugierige Blicke und erklärte: »In den vorderen befindet sich das Öl für die Motoren, und in die hinteren fließt das Schmutzwasser.«

»Kann man das nicht über dem Meer ablassen?«, fragte sie.

»Nur, wenn das Schiff steigen soll. Ansonsten bleibt es an Bord, um den Kurs stabil zu halten.«

Kurz darauf führte der Steg durch ein Gewirr von Metallträgern und Stahlkabeln. An beiden Seiten waren riesige, durchscheinende Ballons in das Geflecht eingelassen. Sina zählte sechzehn Stück. Ein anhaltendes Zischen verriet, dass die Gaszellen gerade mit Helium gefüllt wurden. Diese Kugeln würden später das gesamte Schiff in der Luft halten.

Schließlich erreichten sie ihre Unterkünfte. Die Kabinen waren in Dreiergruppen zu beiden Seiten des Steges angeordnet. Schmale Gänge, die zur Außenhülle führten, trennten sie voneinander. Max und Sina waren im ersten Dreierblock untergebracht, wobei Zacharias dafür gesorgt hatte, dass die dritte Kabine leer blieb.

Die winzigen Kammern besaßen keine Seitenwände. Lediglich Leinenplanen waren straff zwischen den einzelnen Quartieren gespannt. Allein die Rückwände bestanden aus Holz, an ihnen waren Waschbecken und schmale Schränke befestigt. Die Konstrukteure der *Polar* hatten an Gewicht gespart, wo es nur ging.

Die Kabinen entsprachen keineswegs dem Standard der üblichen Passagierschiffe. Max, der mindestens ein halbes Dutzend Luftfahrten mitgemacht hatte, aber noch in keinem Notquartier wie diesem untergebracht worden war, fluchte leise vor sich hin.

Die linke Plane beulte sich spitz zu seiner Seite hin aus, Sina drückte in ihrer Kabine mit dem Finger dagegen. »Ich hoffe, du schnarchst nicht«, sagte sie, und es klang keineswegs, als wollte sie einen Spaß machen.

Max lauschte auf die Laute der übrigen Fahrgäste, stellte aber fest, dass sie durch die Dreiergruppierung der Kabinen weit genug entfernt waren, um Gespräche unverständlich zu machen. Er horchte sicherheitshalber in das Quartier rechts von ihm und vergewisserte sich, dass es leer blieb.

»Wie lange dürfen wir diesen atemberaubenden Komfort genießen?«, fragte er und hörte, wie Sina ein Blatt Papier auseinanderfaltete.

»Voraussichtliche Ankunft in Nuuk am Mittwoch nachmittag«, las sie vor.

»Drei Tage. Großartig.«

Aber Sina dachte: Drei Nächte. Sie betete, dass die Träume sie in Ruhe ließen. Es kam vor, dass sie im Schlaf um Hilfe schrie.

Um Hilfe für die Kinder.

■ ■ ■

Der Magier erreichte den Flughafen mit Verspätung. Er war der letzte Passagier, der an Bord der Polar ging. Der Mann am Einstieg bedachte ihn mit einem vorwurfsvollen Blick, sagte aber nichts. Hinter ihnen wurde die Treppe eingezogen.

Ein plappernder Schiffsjunge führte ihn zu seinem Quartier. Seine Kabine lag in der Mitte einer Dreiergruppe, und aus den beiden angrenzenden Kammern erklang das Rascheln von Kleidung, die aus Koffern genommen und in die Schränke geräumt wurden. Der Magier machte sich daran, das Gleiche zu tun.

Die gefälschten Papiere aus dem Umschlag seines Auftraggebers wiesen ihn als Friedrich Nordhoff aus, ein Forscher, der nach Nuuk reiste, um die Integration der Ureinwohner in die dänischen Kolonialstrukturen zu untersuchen. Er hoffte nur, dass kein zweiter Wissenschaftler mit gleichem Fachgebiet an Bord war, der ihn in ein Gespräch verwickeln würde. So weit wie möglich würde er den anderen aus dem Weg gehen. Sollte sich nicht durch Zufall eine günstige Gelegenheit ergeben, wollte er seinen Auftrag ohnehin erst erfüllen, nachdem sie in Nuuk gelandet waren.

Als Letztes nahm er zwei Zeitungen aus seinem Handgepäck, Morgenausgaben der *Berliner Illustrirten* und des *12-Uhr-Blattes*. Sie meldeten die brutalen Morde an zwei Kritikern, die für die beiden Zeitungen gearbeitet hatten. Beide waren am Abend von unbekannten Tätern auf offener Straße ausgeraubt und getötet worden. Man hatte ihnen die Kehle durchgeschnitten. Die Polizei vermutete jugendliche Räuber, die dem Mann und der Frau nach dem Besuch einer Abendvorstellung gefolgt waren. Als beide sich zur Wehr gesetzt hatten, hatte man sie ermordet. Die Behörden gaben sich zuversichtlich, dass die Täter bald gefunden würden. Erste Spuren, so hieß es, führten ins Scheunenviertel.

Der Magier las die Artikel sehr sorgfältig, zwei Mal, dann schlug er jene Seiten auf, die ihn weit mehr interessierten. Beide Zeitungen druckten Berichte über seine Vorstellung und überschlugen sich vor Lob und Begeisterung. Vom Absturz des Pendels war nirgends die Rede. Beide Autoren, Kritiker von Rang, beschrieben den Abend, als hätte der Magier all seine Kunststücke vorgeführt und dafür den frenetischen Jubel des Publikums geerntet.

Er lächelte. Sein Ruf war gerettet. Nicht einmal Mundpropaganda würde ihm nach solcher Zustimmung von höchster Stelle noch schaden können. Es war richtig gewesen, dass er diesen Auftrag angenommen hatte.

Dass er die beiden Kritiker, jene, die tatsächlich in der missglückten Vorstellung gewesen waren, trotzdem beseitigt hatte, hatte zweierlei Gründe. Zum einen wollte er seinen Auftraggebern beweisen, dass er nicht zwangsläufig auf ihre Unterstützung in dieser Sache angewiesen war (obgleich sie es wahrscheinlich, genauso wie er selbst, besser wussten). Zum anderen hatte er feststellen wollen, ob er überhaupt noch in der Lage war, einen Menschen zu töten, den er nicht kannte und der ihm nichts bedeutete. Nach all den Jahren war er dessen nicht mehr sicher gewesen.

Entgegen seiner Befürchtungen hatte er die Probe mit Bravour bestanden. Das Ganze war ein Kinderspiel gewesen, einschließlich der falschen Spuren. Manche Dinge verlernte man nicht, wie Fahrradfahren. Sein Ruf war nicht nur gerettet, er war berechtigt.

Dafür hätte er frenetischen Jubel verdient, dachte er und lächelte.

■ ■ ■

Die Lautsprecher in der Abflughalle stießen das Manövriersignal aus. Lang – kurz – kurz – lang. Der fahrbare Ankermast auf dem Flugfeld zog die *Polar* in gemächlichem Tempo aus der Halle. Majestätisch schob sie sich ins Freie, während die Zurückbleibenden, unter ihnen Dominik und Angehörige der mitreisenden Forscher, ihr gebannt hinterherblickten. Erst nach einigen Minuten durften auch sie die Halle verlassen und ins Sonnenlicht treten.

Die Verbindung des Luftschiffs zum Heckwagen wurde gekappt. Die gigantische Konstruktion hob sich mit trügerischer Leichtigkeit vom Boden, nur wenige Meter hoch, und schwenkte in Windrichtung. Die Bodenmannschaft löste die letzten Seile und die Kette zum Ankermast. Innerhalb kürzester Zeit stieg die *Polar* in den Himmel empor, bis sie bei zweihundert Metern ihre Fahrhöhe erreichte. Mit einem Wummern begannen die Motoren zu laufen, die Propeller rasten los. Ein letztes Mal streifte der Schatten des Schiffes die Zuschauer auf dem Flugfeld, dann entfernte es sich in nördliche Richtung.

Zwischen den Männern und Frauen, die dem Zeppelin nachblickten, stand ein Leierkastenmann und spielte eine fröhliche Melodie. Sein Gesicht war geschminkt wie das eines Clowns, weiß und rot und blau, und über seine rechte Wange rollte eine aufgemalte Träne. Auch seine Augen waren auf das Luftschiff gerichtet, und Wehmut überkam ihn für einige Sekunden. Auf seinem bunt verzierten Instrument hockte ein kleiner Plüschaffe mit ausgestreckten Händen, die eine Zinkschale hielten. Der eine oder andere der Zuschauer warf ein paar Pfennige hinein, aber es war wenig, was so zusammenkam. Auch Dominik Zacharias ging vorbei, ohne etwas hineinzulegen. Seine Gedanken waren hoch oben in der Luft, bei der jungen Frau, die er eben umarmt hatte.

Der Leierkastenmann blickte ihm nach, als er zum Ausgang des Flugfeldes ging, dann schaute er noch einmal zum Himmel hinauf, wo die *Polar* immer kleiner wurde. Er kannte Dominik Zacharias, und er kannte Sina Zweisam und Maximilian von Poser. Er wusste, was ihnen allen bevorstand, und er fragte sich, ob eine schwermütige Melodie nicht passender gewesen wäre.

Schließlich ließ er die Kurbel ruhen und schob seinen Kasten an der Halle vorbei zum Ausgang. Das Geld in der Schale bedeutete ihm nichts. Als er am Tor des Flughafens einem Bettler begegnete, nahm er die Münzen und drückte sie ihm in die Hand, ohne hinzuschauen und gänzlich in Gedanken.

Er sah, wie Dominik Zacharias in einem knallroten Automobil davonfuhr.

■ ■ ■

Die Bombe explodierte in einer menschenleeren Seitenstraße und riss den roten Wagen in Stücke. Sanitäter entdeckten die angekohlten Papiere des Leichnams und vermerkten seinen Namen auf einem Klemmbrett,

Es war Ella, die Sekretärin, die den alten Zacharias schließlich zur Charité fuhr, in deren Pathologie man den Körper gebracht hatte. Auf dem Weg dorthin versuchte sie dem Alten immer wieder Mut zu machen, redete auf ihn ein, dass ein Fehler vorliegen müsse, dass es ganz sicher nicht Dominik sei, der in dem Wagen ums Leben gekommen war. Aber Zacharias, der nie in seinem Leben ein Automobil gesteuert hatte und in seinem Alter auch nicht mehr damit anfangen wollte, schwieg nur verbissen und blickte starr nach vorne auf die Straße. Ella sah, dass Tränen in seinen Augen blitzten, und der Anblick ihres Vorgesetzten, wie er das Weinen unterdrückte, machte sie schwindelig vor Mitgefühl. Liebe Güte, Dominik!, dachte sie. Es durfte nicht sein. Es war ein Irrtum, ganz bestimmt.

Ein Assistenzarzt führte sie in die Katakomben der Charité, wo grün gekleidete Pathologen schweigsam und mit hochgezogenen Gesichtsmasken über die Gänge eilten wie Wesen aus einer anderen Welt. Es war eiskalt hier unten, doch selbst die Kälte konnte den Geruch nach Tod und Spiritus nicht unterdrücken.

Vor einer Doppeltür musste Ella zurückbleiben, während Zacharias ins Allerheiligste der Klinikkeller trat. Es war ein Weg, den niemand ihm abnehmen konnte, und Ella war insgeheim erleichtert, dass sie draußen warten musste. Der Anblick des zerrissenen Leichnams wäre zu viel gewesen.

Ihr reichte schon die Erinnerung an Dominik, wie er heute früh mit Max und Sina die Villa verlassen hatte. Das strahlende Lächeln, das immer ehrlich war. Der blonde Haarschopf. Die hübschen Augen, die selbst dann noch Ruhe ausstrahlten, wenn er hektisch durchs Büro wirbelte. Sie hätte niemanden im ganzen Hex nennen können, der Dominik nicht mochte. Über ihn war nie ein schlechtes Wort gefallen. In den ganzen drei Jahren nicht.

Über der Doppeltür hing eine Uhr. Ella konzentrierte sich auf die Zeiger. Sie ertappte sich dabei, wie sie fast begierig auf das nächste Schnappen des Minutenzeigers wartete. Darauf, dass etwas geschah. Irgendetwas.

Der Gang war jetzt völlig verlassen. Die grün bekittelten Gestalten hatten sich in ihren Leichenhöhlen verkrochen. Irgendwo, in der Ferne eines unterirdischen Korridors, kreischten Metallräder über Bodenkacheln. Einmal schepperten Blechschalen. Ella zuckte zusammen, als ein leiser Aufschrei ertönte; jemand musste sich beim Öffnen eines Korpus geschnitten haben.

Der Minutenzeiger ruckte weiter. Noch einmal. Und wieder.

Ella dachte an ihren Geburtstag, als Dominik ihr Blumen mitgebracht hatte. Und an den Morgen, als sie ihm versehentlich Kaffee über die Hose gekippt hatte. Sie sah ihn auch in einem seiner Automobile vor der Hex-Villa vorfahren und ausgelassen den Balg des Signalhorns drücken. Manchmal hatte er das getan, um allen einen guten Morgen zu wünschen.

Er war so jungenhaft, so amüsant, so spielerisch. Ella war zwölf Jahre älter als er, aber sie erinnerte sich noch zu gut an jene Jahre ihrer Jugend, als Männer wie er ihr einen wohligen Schauer über den Rücken gejagt hatten. Sie war verheiratet, in gewisser Weise glücklich, und sie hätte nicht im Traum daran gedacht, sich um seine Zuneigung zu bemühen. Und doch hatte die Vorstellung etwas Angenehmes.

Sie erinnerte sich an Max, Dominiks besten Freund. Sollte man ihm mitteilen, was geschehen war? Vielleicht war es besser, wenn er es erst nach seiner Rückkehr erfuhr.

Was erfuhr? Dominik war nicht tot. Sie weigerte sich, das zu akzeptieren. Der Wagen war explodiert, aus welchem Grund auch immer. Vielleicht war es unmöglich, die Leiche zu identifizieren, selbst für einen Vater. Dann gab es noch Hoffnung.

Als der Zeiger zum neunten Mal weiterzuckte, wurde die Doppeltür sachte geöffnet. Zacharias' Anblick traf Ella wie ein Schlag. Er ging gebeugt, was sie immer für unmöglich gehalten hatte, und er schluchzte wie ein kleines Kind, so herzzerreißend, so verzweifelt. Das war nicht mehr der Mann, den sie bisher gekannt hatte.

Sie sprang auf und legte ihren Arm um seine Schultern. Widerspruchslos ließ er sich von ihr hinausführen. Dabei weinte er leise, und auf dem ganzen Weg nach Hause sprach er nicht ein einziges Wort mit ihr.

■ ■ ■

Im Speicherarchiv der Villa war es stickig, trotz der geöffneten Dachluken. Darunter tanzten Staubwolken im Sonnenschein. Es roch nach altem, vergilbtem Papier, nach Tee und dem Kautabak des Archivars. Karel Haaf stand an einem seiner Regale und sortierte Aktenordner und Bücher, die jemand in seiner Abwesenheit benutzt und in Unordnung gebracht hatte. Eigentlich war das unmöglich, denn er verließ den Speicher nur zum Schlafen. Er lebte für dieses Archiv, für das Hex, für das, was es ihm bedeutete. Wenn es jemandem gelungen war, unbemerkt in seinen Schätzen zu stöbern, dann konnte das nur bei Nacht geschehen sein. Aber nachts war außer dem Wächter am Eingang niemand hier. Und der konnte kaum seinen Namen schreiben, geschweige denn Akten lesen.

Karel hatte die Unordnung fast beseitigt, als er ein Ziehen und Kratzen im Hals verspürte. Er kannte dieses Gefühl, und es machte ihm längst keine Sorgen mehr. Der Tumor ergriff Besitz von seinen Stimmbändern.

»Gleich wird jemand kommen«, zischte die Krebsstimme. *»Ich kann es spüren.«*

»Woher willst du das wissen?«

»Ich kann es spüren«, wiederholte der Tumor.

Karel beschloss, nicht darauf einzugehen. Man musste der Stimme ihren Willen lassen. Wenn ihr die Argumente ausgingen, blockierte sie ohnehin nur Karels eigene Stimme, um doch noch das letzte Wort zu haben. Er hatte sich längst damit abgefunden.

Trotzdem ertappte er sich dabei, wie er immer wieder verstohlene Seitenblicke zur Speichertür warf. Er wusste, dass der Tumor ihn jetzt auslachte. Immerhin war er so anständig, dabei nicht Karels Stimmbänder zu benutzen.

Wenige Minuten später klopfte es an der Tür, und zwei Männer traten ein. Sie sahen sich bemerkenswert ähnlich, was an ihren grauen Anzügen und dem glatt zurückgekämmten Haar liegen mochte. Karel hatte keinen von beiden je zuvor gesehen, aber ihr Auftreten ließ keinen Zweifel daran, in wessen Auftrag sie hier waren.

Die beiden nannten ihre Namen und zeigten ihm ihre Dienstausweise. »Wir kommen vom Ministerium«, fügte der eine unnötigerweise hinzu.

Karel spürte, wie sich die Krebsstimme zu Wort melden wollte. Im letzten Augenblick zog sie sich wieder zurück. Sie wollte ihn nervös machen. Das tat sie oft.

»Was kann ich für Sie tun?«, fragte er und gab sich Mühe, beflissen zu klingen. Er hasste diese Kerle und ihre unerwarteten Auftritte. Manchmal glaubte er, sie wollten ihn kontrollieren. Ihn und das ganze Hex.

»Wir brauchen eine Auskunft«, verlangte der eine. Sein Blick fiel angeekelt auf den Spucknapf neben Karels Schreibtisch. Karel bemerkte es mit einer gewissen Genugtuung.

»In welcher Angelegenheit?«

»Über ein Ereignis, das sechs Jahre zurückliegt«, sagte der eine Mann. »Die Unterlagen müssen hier bei Ihnen sein.«

Karel überlegte. »Dann wurden sie bei der Gründung des Hex

vor drei Jahren hierher geschafft. Aber das Meiste davon ist nicht katalogisiert. Ich bin allein hier oben und habe genug mit den aktuellen …«

Die Männer unterbrachen ihn. »Es geht um den Fall Eisenstein«, sagte der eine. »Sagt Ihnen der Name etwas?«, fragte der andere.

Eisenstein. Natürlich. Jemand aus dem Innenministerium. Er war vor sechs Jahren verschwunden. Die landläufige Meinung war, dass er sich damals an die Franzosen oder Engländer verkauft hatte. Weshalb sollte eine Akte über ihn hier beim Hex liegen? Spionage war kein Fall für die Abteilung.

Es sei denn, Eisenstein wäre auf eine Weise verschwunden, über die in der Presse nicht berichtet wurde. Das wiederum bedeutete, dass man im Ministerium wusste, wo er steckte. Oder zumindest einen Verdacht hatte.

Karel spürte, wie ihn leichte Erregung überkam. Sein Interesse war geweckt.

»Haben Sie ein Aktenzeichen? Eine Nummer? Irgend etwas?«, fragte er die beiden Männer und ging dabei in Gedanken schon jene Regale durch, in denen Akten aufbewahrt wurden, die das Hex bei seiner Gründung von anderen Abteilungen übernommen hatte. Nur ein kleiner Teil davon war in das Gesamtverzeichnis aufgenommen worden. Ihre Bearbeitung war eine Aufgabe, für die Karel einen Assistenten benötigt hätte.

Einer der Männer griff in die Innentasche seiner Jacke und zog einen Papierstreifen hervor. Gewissenhaft las er Karel ein gutes Dutzend Nummern und Buchstaben vor.

Der Archivar dachte angestrengt nach. Er kannte diese Zahlenreihe; zumindest eine, die ähnlich klang. »Es ist noch nicht lange her, dass ich ein paar Akten mit einem Teil dieser Nummern in der Hand hatte«, überlegte er laut. »Es ging um den Fall Kayssler. Gibt es da einen Zusammenhang?«

Die beiden Männer warfen sich einen verstohlenen Blick zu, der alles und nichts verriet. In Gedanken beantwortete Karel seine Frage selbst mit einem »Ja«.

»Möglicherweise«, entgegnete einer der beiden vage. »Werden Sie die Eisenstein-Unterlagen nun finden oder nicht?«

»Es wird eine Weile dauern«, sagte Karel und drehte sich zu seinen Regalen um. In Wahrheit wusste er längst, wo er die Ordner finden würde, denn die Unterlagen über Kayssler hatte er mehr als einmal durchgesehen. Das Wenige, was daraus ersichtlich wurde, stank zum Himmel. Viele Seiten waren augenscheinlich entfernt worden, bevor die Akten beim Hex gelandet waren. In der Chronologie klafften Lücken von mehreren Wochen, sogar ganzen Monaten.

Während er zwischen den Regalreihen umherging, rief er über seine Schulter: »Wenn Sie die Unterlagen einsehen wollen, müssen Sie ein Benutzungsformular ausfüllen.«

»Wir wollen sie nicht einsehen, sondern mitnehmen«, gab einer der Männer zur Antwort.

Karel blieb wie angewurzelt stehen. »Das ist nicht Ihr Ernst, oder?«

»Richtig, wir sind hier, um Witze zu machen.«

Der Archivar fuhr herum und stürmte zwischen den Regalen hervor auf die Männer zu. »Sie haben keine Autorisierung, um so etwas …«

Erneut wurde er unterbrochen. Der ältere der beiden hielt ihm ein Papier entgegen. »Lesen Sie«, forderte er barsch.

Karel nahm es zögernd entgegen, ohne seinen Blick von den Augen des Mannes zu nehmen. Er sah eine Überheblichkeit darin, die ihm Übelkeit bereitete.

Es war ein Brief, und er stammte aus dem Büro des Innenministers. Er garantierte vollkommene Verfügungsgewalt über alle Teile des Hex.

»Kennt Herr Zacharias dieses Schreiben?«, fragte er leise.

»Herr Zacharias ist nicht in seinem Büro. Sein Sohn hatte einen Unfall.«

»Dominik?«, fragte Karel alarmiert.

»Mag sein. Keine Ahnung, wie der Bengel heißt.«

Dem Archivar wurde heiß vor Wut. »Dieser *Bengel* ist ein Agent dieser Abteilung, meine Herren.«

Der Jüngere zuckte mit den Schultern. »Solange sie noch existiert.«

Der andere Mann warf ihm einen scharfen Blick zu, der ihn auf der Stelle verstummen ließ.

»Wie meinen Sie das?«, verlangte Karel zu erfahren. Eine beängstigende Kälte breitete sich in seinem Magen aus.

»Hören Sie«, sagte der ältere Mann, offenbar bemüht, den Schnitzer seines Kollegen zu überspielen. »Wir sind hier wegen dieser Akte. Dieses Schreiben verleiht uns die Autorität, sie einzufordern. Seien Sie also bitte so gut, und suchen Sie das Ding. Danach verlassen wir Sie, und Sie können weiter Tee trinken, oder was immer sonst Sie hier oben tun.«

»Kerle wie dich fresse ich zum Frühstück«, fauchte die Krebsstimme.

Der Blick des Mannes wurde noch finsterer. »Wie bitte?«

»Nichts«, erwiderte Karel, jetzt wieder er selbst. »Gar nichts. Warten Sie hier, ich suche das, was Sie haben wollen.« Geschwind drehte er sich um und ließ die beiden stehen. Er konnte ihre misstrauischen Blicke wie Messerspitzen in seinem Rücken spüren.

Jetzt nur nicht singen, dachte er.

Was war mit Dominik los? Und was hatte der Mann gemeint, als er von der Existenz des Hex sprach?

Karel sah, dass seine Hand zitterte, als er mit den Fingerspitzen über die Kayssler-Akten strich. Und, ja, da war die Nummer, die die Männer suchten. Sie stand ganz am Ende der Reihe. Es mussten zehn oder elf Ordner sein, und aus keinem ging eindeutig hervor, mit was Kayssler und seine Leute sich tatsächlich beschäftigt hatten, bevor das Projekt von einem Tag auf den anderen abgebrochen worden war. Von Untersuchungen war die Rede, aber niemals, auf welchem Gebiet.

Karel warf einen Blick durch die Spalten oberhalb der Bücher und Ordner. Die beiden Männer standen immer noch im vorderen Teil des Speichers. Das verschaffte ihm einen Augenblick Zeit.

Er klappte den gesuchten Ordner auf und blätterte darin herum. Vieles waren Unterlagen über Eisensteins Privatleben, aber auch

Protokolle von Gesprächen mit Kollegen. Karel entdeckte ein Dokument, in dem eine Anfrage bestätigt wurde, wonach Eisenstein am Tag seines Verschwindens Berlin in seinem Automobil verlassen hatte. Sein Ziel galt als unbekannt.

»Herr Haaf?«, rief einer der Männer ungeduldig.

Karel überhörte den Ruf und blätterte weiter. Er fand einige Briefe und Eingaben Eisensteins, in denen von der Bewilligung von Geldmitteln für Kaysslers Forschungen die Rede war. Erstaunt entdeckte Karel auch den Kaufvertrag für ein weitläufiges Anwesen, den der Vermisste im Auftrag unterschrieben hatte; in wessen Auftrag ging nicht daraus hervor.

»Haaf, haben Sie die Akte?«

Jetzt ertönten Schritte, als die Männer sich aufmachten, im Labyrinth der Bücherregale nach ihm zu suchen.

»Ich komme«, rief er zurück. »Ich hab' sie gefunden.«

Die Schritte verharrten, was ihm weitere Sekunden gab. Im hinteren Teil der Akte fand er eine Reihe von körnigen Schwarzweiß-Fotografien. Sie zeigten das alte Herrenhaus, das offenbar im Vertrag erwähnt wurde. Auf die Außenansichten folgten Bilder aus dem Inneren. Die Böden und Wände waren mit etwas bedeckt, das wie schwarzer Brei aussah. Dann das Bild einer Kellertreppe, von oben aufgenommen. Karel blätterte aufgeregt weiter. Noch mehr Fotografien, diesmal im Keller. Ein enger Korridor, leer. Eine fensterlose Kammer, ebenfalls mit dem Brei bedeckt. Dann eine halboffene Stahltür mit der Aufschrift »Labor«. In dem Raum dahinter lag etwas am Boden. Waren das Beine, die ins Bild ragten? Oder …

»Haaf, verdammt noch mal, was tun Sie da?«

Mit einem Seufzen schlug Karel den Ordner zu und ging zurück zu den Männern. Ungehalten nahm der Ältere ihm den Band aus den Händen.

»Die Frage, ob Sie ihn zurückbringen, erübrigt sich wohl.«

»Es war ein Irrtum, dass er überhaupt hier gelandet ist.«

»Natürlich.« Karel setzte sein freundlichstes Lächeln auf. »Dann werde ich wohl darauf verzichten müssen.«

Der ältere Mann nickte, während er das Aktenzeichen auf dem Ordner mit dem Papierstreifen verglich. Zufrieden steckte er den Zettel ein.

»Beantworten Sie mir trotzdem eine Frage?«, bat Karel.

Sein Gegenüber musterte ihn mit einer Spur von Mitleid. »Sie wollen den Grund wissen, nicht wahr?«

»Würden Sie das nicht?«

Der Mann wandte sich grußlos zur Tür und gab dabei seinem jüngeren Kollegen einen Wink. »Sag's ihm.« Er selbst verließ den Speicher und stieg die Treppe hinunter.

Der junge Mann blickte in Karels Augen und schien dort etwas zu finden, das ihn beunruhigte. »Eisenstein ist wieder da«, sagte er nervös.

»Wo hat man ihn gefunden?«

»Am Wilhelmplatz, vor zwei Tagen, Er kann sich an kaum etwas erinnern. Und er trug noch dieselbe Kleidung, wie am Tag seines Verschwindens.«

Karel starrte ihn ungläubig an. »Seit sechs Jahren?«

»Allerdings«, sagte der Mann mit merkwürdigem Tonfall. »Er hatte Wunden. Abschürfungen, Kleinkram. Nichts Schlimmes und alles verheilt. Aber der Stoff seines Anzugs ist in die Narben eingewachsen. Er hat ihn nicht ein einziges Mal ausgezogen.«

»Lieber Himmel! Was sagt er, wo er gesteckt hat?«

Ein unsicheres Lächeln flackerte über das Gesicht des Mannes. »Auf dem Mond«, flüsterte er, als fürchtete er, Karel könnte ihn für verrückt halten.

Der Archivar blieb ernst. »Das sagen sie alle, oder? Irgendwann zieht's jeden Überläufer in die Heimat, und dann kommen die dummen Ausreden.«

»Die Ärzte sagen, er glaubt daran. Faselt die ganze Zeit von grauen Wüsten. Und von Fußspuren im Staub. Völlig verrückt.« Er zuckte zusammen, als wäre ihm schlagartig klargeworden, dass er schon zu viel geredet hatte. Mit einem Ruck drehte er sich um und ging zur Tür.

Die Krebsstimme fauchte ihm bösartig nach, und Karel gab sich nicht länger Mühe, sie zu unterdrücken. Schief und misstönend sang sie das Kinderlied vom Mann im Mond.

Zweiter Teil

Männer in Schwarz

Kapitel 1

Die Schiffsmesse war ein langgestreckter Raum, deren schräg stehende Fenster den Blick hinunter aufs Meer freigaben. Hunderte Meter unter ihnen rangen grauschwarze Wogen miteinander, während sich rund um die *Polar* ein Sturm zusammenbraute. Dunkle Wolkenberge zogen am Horizont herauf, und Dunst hing vor den Scheiben wie der Rauch eines fernen Feuers. Ungeachtet dessen hatten Schiffsjungen in der Messe die Gedecke für Passagiere und Offiziere aufgetragen. Es gab weiße Tischdecken, und sogar die Servietten waren akkurat gefaltet.

Max und Sina waren unter den Ersten, die sich zum Abendessen eingefunden hatten. Nur knapp die Hälfte der Fahrgäste – außer den Hex-Agenten noch sechs mürrische Forscher – tauchte zum Essen auf, der Rest ließ sich entschuldigen. Auch an Sina und Max waren der Flug und das raue Wetter nicht spurlos vorübergegangen. Beiden war übel, und beiden gelang es nur mit Mühe, ihre schlechte Laune zu kaschieren. Dass sie sich trotzdem aufgerafft und zu Tisch geschleppt hatten, war nur der Einladung Kapitän Jessens zu verdanken. Der Befehlshaber der *Polar* war persönlich von Kabine zu Kabine gegangen und hatte jeden gebeten, mit ihm zu Abend zu essen. Dass dennoch so viele fehlten, war ein Zeichen von Unhöflichkeit, aber auch ein Signal dafür, wie es den meisten ergehen würde, wenn die *Polar* tatsächlich in einen Sturm geriet. Schon jetzt waren die Toiletten dauerbesetzt.

Jessen war ein grobschlächtiger, aber freundlicher Mann. Sein Gesicht wirkte hart und unnahbar, doch wenn er lächelte, wirkte es herzlich und ansteckend auf alle, die ihn umgaben. Er erwies sich als ausgezeichneter Gastgeber, dem es gelang, die anfangs so abweisenden Forscher in eine angeregte Diskussion zu verstricken. Max und Sina folgten dem Gespräch mit höflichem Interesse, aßen kaum etwas und stellten gelegentlich halbherzige Fragen über geplante Expeditionen, das Klima in Grönland und die Sitten der Eingeborenen.

Schließlich, als die Schiffsjungen die Reste des Desserts abgetragen hatten, und die Forscher sich heftig debattierend zurückzogen, blieben Max und Sina noch eine Weile sitzen. Jessen bot ihnen italienischen Rotwein an, den sie ablehnten, schenkte sich selbst großzügig ein und schickte seine Offiziere auf die Brücke. Als die drei endlich allein in der Messe waren, ergriff er von neuem das Wort.

»Ich weiß, weshalb Sie nach Ittoqqotoormiit wollen«, sagte er. Zum ersten Mal hörten sie den Namen der Stadt in der korrekten Aussprache, dennoch klang er nicht weniger unverständlich als aus dem Munde Zacharias'.

»So?«, fragte Sina mit gelinder Neugier. Sie war gespannt, was der Alte der Luftschiff-Reederei erzählt hatte, als er ihre Plätze an Bord der *Polar* reservierte.

Jessen nickte und nahm einen riesigen Zug aus seinem Glas, der mangelnde Weinkenntnisse verriet. »Sie interessieren sich für den Absturz der *Lessing*, nicht wahr? Und für die Explosion.«

Verwundert und ein wenig verunsichert sahen Sina und Max sich an. Damit hatten beide nicht gerechnet. Sie waren in der Annahme an Bord gegangen, ihr Auftrag laufe unter strengster Geheimhaltung.

Der Kapitän schien ihre Gedanken zu lesen und lächelte. »Sie haben doch nicht ernsthaft angenommen, eine Katastrophe wie diese spräche sich nicht herum? Himmel, ich kannte die halbe Besatzung der *Lessing* persönlich. Der Kapitän und ich waren befreundet.«

»Das tut uns leid«, sagte Sina, und Max schob schnell hinterher: »Dann wissen Sie auch, was er gesehen haben will?«

Jessen drehte sein Weinglas wie einen Cognacschwenker und schien nur Augen für den Inhalt zu haben. »Er hat es mir nicht mehr verraten, wie Sie sich denken können.«

Sina schenkte Max einen tadelnden Blick. »Natürlich nicht.«

»Aber Sie wissen es«, beharrte Max.

»Ja.«

»Was halten Sie davon?«

Mit einem Seufzen lehnte der Kapitän sich zurück. »Ach, wissen Sie, Lichter und Scheiben und Pfeile am Himmel, all diese Dinge … das sind unsere Klabautermänner, unsere Fliegenden Holländer. Jeder, der hier oben herumfliegt, will so was mal gesehen haben. Und sei es nur, um sich wichtig zu machen.«

»Sie wollen doch nicht behaupten, der Kapitän der *Lessing* wollte sich aufspielen – im Augenblick seines Todes?«, gab Sina scharf zurück.

»Natürlich nicht. Ich sagte Ihnen doch, wir waren Freunde. Aber es gibt oft natürliche Erklärungen für diese Sichtungen. Nordlichter, Kugelblitze, eine Reflexion auf einem anderen Luftschiff.«

Max sah ihn durchdringend an. »Kapitän Jessen, wenn Sie einen Blitz sehen, erkennen Sie ihn dann nicht als Blitz?«

Er trank einen weiteren Schluck aus seinem Glas. »Unter gewöhnlichen Umständen schon. Aber vielleicht hatte die *Lessing* andere Sorgen, Probleme mit ihren Maschinen, vielleicht. Was weiß ich? In Stresssituationen kann es durchaus vorkommen, dass man – auch ein Kapitän – eine Entdeckung, sagen wir, falsch interpretiert.«

»Und die Explosion?«, fragte Sina.

Jessen beugte sich vor und fixierte sie mit seinem Blick. »Wissen Sie, was die *Lessing* geladen hatte? Ich weiß es nicht. Es gibt auch in diesen Regionen Transportgüter, die auf keinen Ladelisten auftauchen. In Ittoqqortoormiit braut sich ein Konflikt zwischen Dänen und Norwegern zusammen. Mag sein, dass das Schiff für eine dieser Gruppen etwas transportiert hat, unter der Hand, versteht sich.«

»Waffen?«, setzte Max nach. »Sprengstoff? Ist das Ihr Ernst?«

»Wir alle sind nicht unbestechlich.«

Sina sah Max unsicher an. Jessens Worte verwirrten sie. Weshalb gab der Kapitän zu, dass es zu solchen Unregelmäßigkeiten auf den Routen der Reederei kam? Er hatte »wir« gesagt, sich selbst also eingeschlossen. Sie glaubte nicht, dass er das aus Achtlosigkeit getan hatte. Jessen verfolgte damit irgendein Ziel.

»Sie behaupten, die *Lessing* habe illegalen Sprengstoff an Bord gehabt?« Max beschäftigten die gleichen Gedanken wie Sina.

Der Kapitän nickte langsam. »Das wäre möglich.«

Sina gab sich damit nicht zufrieden. »Wissen Sie, wie viel Dynamit nötig ist, um eine Hitzewelle freizusetzen, die meterdickes Eis im Radius von vier Kilometern schmilzt?«

Jessen lehnte sich träge zurück. »Keine Ahnung. Wissen Sie es?«

Ihre Frage war rein rhetorisch gewesen, und es widerstrebte ihr, jetzt mit »nein« antworten zu müssen.

Max kam ihr zur Hilfe. »Was könnten ein paar wild gewordene Norweger mit solchen Mengen an Sprengmaterial anfangen?«

Der Kapitän verzog süffisant die Mundwinkel. »Ittoqqortoormiit von der Landkarte tilgen, zum Beispiel. Es gibt nur zwei Städte an der Ostküste Grönlands, beide sind dänisch. Die andere ist Tasulaq und liegt tausend Kilometer weiter südlich. Wenn eine davon – oder gar beide – verschwinden würden, hätten die Norweger einen neuen Ansatzpunkt für eine Besiedlung der Region. Der Fischfang wird sich dort oben in den nächsten Jahren und Jahrzehnten zum Zig-Millionen-Geschäft entwickeln. Und die Dänen sind, was die Sicherung ihrer Hoheitsrechte angeht, bislang sehr nachlässig gewesen.«

Sina mochte seiner Theorie noch immer keinen Glauben schenken, »Wenn Norweger eine ganze dänische Stadt in die Luft sprengen würden, käme das einer Kriegserklärung gleich. Und weder Norwegen noch Dänemark wäre in der Lage, sich auf einen Krieg einzulassen. Noch dazu um ein paar Fischereigebiete. Das ist absurd.«

»Nicht, wenn man den Anschlag den Inuit in die Schuhe schiebt«, entgegnete Jessen. »Eingeborene mussten seit jeher in Kolonien auf der ganzen Welt als schwarze Schafe in den Konflikten der Kolonialmächte herhalten. Und die Inuit haben sich bislang bemerkenswert ruhig verhalten. Aber ihr Unmut über die Dänen wächst. Sie fordern Mitbestimmung, kulturelle Unabhängigkeit. Es würde leichtfallen, unter ihnen eine radikale Gruppierung auszumachen und als Attentäter abzustempeln.«

Sina schwieg nachdenklich. Jessens Ausführungen begannen, einen Sinn zu ergeben. Das Wenige, was sie in den Stunden zwischen der Besprechung mit Zacharias und ihrem Abflug über Grönland gelesen hatte, bestätigte das. Die Stimmung unter den Inuit war schlecht, und der Konflikt der Dänen mit den Norwegern brodelte seit über hundert Jahren.

»Sie glauben also«, fasste Max noch einmal zusammen, »Kapitän Selm von der *Lessing* habe sich von Norwegern kaufen lassen, um Sprengstoff für einen Anschlag auf Ittoqortoormiit zu transportieren.«

»Möglicherweise.«

Sina rümpfte die Nase. »Sie beide müssen wirklich gute Freunde gewesen sein.«

Jessen blieb gelassen. »Allerdings.«

»Und Sie nehmen weiterhin an, diese Scheibe, die er kurz vor dem Absturz gesehen haben will, sei eine Täuschung gewesen, ein Kugelblitz oder ...«

»Oder etwas in dieser Art, ja«, unterbrach der Kapitän.

»Bleibt eine Frage offen«, sagte Sina. »Weshalb härten die Norweger für diese Angelegenheit ein deutsches Luftschiff anheuern sollen? Sie haben genug eigene. Außerdem hätte sich der Sprengstoff auch auf dem Seeweg nach Grönland bringen lassen.«

Jessen zögerte, ehe er reagierte. »Darauf habe ich keine Antwort, tut mir leid. Sie gehen dorthin, um das herauszufinden, nicht ich.«

»Ich nehme an, Sie wären nicht bereit, all diese Dinge vor einem Gericht zu wiederholen?«, fragte Max ahnungsvoll.

»Gott bewahre!«, stieß Jessen aus. »Die Reederei würde dafür sorgen, dass ich nie wieder ein Schiff befehlige. Ganz abgesehen von dem, was meine Kollegen mir antun würden. Sehen Sie, solche Nebeneinnahmen, wie Kapitän Selm sie kassiert haben mag oder auch nicht, sind keine Seltenheit. Jeder macht so was zum einen oder anderen Zeitpunkt. Es ist üblich.«

»Die Reederei weiß da von?«

»Nicht offiziell.«

Sinas Stirn legte sich in Falten. »Weshalb erzählen Sie uns das alles?«

Der Kapitän verzog die Lippen zu einem schalen Lächeln. »Ist das nicht meine Pflicht als Bürger des Reiches?«

Er machte kein Geheimnis aus seiner Ansicht, dass seine Beweggründe die beiden nichts angingen. Aber seine Hinweise waren zumindest vielversprechend, wenn auch aus der speziellen Sicht des Hex ein wenig enttäuschend.

Max räusperte sich. »Noch etwas anderes: Wie viele Passagiere befinden sich an Bord der *Polar*?«

Jessen musste nicht lange überlegen. »Sie beide, dazu dreizehn Wissenschaftler, die wie Sie in Nuuk von Bord gehen, und ein vierzehnter, der bis Qaanaaq bei uns bleibt.«

Sina horchte auf. »Ich wusste nicht, dass Sie noch weiter nach Norden fliegen.«

Max blickte sie verwundert und ein wenig beschämt an. Sie musste sich in der kurzen Zeit sogar mit Grönlands Geographie beschäftigt haben, um zu wissen, wo die Stadt lag, die der Kapitän erwähnt hatte. Sina bemerkte es und lächelte in einem uncharakteristischen Anflug von Besserwisserei.

»Fahren«, korrigierte Jessen sie. »Man sagt fahren, nicht fliegen.«

Max verkniff sich ein Grinsen und stieß sie unterm Tisch mit dem Knie an.

Sinas dunkle Augen blitzten wütend auf, aber sie nickte nur.

Jessen fuhr fort: »Die *Polar* bringt Güter zur deutschen Station nach Qaanaaq. Die Dänen dulden unsere Leute dort aufgrund der internationalen Forschungsabkommen, wachen aber äußerst eifersüchtig über Vorräte und Technik. Unsere Frachtkammern sind voll mit Nachschub, auf den die deutschen Wissenschaftler da oben sonst verzichten müssten.«

»Ich wusste nicht, dass es um einen Eisklotz wie Grönland solch ein Gerangel gibt«, gestand Max.

Jessens Blick geisterte über die leeren Stühle an der Tafel. »Kinder streiten sich um Zuckerstangen, Nationen um Gebiete. Selbst, wenn sie, wie im Falle Grönlands, achtundneunzig Prozent davon nie und nimmer bewirtschaften können.« Er füllte sich abermals das Glas. »Ich schätze, das ist höhere Politik.«

■ ■ ■

Eine Stunde später lagen Sina und Max in ihren Betten und unterhielten sich flüsternd durch die Zeltplane zwischen ihren Kabinen. Sie hatten die Liegen zusammengeschoben, bis sie durch den Stoff aneinanderstießen. Wäre da nicht das Leinen gewesen, das sie trennte, sie hätten auch in einem gemeinsamen Doppelbett liegen können. Max stellte sich grinsend vor, mit wie viel Widerwillen Sina dieser Gedanke erfüllen musste. Obwohl, das gestand er ihr zu, die äußeren Zeichen ihrer Abneigung gegen ihn seit Beginn der Reise abgenommen hatten. Allerdings war er auch noch nicht dazu gekommen, die Treppen an Bord zu vermessen.

»Ich nehme an, du hast den gestrigen Abend genutzt, einen Schnellkurs in grönländischer Landeskunde zu machen«, stichelte er leise.

»Was du offensichtlich versäumt hast.«

Er war drauf und dran, ihr von den familiären Verpflichtungen zu erzählen, mit denen er sich am Abend hatte herumschlagen müssen, ließ es dann aber bleiben. Sie hätte nicht einmal Verständnis gehabt, wenn sich der Reichspräsident persönlich bei ihm angekündigt hätte. Sina hielt ihn schlichtweg für einen Faulenzer, der alles andere, nur nicht die Belange des Hex im Kopf hatte.

»Erzählst du mir von Grönland?«, bat er in einem Versuch, sie versöhnlicher zu stimmen. »Was hat es mit diesem ganzen Theater um Dänen und Norweger und Weiß-der-Teufel-wen auf sich?«

Sie rückte sich im Bett zurecht. Ihre Decke raschelte. Sie hatte die Lampe angelassen, und Max konnte die schmalen Umrisse ihres Körpers erkennen, die das Licht auf die Plane projizierte wie ein Schattenspiel. »Der Besitzanspruch geht zurück auf die dänisch-norwegische Doppelmonarchie, die seit dem 14. Jahrhundert bestand. 1727 schickte der dänisch-norwegische König einen Gouverneur nach Grönland und mit ihm zwölf Strafgefangene, die mit zwölf Mädchen aus einer Besserungsanstalt zwangsverheiratet wurden. Der Versuch, das Land so zu kolonisieren, schlug fehl, aber schon ein paar Jahre später übernahm ein dänischer Großkaufmann den gesamten Grönlandhandel. Dänische Missionare machten sich zur gleichen Zeit daran, die Eingeborenen zum Christentum zu bekehren. Damit waren die Grundlagen geschaffen, bis das ganze Land schließlich unter der Hoheit Dänemarks stand.«

»Und wie kommen die Norweger ins Spiel?«

»Norwegen«, belehrte ihn Sina, »gehörte bis 1814 zu Dänemark. In der Kolonie Grönland hatten traditionsgemäß Dänen die hochrangigen Beamten gestellt, während Norweger für die untergeordneten Aufgaben herangezogen wurden.«

Er konnte sich denken, was geschehen war. »Nach der Trennung Norwegens von Dänemark beanspruchte die dänische Regierung die Kolonie für sich, stimmt's?«

Sinas Silhouette auf der Plane nickte. »Und die Norweger, die der Ansicht waren, dass sie die Drecksarbeit geleistet hatten, gingen mehr oder weniger leer aus. Dänemark garantierte ihnen zwar das Jagd- und Fangrecht in den ostgrönländischen Regionen, aber vor sechs Jahren, 1920, erklärten die Dänen, von nun an besäßen sie die Oberhoheit über das ganze Land.«

»Damit musste es zwangsläufig zum Streit kommen.«

»Vor zwei Jahren unterschrieben beide Länder eine Vereinbarung, die die Rechte der Norweger – zumindest auf dem Papier – ausweitete. In der Realität muss davon jedoch wenig zu spüren sein. Dieses Ittoqqortoormiit, von dem alle reden, wurde erst im vergangenen Jahr als dänische Stadt mitten im norwegischen Fanggebiet gegründet.«

»Eine beabsichtigte Provokation?«

»Natürlich«, entgegnete Sina. »Man will den Norwegern zeigen, dass sie geduldet werden, aber keine wirklichen Anrechte besitzen, nicht einmal auf die öden Küsten im Osten Grönlands.«

Max verschränkte die Hände hinterm Kopf. »Na, wunderbar. Das heißt, wir sind auf dem Weg in eine Stadt, in der sich gerade zwei Nationen die Schädel einschlagen.«

»So sieht's aus.«

»Ich bin begeistert.«

»Das war ich auch, als ich darüber gelesen habe.«

Er bemerkte den Seitenhieb sehr wohl. »Ich hatte keine Zeit. Reicht dir das als Entschuldigung?«

»O ja«, erwiderte sie, »sehr überzeugend.«

Sie schwiegen eine Weile, in der jeder seinen Gedanken nachhing.

Schließlich fragte Max: »Glaubst du wirklich, ein paar verrückte Norweger wollten mit der Hilfe der *Lessing* eine ganze Stadt zerstören?«

Sina knipste ihr Licht aus. Ihre Umrisse auf der Plane verschmolzen mit der Dunkelheit. »Mir scheint das ein wenig zu kaltblütig, nachdem dieser Konflikt seit über hundert Jahren weitgehend unblutig ausgetragen wurde. Und es will mir einfach nicht in den Kopf, weshalb ein deutsches Schiff darin verwickelt sein sollte.«

Max senkte seine Stimme zu einem Wispern. »Und wenn der Sprengstoff nicht nur von einem deutschen Schiff transportiert, sondern auch bei uns hergestellt wurde? Wenn Kapitän Selm seinen Auftrag nicht von irgendwelchen obskuren Norwegern, sondern von Deutschen erhielt? Von höchster Stelle?«

»So was darfst du nicht mal denken«, flüsterte Sina zurück, aber der Klang ihrer Stimme verriet, dass ihr selbst bereits ganz ähnliche Gedanken durch den Kopf gegangen waren.

»Hat das Reich irgendwelche Interessen an Grönland?«, fragte er.

»Keine, außer den wissenschaftlichen, soweit ich weiß.«

»Aber das muss nichts bedeuten, oder?«

»Was?«

»Dass du es nicht weißt.«

»Sehr freundlich, Herr von Poser.«

»Ich meine das ernst. Es muss nichts bedeuten, dass wir alle nichts davon wissen. Nicht du, nicht ich, nicht das ganze Hex. Nicht einmal Zacharias.«

Sie zögerte. »Wenn es so wäre, wenn Selm seine Fracht wirklich in geheimem Auftrag der Regierung transportiert hätte, dann würde das bedeuten …«

»… dass Deutschland sich in den Konflikt zwischen Dänemark und Norwegen einschalten will.«

Sina stieß scharf die Luft aus. »Das wäre Wahnsinn.«

»Ganz meine Meinung.«

»Aber wir wissen ja nicht mal, ob die *Lessing* wirklich Sprengstoff geladen hatte. Was, wenn Jessen lügt?«

»Er hat ohnehin nur Vermutungen angestellt.«

»Und sie wie Tatsachen formuliert.«

»Was er über diese Scheibe meinte, dass Selm sich getäuscht haben könnte, glaubst du das?«

Sie wälzte sich auf ihrer Liege herum. »Er ist der Fachmann, nicht wahr?«

»Aber wenn das, was er über Selm und den Sprengstoff sagte, eine Lüge war – rein theoretisch, versteht sich –, dann könnte auch alles andere gelogen sein.«

»Womit wir wieder so schlau wären wie zuvor.«

»Vielleicht sollte ich ein paar Treppen vermessen – das regt die Geistestätigkeit an.«

»Untersteh dich.«

Er lächelte im Dunkeln. »Du klingst wie Larissa.«

Sina schnaubte verächtlich. »Du wirst bitte nicht sentimental werden, ja? Ich kann weinende Männer nicht ausstehen.«

»Und das, wo ich dir gerade mein Herz öffnen wollte, mit allen Sorgen und Nöten und …«

»Ich verzichte.«

Er grinste zur schwarzen Decke hinauf. In der Tiefe der Schiffshülle dröhnten leise die Motoren. »Du hast sicher Erfahrung mit weinenden Männern.«

Sina trat ihm durch die nachgiebige Plane gegen das Schienbein. »Hab' ich getroffen?«

»Perfekt. Vielen Dank.«

»Du verzichtest darauf, mir dein Herz auszuschütten, und ich lass dich mit meinem Kram in Frieden. Einverstanden?«

»Und dabei wirkst du doch wie eine so geduldige Zuhörerin, so gelassen, so verständnisvoll«, sagte er schmunzelnd.

»Freut mich, wenn du diesen Eindruck hast. Du solltest …«

Max fuhr schlagartig im Bett auf. »Still!«, zischte er.

»Was ist los?«

Angestrengt horchte er in die Finsternis.

Da war es wieder! Neben ihm, in der leeren Kabine. Etwas raschelte. Ganz leise nur.

»Verdammt!« Im gleichen Augenblick war er auf den Beinen und stürzte mit Schlafanzughose und nacktem Oberkörper zur Tür. Riss sie auf.

Ein Schatten wirbelte an ihm vorbei, den Gittersteg hinunter. Die Notbeleuchtung am Geländer reichte gerade aus, um den Weg zu markieren. Die größeren Glühbirnen waren während der Nachtruhe abgeschaltet. Max sah eine Gestalt, die in Richtung Bug davonrannte.

Fluchend sprang er zurück in die Kabine, riss seine Waffe unterm Kopfkissen hervor und stürmte wieder nach draußen. Die Gestalt war bereits im Dunkeln verschwunden, aber er hörte das Klirren der Gitter unter ihren Füßen. So schnell er konnte, rannte er dem Flüchtenden hinterher. Schon nach wenigen Schritten fühlten sich seine nackten Fußsohlen auf den scharfkantigen Gitterstreben an, als liefen sie über Messerklingen.

Er wusste nicht, ob Sina ihm folgte, hastete einfach den Steg hinunter. Außer den Abzweigungen zwischen den Kabinentrios gab es so gut wie keine Quergänge im Schiff. Der Hauptsteg, die Mittelachse der Lufthülle, führte schnurgerade von einem Ende der *Polar* zum anderen. War es schon beim Start des Schiffes finster in der Hülle gewesen, so herrschte nun vollkommene Schwärze. Der Abgrund unter ihm hätte ebensogut hundert oder tausend Meter tief sein können, es hätte keinen Unterschied gemacht.

Der Steg schien leicht zu schwanken, zumindest sagten ihm das seine Instinkte. Sie schrien ihn an, er möge nicht so schnell rennen, nicht so ungestüm, sonst laufe er Gefahr, über das Geländer zu stolpern. Aber Max hatte keine Zeit, Rücksicht auf seine Ängste zu nehmen. Er musste wissen, wer sie belauscht hatte. Musste erfahren, was der andere wusste.

Das Schiff war wie ausgestorben. Nur Führergondel und Motorenkanzeln waren mit den Männern der Nachtschicht besetzt, der Rest der Besatzung schlief. Max erreichte eine Plattform, von der aus eine Metalltreppe in die Tiefe führte. Irgendwo da unten musste der Einstieg zur Brücke sein. Dorthin aber würde der Lauscher nicht fliehen – es sei denn, Jessen selbst hätte ihn geschickt.

Max beschloss, weiterhin dem Steg zu folgen. Das blasse Lichtband der Notbeleuchtung endete vierzig oder fünfzig Meter weit vor ihm. Irgendwo dort vorne musste es an den Bug der Lufthülle stoßen. Max konnte in der Dunkelheit nicht erkennen, ob es vorher weitere Abzweigungen gab. Auch die Gestalt schien verschwunden. Der Lärm seiner eigenen Schritte auf den Gittern hatte die Laute des Flüchtenden übertönt. Als Max für einen Augenblick stehenblieb und horchte, hörte er nichts als das gedämpfte Brummen der Motoren und das Jammern des Windes, der über die Hülle pfiff.

Vorsichtig ging er weiter, langsamer, die Waffe im Anschlag. Es war eine leere Geste; in der Finsternis gab es ohnehin nichts, auf das er hätte zielen können. Rechts und links von ihm schälte sich ein Wald von Trägern und Kabeln aus dem Dunkel, schimmernd im fahlen Schein der Notleuchten. Ein ideales Versteck.

Max spürte, wie ihn Nervosität überkam. Plötzlich kam er sich albern vor, wie er mit einer Waffe in der Hand dastand. Er war Kulturhistoriker und von seinem Vater in die Rolle des Hex-Agenten gezwungen worden. Er hatte eine Ausbildung durchlaufen wie alle anderen, und er konnte leidlich mit einer Pistole umgehen, aber nicht gut genug, um es mit einem entschlossenen Widersacher aufzunehmen. Zudem war er alles andere als eine Kämpfernatur.

Der Trick war, den Gegner nichts von seinen Selbstzweifeln spüren zu lassen. Leider ein Trick, den er nicht allzu gut beherrschte.

Seine Hand zitterte leicht, jetzt, wo sein Jagdinstinkt schwand und der erste Adrenalinschub an Wirkung nachließ. Wo blieb Sina?

Mit behutsamen Schritten näherte er sich dem Trägerwald zu beiden Seiten des Steges. Die meisten Streben waren aus Holz oder Leichtmetall, dünne Stangen, nicht breiter als sein Unterarm. Untauglich zum Hinauf- und Hinunterklettern. Aber da waren auch andere, viel massiver und kräftig genug, das Gewicht eines Menschen zu tragen. Hinzu kamen zwei straff gespannte Strickleitern, die rechts und links zur Decke der Lufthülle führten. Sie verschwanden nach kaum drei Metern in der Finsternis.

Max fühlte, wie sein Herzschlag raste. Sorgsam blickte er in alle Richtungen. Der andere konnte überall lauern, neben ihm, unter ihm, sogar über seinem Kopf. Wenn er sich einfach von oben herabfallen ließ, hatte Max keine Chance.

Etwas stand vor ihm auf dem Gittersteg. Er bemerkte es erst, als er fast mit dem Fuß dagegenstieß. Es war ein faustgroßer Würfel, blau bemalt. Auf seiner Oberseite klebte ein goldener Stern.

Irritiert schaute Max sich um. War das Ding hierhergestellt worden, um ihn abzulenken? Würde sein Gegner sich auf ihn stürzen, wenn er sich nach dem Würfel bückte?

Und wenn der Flüchtende den Klotz verloren hatte? Vielleicht verbarg sich darin ein Hinweis auf die Identität des Lauschers.

Noch einmal blickte er sich um, versuchte, die Finsternis mit seinen Blicken zu durchdringen. Falls der andere sich hier irgendwo versteckte, so musste er das außerhalb des Lampenscheins tun, also mindestens zwei oder drei Schritte tief im Gewirr der Kabel und Streben. Niemals würde er schnell genug heran sein, um Max daran zu hindern, den Gegenstand aufzuheben. Diese Überlegung war es, die ihn blitzschnell in die Hocke gehen ließ. Die Finger seiner Linken packten den Würfel.

Hinter ihm klirrten die Gitter. Sein Kopf ruckte herum. Eine Gestalt schälte sich aus der Dunkelheit, raste auf ihn zu. Max stieß sich ab, federte aus der Hocke nach oben, drehte sich um. Zu spät. Der andere war schon heran.

»Sina!«, entfuhr es ihm erleichtert.

Sie blieb zwei Meter vor ihm stehen. »Wen hast du erwartet?«, fragte sie spröde. »Deine Braut?« Auch sie hielt ihre Waffe in der Hand. Ihre Beine waren nackt. Sie hatte sich notdürftig eine lange Bluse übergestreift.

»Was hast du da?«, fragte sie und wies mit einem Kopfnicken auf den Würfel in seiner linken Hand.

»Lag auf dem Gang. Irgendwer hat es verloren – oder stehengelassen.«

Sina schaute sich in der Finsternis um. »Ist er fort?«

»Wer immer es war, er hatte wahrscheinlich genug Zeit, um über eine der Leitern zu verschwinden.«

Der Gedanke, aus der Schwärze beobachtet zu werden, behagte Sina ebenso wenig wie ihm. »Lass uns zurückgehen.«

Max nickte und trat neben sie. Er hielt den Würfel näher an eine der Notleuchten am Geländer. Der goldene Stern blitzte auf. Max klappte die Oberseite mit dem Daumen hoch. Sie ließ sich mühelos öffnen.

»Max …!«

Sinas Warnung kam zu spät. Etwas schnellte aus dem Würfel hervor, direkt auf sein Gesicht zu. Reflexe übernahmen sein Handeln. Mit einem Ruck schleuderte er den Würfel über die Brüstung ins Dunkel. Im letzten Moment sah er noch die Papierschlange, die daraus hervorhing. An ihrem Ende baumelte ein Hindenburgkopf aus Pappmaschee. Der gewaltige Schnauzbart zitterte im Luftzug. Dann verschwand der Würfel im Abgrund.

Max' Schrecken löste sich in einem nervösen Lachen. Er blickte sich zu Sina um, wollte etwas sagen – und erschrak nur noch mehr, als er ihr Gesicht sah.

Im Halblicht der Stegbeleuchtung glänzte ihr Gesicht in kreidigem Weiß, Ihre Züge waren in einem Ausdruck völligen Entsetzens erstarrt.

Mit zwei Schritten war er bei ihr, packte sie an den Schultern.

»Sina, um Himmels willen!«

Sie blinzelte ihn an, als erwache sie nur langsam aus einem Albtraum.

»Was ist los?«, fragte er und vergaß darüber jegliche Vorsicht. In diesem Moment wären beide einem Angreifer hilflos ausgeliefert gewesen.

Doch es kam zu keinem Angriff. Nichts rührte sich. Der Lauscher war fort.

»Es … es geht schon«, brachte sie mühsam hervor.

Max hatte sie noch nie so angeschlagen, so durch und durch erschüttert erlebt. Nur wegen eines Scherzartikels? Nein, natürlich nicht.

»Was hast du gesehen?«, fragte er sanft. Seine Hände lagen noch immer auf ihren Schultern. Sie trat einen zaghaften Schritt zurück und löste sich von ihm, zog ihre Unterarme vor die Brust, legte den Kopf schräg und blickte fast verträumt dem Würfel hinterher. Er musste längst irgendwo aufgeschlagen sein.

Sie ist traumatisiert, dachte er. Das war nicht die burschikose, überlegene Sina, die er kannte. Sie stand nur noch da wie ein verstörtes Kind.

Und dann, von einer Sekunde zur anderen, war sie wieder sie selbst. Fast.

»Ich will gehen«, flüsterte sie mit schwankender Stimme.

Er eilte hinter ihr her und hielt sie fest, ganz vorsichtig, um sie nicht zu erschrecken.

»Was war los?«

»Es war nichts. Gar nichts.«

Ihre Blicke trafen sich; es gefiel ihm nicht, was er in ihren Augen las. »Schreib das in deinen Bericht, aber sag mir die Wahrheit. Es betrifft uns doch beide, oder?«

Sie löste sich von ihm und spähte an ihm vorüber in die Dunkelheit. »Ich weiß es nicht«, gestand sie schließlich. »Vielleicht irre ich mich. Es sind nur ein paar böse Erinnerungen.« Ihr Blick schwenkte fahrig über den Trägerdschungel, der sie umgab. Und wieder erschien diese Furcht in ihren Augen, die Panik eines verängstigten Tieres.

Ihr Anblick erfüllte Max mit einer Hilflosigkeit, die fast schmerzhaft war. Es fehlte nicht viel, und sie würde in Tränen ausbrechen – oder mit ihrer Waffe ziellos ins Dunkel feuern.

Da nahm er sie bei der Hand und zog sie mit sich. Nicht zurück zu den Kabinen, sondern in die entgegengesetzte Richtung, zur Bugspitze. Er wusste, ohne je an Bord der *Polar* gewesen zu sein, dass es dort einen Ort gab, der sie beruhigen würde. Es gab ihn auf jedem Schiff.

Wenigstens hoffte er das.

▪ ▪ ▪

Der Magier kauerte inmitten der Verstrebungen aus Aluminium und Kunststoff, hoch oben wie eine Spinne im Netz, jede Hand und jeden Fuß auf einem anderen Träger, einer Stange, einem Kabel. Er blickte auf die beiden hinab und versuchte, in ihre Gesichter zu sehen. Er wollte an ihren Emotionen teilhaben, vor allem an denen der Frau. Er hatte sie wiedererkannt.

Er war noch nicht sicher, ob das seinen Auftrag komplizieren würde. Aber ihn selbst verwirrte es. Damals hatte sie ihr Haar noch nicht kurz getragen. Sie war jünger gewesen, noch jünger.

Er sah, wie der Mann den Kastenteufel öffnete und erschrocken über die Brüstung warf. Zu jedem anderen Zeitpunkt hätte dieser Anblick den Magier amüsiert. Es waren immer die ältesten Tricks, die die größte Wirkung zeigten. Auf der Bühne wie auch im wirklichen Leben. Die alten Tricks, die alten Reaktionen, die alten Gefühle. Ein endloses, endloses Möbiusband.

Natürlich war sein Repertoire noch nicht erschöpft. Er hatte eine ganze Reihe von Kunststücken auf Lager, wirkliche Wunder. Kein mechanischer Firlefanz, sondern wahre Magie. Oder wenigstens beinahe. Er würde noch warten damit, warten, bis er Land unter seinen Füßen spürte, bis er selbst nicht mehr Bruchstück einer viel gewaltigeren Zauberei war, dem Wunder des Fliegens. Er hatte maßlosen Respekt vor jenen, die sich als erste in die Luft erhoben hatten. Sein eigenes Geschäft war der Handel mit der Erfüllung uralter Träume, aber er verkaufte den Menschen Illusionen, und das hier war die Wirklichkeit. Es war eines der wenigen Dinge, die ihn tief beeindruckten. Und er wusste, wie schwierig es war, auf andere Eindruck zu machen.

Sein Ruf war ihm stets vorausgeeilt, schon damals. *Der Magier* hatten sie ihn genannt, bis er beinahe selbst daran glaubte. Bis aus dem alten Magier ein neuer wurde. Bis ein paar Kinder sein Leben veränderten.

Und nun war er hier, um sein Dasein von damals zu erneuern, die alte Kunst um die neue zu bereichern, die Symbiose des einen Ichs mit dem anderen.

Aber weshalb musste gerade sie hier auftauchen? Warum von allen ausgerechnet *sie*?

■ ■ ■

Ganz vorne, am Ende des Laufstegs, dort, wo die Verstrebungen der Hülle aneinanderstießen, gab es eine Plattform, die vollständig von Holzwänden umschlossen war. In ihrer Mitte standen zwei Bänke in der Form eines V. Jenseits einer runden Glasluke, dreimal so groß wie die Tür, gähnte der Abgrund der Nacht.

Der Sturm war vorübergezogen, ohne das Schiff zu erfassen. Und nun war die Dunkelheit erfüllt vom Flackern und Glitzern und Gleißen der Sterne. Weit, weit unten spiegelten sich Mond und Gestirne auf den Wellen des Nordmeers, und wenn man nicht genau hinsah, dann schien es, als sei die *Polar* rundum vom Weltall umgeben. Nur dass die Lichter in der Tiefe zuckten und bebten, wenn sie sich auf den Wogen brachen, während die am Himmel stillstanden. Starr und unveränderlich. Tot und eisig kalt.

Die *Polar* rauschte mit mehr als hundert Stundenkilometern durch die Nacht, doch in ihrem Inneren war es, als stände sie still. Allein der rhythmische Herzschlag des Schiffes, das Wummern der Motoren, erinnerte Sina daran, dass sie sich vorwärtsbewegten. Dass sie einem Ziel entgegenrasten, das plötzlich zweitrangig für sie geworden war.

Sie begriff jetzt, weshalb Max sie hierhergeführt hatte. Der Anblick des Nichts vor der Luke, das Gefühl einer überwältigenden Tiefe in allen Richtungen hatte etwas Beruhigendes. Es rückte die Dinge in die richtige Perspektive. Und doch fiel es Sina schwer, ihr Wollen und ihre Empfindungen in Gleichklang zu bringen. Sie wollte ruhig sein, aber ihr Körper zitterte noch immer, und es gelang ihr nicht, sich zu konzentrieren.

So saßen sie da, Abgrund und Eingang gleichsam im Blick. Sina schwieg, kämpfte mit sich und ihrer Erinnerung, während Max – nun, er redete und redete.

»Das hier ist der schönste Platz in jedem Luftschiff«, erklärte er mit leiser, beruhigender Stimme. »Allerdings nur während der Fahrt. Beim Landemanöver versammelt sich hier vorne die Trimmmannschaft. Das sind alle die von der Besatzung, die bei der Landung nichts zu tun haben. Sie stehen auf Abruf in der Messe bereit, bis der Kapitän sie zur Verlagerung des Gewichts nach vorne befiehlt. Dann zwängen sie sich hier herein und warten. Sobald das Schiff aufsetzt, brechen alle in Jubel aus, alles schreit und johlt durcheinander.«

Sina bemerkte, wie er sie anblickte, wie er versuchte, zu ihr durchzudringen. Sie kam sich dumm vor, unnütz, und doch gelang es ihr nur ganz allmählich, sich wieder unter Kontrolle zu bekommen. Sie hatte kaum zugehört, was er ihr erzählt hatte, aber darauf schien es ihm auch nicht anzukommen.

»Ich habe so einen Kastenteufel schon einmal gesehen«, flüsterte sie und schaute dabei an Max vorbei zur Tür der Aussichtskammer.

Max' Fröhlichkeit wirkte aufgesetzt. »Klar, auf jedem Jahrmarkt, im Zirkus, in …«

»Sie nennen ihn den Magier«, unterbrach sie ihn ruhig. »Wegen seines Talents und seiner Geschicklichkeit.«

»Welches Talent ist das?« Sein falscher Frohsinn war jäh gewichen.

»Er tötet. Im Auftrag anderer und ungeachtet aller Umstände. Er galt als perfekt.«

»Galt?«

Sie unterdrückte ein Zittern. »Nach seiner letzten ... Arbeit verschwand er spurlos. Tauchte einfach unter. Jahrelang hat niemand mehr etwas von ihm gehört.«

Max hob eine Hand zur Brust und kratzte sich geistesabwesend. »Selbst wenn, hätten wir es beim Hex kaum erfahren.«

Mit einem entschiedenen Kopfschütteln widersprach sie: »Ich schon. Ich habe herumgehorcht, immer wieder, bei früheren Kollegen und jedem, der etwas darüber wissen konnte. Der Magier blieb verschwunden.«

Sein Blick fiel auf ihre Waffe, die sie immer noch im Schoß hielt. Die Mündung wies zur Tür. »Aber dieser Würfel, ich meine, das war ein Scherzartikel. Irgendein Unsinn.« Seine Miene drückte tiefe Besorgnis aus. Nicht über das, was sie gesagt hatte – um sie selbst.

»Er liebte solche Spielchen«, sagte sie. »Kleine Fährten, die ins Nichts führen. Taschenspielertricks und Hüte mit doppeltem Boden, weiße Tauben und bunte Tücher. Das waren seine Markenzeichen.«

»Warum habe ich nie von ihm gehört?«, wollte Max wissen,

»Seine Existenz wurde geheimgehalten, wenigstens so weit wie möglich. Die Öffentlichkeit hat nie von ihm erfahren, nur von seinen Taten. Mindestens ein Dutzend Attentate, alle auf Persönlichkeiten aus Wirtschaft und Politik, alle erfolgreich. Der Magier hat nie versagt. Und niemand kennt sein Gesicht, nicht einmal jene, die ihm während seiner Laufbahn auf den Fersen waren. Es gab ein paar Spuren, verlassene Hotelzimmer, ein, zwei liegengelassene Teile seiner Ausrüstung. Und natürlich seine Scherzartikel, Dinge wie dieser Würfel. Aber nichts davon hat je ausgereicht, ihn dingfest zu machen.« Ihre Hand legte sich fester um den Griff der Pistole. »Vor sechs Jahren hat er sich zur Ruhe gesetzt, wie irgendein Geschäftsmann oder Beamter. Er hat einfach mit dem Morden aufgehört und etwas anderes getan. Hühner gezüchtet, vielleicht. Oder Bilder gemalt. Weiß der Teufel!«

»Vielleicht hat's ihn auch erwischt«, schlug Max vor.

»Mag sein. Keiner weiß es.«

»Du weißt sehr viel über diesen Mann. Warst du ...«

»Ja«, bestätigte sie. »Ich war dabei, als er zum letzten Mal zuschlug. Ich war gerade erst zur Geheimpolizei gekommen. Man hatte mich zu einer Einheit versetzt, die inkognito mit Politikern und anderen Größen zu Auslandsbesuchen fuhr. Keine Leibwächter – von denen wurde meist nur eine Handvoll gestattet –, sondern so etwas wie eine geheime Eingreiftruppe. Das ist gang und gäbe und im Großen und Ganzen eine harmlose Sache. Es passiert so gut wie nie etwas, wenigstens nichts, das die offiziellen Leibwächter nicht in den Griff bekämen. Neulinge werden oft für solche Aufgaben eingeteilt, weil sie dabei erste Erfahrungen mit falschen Identitäten, Einsätzen im Ausland und einer gewissen Selbstständigkeit in ihren Entscheidungen sammeln können, ohne in wirkliche Gefahr zu geraten. Für die meisten ist es kaum mehr als eine Art Schulausflug.«

Max wollte die Waffe von ihren Oberschenkeln nehmen, aber sie entzog sie ihm mit einem grimmigen Blick. »Was ist damals geschehen?«, fragte er.

Sie holte tief Luft, als fiele es ihr schwer, sich zu erinnern. Dabei waren die Erinnerungen immer in ihr, überall, ganz gleich, was sie tat. Die Bilder umflatterten sie wie Krähen, halb unsichtbar am Nachthimmel und doch gegenwärtig. Aber die Erinnerung war nicht das Einzige, das ihr folgte.

»Ich war Anfang zwanzig, und der Einsatz war einer meiner ersten. Ich und ein halbes Dutzend Kollegen reisten inkognito mit einem Mann namens Anton Saarbeck. Du wirst ihn nicht kennen, aber er war irgendein hohes Tier in der Waffenindustrie. Herstellung von Explosivstoffen, Handgranaten, Fliegerbomben. Alles, was dazugehört. Saarbeck, seine Frau und seine Kinder fuhren zu der Hochzeit eines dänischen Geschäftspartners. Die Feier fand ein paar Kilometer außerhalb von Kopenhagen statt, auf einem Landgut, das der Familie des Dänen gehörte. Ich und die anderen waren als Theatergruppe getarnt, deren Aufführung Saarbeck seinem Freund zum Geschenk machen wollte. Du kannst dir vorstellen, wie die Sache lief: Wir, ein Haufen junger Leute, gerade aus der Polizeischule entlassen und schon für einen Sondereinsatz abkommandiert, sollten Theater spielen! Wir haben tatsächlich ein Stück eingeübt, ziemlich schlecht, aber dadurch konnten wir während der gesamten Feier anwesend sein, ohne dass irgendwer Verdacht schöpfte. Sollte eine Situation eintreten, mit der Saarbecks Leibwächter nicht fertig wurden, würden wir ihnen zur Hilfe kommen. Aber damit rechnete sowieso niemand.« Sie warf einen kurzen Blick über den nächtlichen Ozean, doch diesmal stellte sich keine Entspannung ein. Sie sah wieder alles vor sich, jede Einzelheit. Das Fest, die Gesichter. Die Kinder.

Schließlich sprang sie auf, lief zur Tür, öffnete sie einen Spalt breit und blinzelte hinaus in die Dunkelheit. Aber da war nichts. Nur der fahle Gittersteg über einem Schlund aus Schwärze.

Sie drückte die Tür wieder zu und setzte sich, bemüht, Max' beklommene Blicke zu ignorieren. »Wir waren nicht die Einzigen, die getarnt zu dieser Hochzeit kamen. Es gab noch jemanden, einen Mann, den jeder für einen Einheimischen hielt, denn er beherrschte die Sprache perfekt. Nicht einmal die Dänen selbst bemerkten einen Unterschied. Er trat als Zauberer auf, der die zahlreichen Kinder, die am Fest teilnahmen, unterhalten sollte. Er hatte eine kleine Bühne errichtet, und dort versammelten sich die Jungen und Mädchen, die von ihren Eltern mitgebracht worden waren. Es müssen dreißig oder vierzig gewesen sein, alle gelangweilt und alle nur zu bereit, sich die Zeit mit ein paar Zauberkunststücken zu vertreiben. Niemand schöpfte Verdacht.

Es war perfekt: der Magier getarnt als Magier. Diese Überheblichkeit! Aber natürlich hatte er recht. Er wurde ebenso arglos eingelassen wie wir selbst, in seinem bunten Kostüm, mit angeklebtem Bart und hoher, spitzer Mütze. Er stach unter allen Gästen hervor, und doch sah keiner sein wahres Gesicht unter der Maskerade.

Er wollte Saarbeck mit seinen eigenen Waffen schlagen – mit Sprengstoff. Aber zum ersten Mal während seiner Laufbahn machte er einen Fehler. Sicher, Saarbeck kam ums Leben, ebenso seine Frau und die Braut des Dänen. Aber das war nicht alles.

Der Magier hatte seine Bühne ein wenig abseits aufgebaut, doch er wusste genau, weshalb er das tat. Er hatte vorher auf irgendwelchen Wegen herausgefunden, dass der Besitzer des Anwesens Saarbeck durch den Park führen würde. Der Weg, den Saarbeck und sein Gastgeber nahmen, führte genau an der Bühne des Magiers vorbei. Soweit schien sein Vorhaben aufzugehen. Womit er nicht gerechnet hatte, war, dass einige seiner Informationen falsch waren. Der Rundgang fand früher statt, als er angenommen hatte. Seine Vorstellung war noch in vollem Gange, und auf dem Platz vor der Bühne tummelten sich die Kinder. Die Explosion hat dreizehn von ihnen in Stücke gerissen, elf weitere wurden verstümmelt. Und der Magier verschwand.«

Sie hob die Hand und wischte sich Schweiß von der Stirn. Ihr war schlecht. Nervös wippte sie mit dem rechten Bein, und jedes Mal wippte auch die Pistole auf ihrem Schoß auf und ab.

Max starrte sie an, bis sie sich wie ein Affe im Tiergarten fühlte. »Was glotzt du mich so an?«, fragte sie ungeduldig.

»Du verschweigst mir etwas, oder?«

Sie strich sich nervös übers Haar und schüttelte den Kopf. »Kurz, nachdem die ganze Sache vorüber war, bekam ich Probleme. Meine Nerven gingen durch, Zuckungen, epileptische Anfälle. Die Ärzte erklärten, das sei eine natürliche Reaktion auf die Ereignisse. Aber als dann das Hex gegründet wurde, war man, glaube ich, ganz froh, mich dorthin abschieben zu können. Und wenig später hörten die Anfälle auf. Ich wurde wieder … normal.«

Sie erwähnte nicht, was im Filmatelier geschehen war. Das Schlimmste, was sie sich vorstellen konnte, war, dass er sich für sie verantwortlich fühlen würde.

Er schaute eine Weile zu Boden und schien nachzudenken. Unter den Gitterstreben der Plattform klaffte die dunkle Leere der Lufthülle. Als er wieder aufsah, war sein Blick fest und unerbittlich.

»Aber dieser Würfel, Sina … Herrgott, es war nur ein Würfel. Ein Spielzeug, nichts sonst.«

Sie stand auf und trat an die Sichtluke. Das Glas war so kalt wie Eis, als sie ihre Hand darauflegte. »Ich weiß, dass er hier ist.« Schlagartig fuhr sie herum und starrte ihn aus geröteten Augen an. »Ich *weiß* es, verstehst du?«

»Nein, ich versteh's nicht«, gab er mit heiserer Stimme zurück. »Aber so wie es aussieht, spielt das jetzt keine Rolle mehr. Wir müssen Jessen informieren.«

Gedankenverloren wandte Sina sich zurück zur Luke. Die Sterne, der Ozean, die endlose Weite. »Ich weiß es«, flüsterte sie leise. Vor ihren Lippen beschlug das Glas. »Ich weiß es.«

Und natürlich hatte er recht.

Sie verschwieg ihm etwas.

Kapitel 2

Der Verkehr auf dem Kurfürstendamm drohte zu erlahmen. Auf den Mittelschienen hatte eine Trambahn zwei Automobile ineinandergeschoben. Nicht einfach geschoben – sie hatte sie wie ein wild gewordener Stier auf die Hörner genommen und fast dreißig Meter weit über das Pflaster gerammt. Dabei hatte sich einer der Wagen mehrfach überschlagen und zwei Menschen in seinen Trümmern begraben. Solche Unfälle waren selten – zu jung war noch die weite Verbreitung der Automobile –, und so sorgte das Unglück unter den Zuschauern auf den Gehsteigen für hitzige Debatten.

Larissa dachte beim Anblick der beiden Autowracks an Max und seinen Fahrstil, und fast war sie froh, dass er jetzt hoch in der Luft und nicht hinterm Steuer saß. Da oben gab es wahrscheinlich wenig, das er falsch machen konnte. Wenn sie ihn nur von der Führergondel fernhielten, dachte sie und unterdrückte ein Schmunzeln – die Menschen am Straßenrand hätten es missverstehen können.

Sie löste sich vom Geschehen auf den Gleisen – dem zertrümmerten Blech, dem gesplitterten Holz, den schreienden Opfern – und zwängte sich durch die gaffende Menge zur Haustür. Einige brummten unwillig, als sie ihnen für einen Augenblick die Sicht versperrte, andere beschimpften sie grob. Dann schlüpfte sie durch die letzte Menschenreihe, lief behende zum Eingang und tauchte erleichtert in die Ruhe des Treppenhauses.

Der Tag im Atelier, ein Martyrium. Mindestens dreißigmal hatte sie eine enge Wendeltreppe hinauf- und hinunterlaufen müssen, während die Scheinwerfer die Halle in einen Glutofen verwandelt hatten. Am Ende hatte die Kamera gebrannt, und alle waren umhergerannt wie aufgescheuchte Hühner. Wie es den Schauspielern in einer Hitze erging, in der sogar die Maschinen Feuer fingen, hatte niemanden interessiert.

Sie war verschwitzt, ihr Haar klebte strähnig am Kopf, und sie hatte sich nur notdürftig abgeschminkt. Sie nahm an, dass sie wie ein Gespenst aussah. Ein hässliches. Es war ihr gleichgültig.

Und sie hätte mit allem gerechnet, nach so einem Tag der Katastrophen, nur nicht damit, dass Wilhelm von Poser sie vor ihrer Wohnungstür erwartete.

»Guten Abend, Larissa«, sagte Max' Vater, als sie um die letzte Treppenkehre bog.

Einen Moment lang wurde ihr abwechselnd heiß und kalt, dann fing sie sich und setzte ihr freundlichstes Filmlächeln auf.

»Guten Abend, Herr von Poser«, grüßte sie beflissen.

Er strahlte sie an und brachte es fertig, dabei vollkommen arglos auszusehen, als meinte er es tatsächlich ehrlich. Max, das wusste sie, hätte dieser Fassade nicht eine Sekunde lang Glauben geschenkt. Sie aber ließ sich leicht von Höflichkeit beirren, das war ihr größter Fehler – der größte, den sie eingestand –, und deshalb befreite sie sich von allen dunklen Vorahnungen. Er war hier, er war nett und bald zudem ihr Schwiegervater.

Sie reichte ihm die Hand und erwartete für einen Moment allen Ernstes, dass er sie mit Handkuss begrüßte. Er aber beließ es bei einem herzlichen Handschlag, wobei er sie vertraut mit der Linken an der Schulter berührte. Das passte ihr nicht, aber sie würde den Teufel tun, es ihn merken zu lassen.

»Kommen Sie doch rein«, bat sie, nachdem sie die Tür aufgeschlossen hatte.

»Vielen Dank, gerne.« Er trat ein und wirkte auf Anhieb deplatziert in seinem teuren Automobilisten-Anzug, beige und braun kariert. Sie fragte sich, woran das lag. Ihr Einrichtung war nicht billig gewesen, und auch Max trug gute Kleidung und fügte sich nahtlos in diese Umgebung ein. Und doch schien sein Vater wie ein Puzzlestein, der den richtigen Aufdruck, aber die falsche Form besaß.

Sie bat ihn, auf ihrem Sofa Platz zu nehmen. Sie selbst wolle sich nur kurz frisch machen, sagte sie, und werde gleich wieder bei ihm sein. Er erwiderte, sie solle sich nur genug Zeit nehmen, und dabei schaute er sich mit verstohlener Neugier um. Er war in all den Monaten, die Max und Larissa zusammen waren, kein einziges Mal hier gewesen.

Sie ging in die Küche – viel zu schnell, das musste er bemerken –, und räumte in aller Eile Tisch und Ablage auf. Dann zog sie vorm Spiegel ihre Schminke nach, vor allem die Lippen, weil sie wusste, dass das ihr umwerfendes Lächeln betonte, zupfte unglücklich an ihrer Frisur, roch unter ihren Achseln, tupfte sich Parfüm hinter die Ohren und setzte schließlich den Teekessel auf.

»Sie trinken doch Tee?«, rief sie aufgeregt ins Wohnzimmer, und er erwiderte beschwingt: »Alles, was Sie trinken, meine Liebe.«

»Es ist englischer Tee.«

»Excellent, my dear.«

Er verstrahlte Charme und Kultiviertheit in solchen Ausmaßen, dass sie beinahe misstrauisch wurde. Es war jene Art, vor der Max sie gewarnt hatte, aber trotz allem wirkte er aufrichtig. Wie jemand, der einfach nur freundlich sein wollte.

Doch zugleich stieg Angst in ihr auf: Was, wenn er hier war, um ihr zu drohen? Nein, nicht drohen. Das war nicht sein Stil. Er würde sie überreden, von der Hochzeit mit Max Abstand zu nehmen. Und natürlich würde sie nichts dergleichen tun. Was dann? Würde er brüllen, sie beleidigen, vielleicht gar nach ihr schlagen? Nicht Wilhelm von Poser. Jemand wie er verfügte über andere Mittel.

Wenn aber das der Weg war, den er gehen wollte, dann hätte er es früher tun können, damals, als Max ihm ihre Heirat angekündigt hatte. Und hätte er sie trotzdem in sein Haus eingeladen?

Unsicher, aber äußerlich beherrscht, balancierte sie den Tee ins Wohnzimmer und setzte sich zu ihm.

»Sie wundern sich über meinen Besuch, nicht wahr?«, fragte er mit gütigem Lächeln. »Ich fürchte, ich komme ungelegen.«

»Aber nicht doch, keineswegs.« Hatte sie ihm wirklich dieses Gefühl gegeben? Das war nicht ihre Absicht gewesen. Dabei war es doch unübersehbar, dass sie gerade erst einiges durchgemacht hatte.

Flink verwickelte er sie in ein harmloses Gespräch über ihre Arbeit. Er behauptete nicht, dass ihm gefiel, womit sie ihren Lebensunterhalt verdiente; er zeigte wohlmeinendes Interesse, aber auch Ablehnung. Das wiederum passte keineswegs in das Bild, das Max vom trügerischen Charme seines Vaters gezeichnet hatte. Wäre er wirklich so falsch gewesen, wie sein Sohn behauptet hatte, dann hätte er Begeisterung geheuchelt. Dennoch blieb er ehrlich, und das verwirrte sie umso mehr.

Schließlich, nach der zweiten Tasse Tee, kam er übergangslos zum Grund seines Besuchs.

»Ich bin hier«, sagte er, »um die Dinge zwischen uns zu bereinigen.«

Larissa sah ihn an – nicht mit allzu großen Augen, hoffte sie – und wartete. Darauf, welche Richtung dieses Gespräch nehmen würde. Ihr Magen fühlte sich an wie ein Eisblock.

»Es tut mir leid, dass Max nicht bei uns sein kann. Ich wusste nichts von dieser Mission, für die Zacharias ihn abgestellt hat. Sicherlich wäre es besser gewesen, sich mit euch beiden zu unterhalten. Sie gestatten doch, dass ich ›du‹ sage, nicht wahr? Immerhin gehören Sie – du – ja bald zur Familie.«

Sie nickte stumm. Sie wusste nicht mehr, was sie darauf hätte sagen können.

Ihre Reaktion schien ihn nicht völlig zufriedenzustellen, denn er wartete noch einen Augenblick, um ihr Gelegenheit zu einer Erwiderung zu geben. Als keine kam, fuhr er mit einem unmerklichen Schulterzucken fort: »Ich möchte, dass du mich Vater nennst. Oder Johannes. Ganz wie du willst.«

Wenn er so weit ging, konnte er sie kaum mehr von der Hochzeit abbringen wollen. Das alles überraschte sie weit mehr als die Tatsache seines Besuchs. Trotzdem wollte das Eis in ihrem Innern nicht tauen. Sie traute ihm noch immer nicht.

Sein Blick verweilte einen Moment auf ihren Augen, dann schaute er geschwind auf die Tischplatte, als hätte er dort etwas ungemein Faszinierendes entdeckt. Es dauerte ein paar Sekunden, ehe ihr klar wurde, dass er sich schämte. »Es tut mir leid, dass es von meiner Seite aus in der Vergangenheit zu einem … unangebrachten Verhalten gekommen ist«, sagte er stockend. »Ich möchte mich dafür entschuldigen. Max hat sich entschieden, dass du seine Frau werden sollst – und du hast dich für ihn entschieden. Das ist alles, was zählt. Die Standesdünkel eines alten Mannes sollten da nicht im Wege stehen, nicht um alles in der Welt. Ich war dumm. Und ungerecht. Ich bitte dich noch einmal, einem verbohrten Vater zu verzeihen.«

Seine Worte trafen sie so unerwartet, dass sie noch immer um ihre Stimme rang. »Ich bin sehr überrascht«, gestand sie, ehe sie begriff, dass er auf die Annahme seiner Entschuldigung wartete. Schnell fügte sie hinzu: »Und natürlich ist das alles längst vergessen.«

Jetzt wirkte er ein wenig gefasster. »Ich werde gleich nach seiner Rückkehr auch mit Max sprechen. Ihm wird es schwererfallen, mir zu vergeben. Ich hoffe sehr, dass er es trotzdem tun wird.«

»Ich kann vorher mit ihm reden«, erbot sie sich, aber von Poser winkte ab.

»Nein«, sagte er, »damit muss ich alleine klar kommen. Er ist mein Sohn, und die Fehler, die begangen wurden, waren zum allergrößten Teil die meinen. Die Pflicht, sie einzugestehen, kann mir keiner abnehmen. Mir ist plötzlich klar geworden, was es bedeutet, einen Sohn zu haben. Nachdem, was mit dem jungen Zacharias geschehen ist …«

Larissa horchte auf. »Mit Dominik? Was ist passiert?«

Sein Gesicht verdüsterte sich. »Du weißt es noch gar nicht? Herrgott, das hätte das Erste sein müssen, was ich dir sage. Es gab ein Unglück. Dominik ist tot.«

Sie spürte, wie sie zusammenzuckte. »Tot?«

Er schien über den Tisch hinweg nach ihrer Hand greifen zu wollen, überlegte es sich aber im letzten Augenblick anders. »Sein Wagen ist explodiert. Es heißt, es sei eine Bombe gewesen.«

»Eine Bombe?« Das Wort rutschte ihr viel zu laut heraus, und einen Moment lang fürchtete sie, er könnte sie für eine hysterische Kuh halten. »Aber warum in Dominiks Wagen? Wer tut so was?«

»Das weiß noch keiner. Ich habe nur mit der Sekretärin seines Vaters gesprochen. Die ganze Familie hat sich zurückgezogen, verständlicherweise.«

Während sie noch versuchte, die furchtbare Nachricht zu verdauen, kam ihr zugleich die Erkenntnis über das, was er davor gesagt hatte. Indirekt war Dominiks Tod der Grund für sein Versöhnungsangebot. Sie wusste nicht recht, was sie davon halten sollte – mit einem Mal fiel es ihr ohnehin schwer, über irgendetwas nachzudenken –, aber zumindest machte es sein Anliegen glaubwürdig. Er meinte es ernst, davon war sie jetzt überzeugt.

»Können Sie mich … Verzeihung, kannst du mich auf dem Laufenden halten, über das, was Dominik zugestoßen ist?«, bat sie. »Max und er waren gute Freunde, und ich mochte ihn. Ich kann mir nicht vorstellen, dass irgendjemand ihm ein Leid antun wollte.«

Von Poser nickte bitter. »Das kann ich auch nicht …«

»Kanntest du ihn gut?« Sie vermied es, ihn mit Namen anzusprechen. Sie hatte sich immer noch nicht entscheiden, wie sie ihn nennen wollte.

»Dominiks Vater und ich sind gute Freunde«, erwiderte er mit leichtem Zögern. »Er ist Max' Patenonkel. Und Dominik war mein Patenkind. Ich habe ihn geschätzt.«

Seine letzten Worte klangen distanziert, aber sie fragte nicht weiter. Zu vieles schwirrte ihr durch den Kopf. Der Tod des Freundes, das unerwartete Versöhnungangebot – das war eine Menge auf einmal. Ihre Trauer überschattete dabei sogar die Freude über die Wandlung ihres Schwiegervaters.

Er stand auf. »Ich glaube, ich gehe jetzt besser.«

Sie führte ihn zur Tür, wo er noch einmal ihre Hand ergriff und voller Zuneigung drückte.

»Ich freue mich, dass du bald eine von Poser bist«, sagte er leise.

Ich fürchte, das werde ich nie sein, dachte sie und blickte ihm nach, als er die Treppe hinunterstieg.

Niemals.

■ ■ ■

Sie wollen euch loswerden, säuselte die Krebsstimme in Karels Gedanken. *Sie brauchen euch nicht mehr, und ihr stört sie. Stört sie bei all den Dingen, die sie treiben. Geheimen, gemeinen, verborgenen Dingen.*

Der Archivar spuckte seinen Kautabak in den Napf auf dem Fußboden. Die Blechschale wippte knirschend vor und zurück.

»Ich weiß nicht«, sagte er zweifelnd. »Weshalb sollten sie eine Abteilung wie das Hex ins Leben rufen, um sie drei Jahre später wieder zu schließen?«

Die Krebsstimme kicherte. *Ihr seid ihnen im Weg.*

»So wie ich dir, was?«

Das wird sich bald ändern, wenn es nach mir geht. Erneutes Kichern.

Kare!, stand am Ofen seiner kleinen Küche und rührte freudlos in einem Topf mit Suppe vom Vortag. Sie roch noch schlechter, als sie gestern geschmeckt hatte. Dabei kochte er eigentlich gerne. Aber seit dem Besuch der beiden Männer und seinem Blick in die Akte Eisenstein war ihm die Freude an allem vergangen.

»Ich möchte wissen, was das auf diesen Fotos war«, murmelte er. »Dieser Brei …«

Ich glaube nicht, dass du das wirklich wissen willst, gab die Krebsstimme zurück.

»Vielleicht sollten wir versuchen, dieses Haus zu finden.«

Sicher, ich kann mich ja nicht wehren.

»Das ist es, was dich so liebenswert macht.«

Warte nur, wer zuletzt lacht.

Karel seufzte. Er führte oft Gespräche mit seinem Tumor, wenn er allein war. Er wusste, dass die Stimme, die er hörte, wahrscheinlich nur in seinem Kopf existierte, wusste auch, dass es für gewöhnlich nicht zu den Merkmalen von Krebsgeschwüren gehörte, Konversation zu betreiben. Aber es war eine Angewohnheit, die ihn beruhigte. Und es war fast schon eine Manie geworden, Entscheidungen vor allem gegen den Willen der Stimme zu treffen. Sagte sie »nein«, war für ihn ein »ja« selbstverständlich. Da die Stimme davon abriet, weiter nach dem Haus zu forschen, bedeutete das für ihn, er würde es erst recht tun. Es waren seine kleinen Siege vor der unabwendbaren Niederlage.

Du solltest das nicht tun, mahnte die Stimme.

»Du hast die Bilder von diesem Keller gesehen. Und von der Labortür. Das war eine Leiche, die dahinter lag.«

Du hast doch kaum was erkennen können.

»Und in welcher Beziehung standen die Bilder zu Eisenstein?«, fragte er erregt, zog dabei den Topf vom Ofen und verbrannte sich fluchend die Finger. »Er hat dieses Haus gekauft, seine Unterschrift steht auf dem Vertrag.«

Falls es überhaupt dasselbe Haus war.

»Natürlich war es das.«

Nach einem Moment innerer Stille, als Karel die Suppe in einen Teller füllte, meinte die Stimme: *Und wie willst du vorgehen?*

»Ich werde noch einmal die Kayssler-Akten durchsehen. Irgendwo muss es einen Hinweis ergeben, irgendwas, das die übersehen haben.«

Und dann?

»Fahre ich hin.«

Zum Haus?

»Natürlich.«

Aber falls diese Fotografien wirklich mit Eisensteins Verschwinden zu tun haben, wurden sie wahrscheinlich vor sechs Jahren geschossen. Du wirst nichts mehr finden. Vielleicht steht nicht einmal mehr das Gebäude.

»Aber den Versuch ist es wert.«

Beim Essen nahm er Papier und Stift zur Hand und machte sich eine Liste mit Punkten, auf die er beim Studium der Kayssler-Akten achten wollte. Ganz nach oben setzte er »Haus/Keller/Labor«. Er verwünschte die Tatsache, dass er die Akten nicht mit nach Hause genommen hatte. So bestand die Gefahr, dass die beiden Männer in der Nacht zurückkehren und alle Beweise im Fall Kayssler verschwinden lassen würden. Er erinnerte sich an die merkwürdige Unordnung, die er am Morgen vorgefunden hatte; es wäre also nicht das erste Mal, dass jemand bei Nacht im Archiv herumschlich.

Er musste ihnen zuvorkommen. Der Tumor protestierte und malte mit boshafter Freude die schrecklichen Folgen seines Vorhabens aus. Damit aber festigte er nur Karels Willen, die Akten noch in dieser Nacht in Sicherheit zu bringen.

Er musste zwei Straßen weit gehen, ehe er ein Mietautomobil entdeckte, dessen Fahrer ihn zur Villa am Halensee brachte. Karel bat ihn, vor dem Haus zu warten, aber der Mann lehnte ab. In seinem Beruf sei jede Minute bares Geld, sagte er und ließ Karel in einer Abgaswolke am Straßenrand stehen.

Die Krebsstimme höhnte, doch er beachtete sie nicht. Durch den nächtlichen Garten stieg er zur Veranda empor und klopfte an. Die Tür war offen. Der Pförtner saß an seinem Platz, den Kopf auf beide Arme gebettet, und schlief. Karel wunderte sich nicht mehr, dass sein Archiv bei Nacht in Unordnung geriet. Er erwog den Mann zu wecken, überlegte es sich dann aber anders. So blieben ihm umständliche Erklärungen erspart.

Auf Zehenspitzen schlich er an dem reglosen Nachtwächter vorüber und eilte die Treppen hinauf. In den Gängen brannte Licht, und einige Bürotüren standen offen. Die Räume dahinter waren finster und leer. Die Glühlampen an den Korridordecken brummten leise, als sei in jeder ein Insekt gefangen.

Er stieg die letzten Stufen zum Speicher hinauf. Die Tür des Archivs war geschlossen, aber nicht abgesperrt. Normalerweise war das nicht nötig. Manchmal schloss er am Abend ab, manchmal nicht. Er konnte sich nicht erinnern, ob er es heute getan hatte.

Du bist unvernünftig, ermahnte ihn die Krebsstimme.

Er trat ein und drehte den Lichtschalter. Mit einem Schnappen wurde der Speicher von diffusem Licht erfüllt. Die Beleuchtung hier oben war seit jeher eine Katastrophe. Die Lampe über seinem Schreibtisch erhellte gerade einmal den Vorraum und seinen Arbeitsplatz, nicht aber die Gänge zwischen den Regalen. Bei Nacht waren auch die Oberlichter im Dach nutzlos.

Karel besaß eine schwere Handlampe, die er in einer Schublade des Schreibtischs aufbewahrte. Gelegentlich, wenn der Himmel sehr trüb war, benutzte er sie auch tagsüber. Jetzt aber war sie seine einzige Möglichkeit, die Kayssler-Akten im Schatten der Regalreihen wiederzufinden. Er konnte unmöglich alle Ordner über den Fall aus dem Haus schleppen, deshalb war es wichtig, dass er die Beschriftungen auf dem Rücken der Bände lesen konnte. Er hatte bereits eine ungefähre Idee, in welchen er nach den Antworten auf seine Fragen zu suchen hatte.

Geführt vom Schein der Handlampe trat er ins Labyrinth der Regale. Nach zehn oder fünfzehn Schritten fand er die richtigen Fächer auf Anhieb.

Sie waren leer.

Die Ordner, die rechts und links der Kayssler-Bände gestanden hatten, waren von den Brettern gerutscht und lagen verstreut am Boden. Einzelne Seiten, die sich aus ihrer Heftung gelöst hatten, schimmerten vergilbt in der Dunkelheit.

Fassungslos starrte Karel in das leergeräumte Fach. Er brauchte nicht einmal mit der Lampe zu leuchten, um zu wissen, dass nur die Akten über den Fall Kayssler fehlten.

Sogar die Krebsstimme schwieg – vor Schreck oder weil Karel andere Sorgen hatte.

Er ging in die Hocke und erhellte die Ordner am Boden, in der schalen Hoffnung, die Diebe – denn Diebe waren es, verflucht noch mal, Ministerium hin oder her! – hätten den einen oder anderen übersehen.

Aber natürlich waren sie mit aller Gründlichkeit vorgegangen. Kein einzelnes Stück Papier verriet mehr, dass die Kayssler-Akten jemals hier gestanden hatten.

Karel hätte es vielleicht damit bewenden lassen, er war beileibe kein Held, wäre da nicht etwas gewesen, das ihn skeptisch machte. Er entdeckte es, als er zwischen den Regalen ins Freie trat. Merkwürdig, dass es ihm nicht gleich beim Hereinkommen aufgefallen war.

Auf seinem Schreibtisch lag, neben einem Bücherstapel, ein Hut. Ein schwarzer, modischer Filzhut.

Niemand, den das Ministerium hergeschickt hätte, hätte ihn hier liegen lassen. Niemand! Dessen war er sicher.

Und ein anderer Gedanke schlich sich in sein Bewusstsein: Vielleicht hatte derjenige den Hut gar nicht vergessen, sondern nur kurz abgelegt. Vielleicht war der Besitzer …

Großer Gott!

Karel riss die Lampe hoch und leuchtete zu den Regalen hinüber. Schwarze Schattenstränge schoben sich wie Schlangennester über- und untereinander, zuckten und bebten bei jeder Bewegung, die seine Hand mit der Lampe vollführte.

Sein Atem stockte. War da eine Gestalt hinter den vorderen Reihen? Vielleicht täuschte er sich.

Er wunderte sich nicht mehr, dass der Tumor in seiner Kehle schwieg. Die Unruhe schnürte ihm den Hals zu. Aber zugleich war da Empörung in ihm, eine gehörige Portion sogar. Was dachten sich diese Mistkerle, in sein Archiv einzubrechen und Unordnung zu stiften? Verdammt, hätten sie darauf bestanden, hätte er ihnen die Akten doch schon am Nachmittag ausgehändigt!

Etwas raschelte, knisterte. Wenig später kroch ein scharfer Geruch an seine Nase.

Rauch!

Eine Sekunde lang erwog er, nach dem Nachtwächter zu rufen. Aber bis der Mann hier oben war, mochte es längst zu spät sein. Das alte, trockene Papier in den Regalen würde brennen wie Zunder.

Ein Feuer, in seinem Archiv! Der Gedanke löste seine Erstarrung. Er musste den Brandherd finden. Es knisterte lauter, der Rauch wurde dichter. Er kam von irgendwo ganz hinten, aus den letzten Regalreihen.

Karel stürmte vorwärts, ungeachtet aller Ängste. Lieber wollte er im Rauch ersticken, als tatenlos zuzusehen, wie das Archiv in Flammen aufging.

Er hetzte durch die Reihen, bis er das Feuer gefunden hatte. An der Rückwand des Speichers lag ein Haufen Akten am Boden und brannte. Flammen tanzten prasselnd über die Pappdeckel, Seiten zerfielen zu Glut und Asche. Karel wusste, welche Akten es waren, auch ohne genauer hinzusehen.

Verzweifelt suchte er nach etwas, mit dem er das Feuer löschen konnte. Er hatte irgendwann für genau diesen Fall ein halbes Dutzend gefüllter Wassereimer zwischen den Regalen verteilt. Er rannte los, fand den ersten. Mit der Zeit war die Hälfte des Wassers daraus verdunstet. Hustend kippte er den Rest in die Flammen, und tatsächlich erlosch ein Großteil gleich beim ersten Versuch. Karel holte den zweiten Eimer, leerte auch ihn über den Akten. Zischend und qualmend schrumpfte das Feuer zusammen, verging schließlich ganz.

Aber nein, da waren weitere Flammen. Dort drüben, an einem Regal! Und da, noch eines! Das ganze Archiv brannte. Jemand lief durch die Reihen und legte Feuer!

»Wo bist du?«, schrie Karel unter Tränen in den Rauch, »Wo bist du, Scheißkerl?«

Ein Umriss löste sich aus dem Schatten eines Regals, ein Scherenschnitt im schwarzen Mantel. Ein bösartiges Kichern ertönte – oder war es das Knistern des Feuers? Glutpfade schossen an den Regalbrettern entlang, flossen wie Vorhänge über Bücher und Ordner. Der Widerschein flackerte über das Gesicht der Gestalt.

Karel stand da wie erstarrt. »Sie?«

Etwas blitzte im Schwarz des Scherenschnitts.

Eine Klinge zuckte heran und hieb den Tumor entzwei.

Kapitel 3

Das Erste, was sie von Grönland sahen, waren Möwen, die rund um das Luftschiff schwirrten, vorwitzig in die Fenster zu starren schienen und mit ihrem Geschrei sogar das Brummen der Motoren übertönten. Wenig später tauchte am Horizont ein schmaler Küstenstreifen auf, der mit beachtlicher Geschwindigkeit breiter wurde. Es sah aus, als steige das Landmassiv direkt aus dem Meer empor.

Max hatte Klippen und Steilwände aus Eis erwartet, wie auf den Bildern der Polarexpeditionen, doch zumindest in dieser Hinsicht wurde er von Grönland enttäuscht. Die Küstenlinie bestand, so weit das Auge blickte, aus dunklem, karstigem Fels. Je näher sie ihr kamen, desto deutlicher wurden auch die zerfurchten Formen der Fjorde und kleinen Halbinseln, der Landzungen und natürlichen Becken, die Grönland auf der Karte das Aussehen einer riesigen, tropfenförmigen Koralle gaben. Tausende von Seevögeln erfüllten den Luftraum über der Küste, flatternd und kreischend, als protestierten sie empört gegen den riesigen Fremdkörper, der da majestätisch durch ihre Mitte schwebte.

Die Sonne stand bereits tief im Westen, als der Schatten der *Polar* auf das Festland fiel. Durch die Aussichtsluke an der Bugspitze erkannte Max, wo in einigen Kilometern Entfernung der dunkle Fels- und Grasboden in ausgedehnte Schneefelder überging. Jenseits dieser Eisgrenze verschmolz der Horizont in milchigem Weißgrau mit dem Himmel.

»Es heißt, wenn das Eis Grönlands schmilzt, steigen alle Ozeane der Welt um fast sieben Meter«, sagte Sina leise. Sie stand neben ihm am Fenster und blickte verträumt auf die Küste herab.

»Es sieht anders aus, als ich erwartet habe.« Sein Blick wanderte gedankenverloren über den fernen Horizont.

»Enttäuscht?«

»Nein, nur überrascht.«

»Du dachtest, das alles wäre ein einziger Eisblock, nicht wahr?« Sie beugte sich vor und hauchte gegen die Scheibe, bis sie beschlug. Dann zeichnete sie mit der Fingerspitze den Umriss Grönlands aufs Glas. »Wir sind hier unten, im Süden«, erklärte sie. »Lass dich nicht von den Felsen täuschen, die du siehst. Weiter nördlich rückt das Eis immer weiter vor zum Meer, bis die Gletscher schließlich direkt in die Brandung stürzen. Da oben wimmelt es nur so von Eisbergen.«

»Auch in Ittoqqortoormiit?« Er hatte immer noch Mühe, den Namen der Stadt auszusprechen.

»Keine Ahnung. Frag das unseren Kontaktmann in Nuuk.«

»Er erwartet uns am Landefeld, oder?«

»Sollte er zumindest.« Sie drückte keuchend das Kreuz durch und ließ ihre Fingerknöchel knacken. »Ich bin froh, wenn wir endlich da unten sind.«

Er wusste, was sie meinte. Auch er fühlte sich in der Luft hilflos und ausgeliefert. Der Gedanke, sein Leben dem Schiff und seiner Crew mit all ihren menschlichen Schwächen anzuvertrauen, behagte ihm auch nach drei Tagen an Bord noch nicht. Hinzu kam die vage Bedrohung durch Sinas Schreckgespenst. Sie hatten Jessen über den Vorfall in Kenntnis gesetzt, und er hatte umgehend zwei Wachleute abgestellt, die bei Nacht vor ihren Kabinen Stellung bezogen. Sina war deshalb nicht viel wohler zumute, doch der gute Wille des Kapitäns schien sich auszuzahlen. Weitere Zwischenfälle blieben aus.

Sina hatte darauf bestanden, ihre Mitreisenden und die Besatzung in Augenschein zu nehmen, in der Hoffnung, den Magier wiederzuerkennen. Doch nachdem Max ihr gut zugeredet hatte, hatte sie eingesehen, wie sinnlos ihr Vorhaben war. Sie hatte damals in Kopenhagen nicht einmal sein Gesicht gesehen; wie hätte sie ihn da identifizieren wollen? Angefangen von Jessen bis hin zu den Forschern, denen sie beim Essen begegnet waren, hätte es jeder gewesen sein können. Zudem glaubte Max noch immer nicht, dass der Lauscher wirklich derselbe Mann war, der vor Jahren Sinas Kindertrauma ausgelöst hatte. Es war ein Zufall, nichts sonst. Der Kastenteufel hätte jedem an Bord aus der Tasche fallen können.

Kurz vor Sonnenuntergang kam Nuuk in Sicht. Jessen hatte ihnen erzählt, dass es einen ewigen Streit um den Namen der Hauptstadt gab. Als sie im 18. Jahrhundert von Dänen gegründet wurde, gaben sie ihr den Namen Godthab. Die Inuit aber nannten sie Nuuk, ihr Wort für »Landzunge«. Mittlerweile gab es zwei Gruppen, die jede auf ihrem Namen bestand. Auf den dänischen Karten stand immer noch die alte Bezeichnung, doch unter den Einwohnern, auch den Dänen, hatte sich Nuuk eingebürgert. »Halten auch Sie sich daran«, hatte der Kapitän geraten, »vor allem, wenn Sie mit Einheimischen sprechen. Die Inuit fühlen sich geschmeichelt, wenn man sie und ihre Kultur ernst nimmt,«

Die Stadt lag auf dem südlichen Zipfel einer grünen Halbinsel. Der Boden war mit Gras bewachsen, doch schien es keinerlei andere Gewächse zu geben, zumindest keine, die groß genug waren, um aus der Luft erkennbar zu sein. Nur wenige tausend Menschen lebten hier, doch für grönländische Verhältnisse war Nuuk eine Großstadt. Ein paar hundert Holzhäuser standen weit verteilt an den Küstenhängen. Ihr vorstechendstes Merkmal waren ihre bunten Fassaden. Die meisten hatte man gelb, blau, rot oder grün gestrichen, mit einheitlich weißen Fensterrahmen und schwarzen Dächern. Straßen gab es kaum, die meisten Häuser waren durch steinerne Treppen oder Trampelpfade miteinander verbunden,

Max lächelte beim farbenfrohen Anblick der Stadt. Sie ließ auf ein vergnügtes Völkchen schließen.

Das Flugfeld für Luftschiffe lag einige Kilometer nordöstlich der Stadt. Es grenzte, ebenso wie Nuuk, an die Küste der Halbinsel. Max konnte von hier oben keine Straße erkennen, die zur Stadt führte. Stattdessen entdeckte er einen kleinen Hafen, in dem mehrere Boote vor Anker lagen.

Ehe Jessen die Trimmannschaft in die Aussichtskammer beordern konnte, verkrochen die beiden sich in ihren Kabinen, packten ihre Sachen zusammen und zogen gefütterte Mäntel, Handschuhe und Fellmützen über. Es ruckte ein paarmal, Jessens Stimme dröhnte verzerrt aus den Lautsprechern, dann lag die *Polar* fest am Ankermast. Schiffsjungen geleiteten die Passagiere zum Ausstieg und halfen ihnen die Treppe hinab. Max und Sina waren unter den Ersten, die das Schiff verließen.

Über das Flugfeld eilte ihnen ein kleiner, dicker Mann entgegen. Er mochte kaum einssechzig sein, trug eine dicke Felljacke und schlenkerte wild mit seinen kurzen Armen. Das Haar, das unter den Rändern seiner Mütze hervorschaute, war feuerrot. Max schätzte ihn auf Ende fünfzig.

»Frau Zweisam?«, rief der Mann schon von Weitem. »Herr von Poser? Sie sind es doch, oder?« Angesichts der Geheimhaltung ihrer Reise schien ihnen seine Offenherzigkeit weder angebracht noch klug.

»Sie müssen Pfarrer Dorn sein«, entgegnete Sina, als sie nahe genug heran waren.

Er strahlte vergnügt. »Heinrich Dorn zu Ihren Diensten, meine Dame, der Herr. Ich hoffe, Sie hatten einen angenehmen Flug? Ich muss das sagen, aber ich weiß natürlich, dass es so was nicht gibt – angenehme Flüge, ha! Es war die Hölle, nicht wahr?«

Max verkniff sich ein Grinsen. Der Dicke hielt offenbar wenig von Diskretion. Abgesehen davon, schien Max der Vergleich mit der Hölle für einen Geistlichen recht gewagt.

Sie tauschten eine Reihe von Höflichkeiten aus, während Dorn sie zu dem kleinen Hafen am Rande des Flugfeldes führte. Einmal noch blickte Max zurück und sah beeindruckt zum riesigen Leib der *Polar* empor. Sie schien ihm jetzt, da sie wieder an Land waren, ungleich größer und in gewisser Weise fast schön. Die Strahlen der untergehenden Sonne brachen sich golden und rot auf dem Aluminiumanstrich der Lufthülle; es sah aus, als glühe das Schiff und könne jeden Moment in Flammen aufgehen.

Über einen knarrenden Holzsteg brachte Dorn sie zu einem kleinen Kutter, auf dessen weiße Steuerkajüte mit rotem Lack ein mannsgroßes Kreuz gemalt war. Beim Näherkommen sahen sie, dass die Farbe eine Auffrischung dringend nötig hatte. Sie war rissig und blätterte in handtellergroßen Fetzen vom Holz. Am Bug des Bootes stand in schiefen Lettern ein Name: *Lola.*

Max neigte beim Lesen den Kopf. »Ist Lola etwa der Name einer Heiligen?«, fragte er vergnügt.

Dorn kicherte. »Die heilige Lola? Nee, die gibt's nicht. Aber getauft hab ich den Kahn. Mit einer halbvollen Flasche Schnaps.«

»Halbvoll?«, fragte Sina.

»Aber sicher«, erwiderte der Pfarrer, zog es allerdings vor, über den Verbleib der anderen Hälfte zu schweigen. »Es ist kalt hier oben, wissen Sie?«, fügte er lediglich hinzu.

Sie bestiegen das Boot und setzten sich auf eine feuchte Holzbank im Heck, während Dorn den Motor startete. Ein eiskalter Wind strich von der See kommend über die Küste und ließ sie frösteln. Beide zogen ihre Mäntel enger und stopften ihre Schals tiefer in die Ausschnitte. Die Temperatur musste knapp über dem Gefrierpunkt liegen, doch die Winde waren deutlich kälter. Dabei lag Nuuk noch in einer der mildesten Regionen des Landes.

Die Fahrt bis zum Stadthafen dauerte etwas über eine halbe Stunde. In einigem Abstand folgten weitere Boote, mit denen die übrigen Passagiere nach Nuuk gelangten.

Dorn schien es sich zum Ziel gemacht zu haben, sie in kürzester Zeit über alle Missstände Grönlands aufzuklären. »Seit einem Jahr«, erklärte er verächtlich, »ist Dänisch die offizielle Landessprache. Die hohen Herren in Kopenhagen haben sich das fein ausgedacht. Der Unterricht an den Schulen wird vollkommen umgekrempelt. Man bläut den Eskimos die europäische Kultur jetzt mit dem Vorschlaghammer ein. Eine verfluchte Schande ist das! Seit Jahrhunderten versuchen missionierende Theologen wie ich die Sprache der Inuit zu erforschen und zu pflegen, und was tun die Politiker? Sie machen mit einem einzigen Gesetz alles kaputt! Idioten und Halsabschneider sind das, sage ich Ihnen. Idioten und Halsabschneider.«

So ging es weiter, über die Reform des alten Gemeindewesens, über die Leitung der Landesverwaltung, die allein in der Hand eines einzigen dänischen Direktors lag, und über das schwankende Verhältnis der Kolonisatoren zu den einheimischen Nomadenstämmen. Der Pfarrer redete ohne Unterlass, aber nicht einmal kam er dabei auf den

Grund von Max' und Sinas Aufenthalt in Grönland zu sprechen. Er tat fast so, als seien die beiden nur zum Vergnügen angereist, und er selbst sei nichts als ein Fremdenführer, der ihren Aufenthalt so angenehm und lehrreich wie möglich gestalten wollte.

Erst als sie anlegten und Dorn sie über die breite Hafenstraße nach Norden zu seinem Haus führte, kam er auf den weiteren Verlauf ihres Unternehmens zu sprechen. »Sie haben Glück«, sagte er, »es ist mir gelungen, schon für morgen jemanden zu finden, der sie nach Ittoqqortoormiit fliegt. Sein Name ist Legrand, ein Franzose und ein alter Bekannter von mir, der mit seiner F13 die kleinen Siedlungen rund um die Küste beliefert. Wissen Sie, wenn es hier nach den offiziellen Lebensmittel-Richtlinien ginge, würde man den Fischern nicht mal einen guten Tropfen gönnen. Sicher, es gibt dänischen Branntwein und andere Scheußlichkeiten, aber wer einen echten Scotch oder Bourbon trinken will, der wendet sich an meinen Freund.«

Max konnte sich gut vorstellen, dass auch Dorn die Dienste seines Freundes gerne und häufig in Anspruch nahm.

»Sie haben ihm doch nicht etwa verraten, weshalb wir hier sind, oder?«, fragte Sina, der die Redseligkeit des Pfarrers unangenehm war.

Dorn schüttelte übertrieben heftig den Kopf. »Ich habe nicht vergessen, wer Sie hergeschickt hat. Darüber redet man nicht offen. Aber, sehen Sie« – er deutete über die Straße hinweg zu einem Mann auf der hölzernen Veranda eines Lebensmittelladens – »der Kerl dort, der weiß, warum Sie hier sind. Und er weiß es nicht von mir. Wirkliche Geheimnisse gibt es in einem Kaff wie diesem nicht.«

Max und Sina starrten mit zusammengekniffenen Augen zu dem Mann hinüber, der unter dem Vordach des Ladens an einem Holzpfahl lehnte. Er war dick vermummt wie sie selbst und strohblond. Sein Gesicht war in der Entfernung nicht zu erkennen.

»Wer ist das?«, fragte Max argwöhnisch.

Dorn wirkte amüsiert. »Ich weiß nicht, wie er heißt. Es gibt Dutzende von seiner Sorte in Nuuk und sicher auch in den anderen Städten. Sie sitzen oder stehen einfach da und beobachten die Menschen. Der dänische Direktor zahlt ihnen zweifellos eine hübsche Stange Geld – nur fürs Herumstehen. Sie beide werden solchen Typen noch öfter begegnen.«

»Fürchten die Dänen ausländische Besucher so sehr?«, erkundigte sich Sina stirnrunzelnd.

»Nein, nicht die Ausländer«, entgegnete Dorn und schnaubte abfällig. »Nur die Einheimischen. Aber natürlich ist das alles Unsinn. Die Inuit würden sich niemals gegen die Kolonialherren stellen, wenigstens nicht mit Gewalt. Aber die Dänen hier oben leiden unter Verfolgungswahn. Und angesichts des ganzen Ärgers, den sie mit den Norwegern haben, kann man ihnen das kaum verübeln.«

Der Blick des Mannes auf der Veranda folgte ihnen betont unauffällig.

Max starrte stur zurück. »Warum interessiert der sich dann so für uns?«

»Ach, dafür wird er doch bezahlt. Alles sehen, alles hören. Vergessen Sie ihn einfach. Es sollte Ihnen genügen, sich darüber im Klaren zu sein, dass die Dänen wissen, weshalb Sie hier sind.«

»Es gab einige Absprachen«, murmelte Sina und erinnerte sich an Zacharias' Worte. »Darüber, dass die Dänen uns bei den Ermittlungen in dieser Sache den Vorrang lassen.«

»Na, also!«, erwiderte Dorn und lachte. Ihn schien all das wenig zu beunruhigen.

Max und Sina wechselten einen Blick. Ihnen machte die Tatsache, dass sie gleich bei ihren ersten Schritten auf grönländischem Boden beobachtet wurden, durchaus einige Sorgen. Falls die *Lessing* wirklich Sprengstoff in deutschem Auftrag für die Norweger in Ittoqqortoormiit transportiert hatte, war das Interesse der Dänen durchaus berechtigt. Sina fragte sich, ob es, falls sich diese Theorie bestätigen sollte, auch zu Ihren Aufgaben gehören würde, das Ergebnis ihrer Ermittlungen zu vertuschen. War es das, was von ihnen erwartet wurde, obgleich sie doch im ausdrücklichen Auftrag des Hex hier waren?

Sie bogen von der Hafenstraße auf einen schmalen Pfad ab, der über einen buckligen Grashügel wieder zum Meer hinabführte. Dort stand, ein wenig abseits der anderen Häuser, eine winzige Holzkirche. Ihre spitzgiebelige Fassade und der niedrige Turm waren knallgelb gestrichen, Dach und Fenster weiß abgesetzt.

»Sie ist nicht so groß, wie die alte Vor-Frelsers-Kirche oben auf dem Hügel, aber trotzdem ein Prachtstück«, schwärmte Dorn, während er sie den Pfad hinunterführte. Wenige Meter hinter der Kirche erkannten sie eine scharfe Felskante und jenseits davon, in zehn Metern Tiefe, das Meer.

»Früher stand hier mal ein Leuchtturm«, sagte der Pfarrer und stemmte sich gegen eine scharfe Windbö, »aber den hat man verlegt.«

Er öffnete die Tür und lotste sie in das Gebäude. Der Raum bot gerade einmal Platz für zehn doppelte Sitzreihen. Am anderen Ende stand ein Altar, ebenfalls aus Holz wie alles hier. Max fragte sich unwillkürlich, wo denn die Bäume waren, aus denen all diese Häuser gebaut worden waren. Aus der Luft hatte er keine Spur von Wäldern entdecken können.

Sie durchquerten den Saal und traten durch eine Hintertür in Dorns Wohnräume. Es gab zwei: Der eine war halb Küche, halb Aufenthaltsraum, der andere ein winziges Schlafzimmer, in das ein türloser Durchgang führte. »Sie werden draußen in der Kirche schlafen müssen«, sagte der Pfarrer bedauernd. »Hier drinnen reicht der Platz kaum für einen.«

Sie setzten sich auf zwei klapprige Stühle, und Dorn kramte in einer Holzkiste herum. Schließlich wurde er fündig.

»Hier«, sagte er triumphierend und schwenkte eine volle Scotch-Flasche, »die hat mir Legrand besorgt. Wenn Sie morgen früh weiterfliegen, sollte die leer sein, oder?«

Die Flasche wurde leer, aber Sina und Max hatten wenig Anteil daran. Dorn trank ein Glas nach dem anderen, und trotzdem schien er nicht betrunken zu werden. Dieser Legrand musste einen guten Kunden in ihm haben.

Schließlich, als sie der Ansicht waren, sie hätten genug über das

Leben in Grönland, die Sitten der Inuit und das Vorgehen der dänischen Direktion gehört, äußerten sie ihren Wunsch, zu Bett zu gehen. Dorn zauberte aus einem Stapel mit Gerümpel zwei Feldbetten hervor, die er direkt vor dem Altar auseinanderklappte. Zuletzt reichte er ihnen Decken und Kissen und erwähnte, dass der einzige Wasserhahn im Freien zu finden sei. »Sogar windgeschützt«, sagte er, »an der Ostwand der Kirche.« Sie beschränkten ihre Hygiene frierend auf das Nötigste und hofften, dass ihr Quartier in Ittoqqortoormiit komfortabler ausgestattet war.

Stunden später, mitten in der Nacht, erwachte Max von einem Geräusch. Als er aufschrak, sah er, dass Sina bereits kerzengerade im Bett saß. Es war stockdunkel in der Kirche, bis auf ein paar Streifen blassen Mondlichts, das durch die Fenster in den Saal fiel. Die Luft war so kalt, dass sie in der Nase wehtat.

»Was war das?«, fragte Max verschlafen.

Sina deutete hellwach auf die Tür, die zum Kirchturm führte. »Jemand schleicht da drinnen herum.«

»Dorn?«

»Wer sonst?«

Max lehnte sich beruhigt zurück. »Von mir aus.«

»Was macht der da um diese Zeit?«

Max seufzte. »*Er* ist bestimmt nicht dein Magier.«

Sogar in der Dunkelheit war das zornige Funkeln in Sinas Augen zu erkennen. »Sehr witzig. Und sehr professionell.«

Mühsam schwang er ein Bein über die Bettkante. »Gut, ich werde nachsehen.« Grinsend fügte er hinzu. »Außerdem gibt's da drin bestimmt eine Treppe.«

Sina sah aus, als wollte sie etwas Böses erwidern, doch im selben Augenblick wurde die Turmtür aufgerissen. Dorn sprang ihnen entgegen, aber es sah aus, als hüpfe eine übergroße Kugel die Treppe hinunter. Er strahlte wie ein kleines Kind. »Kommen Sie, schnell! Ich will Ihnen etwas zeigen.«

Sina musterte ihn scharf. »Sie sind betrunken.«

»Unsinn«, widersprach er und wischte ihren Einwand mit einer übertriebenen Handbewegung beiseite. »Kommen Sie schon, sonst ist es vorbei.«

»Ist was vorbei?«, fragte Sina beharrlich.

Max gab ihr einen Wink. »Lass gut sein und komm mit. Es wird schon nicht so schlimm sein.«

Er konnte ihr ansehen, dass sie ihn für unverantwortlich und allzu vertrauensselig hielt, doch sie sparte sich den Vorwurf auf und erhob sich ebenfalls. Sie trug eine seiner gestreiften Schlafanzugshosen, darüber einen grauen Pullover.

Das Treppenhaus des Turmes war eng und roch muffig. Max beugte sich an Sinas Ohr. »Eine linksgewendelte Holztreppe mit an der Turmwand befestigter Wandwange«, flüsterte er, um sie aufzuziehen. »Wurde vorwiegend in eckige, skandinavische Fachwerktürme eingebaut. Dabei ist die Terminologie Wendeltreppe eigentlich nicht konform zu quadratischer oder rechteckiger Bauweise und …«

»Halt den Mund.« Sie rammte ihm ihren Ellbogen vor die Brust, zu heftig und zu schmerzhaft.

Schmollend verstummte er, konnte aber ein Grinsen nicht ganz unterdrücken.

Die obere Turmkammer besaß rundherum vier Fenster, von denen das zur Meerseite offen stand. Ein eiskalter Wind wehte herein und stach in ihre Augen. Vor dem Fenster stand ein riesiges Fernglas, montiert auf einen Dreifuß.

Dorn lächelte sie auffordernd an. »Sehen Sie hindurch.«

»Aber es ist dunkel«, widersprach Sina.

»Der Mond ist hell genug.«

Sina warf Max einen zweifelnden Seitenblick zu, dann beugte sie sich vor.

»Was ist da?«, fragte Max neugierig, erntete aber nur ein geheimnisvolles Grinsen von Dorn.

Sina schwieg und schaute.

»Nun sag schon«, verlangte Max noch einmal.

»Eisberge«, sagte sie.

»Eisberge?« Er warf verdutzte Blicke von Sina zu Dorn.

Der Pfarrer nickte erfreut. »Und zwar die schönsten, die mir seit Wochen untergekommen sind.«

Max deutete irritiert auf das Fernrohr. »Sie beobachten ... Eisberge?«

»Natürlich.«

»So wie andere Leute Sterne beobachten? Oder Tiere?«

»Jawohl.«

»Und deshalb wecken Sie uns?« Max konnte es noch immer nicht fassen.

»Sie waren doch sowieso schon wach.«

Sina zog den Kopf zurück und stieß ihn an. »Du solltest dir das mal ansehen.«

Er starrte sie an, als hätte sie den Verstand verloren.

»Nun mach schon«, verlangte sie ungeduldig.

Zweifelnd nahm er ihren Platz ein und blickte durch das Rohr. Zuerst einmal sah er gar nichts, nur Dunkelheit und den vagen Hauch einer schimmernden Mondspiegelung auf dem Wasser. Dann aber gewöhnten sich seine Augen an das schwache Licht, und die hellen Flecken, die er für Reflexionen gehalten hatte, wurden zu dreidimensionalen Formen. Er hatte einmal *Moby Dick* gelesen, und dasselbe Gefühl, das er verspürt hatte, als er die erste Beschreibung des Weißen Wals verschlang, überkam ihn jetzt wieder. Nur dass es keine Wale waren, die dort riesig und scheinbar reglos durch die Finsternis zogen. Es waren Eisblöcke, wie Dorn gesagt hatte, doch zugleich waren sie auch viel mehr.

»Das ist eine Täuschung, oder?«, fragte er unsicher, ohne den Blick abzuwenden. »Ich meine, genauso, als ob man lange genug in den Himmel blickt und in den Wolken Gesichtern erkennt, oder Drachen oder ...«

»Nein«, entgegnete Dorn, »das da draußen ist echt.«

Max blinzelte, um die Illusion zu vertreiben. Aber Dorn behielt recht: Es war keine Täuschung. Die Formen, die er sah, blieben bestehen. Die Eisberge dort draußen auf dem Meer, schimmernd im eisigen Mondlicht, waren keine groben Klötze, die irgendwann aus einem Gletscher gebrochen waren. Sie waren Kunstwerke, echte, von Menschenhand geschaffene Kunstwerke.

Jeder einzelne Block – Max zählte insgesamt fünf – war umgeformt worden, bearbeitet wie ein Stück Marmor unter dem Meißel eines Bildhauers. Aus klobigen Eisbrocken waren Schwäne geworden, fünf gewaltige, glitzerne Schwäne, jeder in einer anderen, verblüffend lebensechten Bewegung gefroren. Mit gesenktem oder erhobenem Kopf, schlagenden oder angelegten Flügeln, aufgerissenem Schnabel oder tauchend nach Beute. Durch die Verzerrung des Fernglases ließ sich die Entfernung bis zu ihnen kaum abschätzen, aber Max nahm an, dass jeder dieser Eisschwäne mindestens zehn Meter hoch war. Es war ein Anblick von überwältigender Grazie und Schönheit.

Beeindruckt zog er sich vom Fernglas zurück. »Wo kommen die her?«

Sina nahm wieder seine Stelle ein, während Dorn erklärte: »Der Eisarchitekt hat sie gemacht, drüben an der Ostküste. Die Strömung treibt sie im Süden um Kap Farvel herum und zu uns herauf bis in die Baffin-Bucht.«

»Der Eisarchitekt?«, fragte Max.

Dorn beugte sich vor und senkte seine Stimme. »Vielleicht werden Sie ihn kennenlernen. Ja, ich bin sicher, dass Sie ihn kennenlernen werden.«

Damit wandte er sich ab und stieg die Treppe hinunter. Max blickte ihm erstaunt hinterher, sekundenlang sprachlos. Dann erst wandte er sich wieder an Sina.

»Lass mich noch mal sehen«, bat er, aber er musste sie an den Schultern nehmen und sanft beiseite schieben, damit sie sich von dem Anblick löste. Als er sie ansah, war in ihrem Blick immer noch der Zauber des Eisarchitekten, und einen Moment lang war ihm, als glitzerten ihre Augen feucht.

Er schaute durch das Fernglas und erkannte den Grund.

Ein kleiner Eisbrecher unter dänischer Flagge hatte Kurs auf die Schwäne genommen und erreichte sie im selben Augenblick. Er rammte einen nach dem anderen, krachte mitten unter sie, bis von den Tieren nichts übrig war als weiße Splitter, die taumelnd in der Schwärze der See versanken.

■ ■ ■

Der Weg zur Flugbahn war weit, doch der Magier wagte nicht, nach einem Mietautomobil Ausschau zu halten. Wahrscheinlich hätte er auch gar keines finden können. Seit seiner Ankunft am Nachmittag war ihm nicht ein einziges Fahrzeug in den Straßen der Stadt begegnet. Sicher, es musste eine Handvoll davon geben, ganz bestimmt unter den hochgestellten Beamten und Mitgliedern der Verwaltung. Aber die einfachen Einwohner Nuuks, viele davon sesshaft gewordenene Inuit, hatten für derlei kein Geld. Zudem waren die wenigen Straßen nach Frosteinbruch unbefahrbar. Nein, wer sich in Nuuk von einem Ort zum anderen bewegte, der tat das zu Fuß oder, wenn Schnee lag, mit dem Hundeschlitten. Der Magier hatte eine Vielzahl der Tiere in ihren Verschlagen bellen hören, winselnd nach Auslauf und Freiheit. Er mochte Hunde, und die Laute taten ihm in der Seele weh, mehr als jedes menschliche Jammern und Schreien.

Er hatte sich zu Fuß zur Rollbahn im Norden Nuuks aufgemacht, weil ihm gar keine andere Wahl blieb. Und jetzt verfluchte er bereits jenen Augenblick, da der Unbekannte in seiner Garderobe aufgetaucht war und ihm diesen erbärmlichen Auftrag angeboten hatte. Der Magier fror entsetzlich, und die Kälte vertrieb sogar die Sorge um seinen Ruf. In der Dunkelheit der Nacht konnte er kaum erkennen, wohin er seine Füße setzte. Die Schotterstraße war alles andere als eben, und immer wieder drohte er zu stolpern und zu stürzen. Der Frostwind schnitt schmerzhaft durch seine Kleidung, trotz Mantel, Schal und Mütze, und der Weg zum Flugplatz war viel weiter, als er angenommen hatte.

Die Rollbahn lag am nordwestlichen Ufer der Halbinsel, kilometerweit vom Flugfeld der Luftschiffe entfernt. Dadurch wollte man verhindern, dass die kleinen, schnellen Maschinen mit den behäbigeren Schiffen kollidierten. Niemand hatte ihm gesagt, dass auch der

Flugplatz am Meer lag, aber je näher er ihm kam, desto deutlicher erkannte er die Bootsstege unweit der Startbahn. Hätte er das früher gewusst, er hätte einfach einen Kahn gestohlen und wäre damit die Küste hinaufgefahren. Aber nein, er hatte unbedingt zu Fuß gehen müssen. Der Eskimo, der ihm den Weg erklärt hatte, lag wahrscheinlich daheim in seinem Bett und lachte noch immer über den dummen Fremden, der es sich unnötig schwer machen wollte.

Stundenlang war er am Nachmittag und in der Dämmerung durch Nuuk gestreift, bis er jede Straße, jeden Trampelpfad kannte. Er hatte gesehen, dass von Poser und diese Frau in der Kirche verschwunden waren, und dort sollten sie die Nacht über bleiben, das war ihm nur recht.

Schnell hatte er bemerkt, dass er beobachtet wurde. Erst glaubte er noch, es sei Zufall, dann aber schlugen seine Sinne Alarm. Immer wieder entdeckte er denselben blonden Mann, der ihm auf seinem Erkundungsgang durch die Stadt zu folgen schien. Dabei stellte sich der Junge alles andere als geschickt an. Wer so viele Menschen verfolgt hatte wie der Magier, der erkannte die Zeichen. Der leicht nervöse Gesichtsausdruck des anderen, die Gleichgültigkeit, mit der er Zeitungen las oder Einkäufe machte, das überzogene Schlendern, mit dem er ihm folgte. All das gab dem Magier die Sicherheit, dass der Junge kein Profi war. Zwar jemand, der für seine Beobachtungen bezahlt wurde, aber kein Profi. Und das beruhigte ihn.

Es änderte allerdings nichts daran, dass er den Jungen loswerden musste. Die Nacht und diese Straße waren dazu die beste Gelegenheit.

Bei Einbruch der Dunkelheit hatte er begonnen, sich auffälliger zu benehmen, um dem Jungen die Gewissheit zu geben, dass es sich lohnte, ihn zu verfolgen – und dafür Risiken in Kauf zu nehmen. Der Magier hatte seine Reisetasche enger an die Brust gedrückt, als befinde sich etwas von besonderem Wert darin; er hatte sich mehrfach umgesehen, als fürchtete er, beobachtet zu werden (freilich ohne dem Jungen zu erkennen zu geben, dass er ihn bemerkt hatte); und er hatte sogar, um dem Ganzen die Krone aufzusetzen, eine Reihe kleiner Mädchen auf den Straßen angesprochen, ganz unverfänglich, aber sichtbar genug, um das Misstrauen seines Verfolgers zu schüren. Danach wusste der Magier, dass sein Fisch am Haken hing. Jetzt musste er ihn nur noch aus der Stadt locken, hinaus ins einsame, finstere Umland.

Und genau das war ihm gelungen. Während er noch stillschweigend die Kälte, die Nacht und seinen Auftrag verfluchte, bemerkte er, dass der Junge ihm immer noch folgte, selbst jetzt, da es fast auf Mitternacht zuging. Wahrscheinlich erhoffte der andere sich einen ganz besonderen Fang, einen, der ihm Lob, gar Beförderung einbrachte.

Der Magier lächelte unmerklich; die Menschen waren so schlicht zu durchschauen, so sorglos in ihren Schwächen. Keiner wusste das besser als er, der Meister von Täuschung und Illusion.

Die Schotterstraße verlief fast parallel zur Küste, allerdings in leichter Schlangenlinie, um Hügeln und vereinzelten Felsbrocken auszuweichen. Der Mond schien hell vom dunklen Himmel herab und beleuchtete die karge Landschaft in weitem Umkreis. Der Magier blickte nur ein einziges Mal verstohlen nach hinten und sah, wie der andere ihm in zweihundert Metern Abstand folgte. Dabei nutzte er jede Hügelflanke und jeden Fels als Versteck. Seine Bemühungen waren kindisch und überflüssig.

Der Magier schaute nach vorne und entdeckte, etwa auf halber Strecke zwischen ihm und dem spärlich erleuchteten Flugplatz, einen Felsbrocken, der annähernd die Form eines mannshohen Steinpilzes hatte. Dahinter machte die Straße eine leichte Rechtsbiegung und verschwand für zwanzig oder dreißig Meter hinter der schwarzen Silhouette des Felsens.

Er hatte bereits mehrere solcher Möglichkeiten für einen Hinterhalt ungenutzt gelassen, um seinen Verfolger in Sicherheit zu wiegen. Diese hier aber schien die letzte vor der Rollbahn zu sein und genauso gut wie jede andere. Ohnehin hätte er den Jungen auch auf freiem Feld erwarten können, so naiv wie er war. Es war im Grund gleichgültig; in wenigen Minuten würde sein Gegner nicht mehr leben.

Der Magier beschleunigte seine Schritte und tauchte in den Schatten des Felsblocks. Er lehnte sich an den Stein und wartete.

Er konnte die Schritte des Jungen schon hören. Zügig näherten sie sich seinem Versteck. Der Magier machte sich bereit.

Die Laute verstummten. Der Junge war stehen geblieben.

Im selben Augenblick erkannte der Magier seinen Fehler. Sein Atem stieg in dunstigen Wolken hinter dem Felsen empor. Im Gegenlicht der Flugplatz-Scheinwerfer mussten sie deutlich zu sehen sein.

Du wirst alt, dachte er noch – und in der gleichen Sekunde erfolgte der Angriff!

Der Junge sprang um die von der Straße abgewandte Seite des Felsens. Er war unerfahren und viel zu nervös; trotzdem tat er das Richtige. Er rief den Magier nicht an, zögerte auch nicht; stattdessen stieß er gleich ein Messer in die Dunkelheit, in der er seinen Gegner vermutete.

Der Magier sprang zur Seite, gerade noch rechtzeitig, um dem tödlichen Stich zu entgehen. Trotzdem fuhr die Klinge tief in seinen rechten Oberarm. Mit einem Keuchen riss er sich los, die Klinge blieb in seinem Arm stecken – und der Junge war von einem Augenblick zum nächsten unbewaffnet. Mit aufgerissenen Augen blickte der Däne auf seine Klinge, dann setzte er nach. Zu spät. Der Magier drehte sich leicht und trat ihm mit ausgestrecktem Bein in den Magen. Ohne weitere Gegenwehr sackte der Junge zusammen.

Der Magier rang nach Luft. Stechende Schmerzen tobten in seinem Oberarm. Trotzdem packte er das Messer und riss es mit einem Ruck aus der Wunde. Wütend ließ er die Klinge ins Gras fallen. Warum hatte er nicht einfach die Pistole nehmen und seinen Verfolger erschießen können? Es war die sauberste und sicherste Methode, aber der Lärm hätte die Männer am Flugplatz aufgeschreckt. Nein, er hatte richtig gehandelt.

Sein Gegner lag verkrümmt am Boden und hielt sich stöhnend den Bauch. Als der Magier in das schmerzverzerrte Gesicht seines Opfers blickte, sah er, dass der Junge kaum zwanzig war, eher jünger. Offenbar rechnete hier niemand mit einem solchen Vorfall. Das war ein Fehler.

Der Magier wartete, bis der Blick seines Opfers sich langsam klärte und er sicher sein konnte, dass der Junge sah, was er tat. Denn was war die beste Vorstellung ohne Publikum?

Er ging vor dem verängstigten Jungen in die Knie und versuchte trotz seiner Schmerzen zu lächeln. Es gelang ihm nur mäßig. Dann griff er, wie auf der Bühne, mit der linken Hand zwischen die Finger seiner Rechten und zog ein langes rotes Tuch hervor. Dann ein blaues. Und schließlich ein gelbes. Alle drei waren miteinander verknotet, ein Stoffband von einem Meter Lange.

Fassungslos und in Panik beobachtete der Junge, was der Magier tat. Sein Mund öffnete und schloss sich in dem vergeblichen Versuch, zu sprechen. Sein ungläubiges Staunen und die Angst hatten ihm die Stimme geraubt. Das ist gut so, dachte der Magier; man spricht nicht während der Vorführung. Auch der staunende Blick des Jungen gefiel ihm. Er sollte beeindruckt sterben.

Der Magier packte seine Zaubertücher, schlang sie in einer einzigen Bewegung um den Hals des Jungen und strangulierte ihn gerade so schnell, wie sein schmerzender Arm es zuließ.

■ ■ ■

Der Propeller der Junkers F13 veranstaltete ein Höllenspektakel und machte jede Unterhaltung so gut wie unmöglich. Nun starrten Sina und Max beide schweigend aus den kleinen Fenstern und versuchten, den Flug so weit wie möglich zu genießen.

Es gab drei Sichtluken auf jeder Seite der winzigen Maschine, und alle lagen über den Tragflächen, was die Aussicht beträchtlich beschränkte. Trotzdem war Sina vom Anblick der gewaltigen Gebirgsmassive und endlosen Schneefelder tief beeindruckt. Ein Seitenblick zu Max verriet ihr, dass er genauso empfand. Seit Stunden brummte das einmotorige Flugzeug über das glitzernde Inlandeis. Der Himmel über der weißen Weite war von einem tiefen, ozeanischen Blau, und Sina war sicher, dass sie nie in ihrem Leben etwas so Schönes gesehen hatte. Nicht einmal die starken Westwinde, die die Maschine in unregelmäßigen Abständen schüttelten wie einen Papierflieger, vermochten ihre Begeisterung zu mindern.

Einmal entdeckte sie auf einer Hochebene, umrahmt von majestätischen Gipfeln, die im Sonnenschein fast violett schimmerten, den Schlittenzug eines Eskimostammes. Die Inuit ließen ihre Habe von Dutzenden von Schlittenhunden ziehen, kleinen grauen Punkten im überwältigenden Weiß der Ebene. Ein anderes Mal erblickte sie in der Ferne eine Herde von Moschusochsen und fragte sich, wovon die Tiere sich ernährten. Ansonsten aber war da nichts als unbelebte Natur, nur Eis und Schnee und spektakuläre Gebirgsketten, stumme Zeugen einer Zeit, als das Land noch nicht von Menschen heimgesucht worden war.

Max erhob sich auf der anderen Seite des schmalen Gangs von seinem Sitz und kletterte mit gebeugtem Kopf nach vorne zur Pilotenkanzel. Er öffnete die Kabinentür und rief Legrand über den Lärm der Maschine irgendetwas zu, das Sina nicht verstand. Sicher erkundigte er sich, wie lange sie noch unterwegs sein würden.

Sie lehnte sich zurück und schloss für einen Moment die Augen. Dorn hatte sie am Morgen mit seinem Kahn zur Anlegestelle des Flugplatzes geschippert, war aber selbst nicht mit von Bord gegangen. Beim Abschied hatte er erklärt, er müsse eine Messe für die Einheimischen vorbereiten; außerdem habe Legrand ihn erst vor ein paar Tagen beliefert und in so kurzer Zeit geschähe in Nuuk wenig, das sich zwischen Freunden zu erzählen lohne. Dann war er wieder in seiner Steuerkajüte mit dem roten Kreuz verschwunden und zurück in die Stadt gefahren.

Der Franzose hatte in der Einstiegsluke seiner Maschine gesessen und sie mit baumelnden Beinen erwartet. Alles sei bereit zum Start, hatte er verkündet und sie gebeten, umgehend einzusteigen. Schon wenige Minuten später hatte die F13 abgehoben. Auf Nuuks kleiner Flugpiste gab es keine Wartezeiten und Startverzögerungen. Ohnehin standen nur drei weitere Maschinen auf der Rollbahn, eine vierte war, so erfuhren sie, unerwartet bereits in der Nacht gestartet. Es gab auch keinen Tower, nur eine hölzerne Baracke, in der sich die Piloten zum Biertrinken trafen. Eine Luftüberwachung oder Flugplatzdirektion war nirgends zu sehen. Jeder Pilot entschied für sich, wann er startete und landete. Kollisionen wurden durch Sichtkontakt vermieden.

Jean-Jacques Legrand war ein großer, schlanker Mann mit dunklem Haar. Er hatte kluge, berechnende Augen, war attraktiv und wirkte nicht ganz wie der draufgängerische Abenteurer, den Sina nach Dorns Erzählungen erwartet hatte. Er sprach Deutsch mit leichtem französischem Akzent und erklärte, er beherrsche außerdem fließend das Englische, Dänische und Norwegische, tue sich aber mit dem Kauderwelsch der Inuit schwer. Trotz all der Jahre, die er hier verbracht habe, könne er sich mit ihnen nur auf dänisch verständigen. Max und Sina baten ihn, in Ittoqqortoormiit eine Weile als ihr Übersetzer zu fungieren, was er gegen entsprechende Bezahlung akzeptierte. Sina mochte ihn nicht besonders, war aber dessen ungeachtet froh, jemanden gefunden zu haben, der ihnen über die Sprachbarriere hinweghelfen konnte. Lieber wäre es ihr freilich gewesen, wenn es jemand gewesen wäre, dem sie vertrauen konnten, und kein Herumtreiber, der Schnapskisten an die Inuit verhökerte.

Und Schnapskisten hatte er wahrlich zu Dutzenden geladen. Sie füllten, ordentlich gestapelt, die gesamte hintere Hälfte der Kabine. Sina fragte sich, ob die F13 dadurch nicht zu schwer wurde, wurde aber ruhiger, als Legrand sich als fähiger Pilot entpuppte, der die Maschine sicher in der Luft hielt. Von den heftigen Windstößen abgesehen, die er gekonnt abfing, verlief der Flug ereignislos.

Nach einer Weile kam Max zurück und setzte sich wieder.

»Was sagt er?«, brüllte Sina über den Krach des Propellers hinweg.

»Noch eine Stunde, wenn das Wetter so bleibt.«

Ein wenig erschrocken blickte sie ihn an. »Glaubt er denn, es wird schlechter?«

»Hat er nicht gesagt.«

»Was hältst du von ihm?«

Max lehnte sich zurück. »So wie er werden die meisten Europäer und Amerikaner sein, die sich hier oben rumtreiben. Einzelgänger, die nur auf Profit und ihre Ruhe aus sind. Ich glaube, so lange wir ihn anständig bezahlen, wird er keine Schwierigkeiten machen.«

»Er wird zu viel von dem mitbekommen, was da oben geschehen ist.«

»Glaubst du etwa, das hat er nicht ohnehin schon? Wahrscheinlich weiß er viel mehr als wir. Diese Piloten kennen sich alle untereinander, und mit ziemlicher Sicherheit sind sie alle schon hundertmal über dem Krater hin- und hergekreuzt. Ich würde das tun, an ihrer Stelle.«

»Dann sollten wir ihn fragen«, schlug sie vor.

»Später. Er sagt, er mag es nicht, wenn man ihn während des Fluges anspricht. Stört seine Konzentration, sagt er.«

Sie verzog das Gesicht, ungeduldig wegen des anstrengenden Gebrülls. »Dann soll er seinen Willen haben. Noch eine Stunde, sagst du?«

Max nickte stumm.

Sina schloss noch einmal die Augen und überlegte, wie es wäre, ihre Leben hier oben zu verbringen, in der Einöde Grönlands, wo das Eintreffen der Alkoholration wahrscheinlich das aufregendste Ereignis der Woche war. Sie hatte oft darüber nachgedacht, aus Berlin fortzugehen, den Lärm und die Hektik der Großstadt und all ihre langweiligen Verehrer hinter sich zu lassen. Immer wieder war sie zu dem Schluss gekommen, dass es allein ihre Arbeit für das Hex war, die sie zurückhielt. Nicht, weil sie die Jagd auf falsche Totenbeschwörer und kleine Männer aus dem Weltall ausfüllte; vielmehr hatte sie das Gefühl, ihre Beschäftigung mit diesen Dingen brachte die Geister der Kinder zum Verstummen.

Die Maschine landete schließlich auf einer holprigen Buckelpiste. Die Rollbahn endete direkt vor einer Felskante, und als sie ausstiegen, sahen sie zu ihrem Entsetzen, dass die Nase des Flugzeugs allerhöchstens zehn Meter vom Abgrund entfernt stand.

»Zu kurz«, erklärte Legrand wortkarg, konnte aber nicht völlig verbergen, dass auch ihm unwohl zumute war. Sina erinnerte sich, dass sie gelesen hatte, der eigentliche Flugplatz, der die Stadt mit der Außenwelt verband, befände sich zweihundert Kilometer weiter nördlich auf dem Gebiet einer Bleimine. Insofern mussten sie Legrand wohl dankbar sein, dass er es geschafft hatte, sie direkt zur Stadt zu bringen. Trotzdem raste ihr Herz beim Anblick der nahen Felskante, und Max war merklich blass geworden.

Ittoqqortoormiit war ganz anders, als sie erwartet hatten. Kaum vierzig Häuser standen weit verteilt zwischen grauen Felshängen. Das Gras wuchs hier an der Ostküste weniger dicht als in Nuuk, und überhaupt schien ihnen der ganze Ort weit weniger freundlich. Nicht einmal die bunten Fassaden der Häuser konnten daran etwas ändern. Im Hafen dümpelten ein paar Fischerboote, doch die meisten befanden sich um diese Tageszeit auf See. Die Küstengewässer galten als ideales Fanggebiet. Während sie einen schmalen Serpentinenweg hinabstiegen, bemerkten sie, dass einige Häuser die norwegische Flagge, andere die dänische gehisst hatten.

Während ihres Anflugs auf die Küste hatte Legrand sich geweigert, für sie eine Schleife über das Areal zu fliegen. Er wirkte mürrisch und ließ sich nicht einmal mit Geld davon abbringen, so schnell wie möglich zu landen. Als sie ihn nach der Explosion fragten, dachte er einen Augenblick nach, dann sagte er, dass er sich von solchen Dingen fernhalte. Nein, er sei das Gebiet noch nicht abgeflogen und kenne auch sonst niemanden, der das getan habe.

Nach der Landung blieb er bei seiner Maschine, um ihre Funktionen zu prüfen. Er versprach jedoch, ihnen möglichst schnell zur einzigen Wirtschaft in Ittoqqortoormiit zu folgen.

Zehn Minuten später erreichten die beiden das Gasthaus. Es war schon von Weitem auszumachen, auch deshalb, weil es das einzige Gebäude war, das sowohl die dänische als auch die norwegische Flagge aufgezogen hatte. Der Wirt war Geschäftsmann genug, sich auf keine der rivalisierenden Seiten zu schlagen.

»Mir stinkt das alles jetzt schon ganz gewaltig«, bemerkte Max verdrießlich, als sie die Stufen zum Eingang hinaufstiegen. Sina nickte wortlos.

Der Schankraum des Gasthauses war schmutzig und roch widerwärtig nach Fisch. Die Tische waren leer, bis auf einen in der Ecke, an dem zwei Männer schweigend über ihren Bierkrügen hockten. Der Wirt sprach brüchiges Englisch, genug, um ihnen zwei Zimmer zu vermieten. Beide mit Blick auf den Hafen, wie er stolz und stotternd betonte.

Sie machten sich frisch, dann trafen sie sich in Max' Zimmer, um ihr Vorgehen zu planen. Sie wollten am nächsten Tag einen Hundeschlitten samt Führer mieten, der sie ins Zentrum des Explosionsgebietes bringen sollte.

»Vielleicht wären ein paar Ponys oder Esel besser«, schlug Max grübelnd vor. »Wenn die Explosion wirklich das Eis getaut hat, werden wir mit einem Schlitten nicht allzu weit kommen.«

Sina riss die Augen auf und schluckte schwer. »Ich soll reiten?«, fragte sie perplex. »Wie, um Himmels willen, stellst du dir das vor?«

»Du steigst auf und reitest los.«

»Sehr spaßig. Nicht jeder ist mit Pferdestall und Park aufgewachsen.«

Sie hatte geglaubt, er erlaube sich einen Spaß mit ihr, aber das Erschrecken auf seinem Gesicht war ehrlich. »Tut mir leid«, stammelte er. »Ich wollte nicht …«

»Schon gut«, half sie ihm aus der Verlegenheit, nicht ganz besänftigt, aber zugleich amüsiert über die Hilflosigkeit, die er manchmal an den Tag legte.

Seine Gedankenlosigkeit machte ihm Kummer, Zweifel zeichnete sich auf seinen Zügen ab, und Sina bereute bereits, so unfreundlich gewesen zu sein. Es war wichtig, dass sie sich auf ihre Aufgabe konzentrierten. Irgendwann einmal würde sie ihn fragen, wie es kam, dass ihm seine Herkunft so zuwider war.

Es klopfte an der Tür. Draußen stand der Wirt und hielt ihnen ein Stück Papier entgegen. Hinter ihm wartete Legrand darauf, eingelassen zu werden. Er trug einen beigefarbenen, gefütterten Overall und lächelte zum ersten Mal.

Der Wirt fuchtelte mit einem Stück Papier. Seiner umständlichen Erklärung entnahmen sie, dass schon am Morgen ein Telegramm für Max in der Funkstation eingetroffen war. Der Funker hatte es kurzerhand im Gasthaus abgegeben, in der Annahme, der Empfänger werde früher oder später dort auftauchen.

Max nahm es überrascht entgegen. Der Wirt verabschiedete sich, während Legrand sich zu ihnen gesellte. Er war jetzt weniger abweisend, ja, Sina fand, dass er beinahe heiter wirkte. Wahrscheinlich hatte er ein paar gute Geschäfte gewittert.

Max faltete den Zettel auseinander. Das Telegramm war von seinem Vater – und von geradezu erschlagender Nebensächlichkeit. Wilhelm von Poser erklärte in wenigen Worten, dass er mit der Heirat einverstanden sei, sich mit Larissa unterhalten habe und außerdem hoffe, dass Max sein Angebot, sich mit ihm zu versöhnen, annehmen werde. Nichts sonst.

Kopfschüttelnd las er den Text ein zweites, dann ein drittes Mal. So erfreulich – wenngleich auch zwiespältig – er die Nachricht fand, so sehr erstaunte ihn doch, dass sein Vater sie ihm über Tausende von Kilometern nach Grönland übermitteln ließ. Hätte das nicht bis zu seiner Rückkehr warten können?

»Was ist es?«, fragte Sina besorgt.

»Etwas Familiäres«, gab er knapp zurück und steckte den Zettel ein.

Sie glaubte ihm nicht, fragte aber vorerst nicht weiter. Stattdessen wandte sie sich an Legrand, der auf einem Stuhl am Fenster Platz genommen hatte. »Sie warten auf Ihre Bezahlung, nehme ich an.«

»Könnte man sagen«, erwiderte er grinsend.

Sie nickte und wühlte in ihrer Reisetasche nach Geld. Schließlich fand sie ein Bündel mit Dollarscheinen, das Zacharias ihnen bei ihrer letzten Besprechung mitgegeben hatte. Sie zählte den vereinbarten Betrag ab und reichte ihn dem Franzosen.

Legrand streckte die rechte Hand danach aus, um die Scheine entgegenzunehmen. Plötzlich zuckte er zusammen. Sein Arm sackte herunter. Blitzschnell schoss seine Linke vor, packte das Geld und steckte es ein.

Sina musterte ihn verwundert. »Haben Sie Schmerzen?«

Legrand lächelte fahrig. »Das ist gar nichts«, sagte er eilig. »Nur eine kleine Verletzung am Oberarm.«

Kapitel 4

Der Trauerzug hatte sich schon in Bewegung gesetzt, als Larissa am Friedhof eintraf. Sie hatte die Straßenbahn nehmen müssen, weil sich am ganzen Ku'damm kein Mietautomobil hatte auftreiben lassen. Es war ihr peinlich, dass sie zu spät kam, aber niemand der Anwesenden schien es wahrzunehmen.

So schnell, wie die Pietät es eben zuließ, ging sie am Zug der schwarz gekleideten Männer und Frauen vorüber, um zu Dominiks Freunden und Verwandten an der Spitze aufzuschließen. Mindestens sechzig Menschen waren gekommen – nicht, weil sie Dominik gut gekannt hatten, sondern weil die Zacharias-Familie zur Berliner Prominenz gehörte und absehbar war, dass auch einige Klatschreporter über das Ereignis berichten würden. So scharten sich um jene, die tatsächlich um den Verstorbenen trauerten, auch solche, die hofften, ihre Namen in einer der Abendausgaben wiederzufinden: stadtbekannte Müßiggänger, gealterte Lüstlinge, Partyhasen und Filmsternchen. Mehr als alles andere befürchtete Larissa, man könne auch sie für jemanden halten, der von dem traurigen Anlass profitieren wollte.

Im vorderen Viertel des Trauerzuges, wenige Reihen hinter Dominiks Eltern, entdeckte sie Wilhelm von Poser und seine Tochter Evelina. Von der Arroganz und Überheblichkeit, die Max' Schwester für gewöhnlich an den Tag legte, war nichts geblieben. Ihr Gesicht war tränenüberströmt, ihre Schminke verlaufen. Zum ersten Mal dachte Larissa, dass Evelina nicht wirklich das Biest war, das sie für gewöhnlich herauskehrte. Evelina hatte Dominik stets die kalte Schulter gezeigt – kein Wunder bei der sturen Beharrlichkeit, mit der er sie umgarnte –, doch jetzt erwies sich, dass sie ihn sehr wohl gemocht hatte.

Im selben Augenblick sah Evelina auf, ihr Blick fiel auf Larissa. Ein paar Sekunden lang verhärteten sich ihre Züge, dann nickte sie knapp und schaute wieder nach vorne, dorthin, wo die sechs Träger Dominiks Sarg über den Kiesweg balancierten. Larissa blickte ihr nach und wusste nicht, was sie von ihr halten sollte.

Wenig später, am blumengeschmückten Grab, nachdem sie eine Blüte auf den Sargdeckel geworfen hatte, gesellte Larissa sich zu Evelina und ihrem zukünftigen Schwiegervater. Sie wusste, dass man das von ihr erwartete, und sie war durchaus in der Stimmung für ein wenig Trost. Dominiks Tod war ihr nahegegangen.

»Schön, dass du kommen konntest«, sagte Wilhelm von Poser und schüttelte ihre Hand. Der Schatten eines Lächelns zuckte über sein Gesicht, dann schaute er wieder genauso düster drein wie alle anderen. Larissa sah, dass Evelina seine Hand hielt wie ein Kind.

»Das war doch selbstverständlich.« Es klang fade, aber es war das Beste, was ihr einfiel. »Dominik war ein guter Freund von Max.«

Von Poser nickte bedächtig. »Natürlich.«

Was tue ich hier?, dachte Larissa, verwirrt über sich selbst. Ist das der erste Schritt, heile Familie zu spielen? Ein Haufen leerer Worthülsen als Zeichen, auf sein Versöhnungsangebot einzugehen? Du wirst deinen Prinzipien untreu.

»Ich habe ein Telegramm an Max geschickt«, sagte von Poser.

»Hoffentlich nimmt er es nicht zu schwer.«

»Ich habe Dominiks Tod nicht erwähnt. Aber ich habe ihm geschrieben, dass wir miteinander gesprochen haben, du und ich.«

Das sah ihm überhaupt nicht ähnlich, fand Larissa. Von Poser schien ihr kein Mann großer Gefühle zu sein. Hatte er nicht noch während ihres Gesprächs erwähnt, er wolle mit Max reden, wenn er wieder in Berlin war?

Nun also ein Telegramm, gut. Und es war richtig gewesen, dass er den Anschlag auf Dominik darin nicht erwähnt hatte.

Die letzten Trauergäste hatten Dominiks Eltern ihr Beileid bekundet, und die Versammlung löste sich allmählich auf. Als Johannes Zacharias an Larissa vorüberging, war sie schockiert, wie sehr er sich seit der Feier im Haus der von Posers verändert hatte. Grau, gramgebeugt, um Jahre gealtert. Ein geschlagener Mann.

»Er hat gleich zwei Verluste zu tragen«, sagte von Poser leise zu Larissa, als er ihren Blick bemerkte.

»Zwei?«, fragte sie irritiert.

»Dominik – und das Hex«, erklärte Max' Vater.

»Was ist mit dem Hex?«

»Es wurde aufgelöst.«

Als sie ihn mit großen Augen ansah, fügte er hinzu: »Es gab einen Vorfall im Hauptquartier. Zacharias' Gegner im Ministerium haben das zum Anlass genommen, die ganze Abteilung zu schließen. Max dürfte in Kürze Order bekommen, zurückzukehren.«

»Falls die ihn da oben überhaupt erreichen«, bemerkte Evelina.

Larissa wunderte sich. Das Hex einfach aufgelöst? Von einem Tag zum anderen? Aber sie verspürte auch verstohlene Freude, denn das bedeutete, dass Max früher als erwartet zurückkehren würde. Und ihm hatte die Abteilung ohnehin nichts bedeutet.

Evelina hakte sich bei ihrem Vater unter, dann schlossen die beiden sich den letzten Trauernden an, die langsam das Grab verließen. Larissa zögerte noch, mitzugehen. Stattdessen trat sie einmal mehr an das offene Grab und blickte auf den Sarg hinab.

Erst nach einer Weile drehte sie sich schwermütig um und ging allein in Richtung des Ausgangs. Alle anderen waren bereits hinter Wegkehren und mächtigen Eiben verschwunden. Nirgends war ein Mensch zu sehen.

Da ertönte hinter ihr eine Stimme. »Junge Frau!« Und noch einmal: »Sie da, junge Frau!«

Larissa fuhr herum. Zwischen zwei Rhododendronbüschen stand eine merkwürdige Gestalt, halb von Blättern und Ästen verborgen, und winkte ihr zu. Der Mann trug auffallend bunte Kleidung, einer Beerdigung ganz und gar unangemessen. Auf seinem Kopf saß ein Zylinder, eingedrückt wie eine alte Ziehharmonika.

Der Leierkastenmann, dachte Larissa verwundert. Er war ihr bei ihrer Ankunft aufgefallen, draußen am Friedhofstor. Er hatte irgendeine traurige Melodie gespielt und um ein paar Münzen gebeten. Die Tatsache, dass er sogar am offenen Grab betteln wollte, erboste sie.

Sie wollte wutentbrannt davonstürmen, als er sie unvermittelt beim Namen rief: »Larissa!«

Perplex blieb sie stehen und schaute sich erneut zu ihm um. Fünf Schritte trennten sie von dem Gebüsch, in dem er stand.

»Was wollen Sie?«, fragte sie grob. Sie war allein mit dem Mann, aber die anderen waren noch nah genug, um sie zu hören, wenn sie um Hilfe rief. Wahrscheinlich drohte ihr keine Gefahr. Trotzdem: Woher kannte der Kerl ihren Namen? Der Gedanke, dass er sie in einem ihrer Filme gesehen und wiedererkannt haben könnte, kam ihr gar nicht erst – zu klein waren ihre Rollen, zu unbekannt ihr Gesicht.

»Mit Ihnen sprechen.« Er trat nicht aus den Büschen, als wollte er sichergehen, jederzeit verschwinden zu können.

»Warum kommen Sie dann nicht aus Ihrem Versteck?«

»Das haben Sie sicher längst erraten.«

Larissa rührte sich nicht von der Stelle. »Worüber wollen Sie reden? Wenn Sie Geld wollen, dann …«

Die Stimme des Mannes schnitt ihr scharf das Wort ab. »Nein, kein Geld. Nur Ihre Aufmerksamkeit.«

Ihr war klar, dass es das Klügste gewesen wäre, einfach fortzulaufen. Alles andere war Wahnsinn. Und dennoch wartete sie ab.

»Also?«, fragte sie.

Es gefiel ihm nicht, dass sie nicht näher kam, aber er schien ihre Gründe zu respektieren. Er legte die Stirn in Falten, dann zog er aus einer Tasche seiner ausgebeulten Hose ein gefaltetes Papier. Noch einmal schaute er sich um, ob niemand sie beobachtete. Schließlich warf er ihr den Zettel zu. Er trudelte zwei Schritte vor ihr zu Boden.

Sie zögerte, sich danach zu bücken. »Was ist das?«

»Schauen Sie es sich an.«

»Ich weiß nicht, ob das klug wäre.«

Er lächelte schwach. »Es ist auch nicht klug, mit mir zu sprechen. Sie tun es trotzdem. Also stellen Sie sich nicht so an.«

Es gefiel ihr ganz und gar nicht, in welchem Ton er mit ihr redete. Aber etwas sagte ihr, dass er recht hatte. Und dass das, was er wollte, wichtig war.

Sie trat vor und hob das Papier vom Boden auf. Es war dick, fast wie Pappe, und zweimal gefaltet. Der Leierkastenmann rührte sich nicht von der Stelle. Hätte er sie wirklich angreifen wollen, wäre jetzt der Moment dazu gewesen. Er aber sah sie nur erwartungsvoll an und verharrte.

Es war eine Zeichnung. Oder besser: die Reproduktion eines alten Stichs oder Holzschnitts auf festem Fotopapier. Dargestellt war eine mittelalterliche Stadt mit Türmen und Befestigungsanlagen, daneben Felder und Hügel, von denen Rauchwolken aufstiegen. Der größte Teil des Bildes aber wurde vom Himmel über der Landschaft eingenommen. In seiner Mitte stand die Sonne, verziert mit einem ernsten Gesicht. Rundherum schwirrte eine Vielzahl seltsamer Objekte: Kugeln und Kreuze, kegel- und zepterförmige Rohre, horizontale Halbmonde wie riesige Sensen und – alles beherrschend – eine langgestreckte, pechschwarze Lanzenspitze. Es musste sich um die Fiebervision eines zeitgenössischen Künstlers handeln, eher grob und unbeholfen im Strich, aber zweifellos faszinierend. Die wirre Anordnung der fliegenden Objekte hatte etwas, das den Betrachter in sie hineinsog und bei längerem Ansehen gar den Anschein einer flirrenden Bewegung erweckte.

Larissa löste ihren Blick davon, fast ein wenig widerwillig, und fixierte den Leierkastenmann. »Und?«, fragte sie. »Was soll das?«

»Drehen Sie es um«, verlangte er.

Auf der Rückseite fand sie eine Vielzahl handschriftlicher Notizen, unzusammenhängende Stichworte, Namen, Zahlen und Begriffe.

»Erkennen Sie die Schrift?«, fragte er.

»Nein.«

»Das hat Ihr Freund Dominik geschrieben.«

»Aha«, machte sie, aber die Gleichgültigkeit, die sie herauskehren wollte, wollte ihr nicht ganz gelingen. Gegen ihren Willen hatte der Mann ihre Neugier geweckt.

Wieder blickte er sich um, diesmal länger und misstrauischer. Noch immer war niemand in der Nähe zu sehen. Nur ganz weit entfernt, jenseits der Grabsteine und Kreuze, war ein Totengräber damit beschäftigt, eine Grube auszuheben.

Der Leierkastenmann trat einen Schritt zurück, bis nur noch sein Oberkörper aus dem Rhododendron hervorschaute. »Ich habe dieses Bild in seiner Wohnung gefunden, heute Morgen.«

Ihr war klar, was das bedeuten musste. Er war dort eingebrochen. Aber noch war er nicht am Ende seiner Erklärungen.

»Das Original dieses Holzschnitts wird in Zürich aufbewahrt. Es gehört zu einer Sammlung, die ein Pfarrer im 16. Jahrhundert zusammengetragen hat. Dieses Bild hier war offenbar ein Handzettel, der im April 1561 in Nürnberg ausgegeben wurde.«

»Sie scheinen sich gut in diesen Dingen auszukennen.«

»Oh, nicht im Geringsten«, erwiderte er ausdruckslos. »Mein Kunstverständnis beschränkt sich auf diese eine Sammlung. Das meiste darüber wusste ich schon, aber wenn Sie sich die Stichworte auf der Rückseite ansehen, werden Sie feststellen, dass Dominik Zacharias zu denselben Erkenntnissen gekommen ist.« Wieder blickte er sich wachsam um. »Es gibt einen Text zu diesem Bild, der leider nicht mit reproduziert wurde. Demnach handelt es sich bei dieser Darstellung um das Abbild eines tatsächlichen Ereignisses. Am 14. April 1561, so heißt es, seien diese Objekte am Himmel über Nürnberg aufgetaucht und hätten einander bekämpft. Einige seien dabei zur Erde gestürzt und wurden beim Aufprall zerstört.«

»Sehr interessant. Und was hat das mit mir zu tun?« Larissa wurde allmählich ungeduldig. Sie wollte fort von hier.

»Es scheint, als hatte ihr Freund Zacharias Nachforschungen darüber angestellt.«

Sie blinzelte ihn argwöhnisch an, »Wenn Sie glauben, ich wüsste etwas darüber, dann irren Sie sich. Ich fürchte, ich kann Ihnen nicht weiterhelfen.«

Er schüttelte nachdrücklich den Kopf. »Sie nicht, natürlich nicht. Aber ich möchte Sie bitten, dieses Bild Ihrem Bräutigam zu geben, Maximilian von Poser. Erzählen Sie ihm, was ich Ihnen gesagt habe.«

Wieder überkam sie Angst um Max. Um keinen Preis würde sie zulassen, dass er in etwas verwickelt wurde, das Dominiks Leben gekostet hatte. Sie wollte etwas sagen, aber der Mann erriet ihre Gedanken:

»Max von Poser und der junge Zacharias waren gute Freunde«, sagte er. »Ich bin sicher, es wird ihn interessieren, was mit Dominik geschehen ist.«

Sie legte all ihren Zorn in ihre Stimme: »Sie können nicht ernsthaft annehmen, dass ich Max ermuntern werde, sich in diese Dinge einzumischen.«

»Ob Sie es wahrhaben wollen oder nicht, er steckt schon mittendrin. Viel tiefer als die meisten anderen.«

Die Furcht war jetzt wie ein Dolch aus Eis, der sich in ihr Herz bohrte. »Ist er in Gefahr?«

Der Leierkastenmann setzte zu einer Entgegnung an, als er plötzlich aufhorchte. Hinter der nächsten Wegbiegung erklangen eilige Schritte. Jemand näherte sich rasch.

»Tun Sie, was ich Ihnen gesagt habe!«, zischte er Larissa zu, dann tauchte er zwischen den Büschen unter.

Larissa lief auf die Sträucher zu, aber als sie dahinterblickte, war der Mann verschwunden. Sie sah noch einen Schemen, der in einiger Entfernung davonhuschte, dann war sie allein.

Plötzlich stand Evelina neben ihr, aufgeregt und außer Atem. »Vater schickt mich«, erklärte sie. »Wir haben auf dich gewartet, vorne am Tor. Aber du bist nicht gekommen.«

Larissa ließ den Holzschnitt blitzschnell in ihrer Manteltasche verschwinden und versuchte, ihre Gedanken zu ordnen. »Jetzt hast du mich ja wiedergefunden.«

Evelina wurde schlagartig klar, dass sie ihrer alten Intimfeindin gegenüberstand. Sie straffte ihren Oberkörper und bemühte sich, ihren schnellen Atem unter Kontrolle zu bringen. Das aber führte dazu, dass sie nur noch abgehackter sprach. »Kommst du nun mit? Wir fahren dich. Nach Hause. Wenn du willst.«

Larissa blickte noch einmal dorthin, wo der Leierkastenmann sich wie ein Gespenst in Luft aufgelöst hatte. Dann nickte sie.

»Gerne«, entgegnete sie leise. Mit schnellen Schritten machte sie sich auf zum Tor, ohne abzuwarten, ob Evelina mithalten konnte.

Kapitel 5

Über dem Krater ging die Sonne auf. Am gegenüberliegenden Rand, in vielen Kilometern Entfernung, brachen sich die Strahlen auf der Eiskante und streuten Lichtspeere in alle Richtungen. Davor aber war das Land schwarz und ausgeglüht, und erst allmählich bildeten sich in Spalten und Vertiefungen neue Eiswehen. Es mochten noch Jahre vergehen, ehe die Natur die Wunde, die die Explosion in ihren Leib gerissen hatte, wieder zu schließen vermochte.

Sie hatten das Schlittengespann und seinen schweigsamen Inuit-Führer am Rande des Eises zurücklassen müssen und waren die restliche Strecke zu Fuß gegangen. Für die zwei Kilometer bis zum Zentrum des Kraters hatten sie drei Stunden gebraucht. Der Boden war zerklüftet und durchzogen von einem Netz schwarzer Risse. Haushohe Felsbrocken versperrten ihnen immer wieder die kürzeste Strecke und zwangen sie, weitläufige Umwege einzuschlagen. Das Gestein war uneben und übersät mit scharfen Kanten, die das Gehen zur Qual machten. Und zu allem Übel fauchte ein Polarwind über die Einöde, der wie Glasklingen durch ihre Fell- und Steppkleidung schnitt, ganz gleich, wie fest sie sich vermummten.

Max und Sina gingen voran und stemmten sich gegen die eisigen Böen. Legrand folgte ihnen mit einigem Abstand, das Gesicht unter seiner Kapuze zur Grimasse verzerrt. Er kämpfte nicht nur gegen das raue Gelände und die Kälte, sondern auch gegen den Schmerz in seinem Arm. Sina hatte ihm angeboten, die Wunde zu versorgen, aber das hatte er abgelehnt. Er könne sich selbst darum kümmern, hatte er gebrummt und kein Wort mehr über die Verletzung verloren. Und doch war ihm anzusehen, wie sehr er litt. Sina nahm an, dass die Wunde sich entzündet hatte. Nichts, das man leichtnehmen sollte, aber es lag ihr nicht, sich ihm aufzudrängen. Sollte er selbst sehen, wie er damit fertig wurde.

Der Fels unter ihren Füßen wurde immer schwärzer, je näher sie dem Mittelpunkt des Kraters kamen. Er lag nicht viel tiefer als seine Ränder, was dafür sprach, dass die Explosion in der Luft, nicht am Boden stattgefunden hatte. Die Hitze und Wucht der freigewordenen Energie hatte sich kreisförmig in alle Richtungen ausgebreitet, nicht steil nach unten. Darum war zwar das Eis geschmolzen, der Fels darunter jedoch kaum in Mitleidenschaft gezogen worden.

Verwunderlich war auch, dass die Kraterränder klar umrissen waren. Das Eis war während ihres Weges hierher nicht ganz allmählich dünner geworden, wie sie erwartet hatten, sondern scharfkantig abgebrochen, als hätte die Hitze der Explosion eine gewisse Grenze nicht überschreiten können.

Im Mittelpunkt des Einschlaggebietes lagen die Überreste des Luftschiffs weitverstreut zwischen den Felsen, wie verkohlte Knochen, die ein riesenhafter Aasfresser abgenagt und liegengelassen hatte. Die zerbrochenen Stahlstreben der Lufthülle sahen aus der Ferne aus wie die Rippen eines Giganten.

Betroffen und schweigend kletterten sie zwischen den Trümmern umher. Nur Metallteile waren übriggeblieben, und selbst davon nur ein Bruchteil. Die Explosion hatte das meiste zu Staub zerblasen.

»Wie sollen wir herausfinden, was geschehen ist?«, schrie Max gegen den Wind an. »Kannst du unterscheiden, was davon zur *Lessing* gehört und was zu dieser verfluchten Scheibe?«

»Falls es sie überhaupt je gegeben hat.« Selbst Sina hatte ihren Elan verloren. Die grausame Witterung und der lange Marsch durch die Öde hatten ihre Kraft aufgezehrt. Bei der Vorstellung, den gleichen Weg noch einmal zurückzulegen, wurde ihr schlecht.

Legrand, der die Umgebung ebenso aufmerksam begutachtet hatte wie sie selbst, gesellte sich zu ihnen. »Was, zum Teufel, ist hier passiert? Würde es einem von Ihnen etwas ausmachen, mir das zu sagen?«

»Ich dachte, Sie wüssten Bescheid?«, brüllte Sina über das Tosen des Windes zurück.

»Ich weiß, dass es eine Explosion gab. Und Feuer. Aber sonst nichts. Was hatte dieses Luftschiff an Bord, dass es hier eingeschlagen ist wie ein verfluchter Komet?«

»Meteorit«, verbesserte Max.

»Wie bitte?«

»Das, was in die Atmosphäre eindringt, nennt man Meteorit, nicht Komet.«

»Sie sind ein verdammter – wie nennen Sie das? – Klugscheißer.«

»Damit müssen Sie leben, Legrand. Sie werden von mir bezahlt.«

Der Pilot deutete auf Sina. »Und von ihr.«

Sie wusste nicht recht, wie er das meinte, und im Grunde war es ihr auch gleichgültig. Sollte er sich doch mit Max herumstreiten, dann hatte sie ihre Ruhe. Außerdem hatte er recht; Max *war* ein Klugscheißer.

Zu ihrem Erstaunen ließen sich die beiden danach in Ruhe, wenigstens für eine Weile. Sina fiel auf, dass Legrand Max immer wieder verstohlen beobachtete, so, als wolle er ihn abschätzen. Ihrerseits betrachtete sie heimlich den Piloten. Auf eigentümliche Weise fand sie ihn anziehend, selbst wenn er mürrisch dreinblickte; er war so ganz anders als die meisten Männer, die sie aus Berlin kannte. Er war gutaussehend, gewiss, aber wie es in seinem Inneren aussah, konnte sie nicht einmal ahnen. Wahrscheinlich, so beruhigte sie sich, war er es gar nicht wert, dass sie sich Gedanken über ihn machte.

Es geht schon wieder los, dachte sie. Lass die Finger von den Männern! Es hat dir bislang kein Glück gebracht, und hier draußen hast du wahrlich andere Sorgen.

Gerade bückte sie sich nach einem Metallteil, das ein Bruchstück der Leitkonsole gewesen sein mochte, als Max plötzlich rief: »Da kommt jemand!«

Sie richtete sich auf und bemerkte, dass auch Legrand alarmiert aufschaute. Max hatte recht. Von Osten her näherten sich zwei Gestalten, dick vermummt in der Fellkluft der Eskimos. Sie waren noch hundert oder hundertfünfzig Meter entfernt, bewegten sich aber viel schneller und geschickter als sie selbst. Nur wenige Minuten später standen sie vor ihnen.

Es waren tatsächlich Inuit, mit schwarzem Haar und schmalen, schrägstehenden Augen. Beide trugen – und das verwirrte Sina mehr als alles andere – Armbinden in den Farben der italienischen Flagge. Was, in Drei Teufels Namen, hatte das nun wieder zu bedeuten?

Einer der beiden sprach sie an, auf dänisch, vermutete Sina. Ihre Annahme wurde bestätigt, als Legrand ihm eilig Antwort gab. Ein schneller Wortwechsel folgte, dann wandte Legrand sich an Sina und Max.

»Sie bitten uns, ihnen zu folgen. Ihr Anführer will mit uns sprechen.«

Max sah die beiden Eskimos verwundert an. »Ihr Häuptling?«

»Nein, nicht der Häuptling«, entgegnete Legrand ungeduldig. »Ihr Anführer. Der Boss. Derjenige, der sie bezahlt.« Mit einem Schmunzeln fügte er hinzu: »So wie Sie mich, wenn ich mich recht entsinne.«

»Und lassen Sie mich raten«, kam Sina Max' wütender Entgegnung zuvor, »der Mann ist Italiener, stimmt's?«

Legrand wechselte ein paar Worte mit den Inuit, dann nickte er. »Italiener, ganz genau. Sie nennen ihn den Eisarchitekt.«

»Die Schwäne!«, flüsterte Max.

Sina sah abwechselnd zwischen Legrand und den Inuit hin und her. »Bitte fragen Sie sie, ob sie gesehen haben, was hier vorgefallen ist.«

Der Franzose sprach erneut mit den beiden Männern, dann übersetzte er. »Sie sagen, genau darüber will dieser Eisarchitekt mit uns reden.«

Max blieb misstrauisch. »Woher wissen die, warum wir hier sind?«

Legrand verzog den Mund. »Es gibt hier keine Sonntagsspaziergänger. Wer sich in diese Gegend verirrt, der kann das nur aus einem einzigen Grund tun.«

Max sah ihn zornig an. »Sie haben es ihnen gesagt, nicht wahr?«, fragte er scharf.

Der Pilot winkte ab. »Ach, hören Sie auf. Glauben Sie denn, das wüsste nicht ohnehin jeder, der in dieser Gegend lebt? Erst die Explosion, dann zwei Ausländer, die mitten in den Krater fahren wollen. So was spricht sich hier draußen innerhalb von Stunden herum.«

Auch Sina gefiel es nicht, dass der Franzose den Inuit gegenüber so offenherzig war, obgleich sie nicht annahm, dass ihnen von den beiden Männern eine Gefahr drohte. Auch der ominöse Eisarchitekt konnte schwerlich mehr sein als ein harmloser Spinner. »Ich meine, wir sollten den beiden folgen«, sagte sie.

Max schwieg einen Augenblick, dann stimmte er zu: »In Anbetracht der Kälte, einverstanden.«

Legrand zuckte nur mit den Schultern, als wollte er sagen: Na, also – warum nicht gleich so? Wohlweislich sprach er es nicht aus.

Die Inuit gingen voraus und führten sie über Wege, die sehr viel leichter begehbar waren als ihre eigene Route auf dem Hinweg. Wahrscheinlich hatten die Eingeborenen das Gebiet längst erforscht und wussten, welche Strecken passierbar waren und auf welchen Wegen Gefahr drohte.

Gegen ein Uhr mittags erreichten sie den Ostrand des Kraters. Und wieder fiel ihnen auf, dass die Schmelze mit der Präzision eines scharfen Messers eingetreten war. Auch hier endete das Eis abrupt. Die Hitze musste von einem Meter auf den anderen verpufft sein. Auch war die mannshohe Eisschicht am Rand nicht abgesackt, als sei die gesamte Wärmeentwicklung nur für wenige Sekunden spürbar gewesen und unmittelbar danach wieder in arktische Kälte umgeschlagen. Sina hatte noch nie von einem Sprengstoff gehört, dessen Wirkung sich so präzise kontrollieren ließ.

Das größte Wunder aber erwartete sie erst, als sie über eine künstlich gehauene Treppe die Oberfläche des Eises betraten. Die Inuit führten sie um einen hohen Schneewall, hinter dem sich, so erklärten sie Legrand, das Lager des Eisarchitekten und seiner Eskimoarbeiter befand.

Sie waren kaum um den Wall getreten, als sie vor Staunen und Verblüffung stehenblieben. Dort stand, vollständig aus Eis geformt, eine griechische Akropolis. Rund herum kauerte eine Vielzahl von

Hütten, manche aus Holz oder Wellblech, die meisten aber aus purem Eis.

Max wandte sich an Legrand. »Was wissen Sie über diesen Architekten?«

Der Franzose hob eine Hand und kratzte sich im Nacken. »Ich muss passen, tut mir leid.«

»Sie sind Ihr Geld wirklich wert.«

Legrand fuhr ungehalten auf. »Sie haben mich als Übersetzer und als Pilot angeheuert. Von einer Fremdenführung war niemals die Rede.«

»Hört schon auf!« Sina warf ihnen ungehaltene Blicke zu.

Die Inuit bedeuteten ihnen mit Gesten weiterzugehen. Atemlos und unfähig, die Blicke von dem riesigen Eismonument zu lösen, folgten die Europäer ihren Führern. Der Anblick war überwältigend. Mit jedem Schritt, den sie sich dem Lager näherten, erkannten sie mehr und mehr Details der gewaltigen Akropolis. Eine Gruppe Inuitfrauen und Kinder kam auf sie zugelaufen, und bald umgab sie ein wildes Durcheinander aus Geschnatter, lachenden Gesichtern und Begrüßungsgebärden. Die Eskimos schienen ein äußerst gastfreundliches Völkchen zu sein.

Aus einer Hütte kam ihnen ein Mann entgegen, dessen dunkler Teint und schwarzes Haar den Südländer verrieten. Er trat auf sie zu und grüßte auf Englisch. Max und Sina stellten sich vor, Legrand aber schwieg.

»Wir haben selten Gäste hier«, sagte der Italiener, ohne die Unhöflichkeit des Piloten zu beachten. »Um so erfreulicher ist es, wenn sich doch einmal jemand hierher verirrt. Mein Name ist Antonio Lattuada. Willkommen auf meiner Baustelle.«

Er führte sie in seine Hütte, eine merkwürdige Konstruktion halb aus Holz, halb aus Eis. Zu ihrer Überraschung herrschte im Inneren eine angenehme Temperatur. Eine Inuitfrau servierte heißen Tee.

Lattuada mochte Ende vierzig sein. Sein Gesicht war wettergegerbt, das Haar schütter. Seine Augen waren von strahlendem Blau, so leuchtend wie der Himmel über dem Ewigen Eis.

»Sicher wundern Sie sich. Alle tun das«, sagte er, nachdem sie sich auf weißen Bärenfellen am Boden niedergelassen hatten.

»Was machen Sie hier draußen?«, fragte Sina. »Ich meine, wir haben Ihre Akropolis gesehen, aber …«

»Aber Sie verstehen nicht, wie jemand auf die verrückte Idee kommen kann, in dieser Gegend eine Akropolis aus Eis zu errichten, nicht wahr?«, unterbrach er sie lachend. »Es sei denn, er hätte den Verstand verloren.«

»Das haben *Sie* gesagt.«

»Oh, ich habe es schon oft genug zu hören bekommen, glauben Sie mir. Die dänischen Behörden hassen mich.«

Max erinnerte sich an ihre nächtliche Beobachtung. »Wir haben gesehen, wie ein Schiff ihre Schwäne zerstörte, drüben in Nuuk.«

Der Eisarchitekt blickte wehmütig übers Eis, als könne er von hier aus bis zur Hauptstadt sehen. »Sie tun das immer wieder, wenn meine Werke Nuuk erreichen. Sie behaupten, ich beute die Inuit aus und setze ihnen Flausen in den Kopf. Als ob das so einfach wäre … Die Dänen sehen in mir und meinem Werk den ersten Schritt zu Anarchie und Rebellion. Die Zerstörung der Schwäne ist nichts als ein Exempel, ein kindisches noch dazu. Aber ich hab noch eine ganze Bucht voll davon, ein paar Meilen nördlich von Ittoqqortoormiit. Sie waren das Erste, was ich hier in Grönland geschaffen habe, vor fünf Jahren, als ich hierherkam.« Er lehnte sich zurück und nippte an seinem dampfenden Tee. »Und jedes Mal, wenn die Dänen mich gerade vergessen haben, setze ich ein paar davon in die Strömung, und irgendwann schwimmen sie ihnen direkt vor die Nase. Ich gestehe, ich mache mir einen Spaß daraus, sie zu ärgern.«

Max wechselte einen kurzen Blick mit Sina, dann fragte er: »Warum vertreiben die Sie nicht einfach von hier?«

»Das können Sie nicht. Ich habe ihnen dieses Land abgekauft, es gehört mir. Damals haben sie mir dieses Stück Eiswüste förmlich nachgeworfen. Heute sehen die Herren das freilich ein wenig anders. Aber der Vertrag ist unanfechtbar.«

Da dämmerte es Max. Als Kulturhistoriker kannte er sich mit

Architektur einigermaßen gut aus. »Lattuada! Natürlich. Damals nannten Sie sich … La Tuadi, glaube ich, nicht wahr?«

»Was nicht das Geringste bedeutete.« Der Italiener lachte auf. »Ein Fantasiewort. Aber es stimmt, junger Mann, Sie haben mich erkannt. Ich habe diesen albernen Künstlernamen längst abgelegt. Heute benutze ich wieder den Namen, mit dem meine Mama mich zur Welt gebracht hat.«

Sina begriff noch immer nicht gänzlich, wovon die beiden sprachen. Max erklärte es ihr und Legrand. »Unser Gastgeber«, begann er aufgeregt, »war bis vor einigen Jahren einer der gefragtesten Architekten Europas – verbessern Sie mich, wenn ich übertreibe, Signor Lattuada!«

Der Italiener schmunzelte und schwieg.

Max fuhr fort: »Die Fachbücher waren voll mit Verweisen auf seine Bauten. Einige der spektakulärsten Aufträge in Italien und Frankreich wurden an ihn vergeben.«

Lattuada räusperte sich verlegen. »Damit habe ich die nötigen Mittel erworben, mir diesen Traum hier zu verwirklichen. Gebäude aus purem Eis. Von Menschen geschaffen, aber doch reine Natur, ohne künstliche Zugaben. Und wenn die Natur es will, nimmt sie sie wieder zu sich, und ich werde ihnen keine Träne nachweinen.« Sein Tonfall wurde schärfer. »Anders ist es freilich, wenn Menschen die Schuld an der Zerstörung meiner Werke tragen. Deshalb bat ich Sie hierher.«

Endlich verstand Sina. »Dann standen dort drüben im Krater einige Ihrer Bauten?«

»Allerdings. Eine Nachbildung des Yong Ning-Klosters von Luoyang und die Fundamente des Karnak-Tempels. Alles aus Eis. Alles nicht hitzebeständig. Sehen Sie, wenn es die Sonne gewesen wäre, die sie geschmolzen hätte, ich hätte es mit Freude akzeptiert. Aber diese Explosion hatte keinen natürlichen Ursprung. Ich hoffte, Sie könnten mir sagen, was dort geschehen ist.«

»Ich wünschte, das könnten wir«, entgegnete Sina resigniert. Zugleich aber überkam sie Aufregung und Neugier. »Sie waren *hier,* Signor Lattuada. Sie und Ihre Leute müssen es doch gesehen haben.«

Sein Kopf ruckte hoch. »Nichts haben wir gesehen. Nur Licht, und dann ertönte der lauteste Donner, den ich in meinem Leben gehört habe. Mehreren Männern und Frauen schoss Blut aus den Ohren. Zwei sind seitdem taub. Aber das alles geschah nachts. Wir schliefen, und ehe wir aus den Betten sprangen, war es schon wieder vorbei.«

»Unsinn!« Es war das Erste, was Legrand seit ihrer Ankunft im Lager von sich gab. »Bei solch einer Sprengkraft müssen die Trümmer noch stundenlang gebrannt haben. Was ist mit Feuer am Himmel, mit Funkenflug, mit Hitzewellen und ...«

Lattuada fiel ihm scharf ins Wort. »Es gab nichts dergleichen. Als wir aus den Hütten stürmten, war es vorüber. Da war nur dieser Krater. Kein Feuer und keine Funken. Alles war dunkel. Nur das Eis war fort. Wir haben nicht einmal einen Hauch von Wärme gespürt, gar nichts.«

»Aber Sie sind hier kaum zweihundert Meter vom Krater entfernt«, sagte Max. »Sie müssen etwas gespürt haben.«

»Ich sagte es Ihnen doch: nichts. Als wir aufwachten, war für eine Sekunde alles gleißend hell, genauso lange, wie der Donner ertönte. Das Licht strahlte durch die Wände hindurch, ganz gleich ob aus Eis oder Blech oder Holz. Wir alle stolperten ins Freie, aber als wir draußen ankamen, war da nichts mehr.«

Sina konnte es noch immer nicht glauben. »Und keiner hat irgendetwas gesehen? Stellen Sie nachts keine Wachen auf? Oder konnte vielleicht jemand nicht schlafen und ging ein paar Schritte spazieren? So was muss doch vorkommen.«

»Nicht bei diesen Temperaturen«, widersprach er, aber diesmal klang er fast väterlich, nicht wütend. »Wir brauchen keine Wachen, und die Arbeit ist am Tag hart genug, dass jeder hier nachts schläft wie ein Toter. Und wenn mal einer wach liegt, wird er sich hüten, hinaus in die Kälte zu gehen.« Er holte tief Luft, dann fügte er hinzu; »Aber Sie haben recht. Es gibt einen, der etwas gesehen hat. Oder es zumindest behauptet.«

Max beugte sich vor. »Wer?«

»Der Angakkoq.«

»Wer ist das?«

»Der Inuit-Schamane unseres Lagers.«

Legrand lächelte. »Lieber Himmel, ein Medizinmann! Was will er gesehen haben? Seinen Gott?«

Der Architekt starrte finster in seine Richtung. »Ein Schamane ist kein einfacher Medizinmann, mein Freund. Und das Wort ›Gott‹ haben erst die Dänen nach Grönland gebracht. Die Inuit sehen im Angakkoq einen Reisenden zwischen den Welten, jemanden, der Dinge sieht, die kein anderer zu sehen vermag. Er spricht mit den Geistern, wenn es nötig ist. Sie sollten solch einen Mann nicht unterschätzen.«

Max blieb skeptisch. »Glauben Sie etwa daran?«

Lattuada zuckte mit den Achseln. »Ich glaube, dass es uns nicht zusteht, darüber zu urteilen. Aber sprechen Sie selbst mit ihm. Wenn Sie möchten, werde ich für Sie übersetzen.«

Wenig später betraten sie eine Eishütte, in der völlige Dunkelheit herrschte. Nur durch die Tür fiel ein verzerrtes Rechteck aus Tageslicht. In seinem Schein erkannten sie Beine, die aus der Finsternis ragten. Jemand saß dort im Schatten. Außer Füßen und Waden war nichts von ihm zu erkennen.

»Warum kommt er nicht ins Licht?«, fragte Legrand misstrauisch.

Lattuada verzog das Gesicht: »Warum treten Sie nicht zu ihm ins Dunkel?«

Max konnte sich ein Lächeln nicht verkneifen, als er Legrands sauertöpfische Miene sah, und auch Sina grinste.

Der Architekt fuhr fort: »So wie Sie die Finsternis fürchten, so ängstigt den Angakkoq das Licht. Es ist alles nur eine Frage des Standpunktes, glauben Sie mir. Helligkeit steht für die Welt der Menschen, für das Leben und für die Weite des Eises. Er aber ist ein Wesen, das sich im Reich der Geister zu Hause fühlt.«

»Und ich dachte schon, er sei ein Mensch wie Sie und ich«, entgegnete Legrand sarkastisch.

»Das ist er – und mehr als das.« Lattuada ließ es damit bewenden und wandte sich an der Angakkoq. Der Mann im Schatten antwortete mit alter, schnarrender Stimme. Lattuada erklärte ihm, wer die Besucher waren und was sie von ihm wollten. Es verging eine Weile, in der er ruhig auf den Inuit einsprach.

Schließlich meinte der Architekt: »Er ist bereit, zu Ihnen zu sprechen. Bitte bewahren Sie Abstand, und kommen Sie nicht näher.«

Sina schluckte. »Sagen Sie ihm, dass wir ihm dankbar sind, dass er uns seine Zeit schenkt.«

Legrand rümpfte verächtlich die Nase.

»Und bitten Sie ihn«, setzte Sina hinzu, »uns ganz genau zu beschreiben, was er in jener Nacht gesehen hat.«

Lattuada und der Schamane wechselten einige Worte, dann folgte ein ganzer Wörterschwall aus dem Munde des Angakkoq. Lattuada war sichtlich bemüht, den genauen Wortlaut zu übersetzen.

»Etwas flog am Himmel, bevor das helle Licht kam. Der Himmel war noch dunkel, aber das Etwas leuchtete. Der Angakkoq glaubte erst, es sei der Mond, aber der Mond war in dieser Nacht nicht voll und stand anderswo über dem Horizont. Dieser zweite Mond aber war rund wie die Sonne und glühte weiß und gelb und golden. Und da war noch etwas, ein großer Daumen am Himmel, sagt er.«

»Das Luftschiff«, erklärte Max.

»Gut möglich, ja«, meinte Lattuada. »Der Angakkoq sagt, der zweite Mond und der Daumen trafen sich, stießen zusammen. Und dann wurde die Nacht zum hellsten Tag, alles war weiß wie das Gletschereis, wenn die Sonne darauf glitzert. Die Geister schrien auf vor Schmerz. Niemals zuvor wurde hier ein solcher Laut gehört. Dann waren Mond und Daumen verschwunden und mit ihnen das Eis darunter.«

Sina wartete einen Augenblick, dann fragte sie: »War das alles?«

Der Architekt sprach zu dem Angakkoq, dann nickte er. »Ja.«

Legrand ergriff das Wort. »Was ist das für ein Gerede über einen zweiten Mond?«

Sina und Max sahen einander an. Die Frage war, ob die Bestätigung, dass tatsächlich eine Scheibe dagewesen war, der Theorie vom geschmuggelten Sprengstoff widersprach. Nicht unbedingt, fand

Sina; obgleich sie die merkwürdige Form des Kraters, seine präzise abgeschnittenen Ränder, nach wie vor stutzig machten.

Sie wollte gerade etwas zu Max sagen, als Legrand plötzlich die Taschenlampe packte, die an seinem Gürtel hing. Er schaltete sie ein und sprang drei Schritte vor in die Dunkelheit. Der Lichtschein fiel auf das zerfurchte Gesicht des Schamanen – und auf seine Augen. Sie waren so weiß wie Schneekugeln.

»Dieser Mann ist blind!«, rief der Franzose aus und deutete anklagend auf Lattuada. »Man versucht hier, Sie beide nach Strich und Faden zu betrügen.«

Der Angakkoq saß stocksteif da und rührte sich nicht. Lattuada wollte zornentbrannt vorspringen und Legrand packen, doch Sina hielt ihn am Arm zurück. »Warten Sie!« Statt seiner trat sie vor, riss dem Franzosen die Lampe aus der Hand und löschte sie. »Sie haben doch gehört, was Signor Lattuada eben erklärt hat. Der Angakkoq sieht nicht mit seinen Augen, sondern mit seinem Geist. Es ist unbedeutend, dass er blind ist.«

Nicht nur Legrand, auch Max blickte sie völlig entgeistert an. Aber er wusste es besser, als ihr jetzt in den Rücken zu fallen. Sina hatte schon immer mit diesen Dingen geliebäugelt.

Der Franzose starrte ihr einen Moment lang fest in die Augen, dann wandte er sich wortlos ab und lehnte sich gegen die Wand neben dem Eingang. Er verschränkte die Arme vor der Brust und sagte kein Wort mehr. Dabei umklammerte seine linke Hand den rechten Oberarm; wahrscheinlich hatte der Ruck, als Sina ihm die Lampe entriss, seine Wunde abermals aufbrechen lassen.

Sie bemerkte es, dachte aber nicht daran, sich zu entschuldigen. Vielmehr wäre es an Legrand gewesen, die Verzeihung des Angakkoq zu erbitten. Aber natürlich tat er nichts dergleichen.

Schließlich verließen sie die Hütte. Lattuada bot ihnen an, die Nacht im Lager zu verbringen. Er sei froh, ein paar neue Gesichter um sich zu haben, und er würde sich freuen, noch ein wenig mit ihnen zu plaudern. Legrand wetterte vehement dagegen, und obgleich Max und Sina zögerten, gab die Wut des Franzosen doch den Ausschlag, Lattuadas Angebot anzunehmen. Der Italiener erklärte sich bereit, einen Hundeschlitten zu ihrem Führer auf der anderen Seite des Kraters zu schicken, der dem Mann ausrichten solle, er müsse nicht länger auf die drei Europäer warten. Morgen könne sie dann einer der Lagerschlitten zurück nach Ittoqqortoormiit bringen.

Als die Inuitarbeiter mitbekamen, dass die Gäste bis zum nächsten Tag bleiben würden, scharten sich sich erneut um sie und redeten wild auf sie ein.

»Was wollen sie?«, fragte Max in Lattuadas Richtung.

Der Architekt stieß ein leises Lachen aus. »Sie laden Sie ein.«

»Wozu?«, wollte Sina wissen.

»Es gibt bei den Inuit eine Art Fest oder Ritual, wie immer man es nennen will. Sie feiern es häufig und überaus gern. Übersetzt bedeutet sein Name so viel wie ›Löschen der Lampen‹.«

»Und sie laden uns ein, daran teilzunehmen?«

»So ist es. Das gilt als große Ehre.«

Legrands Mundwinkel zuckten. »Ich fühle mich *ungemein* geehrt.«

Der Italiener lächelte freundlich, »Sie sind leider nicht eingeladen. Nur Ihre beiden Freunde.«

Legrand rammte trotzig beide Hände in die Taschen und stiefelte voraus zu Lattuadas Hütte.

»Ist das wahr?«, fragte Sina amüsiert. »Haben sie wirklich nur uns beide eingeladen?«

»Lassen Sie sich nicht vom fröhlichen Geschnatter der Inuit täuschen. Diese Leute sind große Menschenkenner. Sie wissen auf Anhieb, wem sie trauen können und wem nicht.« Der Architekt blickte Legrand nach und sah zu, wie der Franzose in der Hütte verschwand. Danach drehte er sich abermals zu Max und Sina um. »Es gibt noch etwas, über das ich mit Ihnen sprechen möchte. Ohne ihn, wenn es Ihnen recht ist.«

Sie waren einverstanden.

»Kommen Sie«, bat Lattuada, »wir machen einen Spaziergang zur Akropolis, ehe es dunkel wird. Dort können wir ungestört reden.«

Durch den festgefrorenen Schnee stiegen sie die leichte Anhöhe hinauf, auf der Lattuada das Bauwerk hatte errichten lassen. An manchen Ecken waren immer noch einige Inuit damit beschäftigt, falsche Mauerfugen und Kerben in das Eis zu feilen.

Zwischen den turmhohen Säulen blieb der Italiener stehen und genoss den überwältigenden Eindruck, den sein Werk auf die Gäste machte. Staunend blickten sie sich um und schienen darüber für einen Moment sogar die Kälte und den schneidenden Wind zu vergessen.

Lattuada ließ ihnen Zeit, den Anblick auf sich wirken zu lassen, dann ergriff er erneut das Wort. »Es gibt noch etwas, das Sie, wie mir scheint, nicht wissen.«

Die beiden blickten ihn erwartungsvoll an. Sina raffte ihren Kragen enger.

Der Architekt sagte: »Sie sind nicht die Ersten, die den Krater untersuchen.«

»Dann waren die Dänen schon vor uns da?«, fragte Max.

»Nein, keine Dänen. Die Männer waren Deutsche wie Sie. Ein ganzer Trupp davon.«

»Das ist unmöglich«, erwiderte Sina. »Wir haben diesen Auftrag erst vor wenigen Tagen erhalten, und man versicherte uns, wir seien die Ersten, die davon erfuhren.«

»Dann hat derjenige, der Ihnen das versichert hat, gelogen«, widersprach Lattuada. »Wie übrigens auch Ihr impulsiver Begleiter.«

»Legrand? Weshalb?«

Der Architekt räusperte sich und warf einen Blick zum Lager, wohl um sicherzugehen, dass Legrand ihnen nicht unbemerkt gefolgt war. »Nie und nimmer lebt dieser Mann seit mehreren Jahren in Grönland, mag er behaupten, was er will. Er weiß nichts über dieses Land, nichts über seine Bewohner, und ihm sind sogar die bekanntesten Sitten der Inuit fremd. Jeder, der hier lebt, hat schon einmal vom Lampenlöschen gehört, glauben Sie mir. Sie werden später erleben, warum. Aber dieser Legrand, wenn das wirklich sein Name ist, wusste offenbar nichts damit anzufangen. Ich garantiere Ihnen, dieser Kerl ist noch nicht viel länger hier im Eis als Sie beide.«

»Sind Sie ganz sicher?«, fragte Sina finster.

»Darauf verwette ich meine Akropolis und Ihren heißgeliebten Krater dazu, wenn Sie mögen.«

Max starrte ihn an, während Sina hinunter zum Lager schaute. Wer war Legrand wirklich, wenn nicht der, für den er sich ausgab? Und hatte Pfarrer Dorn davon gewusst, als er sie ihm anvertraute? Angeblich waren die beiden doch seit Jahren befreundet.

»Was war mit diesen anderen Deutschen?«, fragte Max schließlich. »Haben Sie mit ihnen gesprochen?«

Lattuada schüttelte den Kopf. »Ich war an jenem Tag drüben in der Bucht, bei meinem Boot und den Eisschwänen. Aber die Arbeiter haben sie gesehen. Es waren viele, sagen sie, mindestens zwanzig oder dreißig.«

»Dreißig!«, stieß Sina aus. »Wie sollen die hierhergekommen sein?«

»Mit einem Luftschiff oder Flugzeug, genau wie Sie«, gab der Architekt zurück. »Etwa hundertdreißig Meilen nördlich von hier liegen die Bleiminen von Mestersvig. Dort oben gibt es einen Flughafen. Wenn man die Männer dort eingeflogen hat und sie mit dem Boot an der Küste hinunter bis Ittoqqortoormiit oder in die Nähe brachte, hätten sie durchaus vor Ihnen hier sein können. Die Inuit haben sich an sie herangeschlichen, soweit sie es wagten, und dabei haben sie immer wieder das gleiche Abzeichen auf der Ausrüstung der Männer gesehen: die Flagge des Deutschen Reiches.«

Max überwand sein Erstaunen als Erster. »Dann müssen sie vom Militär gewesen sein. Was haben sie im Krater getan?«

»Das Gleiche wie Sie – und mehr«, antwortete Lattuada. »Sie haben die Wrackteile untersucht und einige davon abtransportiert. Die müssen oben in Mestersvig eine ganze Horde von Hundeführern angeheuert haben. Zahlreiche Bruchstücke wurden auf Schlitten zur Küste gebracht. Ich nehme an, dort hat man sie auf ein Boot verladen, das sie wieder hinauf zur Mine und zum Flughafen brachte.« Er hob die Augenbrauen und stieß scharf die Luft aus. Der Wind riss ihm die Dunstwolke von den Lippen. »Es sieht aus, als hätten Sie Konkurrenz in den eigenen Reihen bekommen.«

Sina fasste sich. »Wir danken Ihnen, dass Sie uns das erzählt haben. Auch das über Legrand.«

»Vergessen Sie's. Aber wenn ich Ihnen noch einen Rat geben darf: Lassen Sie Legrand nicht merken, dass sie an seinen Worten zweifeln. Wenn er Ihnen etwas antun wollte, hätte er wahrscheinlich schon mehr als eine Gelegenheit dazu gehabt. Ich an Ihrer Stelle würde ihn vorerst weiter beobachten. Warten Sie ab, und halten Sie die Augen offen.«

Schweigend und in düstere Gedanken versunken gingen sie zurück zum Lager. Dort erwartete sie ein ungewohnt fröhlicher Legrand, klopfte ihnen kumpelhaft auf die Schultern und fragte vergnügt, ob sie es denn überhaupt noch bis zum Abend aushalten könnten vor Spannung. Es gab keinen Zweifel, dass er zwischenzeitlich in Erfahrung gebracht hatte, um was es beim Lampenlöschen ging.

Sie baten ihn trotzdem nicht, es ihnen zu erklären.

■ ■ ■

Es begann nach Einbruch der Dunkelheit. Alle Inuit des Lagers hatten sich auf einem engen Platz zwischen den Hütten eingefunden. Zahlreiche Feuer brannten und spendeten Wärme. Die Enge der gedrängten Leiber hielt den schneidenden Polarwind ab. Viele der Eskimofrauen hatten sich das lange schwarze Haar hochgesteckt und Ketten hineingeflochten. Auch die Männer trugen Schmuck, Reifen und Gehänge aus Knochen und Zähnen ihrer Jagdbeute.

Obgleich sie versuchten, es sich nicht anmerken zu lassen, hatten Sina und Max kaum Augen für das fröhliche Spektakel. Selbst als einige der Männer und Frauen laute, fremdartige Gesänge anstimmten, die schließlich in einen ekstatischen Trommeltanz übergingen, warfen die beiden immer wieder verstohlene Blicke zu Legrand hinüber, der außerhalb der Lichtkreise neben einem Zelt aus Tierhäuten stand und das Treiben mit verschränkten Armen beobachtete. Ein Lächeln spielte um seine Mundwinkel. Vielleicht war es auch nur das Zucken des Feuerscheins, das diesen Eindruck erweckte.

Lattuada war verschwunden. Sina nahm an, dass er sich in seine Hütte zurückgezogen hatte und über neue Bauprojekte grübelte. Sie bemühte sich, einen klaren Kopf zu behalten und ihr weiteres Vorgehen zu überdenken, doch der tosende Trommelwirbel der Inuit vertrieb jeden klaren Gedanken. Sie sah, dass die Frauen vielfarbige Pulver in die Flammen streuten, und bald schon waren sie von einem süßlichen, blumigen Duft umgeben. Aus Lederschläuchen und Glasflaschen wurde Alkohol ausgeschenkt. Auch Max und Sina wurden Becher aus gegerbtem Leder aufgedrängt, an denen sie höflich nippten.

Immer wieder winkten die Inuit ihnen aufmunternd zu, sich an ihren ausgelassenen Tänzen zu beteiligen. Es wurde von Mal zu Mal schwerer, sich ihrer Aufforderungen zu erwehren, ohne die Regeln der Gastfreundschaft zu missachten. Die wogenden Düfte und das starke, wohlschmeckende Getränk begannen, ihre Sinne zu benebeln, und Sina wünschte sich, so schnell wie möglich von hier zu verschwinden. Zugleich aber machte sich eine gefährliche Gleichgültigkeit in ihr breit, die sie von früheren Anlässen kannte. Von wilden Partys, die meist damit geendet hatten, dass sie sich von irgendwem nach Hause bringen ließ. Aber das war vorbei. Sie hatte mit diesem Teil ihres Lebens abgeschlossen, vor Monaten schon.

Und doch erweckte der bunte Trubel, die Wirkung des Alkohols und die betörenden Dämpfe das alte Verlangen in ihr. Sie spürte, wie ihre guten Vorsätze in den Hintergrund ihres Denkens gedrängt wurden, zurück in die Mottenkiste der Moral. Die alte Sina stand kurz vor der Wiedergeburt.

»Geht's dir nicht gut?«, fragte Max. Sein Gesicht vor ihrem brachte sie für einen Augenblick wieder zur Besinnung. Sie sah, wie immer mehr Inuit in Paaren, aber auch kleinen Gruppen in Hütten und Zelten verschwanden. Die ersten Feuer wurden gelöscht. Zwei Inuitmänner, einen halben Kopf kleiner als Sina, forderten sie auf, sich mit ihnen in eine der Hütten zurückzuziehen. Mit empörten Gesten lehnte sie ab und sprang auf.

»Ich muss hier weg.« Ihre Stimme klang so schwach, dass sie hoffte, der Wind würde die Wort zu Max hinübertragen.

Er wollte etwas erwidern, als gleich vier Inuitfrauen an seinen Armen zerrten. Sie abzuwehren nahm seine ganze Aufmerksamkeit in Anspruch, und als er sie endlich losgeworden war und sie sich schmollend zurückzogen, war Sina fort.

Aufgebracht und ziellos irrte sie durchs Lager, plötzlich ein Irrgarten aus Eiswänden, trockenen Tierhäuten und Holzgittern. Aus vielen Behausungen drangen die Laute der Inuit, die miteinander den sexuellen Höhepunkt des Lampenlöschens begingen. Sina presste ihre Hände auf die Ohren, stolperte, stürzte, rappelte sich wieder auf und taumelte weiter.

Etwas stimmte nicht mit ihr. Das war mehr als Trunkenheit und die Wirkung der betörenden Düfte. Die Umgebung begann zu verschwimmen. Sie taumelte gegen eine Wand, zuckte aber zurück, als die Kälte des Eises ihre Kleidung durchdrang.

Wo war Legrand? Wo, verdammt, steckte er? Tausend mögliche Gefahren stürmten auf sie ein; alle sah sie greifbar vor sich, und doch war keine real. Warum war sie von den Feuern fortgelaufen? Max hätte ihr helfen können. Aber auch er war nirgends zu sehen.

Sie erreichte den Rand des Lagers und blickte über die Eisebene zum Krater hinüber. Mondlicht färbte die harte Schneeoberfläche grau, aber jenseits der Eiskante, dort, wo die Explosion den Schnee hatte verdampfen lassen, herrschte undurchdringliche Schwärze, dunkler noch als der sternengesprenkelte Nachthimmel. Es war, als habe sich dort ein bodenloser Abgrund in der Erdkruste aufgetan.

Ihr schwindelte. Sie wollte umdrehen und zurück zu den Feuern gehen, aber ihr Schein war erloschen. Die Finsternis zog sich wie Vorhänge aus Samt um sie zusammen. Ohne Orientierung lief sie los, dorthin, wo sie Max und die anderen vermutete. Aber als sie wieder zu sich kam und ihre Sicht sich abermals schärfte, da erkannte sie, dass sie nur noch weiter vom Lager fortgelaufen war, direkt auf den Kraterschlund zu. Wenige Schritte vor ihr löste sich der Boden in Schwärze auf.

Dort regte sich etwas, gleich vor ihr an der Eiskante. Ein Teil der Sterne erlosch über dem Abgrund, als sich etwas Dunkles über den Kraterrand hinaus aufs Eis schob. Ein Umriss mit Armen und Beinen, eine schwarze Silhouette vor den Gestirnen. Der ersten Gestalt folgte eine zweite, dann eine dritte.

Sinas betäubte Sinne waren noch klar genug, um die Gefahr zu erkennen. Sie warf sich herum und floh. Ihre Stiefel durchbrachen die Eiskruste wie dünnes Glas. Sie stolperte erneut und fiel zu Boden. Eiskristalle bissen schmerzhaft in ihr Gesicht.

Etwas packte sie. Finger zogen sie zurück, drehten sie auf den Rücken. Sie war viel zu erschöpft, um sich zu wehren. Die drei Gestalten beugten sich über sie. Ausdruckslose Gesichter, männlich, ungewöhnlich blass, musterten sie ohne Teilnahme. Alle drei trugen schwarze Brillen, ebensolche Hüte und – gewöhnliche Straßenanzüge! Keine Schneekleidung, nicht einmal Mäntel. Nur schwarze Hosen und Jacken. Im fahlen Glanz, den das Eis reflektierte, sahen sich ihre Gesichter ungemein ähnlich. Sina schob es auf ihre Angst und Verwirrung, und doch war ihr, als beuge sich dreimal der gleiche Mann über sie!

Sie hielten sie nicht am Boden fest, aber ihr fehlte der Wille, sich aus eigener Kraft zu erheben. Plötzlich war ihr alles gleichgültig. Die Männer standen einfach nur da, unempfindlich gegen die beißende Kälte und den Wind, der über die Ebene peitschte. Und das, obwohl ihre Anzüge nicht den mindesten Schutz boten.

Einer streckte die Hand aus und legte den Zeigefinger sanft auf Sinas Stirn.

Mit der Berührung kam die Vision.

Ein Sturmwind toste von Norden heran und mit ihm eine große Wolke, ringsum von Lichterglanz umgeben, und Feuer, lodernd, mit einem weißglühenden Kern inmitten der Glut. Darin wurde etwas sichtbar, vier Wesen mit menschlichen Körpern. Jedes aber besaß vier Flügel und ebenso viele Gesichter, die in unterschiedliche Richtungen blickten; ein Mensch, ein Löwe, ein Stier, ein Adler. Ihre Beine endeten in Kälberfüßen, die Hände unter den Schwingen waren menschlich. Blitze schossen zwischen ihren Fingern, Flügeln und Köpfen umher, Flammen umloderten sie, und sie kamen näher und näher und immer noch näher …

Eine Hand klatschte in Sinas Gesicht, einmal, zweimal. Sie öffnete die Augen. Sie lag im Schnee, und es war tiefste Nacht. Die drei Männer waren verschwunden. Statt ihrer beugten sich Max und Legrand über sie. Max hatte sie geschlagen, damit sie erwachte.

»Kannst du aufstehen?«, fragte er besorgt und griff bereits nach ihrem Oberarm, um sie hochzuziehen.

Vergeblich versuchte sie ihn abzuschütteln. Auch das Aufstehen wollte nicht recht gelingen. Am Ende zogen die beiden Männer sie auf die Füße und stützten sie während des ganzen Weges zurück zum Lager.

Sie brachten sie in die Hütte des Architekten, der sogleich sein Bett für sie räumte. Zwischen Fellen und Decken kam sie zur Ruhe. Allmählich kehrte ihre Erinnerung zurück und mit ihr ihre Kraft. Wenig später kam eine Inuitfrau herein und wollte ihr dampfenden Tee einflößen, aber Sina bestand darauf, den Becher selbst zu halten. Es gelang ihr, aber ihre Finger zitterten und bebten, und wenn sie die Augen schloss, sah sie immer noch die feurigen Gestalten am Himmel. Ihre Flammenkränze und Blitze tanzten über die Nachtseite ihrer Lider wie zuckende Nordlichter.

Schließlich, nachdem es aussah, als hätte sie sich wieder unter Kontrolle, fragte Max, was geschehen sei.

Sie war überrascht, wie klar ihre Stimme klang, als sie sagte: »Ich weiß es nicht, wirklich nicht. Aber ich habe etwas gesehen ...« Und dann erzählte sie ihnen von den drei Männern in Schwarz, von der Berührung auf ihrer Stirn und den Traumbildern, die ihr erschienen waren.

Legrand wusste offenbar nichts damit anzufangen, aber Max und Lattuada blickten sich in plötzlichem Begreifen an.

»Die Vision des Ezechiel«, sagte Max und überlegte. »Signor Lattuada, gibt es hier im Lager eine Bibel?«

»Natürlich.« Der Architekt lief aus der Hütte und kam wenig später mit einer kleinen, ledergebundenen Bibel zurück. Das Papier war hauchdünn und die Schrift winzig, aber es reichte aus, um die richtige Stelle zu finden. Sie befand sich in den hinteren Kapiteln des Alten Testaments.

Max las sich die Zeilen leise durch, nickte dabei und reichte das

Buch dann Sina. Sie überflog den Text. »Ja, das ist es. Der ganze Anfang, das war genau das, was ich gesehen habe.«

»Hast du früher mal die Bibel gelesen?«, fragte Max.

»Als Kind in der Schule, aber nur Auszüge. Und an diese Stelle kann ich mich beim besten Willen nicht erinnern. Ich glaube nicht, dass ich sie je zuvor gesehen habe.« Sie erwartete Widerspruch, vor allem von Legrand, aber keiner der Männer sagte etwas. Alle drei wirkten gründlich verwirrt.

»Vielleicht war es nur ein Zufall«, meinte sie mit schwacher Stimme, aber natürlich glaubte sie selbst nicht daran.

»Selbst wenn, würde es noch nicht die drei Männer in den schwarzen Anzügen erklären«, entgegnete Lattuada. »Ich meine, da draußen herrschen zehn oder fünfzehn Grad unter Null! Sind Sie sicher, dass es keine Täuschung war? Sie waren geschwächt und …«

Max unterbrach ihn. »Da waren Spuren im Schnee. Und es sah nicht aus, als stammten sie von den Fellstiefeln der Inuit. Sie beweisen, dass irgendjemand bei ihr war.«

»Spuren?«, fragte Sina erschrocken. Mehr noch als die anderen hatte sie selbst gehofft, dass sie Opfer einer Täuschung geworden war, irgendeines Wahnbildes, das der Rausch oder ihre Angst ihr eingegeben hatte.

»Ja«, bestätigte Max und musterte sie eingehend, um ihre Reaktion zu studieren. »Von mehr als einem Menschen. Sie kamen vom Kraterrand und führten wieder dorthin zurück.«

Sie schaute ihn flehend an, als hoffte sie, er würde die Worte zurücknehmen; trotz der Beleuchtung waren ihre Pupillen groß und dunkel. »Aber das ist doch unmöglich! Der Krater war leer, eine Einöde. Woher sollten Männer in Straßenanzügen kommen, wenn nicht« – sie deutete auf ihre Stirn – »hier heraus?«

»Vielleicht sind sie vom Himmel gefallen«, bemerkte Legrand.

Max wandte sich an Lattuada und sprach seine Überlegungen laut aus: »Könnten es einige dieser Männer gewesen sein, die Ihre Arbeiter im Krater gesehen haben? Diese Deutschen, von denen Sie sprachen …«

Der Architekt runzelte die Stirn. »Schwerlich. Es ist Tage her, dass sie hier waren. Außerdem würde es nicht ihre Kleidung erklären. Die Männer, die von den Inuit beobachtet wurden, waren bestens ausgerüstet, mit Schneekleidung und technischem Gerät.«

Legrand musterte die anderen voller Argwohn. »Von welchen Deutschen sprechen Sie?«

Max und Lattuada wurde bewusst, dass sie etwas ausgesprochen hatten, das sie eigentlich vor dem Piloten hatten geheimhalten wollen. Dazu aber war es nun zu spät. Mit wenigen Sätzen erklärte Max ihm, was die Inuit gesehen hatten. Legrands Gesicht blieb starr und verriet keinen seiner Gedanken.

Sina wagte einen Vorstoß: »Wissen Sie etwas über diese Männer, Legrand?«

»Nein, gar nichts. Woher sollte ich?«

»Ja«, bemerkte der Architekt im Flüsterton, »woher wohl?«

»Wie meinen Sie das?«, fuhr Legrand ihn an, doch der Italiener gab keine Antwort.

Max ging eilig dazwischen, bevor es zu einem neuerlichen Streit kommen konnte. »Ich glaube, wir haben hier ein paar wichtigere Probleme, meine Herren.«

»Sicher, nur keine Lösung in Aussicht«, gab Legrand beinah trotzig zurück. Niemand beachtete ihn.

»Was tun wir jetzt?«, fragte Sina und schwenkte die Bibel vor ihren Gesichtern. »Wenigstens darauf sollten wir nicht allzu viel geben.«

»Ich weiß nicht …«, sagte Max langsam. »Irgendwo muss es doch eine Verbindung zwischen all diesen Dingen geben. Die Explosion, die Männer in Schwarz, deine Vision, der zweite Mond, von dem der Angakkoq sprach … Wo ist da der gemeinsame Nenner?«

»Diese Wesen in der Vision des Ezechiel sind doch Engel, nicht wahr?«, fragte Sina.

»Möglicherweise«, erklärte Lattuada. »Im Verlauf seines Berichts erwähnt er, dass sie auf einer Art Wagen mit vier glühenden Rädern durch den Himmel reisen. Haben Sie den etwa auch gesehen?«

Ein geisterhafter Schleier schien sich über Sinas Augen zu legen.

»Da war so viel Licht, so viel Feuer. Ich weiß selbst nicht, was ich gesehen habe.«

»Herrgott!«, warf da Legrand ein. »Wir reden hier über eine verdammte Vision! Ganz gleich, was Sie gesehen haben, es war *nicht wirklich.*«

Sina rief in plötzlichem Begreifen: »Aber das ist es doch!«

»Was meinen Sie?«, fragte Lattuada.

»Der gemeinsame Nenner, den wir suchen. Es ist der Himmel!«, antwortete sie aufgeregt. »Er ist es, der all diese Dinge miteinander verbindet. Der Mond des Angakkoq flog über den Himmel, die Explosion fand hoch über dem Boden statt, die vier Wesen in meiner Vision schwebten auf einer Wolke durch die Luft …«

»Und die Männer in Schwarz?«, unterbrach sie Legrand.

»Sie haben es doch selbst gesagt«, erinnerte ihn Sina. »›Vielleicht sind sie vom Himmel gefallen.‹ Das waren Ihre Worte, Legrand.«

Er rümpfte verächtlich die Nase. »Ich bitte Sie!«

Sie lachte auf. Die anderen warfen sich besorgte Blicke zu. »Ich weiß, wie Sie das gemeint haben. Trotzdem, überlegen Sie doch! In dieser Kleidung können die Männer schwerlich über das Eis gekommen sein, aus Ittoqqortoormiit oder sonst woher. Der Krater aber war leer, wir haben uns gestern erst dort umgesehen. Und Lattuadas Inuitarbeiter haben wahrscheinlich längst jeden Stein umgedreht.«

Der Architekt nickte bedächtig.

»Also?«, fuhr Sina fort. »Sie kamen nicht von außen, und nicht aus dem Krater. Bleibt nur …«

»Von oben«, führte Max den Satz zu Ende.

»Ja«, bestätigte Sina. »Das ist der einzige Weg. Sie kamen von oben, direkt aus dem Himmel!«

■ ■ ■

Der Magier wusste, dass der Zeitpunkt gekommen war. Vieles verwirrte ihn, vieles bereitete ihm Sorgen. Aber es gab keinen Zweifel mehr, dass er handeln musste. Er hatte schon viel zu lange gewartet.

Aus Neugier und weil es diese Frau war, die ihn reizte, diese Sina Zweisam. Er sah ihr Gesicht von damals vor sich, ebenso klar wie jene der Kinder. Die schmerzverzerrten, brennenden Kindergesichter.

Sie reizte ihn nicht aufgrund ihres Aussehens, nicht, weil sie hübsche Züge und einen schlanken Körper besaß. Die Anziehung, die er verspürte, war nicht sexueller Natur, keineswegs.

Indessen bereitete es ihm Freude, sie zu testen, zu erfahren, was sie wusste; ob sie sich an ihn erinnern würde, irgendwann.

Mittlerweile jedoch bezweifelte er, dass sie ihn wiedererkennen würde. Jetzt nicht mehr. Und es war auch gleichgültig. Er hatte nicht den weiten Weg zurückgelegt, um Spiele mit ihr zu spielen. Er hatte einen Auftrag, und alles, was ihn davon ablenkte, gefährdete seinen Ruf.

Er war der Magier. Und es war an der Zeit, Max von Poser ins Jenseits zu zaubern.

■ ■ ■

Jemand schnaubte in der Dunkelheit, ein anderer schrie auf. Sina schlug die Augen auf und sah doch nichts als Schwärze. Im Inneren von Lattuadas Hütte herrschte vollkommene Finsternis. Es musste immer noch mitten in der Nacht sein, denn durch den Spalt unter der Tür fiel nicht der geringste Hauch von Licht. Der Architekt hatte Max und ihr seine Behausung für die Nacht überlassen, schlief selbst woanders und hatte auch Legrand ein eigenes Quartier zugewiesen.

Wieder das Schnauben, schweres Atmen, nicht weit von ihr. Schlagartig erinnerte sie sich, was sie geweckt hatte. Die Geräusche! Von mindestens zwei anderen Menschen, hier in der Hütte!

Ihr Oberkörper ruckte in der Schwärze hoch. Hastig sprang sie von den Fellen, setzte die Füße auf den Boden. Es gab keinen Zweifel: Da kämpfte jemand! Nur wenige Meter von ihr entfernt, auf der anderen Seite des Raumes.

»Max?« Blitzschnell tastete sie nach ihren Sachen, aber sie lagen nicht mehr dort, wo sie sie abgelegt hatte. Auch ihre Waffe war fort.

»*Max!*«

Die Antwort war ein Stöhnen, dann leises Röcheln. Jemand bewegte sich, ganz nahe. Sie spürte den Luftzug. Verdammt, wo war ihre Taschenlampe? Aber auch die blieb verschwunden, egal, wohin sie tastete.

»Wer ist da? Max, was ist los?«

Ein Hieb mit einem harten Gegenstand traf ihre Schulter. Schmerzerfüllt schrie sie auf und ließ sich zur Seite fallen. Über ihrem Kopf zischte etwas durch die Dunkelheit, verfehlte sie um Haaresbreite. Sie erwartete, dass ihr Gegner nachsetzen würde, aber das tat er nicht. Stattdessen hörte sie, wie er quer durch die Hütte zurück zur anderen Seite huschte. Zurück zu Max, um zu vollenden, was er begonnen hatte. Oder um seine Spuren zu verwischen.

Sina erwog einen Augenblick lang, um Hilfe zu rufen. Dann aber verwarf sie den Gedanken. Vielleicht nahm der andere an, sein Hieb hätte sie bewusstlos geschlagen. Das war ihre Chance!

Sie machte zwei, drei lautlose Schritte hinter dem Unsichtbaren her. Dann stieß sie sich ruckartig mit beiden Füßen ab, sprang blindlings in die Finsternis. Hoffte, dass sie die richtige Richtung erwischte. Betete, sie würde ihn zu packen bekommen.

Ihre Hände berührten einen Fellkragen, dann prallte sie gegen einen Körper. Ihr Gegner keuchte schmerzerfüllt auf, als sie ihn zur Seite riss und mit ihm über den Boden rollte. Ein Faustschlag streifte im Dunkeln ihren Wangenknochen. Sie riss ihr Knie hoch, doch der Tritt ging fehl. Stattdessen traf sie ein weiterer Hieb seiner Hand. Seine Fingerknöchel rammten die empfindliche Zone unterhalb ihres rechten Auges, und sie wurde zurückgeschleudert.

Diesmal setzte der Mann nach. Sie spürte, wie er ihre Beine zu fassen bekam und sich auf sie ziehen wollte. Das durfte sie nicht zulassen. Wenn sie erst einmal unter ihm lag, war sie verloren. Sie strampelte ihr rechtes Bein frei und trat zu. Ihre Ferse krachte gegen sein Kinn. Er schrie auf. Der Druck auf ihr linkes Bein löste sich ebenfalls. Einen Augenblick lang war sie frei.

Sie versuchte, die Schmerzen in ihrem Gesicht zu ignorieren. Schwerfällig kam sie auf die Füße und warf sich erneut in die Finsternis, dorthin, wo sie den Gegner vermutete. Ihre Finger bekamen seinen Kopf zu fassen, ihre Nägel stachen nach seinen Augen. Sie rissen blutige Furchen in seine Wangen.

Der Schmerz brachte ihn zu Raserei. Mit unbändiger Kraft stieß er sie von sich. Noch immer konnte sie nicht das Geringste erkennen. Sie stolperte über irgendetwas, einen Stuhl oder Hocker, und stürzte abermals zu Boden. Die Felle dämpften den Aufschlag, trotzdem stieß sie sich das Knie an. Einen Moment lang war ihr Bein wie elektrisiert. Sie kniff die Augen zusammen, um wenigstens die Form ihres Feindes auszumachen. Aber während sie noch angestrengt in die Schwärze starrte, raste sein Fuß heran und traf ihren Magen. Mit einem Aufschrei krampfte sie sich zusammen, bekam keine Luft mehr. Verzweifelt wollte sie sich zur Seite ziehen, doch ihr fehlte die Kraft. Rotgelbe Schlieren flirrten vor ihren Augen.

Nicht bewusstlos werden!, hämmerte sie sich ein. Nur nicht bewusstlos werden!

»Legrand!«, schrie sie in maßloser Wut. Herrgott, sie hätten das Schwein schon am Nachmittag ausschalten sollen!

Er ließ von ihr ab. Durch das Rauschen des Blutes in ihren Ohren hörte sie, wie er sich zurück in jene Richtung schleppte, in der sie ihn das erste Mal wahrgenommen hatte. Zurück zu Max.

Nein! Max hatte sich nicht mehr geregt, auch keinen Ton von sich gegeben. Vielleicht aber war er noch nicht tot.

Sina robbte über den Boden, zog Felle und Decken mit sich. Vergeblich versuchte sie, sich auf die Beine zu stemmen, aber ihre Glieder gehorchten ihr nicht mehr. Tränen schossen aus ihren Augen, Tränen der Wut und der Pein. Sie begriff, dass sie hilflos war, dass sie nicht das Geringste tun konnte, um Max oder sich selbst zu retten. Es war vorbei.

Im selben Moment wurde die Hüttentür aufgestoßen. Eine Taschenlampe blitzte auf. In ihrem Schein erkannte Sina einen Augenblick lang den Umriss ihres Gegners. Er stand über Max reglosen Körper gebeugt, blickte jetzt voller Erstaunen auf.

Ein Schuss peitschte durch die Nacht. Der Mann wurde getroffen und von der Wucht des Einschlags nach hinten gerissen. Sina wurde durch das Licht der Taschenlampe geblendet, konnte nicht sehen, wer es war, der geschossen hatte. Sie streckte die Hand nach dem Licht aus, doch selbst diese kurze Bewegung tat weh. Sie wollte ihren Retter auf Max aufmerksam machen, öffnete die Lippen, aber nur ein Stöhnen drang aus ihrer Kehle.

Plötzlich raste etwas an ihr vorüber. Der getroffene Mörder hatte etwas geschleudert, eine Stange oder einen Spieß. Die Gestalt vor dem Eingang schrie auf, die Taschenlampe fiel zu Boden, rollte nach rechts und nach links. Ihr Schein geisterte über die Wände.

Mündungsfeuer erhellte die Hütte, zweimal, dreimal. Der Mann mit der Pistole sprang über Sina hinweg, blieb vor dem am Boden liegenden Attentäter stehen und feuerte zwei weitere Kugeln in seinen Körper. Dann erst beugte er sich zu Sina herunter und fragte: »Hat er Sie erwischt? Sind Sie schwer verletzt?«

Sie erkannte Legrands französischen Akzent. Echte Sorge sprach aus seiner Stimme.

»Max«, brachte sie keuchend hervor. »Sehen Sie nach Max. Er … er bewegt sich nicht. Er …«

»Psst«, machte Legrand und legte ihr sachte seinen Zeigefinger auf die Lippen. »Nicht sprechen. Warten Sie. Ich sehe nach Ihrem Freund.«

Während er nach seiner Taschenlampe griff und zu Max hinüberging, entstand am Eingang ein Tumult. Mehrere Inuit waren herbeigestürmt, als sie die Schüsse gehört hatten. Jetzt drängte sich Lattuada zwischen ihnen hindurch, in seiner Hand eine Öllampe. Er rief den Eskimos Befehle zu. Wenig später begann hinter der Hütte ein Generator zu wummern. Die Glühbirne an der Decke flackerte an und aus und wieder an. Schließlich tauchte sie den Raum in gelbes Licht.

Lattuada wollte Sina zum Bett hinüber helfen, aber sie wehrte sich und drängte stattdessen dorthin, wo Max am Boden lag.

»Was ist mit ihm?«, stammelte sie. Ihr rechtes Auge begann zuzuschwellen, dort, wo die Faust des Attentäters sie getroffen hatte.

»Er ist ohne Bewusstsein«, sagte Legrand, der Max' Handgelenk hielt und seinen Puls zählte. »Aber ich sehe keine offenen Wunden, nur eine Prellung auf der Stirn.«

Er hatte recht. Die Haut unterhalb von Max' Haaransatz hatte sich dunkelblau gefärbt, war aber nicht aufgeplatzt.

»Seien Sie vorsichtig«, meinte Lattuada. »Er könnte eine Gehirnerschütterung haben.«

Sina blickte von Max hinüber zum Leichnam des Angreifers. Sein Gesicht war in die andere Richtung gewandt. Er trug die traditionelle Fellkleidung der Inuit. Jetzt erst bemerkte Sina, dass Legrands Oberschenkel blutete. Unweit von ihm lag am Boden eine mit Widerhaken besetzte Eskimoharpune. Ihre Spitze war ebenfalls voller Blut.

Mehrere rotschwarze Einschusslöcher klafften in der Kleidung des Toten. Sein rechter Oberarm war blutdurchtränkt, ebenso das Fell über der Brust.

»Helfen Sie mir«, bat sie Lattuada. »Ich will sein Gesicht sehen.«

Der Architekt stützte sie während der wenigen Schritte bis zum Leichnam. Sina ließ sich neben ihm auf die Knie sinken und drehte seinen Kopf in ihre Richtung.

Graublaue Augen starrten sie an. Der Tote war kein Inuit, auch wenn seine Kleidung diesen Eindruck erwecken sollte. Seine Haut war leicht gebräunt, das Haar dunkelblond. Er mochte ebensogut Däne oder Deutscher oder Norweger sein, das ließ sich nicht genau feststellen. Eine Durchsuchung seiner Kleidung erbrachte keinerlei Hinweise auf seine Identität. Stattdessen fand sie in seiner Tasche ein Kartenspiel. Die Karten klebten fest aneinander. Als sie den Stapel in die Hand nahm, berührten ihre Finger einen verborgenen Knopf am unteren Rand. An der Oberseite öffnete sich ein Schlitz. Eine bunte Konfettiwolke wirbelte ihr entgegen.

»Was soll das?«, fragte Lattuada verwundert.

Sina brachte kein Wort hervor.

Erst der Schachtelteufel, jetzt das präparierte Kartenspiel. Und natürlich der Mordanschlag.

Eingehend starrte sie in das Gesicht des Toten. In ihrem Hinterkopf schwoll das Schreien der Kinder an, bis sie es kaum mehr ertragen konnte.

Leise begann sie zu weinen.

■ ■ ■

Die Sonne stand hoch über dem Eis, als Sina einen letzten Blick auf die Kraterebene warf. Die öde Felslandschaft lag dunkel und verlassen da. Kein Anzeichen von den Männern in Schwarz. Kein Flugzeug hätte auf so zerklüftetem Terrain landen können. Und trotzdem waren sie direkt aus dem Nichts aufgetaucht.

Hinter den Hundeschlitten blieb das Lager des Eisarchitekten zurück. Lattuada stand inmitten der Inuitarbeiter und winkte ihnen zum Abschied hinterher. Schließlich waren Menschen und Hütten nur noch ein grauer Streifen vor dem endlosen Weiß der Eisfelder. Allein die gewaltige Akropolis war noch eine Weile länger zu erkennen.

Sina hatte sich in der Nacht noch lange mit Lattuada unterhalten, während der alte Angakkoq sich um Max' Verletzung gekümmert hatte. Der Schamane hatte ihr versichert, dass ihm keine Gefahr mehr drohte.

Die beiden Hundeschlitten jagten mit halsbrecherischer Geschwindigkeit nebeneinander her. Sina saß auf einer fellbezogenen Bank im Heck des einen Schlittens und hielt Max' reglosen Körper fest an sich gepresst, damit er nicht hinunterfiel. Der Inuit, der das Gefährt übers Eis lenkte, warf ab und an Blicke nach hinten und lächelte mitfühlend. Wahrscheinlich glaubte er, sie trauere um ihren Geliebten.

Legrand saß als Passagier auf dem zweiten Schlitten. Er hatte sich kurz nach dem Überfall schlafen gelegt. Selbst als Sina ihm für ihre Rettung danken wollte, hatte er nur mürrisch abgewunken. Seitdem gab er sich wortkarg und nachdenklich. Er hatte nicht erklärt, weshalb er eine Pistole bei sich getragen hatte. Er sei von Sinas Schrei erwacht, hatte er gesagt, und sofort herbeigeeilt. Das sei ihr Glück gewesen.

Damit Max und Sina zu zweit auf dem engen Schlitten Platz finden konnten, hatten sie ihr gesamtes Gepäck auf Legrands Schlitten verstaut, einschließlich ihrer Ausrüstung. Sogar die beiden Revolver hatten sie ihm in Verwahrung gegeben. Legrand hatte diesen Vertrauensbeweis mit einem knappen Nicken akzeptiert, aber kein Wort darüber verloren. Nun waren sie auf dem Weg zurück nach Ittoqqortoormiit, von wo aus der Franzose sie zurück nach Nuuk fliegen wollte.

Sina hatte Max' Kopf an ihre Brust gelehnt. Sie blickte sanft auf sein Gesicht herab, während der eiskalte Fahrtwind das Fell ihrer Kapuzen und Kragen zerzauste. Der Angakkoq hatte die Prellung auf Max' Stirn mit einem Verband aus Tierhaut umwickelt. Seine Augen waren geschlossen. Er sah aus, als schliefe er tief und traumlos.

»Was glauben Sie, wie weit es noch ist?«, rief Legrand über das Knirschen der Kufen herüber.

»Sollten Sie das nicht am besten wissen?«, gab sie zurück. »Sie leben hier, nicht ich.«

Daraufhin schwieg der Franzose einen Weile, ehe er sagte: »Ich kenne dieses Gebiet aus der Luft, aber hier unten am Boden könnten wir ebensogut am Südpol sein. Das macht keinen Unterschied. Alles sieht gleich aus.«

Sina nickte bedächtig und blickte wieder voraus übers Eis. In weiter Ferne glaubte sie die blaue Linie des Ozeans zu erkennen.

Zwei Stunden lang rasten die Schlitten durch die Eiswüste. Dann fiel das Gelände allmählich ab, sie verließen die Hochebene und näherten sich den Felshügeln der Küstenregion. Das Eis wurde dünner. Der Schnee lag gerade noch hoch genug, dass die Schlitten über ihn hinweggleiten konnten. Unterhalb eines Hügels ließen die beiden Inuit ihre Hunde anhalten. Die Eisschicht war hier kaum noch handbreit. Die hervorstechenden Felsspitzen und Geröllkuppen machten eine Weiterfahrt unmöglich. Jenseits des Hügels, das wusste Sina von Lattuada, lag das Meer.

Sie hatte Legrand während der vergangenen Minuten sehr genau beobachtet, hatte darauf gewartet, dass ihm etwas auffiel. Aber der Pilot hatte einfach nur stumm vor sich hingeblickt ohne eine ungewöhnliche Regung. Erst jetzt, als sein Schlitten zum Stehen kam, dämmerte es ihm.

»Wo sind wir hier?«, fragte er verwundert und mit einem Mal ein wenig misstrauisch, »Das hier ist nicht der Ort, an dem wir gelandet sind.«

»Ittoqqortoormiit, meinen Sie«, gab Sina zurück.

»Ja, natürlich«, sagte er schnell.

»Sie haben recht. Wir befinden uns etwa fünfzehn Meilen weiter nördlich.«

»Warum?« Er blinzelte sie misstrauisch an. »Was hat das zu bedeuten?«

»Unsere Wege trennen sich hier«, gab Sina mit fester Stimme zurück. Ihr geschwollenes Gesicht schmerzte noch immer. Ansonsten hatte sie die Ereignisse der Nacht gut verwunden.

»Ich verstehe nicht …«

»Sie verstehen sehr gut, Legrand – oder wer immer Sie in Wahrheit sein mögen. Max und ich werden uns hier von Ihnen trennen. Die Schlitten setzen uns hier ab. Sie können nach Süden gehen, zur Stadt und ihrem Flugzeug. Max und ich werden dort unten ein Boot besteigen. Hier ist Ihr Geld.« Sie griff unter ihren Mantel und warf ein abgezähltes Geldbündel vor ihm in den Schnee. »Aber darauf ist es Ihnen doch ohnehin nie angekommen, nicht wahr?«

Er blickte sie starr an. »Sie sollten mir erklären, wie Sie das meinen.« Noch immer tat er ahnungslos, und das wunderte sie ein wenig. Sie hatte diese Situation mehrfach mit Lattuada durchdacht, und jedes Mal waren sie zu dem Ergebnis gekommen, dass Legrand seine Tarnung sofort aufgeben würde, wenn man ihn mit seinem Betrug konfrontierte. Er aber spielte weiterhin den Unwissenden. Gut, wie er wollte.

»Ich bin Ihnen sehr dankbar, dass Sie uns heute Nacht gerettet haben. Aber ich kenne Ihre Motive nicht, und das gefällt mir nicht.« Sie legte Max' Kopf sanft auf den Fellen nieder und stieg vom Schlitten.

Legrand stand ebenfalls auf. Sein Inuit-Führer wollte mit dem Abladen des Gepäcks beginnen, aber der Franzose ging dazwischen. Er fauchte etwas auf Dänisch, und der Eskimo verharrte augenblicklich. Furcht spiegelte sich in seinen Zügen.

Legrand wandte sich wütend an Sina. »Ich weiß nicht, was in Sie gefahren ist. Aber Sie können nicht ernsthaft annehmen, ich würde fünfzehn Meilen zu Fuß durch diese Einöde wandern.«

»Ich dachte, Sie mögen dieses Land – wo Sie doch schon so lange hier leben.« Ihre Stimme troff jetzt vor Hohn. Dabei hatte sie sich vorgenommen, sich auf keinen Fall auf einen Streit mit ihm einzulassen. Und doch war nun sie es, die den Ärger vom Zaun brach. Aber sie konnte nicht anders. Sie hatte sein Versteckspiel endgültig satt.

Sie gab den beiden Inuit einen Wink. Die Männer waren bereits im Lager von Lattuada instruiert worden. Jetzt hoben sie vorsichtig den reglosen Max vom Schlitten und trugen ihn über die Hügelkuppe zum Meer hinunter.

Wenig später waren Sina und Legrand allein. Der Wind fauchte von den Hochebenen des Inlandeises zur Küste herab. Im Hintergrund erklang das Rauschen und Klatschen der Wellen, die sich an der Felsküste brachen.

»Sie sind ja wahnsinnig«, fauchte Legrand. »Sie werden ohne mich niemals von hier fortkommen.«

Sie sah ihn lange und eingehend an. Dann fragte sie leise: »Wer sind Sie wirklich?«

»Hören Sie doch mit diesem Blödsinn auf!«, fuhr er sie an. »Sie kennen meinen Namen und ...«

»Ich habe Sie gefragt, wer Sie sind. Und ich erwarte eine Antwort.«

»Mein Name ist Jean-Jacques Legrand«, antwortete er betont. »Können wir jetzt mit diesem Schwachsinn aufhören und uns endlich wie zwei erwachsene Menschen unterhalten?«

»Halten Sie mich wirklich für so dumm? Für so einfältig?«

Er erwiderte ihren starren, finsteren Blick. Dann war es ganz plötzlich, als hätte der Wind ihm den Zorn vom Gesicht geblasen. Und an seine Stelle trat etwas, das Sina noch weit weniger gefiel. Ein feines Lächeln zuckte um seine Mundwinkel.

»Nein, dumm sind Sie nicht, Fräulein Zweisam. Aber auch lange nicht so clever, wie Sie glauben.« Sein französischer Akzent war mit einemmal verschwunden. Er sprach fließendes Deutsch.

Einen Augenblick lang war sie verunsichert. »Hören Sie, nehmen Sie von mir aus den Schlitten und fahren Sie damit nach Ittoqqortoormiit.«

»Aber so einfach ist es nicht«, sagte er ruhig. Ein leiser, drohender Unterton lag jetzt in seiner Stimme.

»Was ist das? Eine Warnung?«

Legrand – oder der Mann, der sich als Legrand ausgegeben hatte – beugte sich langsam zu den Gepäckbündeln in seinem Schlitten herunter. Ohne Eile zog er seine Waffe hervor, nahm mit der Linken nacheinander die Revolver von Max und Sina und warf sie hinter sich in den Schnee.

»Ich fürchte, wir haben hier ein Problem«, sagte er und wirkte dabei fast amüsiert.

»Wer hat Sie geschickt? Die Dänen? Oder jemand aus Berlin?«

Er hielt die Waffe in der Rechten, hatte aber nicht auf Sina angelegt. Etwa fünf Meter trennten sie noch voneinander. »Sie verstehen gar nichts. Ich will Ihnen nichts tun. Ganz im Gegenteil: Es ist mir wichtig, dass Sie leben. Sie wissen doch, geteiltes Leid ist halbes Leid.«

Verwirrt sah sie ihn an. Er wirkte vollkommen siegessicher, das mochte sein Fehler sein. Lattuadas Vorschlag, Legrand die Waffen anzuvertrauen, um ihn in Sicherheit zu wiegen, war richtig gewesen. Trotzdem irritierten sie die Worte des Franzosen. »Drücken Sie sich klarer aus.«

Er lächelte freundlich. »Kopenhagen, Fräulein Zweisam. Die Kinder. Sie erinnern sich doch?«

»Nein!« Ihre Stimme klang zu laut und zu schrill. »Der Mann, heute Nacht, das war …«

»Nichts als ein gekaufter Handlanger. Ein Fischer aus Ittoqqortoormiit. Ein skrupelloser Kerl, kein netter Mensch. Er ist uns in einigem Abstand gefolgt, erst bis zum Krater, dann zum Lager.«

»Sie haben ihn bezahlt, damit er stirbt. Um selbst als Held und Retter dazustehen, erhaben über jeden Verdacht.«

»Ein delikates Detail, in der Tat. Das musste ich ihm freilich verschweigen. Aber er hat seine Rolle ganz hervorragend gespielt. Das Kartenspiel stammte natürlich von mir. Eine Weile lang haben Sie wirklich geglaubt, er sei ich, nicht wahr?«

Sie schloss eine Sekunde lang die Augen und atmete tief durch. Noch immer zeigte seine Waffe nicht in ihre Richtung. Aber sie wusste, dass sich das innerhalb eines Herzschlags ändern konnte. Er war viel zu weit entfernt, um ihn rechtzeitig zu erreichen.

»Wer hat Sie auf uns angesetzt?«, fragte sie mit schwankender Stimme, »Jetzt können Sie es doch sagen. Ich meine, wer sollte Sie verraten?«

»Ich wollte Sie nicht töten. Mein Auftrag lautete, Max von Poser zu beseitigen, aber nicht Sie. Ich glaube, ich werde ihn nicht erschießen. Vielleicht werfe ich Ihren bewusstlosen Freund einfach ins Meer.«

»Wer gab Ihnen den Auftrag?«, fragte sie beharrlich.

»Ich hätte nicht geglaubt, dass ich jemals wieder am Steuerknüppel eines Flugzeugs sitzen würden. Aber unsere Eltern hatten eben doch recht: Irgendwann im Leben kommt einem alles, was man einmal gelernt hat, zugute. Meistens dann, wenn man am wenigsten damit rechnet. Das ist gut so. Der echte Legrand hatte leider keine Zeit mehr, mir die Funktionen seiner Maschine zu erläutern.«

»Ich habe Ihnen eine Frage gestellt.«

»Und ich gedenke nicht, Ihnen darauf eine Antwort zu geben.«

Stumm starrten sie sich an. Der schneidend kalte Wind biss in Sinas Gesicht und ließ sie zittern.

»Wissen Sie«, sagte sie schließlich, »ich bin fast froh, Ihnen doch noch von Angesicht zu Angesicht gegenüberzustehen. Der große Magier persönlich. Wer hätte das gedacht?«

»Was gedacht?«

»Dass Sie mit einer Waffe in der Hand genauso aussehen wie jeder dahergelaufene Straßenräuber.«

»Seien Sie nicht albern.«

»Warum bringen Sie die Sache nicht endlich hinter sich?«

Das überlegene Lächeln verschwand von seinen Zügen. Sie begriff, dass es ebenso nur eine Maske gewesen war, wie die Identität Legrands und alle anderen Rollen, die er in der Vergangenheit gespielt hatte. Er schüttelte den Kopf und sah sie traurig an. »Ich möchte mit Ihnen sprechen. Über die Kinder. Können auch Sie sie hören?«

Ihr war, als gefriere ihr Herz. »Sie *hören* Sie?«, fragte sie vorsichtig.

»Jeden Tag und jede Nacht.« Er kam zwei Schritte auf sie zu. Aber diesmal wirkte es nicht bedrohlich. Die Mündung der Waffe zeigte noch immer auf den Boden. »Ich höre sie, wenn ich träume, und genauso oft, wenn ich wach bin. Und ich möchte wissen, ob es Ihnen ebenso ergeht.«

»Ja«, sagte sie, ohne nachzudenken. Ja, verdammt, sie hörte die Schreie der brennenden Kinder, immer und immer wieder! Ihr Kreischen und Heulen und Jammern. Das Knistern ihrer lodernden Haare. Ihre verzweifelten Rufe um Hilfe. »Ich höre sie. Manchmal ist es fast, als wären es ihre Geister.«

»Deshalb gingen Sie zum Hex, nicht wahr? Um zu erfahren, *ob* es ihre Geister sind.«

Sina nickte stumm.

Der Magier senkte seinen Blick. Einen Moment lang war er unvorsichtig. Aber Sina war nicht fähig, ihre Chance zu nutzen. Hier war jemand, mit dem sie sprechen konnte. Endlich jemand, der sie verstand, wirklich verstand, weil es ihm ganz genauso erging wie ihr. Und es war gleichgültig, wer er war und was er getan hatte. Allein sein Verständnis zählte.

Sie spürte, dass er das Gleiche empfand.

Er sah wieder auf, seine Augen suchten ihren Blick. »Manchmal ist es, als wollten sie einen in den Wahnsinn treiben.«

»Es wird ihnen gelingen, irgendwann.«

»Ich habe gedacht, es würde es leichter machen.«

»Was?«

»Das Wissen, dass ich nicht der Einzige bin.«

»Aber das tut es nicht. Das kann es nicht.«

Er blickte einen Augenblick auf die Waffe in seiner Hand. »Ich dachte, wenn ich Sie töte, dann schade ich mir damit selbst.«

Ihr war nicht nach Sarkasmus zumute, doch in diesem Moment konnte sie nicht anders: »Schön für Sie, dass diese Gefahr offenbar nicht mehr besteht.«

»Ich will Sie nicht töten. Es gibt so vieles, das uns verbindet.«

Wieder durchlief sie ein eisiges Schaudern. »Nichts verbindet uns miteinander. Das Schicksal hat uns für einen kurzen Moment zusammengebracht, damals in Kopenhagen. Mehr nicht.«

»So einfach ist es nicht. Das wissen wir beide. Sie waren es, die …«

Zornig fuhr sie ihn an: »Seien Sie still! Es reicht, wenn ich es vor mir sehe, immer und immer wieder. Ich brauche Sie nicht, um mich daran zu erinnern.«

»Die Wahrheit tut weh, ich verstehe das.«

»Sie verstehen gar nichts.« Ihr Temperament wirbelte ihr Denken gehörig durcheinander, warf sie von einer Stimmung in die andere. Eben noch war da dieses trügerische Gefühl von Vertrautheit gewesen. Jetzt war sie wütend genug, um mit bloßen Händen auf ihn loszugehen. »Sie wussten, was Sie taten. Es war Ihr Plan, von Anfang an.«

»Und Sie sind nur ein Opfer?« Er lächelte beinahe mitfühlend.

»Ein Opfer, ganz genau«, gab sie scharf zurück.

»Eine Lügnerin sind Sie. Eine, die sich selbst belügt. Sie glauben, Sie könnten …«

Ein scharfes Krachen ertönte. Der Magier schrie auf. Plötzlich war sein rechter Arm voller Blut. Die Waffe löste sich aus seinen Fingern, fiel mit einem dumpfen Laut in den Schnee.

Sina blickte ohne Überraschung zum Hügelkamm hinauf. Oben, halb von einem Felsen verborgen, kniete Max und zielte mit einem schmalläufigen Jagdgewehr auf den Magier. Er ließ sein Opfer nicht aus den Augen.

Der Magier stand gebeugt da und hielt sich mit schmerzverzerrtem Gesicht den Arm. Sina konnte nicht erkennen, ob die Kugel ihn gestreift oder durchschlagen hatte. Der Schmerz aber war groß genug, um ihn auszuschalten. Die alte Verletzung tat ein Übriges.

Der Magier war ein guter Verlierer. Er zwang sich zu einem gequälten Lächeln. »Das war klug, wirklich klug. Ich hätte es wissen müssen, als Sie mir Ihre Waffen überließen. Sie haben sich alle Mühe gegeben, mich in Sicherheit zu wiegen.« Er zog scharf die Luft ein und blinzelte, als die beiden Inuit herbeieilten, das Gepäck von den Schlitten luden und es über die Hügelkuppe hinweg zu Lattuadas Boot trugen. »Ihr Freund war längst wieder bei Bewusstsein, den ganzen Morgen schon. Aber dieses Gewehr, woher – ach, natürlich, Lattuada hat es Ihnen zugesteckt! Wahrscheinlich war es auch seine Idee, mir die beiden Waffen auszuhändigen. Nicht dumm. Aber ich bin auch ein wenig enttäuscht von Ihnen. Das mit den Kindern haben Sie nur gesagt, um mich aufzuhalten, oder? Lange genug, damit Ihr Freund das Gewehr zusammensetzen konnte.«

Sie hatte wirklich mit ihm über die Kinder reden wollen, wollte es noch immer, aber der richtige Zeitpunkt war endgültig verstrichen. Der unausgesprochene Waffenstillstand, der zwischen ihnen geherrscht hatte, war gebrochen. Aber etwas daran war nicht richtig: Sie und Max hatten ihn gebrochen, nicht der Magier. Plötzlich waren die Seiten verkehrt.

Du wirst dir doch jetzt keine Vorwürfe machen!, erklang es empört in ihrem Hinterkopf. Er wollte Max töten! Und glaubst du wirklich, er hätte dich danach am Leben gelassen? Nein, natürlich nicht.

»Was wollen Sie jetzt tun?«, fragte er. Blut tropfte rot von seiner Hand in den Schnee. »Mich töten?«

»Was würden Sie an unserer Stelle tun?«

»Mich töten.«

»Ja, ich weiß.« Sie zog mit beiden Händen ihren Fellkragen enger, bis er ihr Kinn bedeckte. »Aber es bleibt bei dem, was ich vorhin gesagt habe. Laufen Sie zurück zur Stadt, nehmen Sie Legrands Flugzeug und gehen Sie zum Teufel.«

Er starrte sie ausdruckslos an. »Sie wollen mich wirklich am Leben lassen? Das ist ein Fehler.«

Für eine Sekunde trafen sich noch einmal ihre Blicke, dann trat sie vor, um die drei Revolver aufzuheben. Der Magier machte keinerlei Anstalten, sie daran zu hindern.

Die beiden Inuit kehrten zurück, verabschiedeten sich von Max und Sina und preschten auf ihren Hundeschlitten davon. Der Magier blickte ihnen nach und musste blinzeln, weil das Sonnenlicht gleißend vom Eis reflektiert wurde.

Sina drehte sich um und stieg den Hügel hinauf, bis sie Max erreichte.

»Auf Wiedersehen!«, rief der Magier ihnen hinterher.

Die beiden aber achteten nicht mehr auf den gebeugten, blutenden Mann. Sina stützte Max, als sie über die Felskuppe kletterten und auf der anderen Seite den Hang hinabstiegen, hinunter in die Schwanenbucht des Eisarchitekten und zu seinem Kutter, der mit grollenden Maschinen für sie bereitstand.

Wenig später legte das Boot ab und schlug den Kurs nach Norden ein, zu den Bleiminen von Mestersvig, zum Flugplatz.

KAPITEL 6

Zwei Tage nach Dominiks Beerdigung bemerkte Larissa, dass sie beobachtet wurde. Nicht vom Leierkastenmann und auch nicht im Geheimen. Stattdessen zeigten sich ihre Beschatter ganz ungeniert, unten auf der Straße, vor dem Haus, sogar im Atelier. Überall, wo Larissa sich aufhielt, da waren auch sie, ganz unverhohlen und mit der stoischen Überheblichkeit, die Männer wie sie seit jeher auszeichnete. Manchmal kamen sie allein, doch meist waren sie zu mehreren. Vier, fünf, sechs von ihnen. Sie starrten sie an, grinsten sogar, und wenn sie zurückblickte, strichen sie sich die Uniformen glatt und strafften ihre Haltung.

»Die Schwarze Reichswehr«, flüsterten ihre Kollegen im Atelier, und obgleich Larissa davon gehört hatte, fragte sie doch, ob jemand Genaueres darüber wüsste. Die meisten taten so, als hätten sie ihre Frage nicht gehört, drehten sich einfach um und gingen, Furcht im Blick und ein Beben in der Stimme.

Schließlich aber fand sie einen älteren Assistenten, ein Mann, der seit Jahren im Atelier arbeitete und den nichts mehr erboste als die Machtspiele der Parteien und Politiker und der Einfluss, den sie auf die Filmemacher nahmen. Er wusste, was Larissa hören wollte, und er scheute sich nicht, mit ihr darüber zu sprechen.

»Die offizielle Version ist, dass die Schwarze Reichswehr nicht existiert«, flüsterte er, geduckt im Schatten einer Sperrholzdekoration. »Aber in Wahrheit sind ihre Männer überall, und niemand unternimmt etwas dagegen.«

»Aber *wer* sind sie?«, fragte Larissa.

»Ehemalige Offiziere und Feldwebel, Freiwillige, die eine kurze militärische Ausbildung durchlaufen haben und als Reservisten eine illegale Verstärkung der normalen Reichswehr bilden. Der Versailler Vertrag hat die Zahl der Soldaten auf deutschem Boden sehr genau festgelegt, und die Reichswehr umgeht diese Beschränkung, indem sie die Schwarze Reichswehr mit Waffen und Ausrüstung versorgt. Natürlich gibt niemand so etwas zu. Aber vor ein paar Wochen, im Januar, gab es einen Prozess gegen einige ihrer Angehörigen.«

Larissa erinnerte sich. »Die Fememorde?«

»Ganz genau. Ein paar Männer der Schwarzen Reichswehr hatten sechzig ihrer früheren Kameraden ermordet, Abtrünnige, die unerlaubt ausgestiegen waren. Bei der Gerichtsverhandlung kam einiges über die Schwarze Reichswehr ans Licht. Sie wird zur Bewachung illegaler Waffenlager und zum Grenzschutz eingesetzt, und die meisten ihrer Mitglieder gehörten früher zu aufgelösten Freikorps oder nationalistischen Gruppen. Eine ganze Reihe von ihnen war dabei, als dieser Hitler vor drei Jahren in München den Aufstand probte.«

Larissa spürte, wie sich ihre Kehle zuschnürte. »Aber warum unternimmt niemand etwas gegen sie?«

Der ältere Mann lächelte sanft. »Kindchen, verstehst du's denn wirklich nicht? Die Schwarze Reichswehr arbeitet für die Armee und die Regierung. Nicht offiziell und natürlich illegal, und doch ist es so.«

Larissa rang nach Worten: »Und was wollen sie von mir?«

Sanftmütig tätschelte er ihre Hand. »Schätze, du hast dir ein paar mächtige Feinde gemacht.«

Daraufhin wandte er sich ab und wollte gehen. Einmal aber drehte er sich noch um und flüsterte über die Schulter: »Pass auf dich auf, mein Kind! Kein Mensch wird dir helfen, wenn die es wirklich auf dich abgesehen haben.«

Er verschwand und ließ Larissa allein und verängstigt zurück. Sie kauerte sich in den Schatten der Dekoration, schlug die Hände vors Gesicht und zwang sich zum Nachdenken. Sie hatte entsetzliche Angst, aber sie wusste auch, dass sie ihre Furcht überwinden musste, wenn sie heil aus dieser Sache herauskommen wollte.

Es gab nur einen, an den sie sich wenden konnte, solange Max fort war.

So schnell sie konnte verließ sie das Atelier, bestieg vor dem Tor ein Mietautomobil und erklärte dem Fahrer den Weg zur Villa der von Posers.

■ ■ ■

»Kennen Sie die?«, fragte der Fahrer, nachdem sie etwa zwanzig Minuten unterwegs waren.

Sie brauchte einen Moment, ehe sie begriff, wen er meinte. Sie schaute sich um und sah durch die Heckscheibe des Wagens nach draußen.

Zwei Automobile waren dicht hinter ihnen auf der ansonsten verlassenen Straße. Nichts an ihnen wirkte ungewöhnlich oder verdächtig. Trotzdem jagten ihr die Worte des Fahrers eine Gänsehaut über den Rücken.

»Warum fragen Sie?«

»Weil die hinter uns her sind, seit Sie bei mir eingestiegen sind. Dachte, Sie wissen vielleicht, warum.«

Ihr wurde schlagartig schlecht. »Können wir sie loswerden?«, presste sie mühevoll hervor.

Er schüttelte den Kopf. »Nicht in dieser Gegend. Zu wenig Verkehr. Ist außerdem nicht gut für den Wagen.«

Larissa wollte unwirsch widersprechen, beließ es aber dann bei einem leisen Fluch. Rechts und links der Straße standen hinter Hecken und Baumreihen weitläufige Anwesen. Wenn sie sich nicht täuschte, waren sie nur noch zwei oder drei Straßenecken vom Haus der von Posers entfernt.

»Können Sie wenigstens etwas schneller fahren?«

»Nicht gut für den Wagen«, wiederholte er teilnahmslos.

Larissa kramte in ihrer Handtasche. »Hier, nehmen Sie das«, sagte sie und reichte ihm einen Geldschein nach vorne. »Und fahren Sie, so schnell Sie nur können.«

Der Fahrer nahm das Geld und kicherte. »Sind wohl gute Freunde von Ihnen, was?« Dann beschleunigte er das Automobil und raste auf eine Kreuzung zu.

Das Geld war schlecht angelegt. Von rechts und links preschten zwei Wagen heran, bremsten scharf und versperrten ihnen den Weg. Mitten auf der Kreuzung musste der Fahrer anhalten. Fluchend kauerte er sich hinter seinem Steuer zusammen und regte sich nicht.

Larissa blickte sich voller Panik um. Aus den beiden Wagen vor ihnen, aber auch aus jenen, die ihnen auf den Fersen gewesen waren, stiegen Männer, mindestens sechs oder sieben. Sie alle trugen schwarze Uniformen.

Eine alte Frau, die ihren Hund ausführte, war stehen geblieben, als die Wagen mit quietschenden Bremsen zum Stehen kamen. Jetzt aber, da sie sah, wer *im* Inneren gesessen hatte, beeilte sie sich, weiterzugehen. Die Uniformierten achteten nicht auf sie.

Einer der Männer klopfte an das Fenster des Fahrers.

»Was gibt's?«, fragte der mit schwankender Stimme.

»Steigen Sie aus«, sagte der Soldat.

Der Fahrer war klug genug, den anderen die Aufforderung nicht wiederholen zu lassen. Eilfertig sprang er aus dem Wagen. Larissa sah, wie der Uniformierte ihn beiseite nahm und mit finsterer Miene auf ihn einredete.

Gleichzeitig wurde neben ihr die Tür aufgerissen.

»Kommen Sie!«, befahl ihr barsch ein junger Mann.

Sie rückte von ihm fort, als auch auf der anderen Seite die Tür geöffnet wurde. Arme streckten sich nach ihr aus und zerrten sie ins Freie.

Sie wehrte sich, so gut sie konnte, strampelte und schrie um Hilfe, aber natürlich war es vergebens. Innerhalb von Sekunden hatte man sie in eines der anderen Automobile gestoßen. Rechts und links von ihr platzierte sich je ein Uniformierter, ein dritter setzte sich hinters Steuer. Keiner von ihnen war über dreißig. Der Wagen setzte ein paar Meter zurück, umfuhr dann die übrigen Fahrzeuge auf der Kreuzung und raste davon, zurück in die Richtung, aus der sie gekommen waren, nach Süden.

Larissa ballte die Fäuste und gab sich geschlagen. »Wohin bringen Sie mich?«

»Mund halten!«, schnauzte sie der Mann zu ihrer Linken an, während der rechte, ein wenig mitfühlend, flüsterte: »Bitte.«

■ ■ ■

Acht Stunden später fuhren sie immer noch in südliche Richtung, entlang einer Landstraße, die durch dichte schwarze Wälder führte, eng und einsam unter einem Himmel voller schwerer, satter Regenwolken.

Larissa hatte es längst aufgegeben, die drei Männer nach dem Ziel ihrer Reise zu fragen. Keiner gab ihr eine Antwort. Ihre Angst war während der vergangenen Stunden in merkwürdigen Bahnen auf- und abgestiegen, war manchmal so schlimm, dass sie kaum Luft bekam, und mal so sanft, dass sie sich beinahe entspannte. Am größten war ihre Panik gewesen, als sie bemerkt hatte, dass sie Berlin verließen. Sie war überzeugt gewesen, dass man sie hier draußen ermorden und auf einem Acker verscharren wollte. Doch nichts dergleichen war geschehen. Abgesehen von zwei kurzen Pausen, die sie eingelegt hatten, um aufzutanken, war der Wagen beständig nach Süden gebraust, zumeist über offenes Land, das sich brütend und leer unter der Nachmittagssonne wellte.

Hier und da war es ihr gelungen, einen Blick auf Wegweiser zu erhaschen. Sie war in Erdkunde nicht allzu bewandert, doch die meisten der großen Städte vermochte sie geografisch einzuordnen. Sie ließen Leipzig und Gera und Coburg hinter sich, und da erst wurde Larissa klar, dass sie sich bereits in Bayern befanden.

Niemand sprach, abgesehen vom Allernötigsten, und Larissa fragte sich, ob dies zur Disziplin der Uniformierten gehörte. Vielleicht hatten sich die Männer auch schlichtweg nichts zu sagen.

Eine Weile lang hatte sie versucht, die drei mit ihrem Charme und gutem Ausehen zu becircen, doch selbst das hatte sich als Fehlschlag erwiesen. Die Männer gehorchten nur einer einzigen Stimme, und die gehörte nicht ihrer Eitelkeit.

So kam es, dass sich die Gelegenheit zur Flucht beinah beiläufig ergab.

Am Abend fuhren sie an einem Schild, vorbei, auf dem stand: *Nürnberg, 16 Kilometer.* Der Fahrer schimpfte leise vor sich hin und sagte schließlich: »Fast da. Aber tanken müssen wir trotzdem.«

Fortan hielt er Ausschau nach einer Tankstelle. Aber im Wald rechts und links der Landstraße zeigte sich nicht einmal ein Bauernhof, wo man ihnen hätte weiterhelfen können.

»Die letzte Tankstelle lag doch gar nicht so weit zurück«, bemerkte der Uniformierte zu ihrer Rechten. »Vielleicht schaffen wir es zurück bis dorthin und ...«

»Ach, verdammt!«, fluchte der Fahrer. »Wenn du alles besser weißt, dann fahr doch beim nächsten Mal selbst.«

»Du weißt, dass ich das nicht kann.«

»Und deshalb halt gefälligst das Maul.«

Der Mann links von ihr mischte sich ein. »Lass deine Wut nicht an ihm aus. Er kann nichts dafür. Du bist an der Tankstelle vorbeigefahren, nicht er.«

Der Kopf des Fahrers ruckte herum. »Was soll das? Fängst du jetzt auch noch an?«

Das Wortgeplänkel wuchs sich zu einem heftigen Streit aus, als das Automobil plötzlich langsamer wurde. Mit einem kraftlosen Schnaufen setzte der Motor aus, der Wagen kam am Straßenrand zum Stehen. Der Tank war endgültig leer.

»Großartig!«, brüllte der Mann zu ihrer Linken und sprang aus dem Wagen. Der andere, rechts von ihr, seufzte ergeben und schüttelte stumm den Kopf. Auch der Fahrer stieg aus und trat vor Wut gegen die Karosserie. Blech schepperte, der ganze Wagen erbebte.

Larissa saß verkrampft auf der Rückbank und überlegte fieberhaft, wie sie die Lage für sich nutzen konnte. Da spürte sie, wie sich der Lauf eines Revolvers in ihre rechte Seite presste.

»Denken Sie nicht mal dran«, sagte der Mann neben ihr.

Zum ersten Mal besah sie ihn sich näher. Er war kaum älter als sie selbst, strohblond, aber mit dunklen, buschigen Augenbrauen.

»Wie heißen Sie?«, fragte sie.

»Sie wissen, dass ich Ihnen das nicht sagen kann.«

»Aber Sie tragen Uniform. Sie sind dazu verpflichtet.«

»Uniform ist nicht gleich Uniform.«

Larissa rümpfte die Nase. »Ja, den Eindruck habe ich auch.«

Draußen am Straßenrand beschimpften sich die beiden anderen Männer und sahen aus, als wollten sie gleich aufeinander losgehen. Kein anderes Fahrzeug kam vorbei. Die Gegend schien völlig verlassen, obgleich sie sich doch nur wenige Kilometer vor der Stadtgrenze befanden.

»Ich muss mal«, sagte Larissa, weil es das Einzige war, das ihr in dieser Lage einfiel und ihr irgendwie weiterhelfen mochte. Aber sie hatte keinen wirklichen Plan und, wenn sie ehrlich zu sich war, auch keinerlei Hoffnung.

Der junge Mann mit der Waffe sah sie einen Moment lang zweifelnd an, dann rückte er nach draußen und ließ sie aussteigen. Der Revolver zeigte beharrlich auf ihren Bauch.

»Was wird denn das?«, schnauzte sie der Fahrer an, sichtlich dankbar, dass er von seinem eigenen Missgeschick ablenken konnte.

»Wie sieht's denn aus?«, fragte der Bewaffnete kalt. »Nach acht Stunden kannst du ihr das kaum übelnehmen.«

Der Mann, der im Auto links von ihr gesessen hatte, nickte knapp. »Von mir aus.«

Der Blonde führte sie etwa zehn Schritte weit ins Unterholz, während hinter ihnen der Streit der beiden anderen in die nächste Runde ging.

»Ihre beiden Freunde waren nicht lange beim Militär, stimmt's?«

Der Mann nickte verächtlich. »Natürlich nicht.«

»Wer von ihnen ist der Ranghöchste?«

Er öffnete den Mund, um zu antworten, klappte ihn aber gleich wieder zu. Stattdessen lächelte er anerkennend. »Sie werden mich nicht dazu bringen, irgendwelche Namen zu nennen.«

»Aber den Versuch war's wert.«

»Ich schätze schon.« Er hielt an. »Gehen Sie hinter die Büsche da vorne.«

»Und Sie?«

»Dachten Sie, ich würde Ihnen zusehen wollen?«

»Ich gebe zu, dass mir der Gedanke gekommen ist.«

Seine Augen blitzten. Schöne Augen, dachte sie und erklärte sich selbst für verrückt. »Ich bin keiner von diesen Rohlingen«, sagte er und schwenkte die Waffe. »Trotz dieses Dings hier.«

Sie schenkte ihm ein kurzes Lächeln. »Danke.«

Er nickte und sah ihr nach, als sie im Gebüsch verschwand. Er war nicht leichtsinnig; er würde bemerken, wenn sie zu fliehen versuchte.

Larissa hockte sich ins Unterholz. Anschließend raffte sie ihre Kleidung wieder zusammen. Sie trug noch immer ein kurzes, schwarzes Kleid aus Seide und Chiffon, das gerade am Körper herabfiel. Falls sie rennen musste, würde es sie nicht behindern. Darüber trug sie einen knielangen Mantel, ebenfalls schwarz, dessen untere Hälfte mit stilisierten Blumenmustern bestickt war. Er wurde nur mit einem einzigen Zierknopf geschlossen. Auch er würde ihr beim Laufen nicht im Wege sein.

Als sie nach zwei Minuten aus dem Gebüsch trat, schaute sie sich vergeblich nach dem jungen Mann um. Dort, wo er eben noch gestanden hatte, war niemand mehr zu sehen.

Erst als sie sich der Stelle näherte, entdeckte sie ihn. Er lag leblos hinter einem Baumstamm, die Augen weit aufgerissen. Jemand hatte ihm von hinten die Kehle durchgeschnitten. Der Revolver lag neben ihm am Boden.

Larissa schlug entsetzt die Hand vor den Mund. Sie biss sich fest auf die Knöchel, um nicht in Panik zu verfallen und sich zur Ruhe zu zwingen. Es dauerte ein paar Sekunden, aber dann war sie wieder in der Lage, klare Gedanken zu fassen.

Sie schaute sich um. Derjenige, der den Mann getötet hatte, war nirgends zu sehen. Aber das musste nichts bedeuten. Er war zweifellos in der Lage, sich zu verstecken und sich vollkommen lautlos zu bewegen, sonst hätte er ihren Entführer kaum überwältigen können.

Jenseits der Bäume ertönte ein Schuss. Die beiden Männer am Automobil mussten den Angreifer bemerkt haben. Der Drang, tiefer in den Wald zu laufen, überkam Larissa fast schmerzhaft. Zugleich aber wollte sie wissen, was da geschah. Und vor allem, wer ihren Bewacher getötet hatte. Sie hatte eine Ahnung, ganz vage, doch es schien fast unmöglich. Dennoch wollte sie sich vergewissern.

Sie behielt recht.

Der Leierkastenmann trug nicht länger sein buntes Kostüm, sondern einen dunklen Overall. Sein Haar war nass und straff zurückgekämmt. Als sie aus dem Dickicht trat, beugte er sich gerade über den am Boden liegenden Fahrer und zog ein Messer aus seiner Brust.

Larissa wandte sich ab, machte aber wie in Trance einen Schritt auf ihn zu.

Er blickte auf und war nicht im Geringsten überrascht. Er musste sie längst bemerkt haben.

»Schnell, kommen Sie her!«, zischte er. Er sah jetzt jünger aus, um die Vierzig, Einige der Falten und Augenringe auf dem Friedhof mussten aufgeschminkt gewesen sein.

Sie gab sich Mühe, den Toten am Boden nicht anzusehen. Dabei stolperte sie fast über die Waffe, die er verloren hatte.

»Wo ist der Dritte?«, fragte der Leierkastenmann, der keiner mehr war.

»Wer sind Sie?«, stammelte sie.

Zorn lag in seiner Stimme. »Wo ist der dritte Mann?«

»Ich weiß es nicht«, gab sie zurück. »Vielleicht ist er los, um Benzin zu holen.«

Sie hatte den Satz kaum beendet, als die Windschutzscheibe des Automobils in tausend Splitter zerbarst. Eine zweite Kugel schlug in die Motorhaube.

»Fallen lassen!«, brüllte sie der Mann an. Es wäre nicht nötig gewesen. Larissa hatte sich längst ins Unterholz am Waldrand geworfen.

Sie sah, wie der Mann im schwarzen Overall in blitzschnellem

Zickzack in die Richtung rannte, aus der die Schüsse gekommen waren. Kleine Staubfontänen stoben rechts und links von ihm aus dem Boden, als weitere Kugeln ihn verfehlten. Unaufhaltsam näherte er sich dem Schützen und verschwand aus Larissas Blickfeld. Wenig später ertönte ein Schrei.

Der Mann kehrte zurück und gab ihr mit einem Wink zu verstehen, dass sie herauskommen könne. Sie war sich dessen keineswegs sicher – wer sagte ihr denn, dass er es ehrlich mit ihr meinte? –, trat aber einige Schritte ins Freie.

»Sie brauchen keine Angst vor mir zu haben«, sagte er ungeduldig. Das Messer hatte er weggesteckt. »Helfen Sie mir lieber, den Kerl hier ins Gebüsch zu ziehen.«

Sie machte keinerlei Anstalten, der Aufforderung zu folgen. Stattdessen sah sie zu, wie er den Toten allein vom Auto fortzog und hinter den Büschen ablegte.

»Vielen Dank für Ihre Hilfe«, bemerkte er lakonisch. »Zweihundert Meter weiter die Straße hinauf steht mein Wagen. Gehen Sie schon vor, ich räume hier noch ein wenig auf«

»Ich habe Sie gefragt, wer Sie sind«, wiederholte Larissa. Ihre Stimme klang schon wieder ein wenig fester. »Und ich erwarte eine Antwort.«

»Vertrauen Sie mir«, bemerkte er wie beiläufig, »Ich will Ihnen helfen.«

»Sie sind mir doch nicht aus purer Nächstenliebe Hunderte Kilometer weit gefolgt?«

»Ich kann Ihnen darauf keine Antwort geben«, sagte er und scharrte mit den Füßen Staub auf einem Blutfleck.

»Dann sind Sie nicht besser als die da.« Sie deutete fahrig auf die Toten im Wald.

Mit zwei schnellen Sätzen war er heran und packte sie am Unterarm. Er fletschte die Zähne wie ein Tier. »Hören Sie, wir haben keine Zeit für Ihre Spielchen. Tun Sie, was ich Ihnen sage, und alles Weitere wird sich ergeben.«

Larissa trat zu. Ihr Angriff kam so unerwartet, dass ihm nicht einmal Zeit blieb, sich zur Seite zu drehen. Ihr Knie krachte zwischen seine Beine, mit aller Kraft, die sie aufbringen konnte.

Ohne ein weiteres Wort brach er zusammen, rollte sich am Boden zusammen wie ein Kind und schnappte nach Luft. Larissa hatte so etwas nie zuvor getan, und die tatsächliche Wirkung übertraf ihre Erwartung bei weitem. Sein Gesicht wurde hochrot, dann fast blau, und schließlich sah er aus, als verliere er das Bewusstsein. Da erst machte sie sich Sorgen, dass sie zu fest zugetreten haben könnte.

Aber sie konnte es nicht mehr rückgängig machen, und eigentlich wollte sie das auch nicht. Stattdessen ging sie neben ihm in die Hocke und klopfte die Taschen seines Overalls ab. Seine Hände hatte er fest zwischen die Beine geklemmt, als würde das die Schmerzen lindern. Offenbar hatte er mit allem gerechnet, nur nicht damit, dass Larissa ihn angreifen würde. Gut, dachte sie kühl, dann hat er wenigstens dazugelernt.

In seiner Brusttasche fand sie einen Wagenschlüssel. Sie konnte kein Automobil fahren, hatte immer nur bei Max zugesehen. Aber wie es schien, würde sie jetzt nicht mehr darum herumkommen.

Seine rechte Hand schoss vor, wollte sie packen, doch Larissa war schneller. Sie sprang zurück, holte aus und trat ihm vorsichtshalber noch einmal in die Seite. Er keuchte nur auf, sprach noch immer kein Wort und blieb stöhnend liegen.

Im Vorbeilaufen hob sie die Waffe des toten Fahrers vom Boden auf, dann rannte sie die Straße auf dem selben Weg zurück, den sie gekommen waren. Irgendwo hinter der nächsten Kurve musste der Mann seinen Wagen abgestellt haben.

Sie entdeckte das Automobil am Straßenrand. Sie sprang hinein, löste mit dem Schlüssel die Sperre und startete den Motor mit dem Knopf des Elektrozünders. Der Motor jaulte auf, als sie versuchte, sich zu erinnern, wo sie zu schalten und welches Pedal sie zu treten hatte. Schließlich fuhr sie in Schlangenlinie los, bekam den Wagen aber nach fünfzig oder sechzig Metern unter Kontrolle.

Als sie an der Stelle vorbeikam, wo das Automobil ihrer Entführer stand, bemerkte sie, dass der Leierkastenmann verschwunden war.

Halb erleichtert – sie hatte ihn nicht umgebracht! –, halb entsetzt gab sie Gas.

Ein lautes Scheppern ließ sie zusammenfahren, als der Mann gegen die Beifahrertür krachte. Seine Hände klammerten sich an den Griff, während er sich mit schmerzverzerrtem Gesicht alle Mühe gab, neben dem Fahrzeug herzurennen.

Larissa beschleunigte noch mehr, der Mann stolperte und war plötzlich fort. Im Rückspiegel sah sie, wie er sich auf der Straße überschlug, sich aufrappelte und ihr wild gestikulierend hinterherschrie. Sie verstand nicht, was er rief, aber es brauchte keine große Fantasie, sich die Worte auszumalen.

Nur wenige Kilometer, sagte sie sich gehetzt, das muss zu schaffen sein! Und dann zur Polizei. Nein, nicht die Polizei. Die würde sie nur an die Schwarze Reichswehr ausliefern. Sie zweifelte nicht einen Moment lang an den Worten des alten Assistenten, der sie gewarnt hatte, dass niemand ihr helfen würde. »Die Schwarze Reichswehr arbeitet für die Armee und die Regierung«, hatte er gesagt. Von offizieller Seite hatte sie keine Hilfe zu erwarten. Vielleicht war es das Beste, wenn sie sich in irgendeinem Hotel einquartierte und ein paar Tage versteckte, um zur Ruhe zu kommen. Aber sie hatte ja nicht einmal Geld bei sich. Ihre Handtasche war im Mietautomobil in Berlin zurückgeblieben.

Sie fuhr etwa zehn Kilometer weit durch die anbrechende Nacht, dann entglitt ihr in einer scharfen Kurve das Steuer. Der Wagen raste vom Asphalt auf einen Acker. Dort blieb er im Schlamm stecken. Larissa wurde nach vorne geschleudert, riss gerade noch ihre Arme vors Gesicht. Dann krachte sie mit beiden Ellbogen gegen die Scheibe.

Als sie erwachte, hing sie immer noch überm Steuer. Draußen war es stockdunkel. Es gelang ihr, die verzogene Tür aufzutreten. Kraftlos ließ sie sich ins Freie fallen. Rübenblätter dämpften ihren Aufschlag. Tränen liefen ihr übers Gesicht, aber sie hatte seltsamerweise kaum Schmerzen. Ihre Arme taten ein wenig weh, ebenso ihr Kopf, aber sie konnte alles bewegen und sich schließlich sogar auf die Beine stemmen.

Angstvoll blickte sie sich um. Der Nachthimmel und die dunklen Felder verschmolzen nahtlos zu einer Wand aus Schwärze. Vor sich, in einiger Entfernung, sah sie Lichter. Viele Lichter.

Sie schleppte sich zur Straße und schaute sich abermals um. Sie wusste nicht, wie lange sie ohnmächtig gewesen war. Vielleicht eine Stunde, vielleicht fünf oder sechs. Der Leierkastenmann war ihr zweifellos zu Fuß gefolgt, hatte sie aber noch nicht eingeholt. Demnach konnte sie nicht allzu lange ohne Besinnung gewesen sein. Trotzdem würde sie schnell sein müssen, wenn sie ihm doch noch entkommen wollte.

Warum, verdammt, war weit und breit kein anderer Wagen zu sehen? Ihre Entführer mussten die abgelegenste Route gewählt haben, die sie nur finden konnten.

Mühevoll machte Larissa sich auf den Weg, abgekämpft, zu Fuß, fast ohne nachzudenken. Erschöpft lief sie den Lichtern der Stadt entgegen, horchte auf Schritte in der Finsternis, doch da war nichts. Nur der Wind, der über die Felder streifte, und der unheimliche Schrei eines Käuzchens.

DRITTER TEIL

Die Sünden der Väter

Kapitel 1

Das Luftschiff landete in den frühen Morgenstunden. Während der Fahrt vorn Flughafen Tempelhof zur Hex-Villa sprach Max zum ersten Mal seit Tagen wieder von Treppen. Da wusste Sina, dass es ihm besser ging.

Er klagte gelegentlich über Kopfschmerzen, nicht erstaunlich in Anbetracht der Beule, die auf seiner Stirn glänzte. Manchmal hatte er Schwierigkeiten, sich zu konzentrieren, aber das mochte ebenso auf die allgemeine Aufregung wie auf den Schlag mit der Inuit-Harpune zurückzuführen sein.

Sinas Schwellung unter dem Auge war verschwunden, nur ein dunkler Ring war geblieben. Ihre Abschürfungen und Prellungen gingen ebenfalls zurück. Aber durch ihren Kopf schwirrten immer noch die Erinnerungen an die Begegnung mit dem Magier, und das waren vielleicht die schlimmsten Wunden, die die Ereignisse ihr geschlagen hatten – die Unfähigkeit, ihm all das Leid heimzuzahlen, das er über sie gebracht hatte.

Zum ersten Mal kam ihr der Gedanke, dass derjenige, der den Mord an Max in Auftrag gegeben hatte, gewusst haben könnte, was sie und den Magier verband.

»Sind Sie sicher, dass es hier ist?«, fragte der Fahrer des Mietautomobils, als er den Wagen zum Stehen brachte.

»Ja«, gab Max zurück und kramte nach Kleingeld.

Sina hatte den Blick zur Villa gewandt. Entgeistert und entsetzt stieß sie Max mit dem Ellbogen an.

»Was ist?«, fragte er, ohne hinzusehen.

»Schau dir das an«, erwiderte sie tonlos.

Max drückte dem Fahrer einen Schein in die Hand. »Stimmt so.« Dann erst blickte auch er an Sina vorbei durchs Fenster.

Keiner der beiden sagte ein Wort. Schweigend stiegen sie aus und traten vom Wagen an das schmiedeeiserne Gartentor. Fassungslos starrten sie durch das Gitter auf das, was vom Hauptquartier der Abteilung übrig geblieben war.

Hinter kahlem Buschwerk und Baumgerippen erhob sich die Ruine der Villa. Das Dach war verschwunden bis auf ein paar geborstene Balken, die wie gekrümmte Finger in den Himmel ragten. Um die glaslosen Fenster hatte Ruß die Fassade schwarz gefärbt. Ein Teil des ersten und zweiten Stockwerks war eingestürzt und hatte sich als ausgeglühte Trümmerfontäne in den Vorgarten ergossen. Zwischen Steinen und Balkenresten lagen die Überreste von Möbeln und immer wieder einzelne Bücher, denen die Feuersbrunst auf wundersame Weise nichts hatte anhaben können. Die Regengüsse der letzten Tage hatten das Papier aufgeweicht und zu welligem Brei zerschmolzen.

Das Gartentor war verschlossen. Max öffnete es mit einem kräftigen Tritt. Erschüttert wanderten sie durch den Garten, betrachteten die Ruine von allen Seiten und wussten nicht, was sie sagen sollten.

Da kam Max ein Gedanke. »Mein Manuskript!«

Sina blickte erst ihn, dann die Trümmer an. »War es …?«

»Ja.« Sein Gesichtsausdruck verriet Wut und Enttäuschung. Er besaß nicht einmal einen Durchschlag.

»Was ist hier nur passiert?« Sina ließ sich auf einigen Steinen nieder und starrte auf die Ruine.

Max lief unruhig vor der Ruine auf und ab, blickte immer wieder suchend über die Trümmer, in der unsinnigen Hoffnung, sein kostbares Manuskript doch noch unversehrt wiederzufinden.

»Wir sollten jemanden fragen, der uns verraten kann, was hier geschehen ist«, sagte Sina.

Max fuhr aus seinen Gedanken auf. »Dominik.«

»Oder den Alten. Irgendwer.«

»Dann lass uns hinfahren.« Er zögerte einen Moment.

»Nur …«

»Was ›nur‹?«

»Ich will erst bei Larissa vorbeischauen.«

»Hat das nicht Zeit bis später?«

»Nein. Sie wird wissen, was passiert ist.«

Sina resignierte und trat mit Max hinaus auf die Straße, wo das Automobil sie erwartete. Max stieg ohne zu zögern ein. Sie aber verharrte ein letztes Mal, schaute sich um und ließ ihren Blick über die rußgeschwärzte Ruine wandern. Einen Augenblick lang hatte sie das Gefühl, dass ihr Tränen kommen würden, wenn sie noch länger stehen blieb. Sie wandte sich ab und setzte sich wortlos zu Max auf die Rückbank.

■ ■ ■

Max stürmte die Treppe hinauf und ließ Sina weit hinter sich. In seinem Kopf herrschte heilloses Durcheinander. Die Vorfreude auf das Wiedersehen mit Larissa – falls sie um diese Uhrzeit überhaupt zu Hause und nicht im Atelier war –, die Zerstörung der Villa, das Schicksal des Hex und seiner Agenten und die Tatsache, dass diejenigen, die den Magier auf ihn angesetzt hatten, vielleicht schon von seiner Rückkehr wussten; jeder dieser Gedanken versuchte, die Vorherrschaft über sein Denken zu gewinnen. Die Folge war, dass er vor allem anderen eines empfand: Verwirrung.

Er erreichte die Wohnungstür, während Sina noch zwei Treppen hinter ihm war. Er klopfte lautstark und drückte ungeduldig die Klinke herunter. Tausendmal hatte er gepredigt, Larissa solle einen Knauf an der Außenseite anbringen lassen. Sie hatte es stets auf später verschoben und gesagt, die Tür sei ohnehin zu jeder Tages- und Nachtzeit abgeschlossen.

Jetzt aber schwang die Tür lautlos nach innen. Ein Zeichen, hoffte er in einem Anflug von Besorgnis, dass Larissa daheim war und nur vergessen hatte, abzusperren.

Er rief ihren Namen und erhielt keine Antwort.

Dann entdeckte er die kleinen dunklen Flecken auf dem Boden des Flurs. Eine Blutspur. Sie führte ins Schlafzimmer.

»Larissa!«, rief er noch einmal, jetzt verzweifelter. Er wollte losstürmen, als sich von hinten Sinas Hand auf seine Schulter legte.

»Warte!«, flüsterte sie ihm zu. Sie zog ihre Waffe unter dem Mantel hervor und brachte sie in Anschlag. Mit einem Nicken gab sie Max zu verstehen, das Gleiche zu tun.

Er packte seinen Revolver und lief leise auf die halboffene Schlafzimmertür zu. Sina sicherte den Flur und die Türen von Wohnzimmer und Küche. Aus keinem der Räume erklangen Laute. Es war vollkommen still.

Ein seltsamer Geruch hing in der ganzen Wohnung. Fäulnis, dachte Sina. Oder Verwesung.

Max stieß die Schlafzimmertür auf. Sprang breitbeinig hinein, die Waffe mit beiden Händen vorgestreckt.

Auf dem Bett lag jemand, aber es war nicht Larissa. Es war ein Mann. Er hatte sich in voller Bekleidung in die Decken gerollt. Das weiße Bettzeug war dunkelrot getränkt. Der Mann musste viel Blut verloren haben. Er war augenscheinlich ohne Bewusstsein.

Tiefe Erleichterung überkam Max. In einem Anflug von Panik hatte sein inneres Auge ihm bereits Bilder von Larissas Leichnam vorgegaukelt. Jetzt vertrieb er diese Schreckensvisionen und eilte auf den Verletzten zu.

Sina blickte zur Tür herein. Auch sie sah den Mann, trat aber nicht ans Bett. Stattdessen gab sie Max stumm zu verstehen, dass sie die übrigen Zimmer durchsuchen wollte.

Max beugte sich über den Verletzten. Seine Augen waren geschlossen. Ein getrockneter Blutfaden verlief von seinem Mund bis zu einem faustgroßen Fleck im Betttuch. Auf seinen Lippen aber war das Blut noch feucht. Bei jedem seiner rasselnden Atemzüge bildeten sich winzige rote Bläschen in seinen Mundwinkeln.

Die Decke war fest um seinen Leib geschlungen, wahrscheinlich in einem Anfall von Schüttelfrost. In einer Hand hielt er ein Stilett. Max löste die Waffe aus den verkrampften Fingern und rollte den Mann ganz sachte auf den Rücken. Er hatte eine Schusswunde im Bauch und eine zweite im Oberschenkel.

Sina kam herein, kreideweiß im Gesicht, »Im Bad liegen zwei tote Männer. Beide haben Stichwunden.«

»Larissa?«

»Nicht hier. Wahrscheinlich war sie gar nicht zu Hause, als diese Kerle hier auftauchten.«

Max atmete tief durch, als könne er damit Ordnung in seine Gedanken bringen. »Der Mann hier ist fast verblutet. Er muss seit Stunden hier liegen. Das würde bedeuten, dass man ihm diese Wunden heute Nacht beigebracht hat.«

»Vielleicht hat Larissa die Nacht gar nicht hier verbracht«, schlug Sina vor, nicht ganz sicher, ob ihn das wirklich beruhigen würde.

Aber alles war besser, als die Vorstellung, Larissa könnte mitten in dieses Schlachtfest geraten sein.

»Ich hole einen Arzt«, sagte Sina und wollte loslaufen.

Im selben Augenblick erwachte der Mann auf dem Bett. »Keinen … Arzt«, flüsterte er kraftlos. Seine Lider flatterten, öffneten sich aber nicht.

»Wo ist die Frau, die hier lebt?«, fragte Max bestimmt.

»Fort«, stöhnte der Mann, »Nürnberg …«

Max packte ihn an den Schultern. »In Nürnberg? Larissa ist in Nürnberg?«

Sina sprang auf ihn zu und löste ihn mit sanfter Gewalt von dem Verletzten, »Er stirbt«, wisperte sie ihm zu. »Du musst seinen Tod nicht unbedingt beschleunigen.«

»Er weiß, wo Larissa ist«, gab Max wenig einsichtig zurück. Er spürte nur, wie sich alles um ihn zu drehen schien.

»Nürnberg«, keuchte der Mann noch einmal. Seine Augen öffneten sich, ihr Blick aber ging durch Max und Sina hindurch. »Vor drei Tagen … verschleppt … Ich bin ihr gefolgt … wollte helfen … fortgelaufen …«

Max wurde rasend vor Sorge. Wieder drängte er zu dem Mann, und Sina hielt ihn erneut zurück. »Wer hat sie verschleppt? Sie?«

»Nicht … ich. Die Gesell … Gesellschaft. Bitte, keinen Arzt …«

Sina fuhr herum, ohne seinen Einwand zu beachten. »Jemand muss Ihnen helfen.«

Der Mann versuchte, seine Hand zu heben, um sie zurückzuhalten, aber schon nach wenigen Zentimetern sank sie zurück aufs Bett. Sina eilte aus dem Zimmer und rannte die Treppen hinunter.

Max war allein mit dem Verwundeten.

»Sie ist jetzt in Nürnberg?«, fragte er noch einmal. »Wo dort?«

»Vor drei Tagen hin … könnte überall sein. Ich weiß nicht, wo … hab' sie verloren … wollte nur helfen, aber sie … sie lief fort … fuhr mit dem Wagen …«

Max fuhr zornig auf. »Sie lügen! Larissa kann gar nicht fahren.«

»Lüge … nicht. Fuhr weg … in die Stadt.« Die Stimme des Mannes wurde leiser. Sie klang heiser und raschelnd, wie trockenes Laub, das übers Pflaster weht.

Max beugte sich mit dem Mund näher an das Ohr des Mannes. »Was ist hier geschehen?«

»Ich kam zurück … aus Nürnberg … wollte Zeichnung holen, um sie … Ihnen zu geben.«

»Mir? Was für eine Zeichnung?«

»Im Wohnzimmer … sie liegt … im Wohnzimmer.«

»Was für eine Gesellschaft meinten Sie eben?«

»Die … Gesellschaft. Will … wegen … Dingen vom Himmel.«

Max sprang auf. »Ich bin gleich zurück.« Er eilte ins Wohnzimmer und blickte sich um. Auf dem Teppich waren Blutspuren. Hier musste der Mann die beiden anderen mit dem Stilett erstochen haben. Sicher waren sie es gewesen, die auf ihn geschossen hatten. Trotzdem hatte er ihre Leichen noch ins Bad geschleppt, hatte vielleicht die Schwere seiner eigenen Verletzungen unterschätzt. Dann aber war er nicht einmal mehr bis ins Treppenhaus gekommen. Stattdessen hatte er sich wie ein waidwundes Tier ins Schlafzimmer geschleppt und in die Decken gerollt. Um dort zu sterben? Oder hatte er warten wollen? Auf wen?

Es gab keine Zeichnung im Wohnzimmer, dafür aber die Reproduktion eines alten Holzschnitts. Sie lag auf dem Beistelltisch und zeigte Kreise und Kegel und Kreuze, die am Himmel über einer mittelalterlichen Stadt schwebten. Irgendeine religiöse Darstellung, vermutete Max. Sie erinnerte ihn seltsamerweise an den Bericht des alten Inuitschamanen.

Mit dem Papier eilte er zurück ans Bett. Der Mann hatte die Augen weit aufgerissen, als sähe er etwas auf sich zukommen, das nur er allein erkannte.

»Zurück aus Nürnberg … gestern«, begann er unvermittelt. »Hierhergekommen … dachte, Ihre Verlobte … sei zurückgekommen. Aber … falsch. Nur zwei Männer … warteten. Beide … sind tot.«

Zitternd öffneten sich seine Lippen, und ein seltsamer Laut drang aus seiner Kehle. Max glaubte erst, es sei ein Stöhnen. Fieberhaft überlegte er, wie er die Schmerzen des Mannes lindern könnte. Erst als der Sterbende den Laut wiederholte, begriff Max, dass es ein Wort war. Es klang wie »Eule« oder »Schule« oder …

»Thule.«

Beim dritten Mal verstand er es. Es war der Name einer Stadt, irgendwo im Norden, in Island oder – natürlich! – Grönland. Aber wenn er sich recht erinnerte, war das nicht mehr der Name, den sie heute trug.

Er wusste, er hatte diesen Begriff schon einmal aufgeschnappt, in einem ganz anderen Zusammenhang.

Thule.

■ ■ ■

Der Mann starb, kurz bevor in der Ferne das Horn eines Krankenwagens erklang. Sina war bereits vor einigen Minuten zurückgekehrt. Als kein Zweifel mehr daran bestand, dass der Mann gestorben war, entschieden sie, nicht auf die Sanitäter zu warten. Trotz ihrer Ausweise hätte man sie viel zu lange aufgehalten, spätestens wenn die Leichen im Bad gefunden würden. Zudem wussten sie nicht, wie es um das Hex stand und ob ihre Papiere noch Gültigkeit besaßen.

Schweren Herzens ließ Max die Wohnungstür für die Sanitäter offenstehen. In den nächsten Tagen würde die Polizei hier ein und aus gehen und Larissa wahrscheinlich auf ihre Fahndungsliste setzen. Immerhin vergrößerte das die Chancen, dass sie bald gefunden wurde.

Max und Sina konnten den Behörden auch später noch erklären, was hier vorgefallen war.

Zügig, aber ohne zu rennen, eilten sie den Kurfürstendamm hinunter und sahen aus der Ferne, wie der Sanitätswagen vor dem Haus hielt. Sina hielt das nächstbeste Mietautomobil an. Zwei Minuten später waren sie weit genug entfernt, um aufatmen zu können.

»Ich fahre nach Nürnberg«, beschloss Max leise. Und zum Fahrer sagte er lauter: »Bringen Sie mich zum nächsten Fernbahnhof.«

Sina sah ihn an, als hätte er endgültig den Verstand verloren. »Ohne jeden Anhaltspunkt? Wie willst du sie je finden?«

Seine Miene verriet Entschlossenheit. »Bis ich ankomme, ist mir hoffentlich etwas eingefallen.«

»Und Zacharias? Sollten wir nicht erst einmal versuchen, mit ihm zu sprechen?«

Max starrte sie eindringlich an, »Ich werde mit niemandem mehr sprechen, bevor ich nicht ganz genau weiß, was mit Larissa geschehen ist. Der Mann sagte, sie sei entführt worden, von irgendeiner mysteriösen Gesellschaft.« Er bemerkte, dass der Fahrer sich weit zurückgelehnt hatte, vielleicht zufällig, vielleicht auch um zu lauschen. Daher legte Max den Zeigefinger an die Lippen und schwieg.

Am Bahnhof hielt das Fahrzeug an. Max zahlte und stieg aus. Ehe er sich versah, stand Sina neben ihm an der Bordsteinkante.

»Ich komme mit«, sagte sie.

Insgeheim hatte er gehofft, dass sie das sagen würde. »Du musst das nicht tun. Du kannst hierbleiben und herausfinden, was mit dem Hex geschehen ist.«

Sie schüttelte den Kopf und spitzte trotzig die Lippen. »Ich glaube nicht, dass das Hex überhaupt noch existiert.«

»Wie kommst du darauf?«

Das Mietautomobil fuhr davon. Sina blickte ihm einen Augenblick lang gedankenverloren nach. »Als ich wegen des Krankenwagens telefonierte, habe ich gleich darauf versucht, die Zentrale zu erreichen. Ich wollte mit Zacharias sprechen. Aber man sagte mir nur, er sei nicht in der Stadt.«

»Der Alte verlässt niemals die Stadt«, entgegnete Max. »Er behauptet, er müsse immer erreichbar sein.«

»Eben«, bestätigte Sina. »Dann versuchte ich, mich mit Dominik verbinden zu lassen. Ob das ein Scherz sei, fragte man mich. Und dann wollte der Kerl unbedingt meinen genauen Standort erfahren. Ich habe eingehängt.« Sie schüttelte verständnislos den Kopf und verbesserte sich: »Er sagte nicht einfach ›ein Scherz‹, sondern, ›ein *geschmackloser* Scherz‹.« Sie schüttelte den Kopf. »Verstehst du das?«

Er sah ihr lange in die Augen und erkannte, dass sie dasselbe dachte wie er. »Glaubst du, Dominik ist irgendwas zugestoßen?«

Es fiel ihr schwer, darauf eine ehrliche Antwort zu geben. »Wenigstens wäre das Grund genug, um den Alten dazu zu bringen, nicht erreichbar zu sein.«

»Larissa entführt, die Villa abgebrannt, Zacharias verschwunden und Dominik …« Ja, was? Er brach ab. »Was, zum Teufel, geht hier vor?«

Sina sah den schmerzvollen Ausdruck in seinen Augen und zog ihn am Ärmel. »Komm, wir gehen rein. Ich will den nächsten Zug nicht verpassen.«

Max folgte ihr. Eilig durchquerten sie die dicht bevölkerte Halle, drängelten sich mithilfe ihrer Ausweise am Schalter vor und erfuhren, dass der nächste Zug Richtung München in knapp zwanzig Minuten fuhr. Wenigstens einmal hatten sie Glück. Sina ließ sich die Zeiten aufschreiben und kaufte zwei Fahrkarten.

»Acht Stunden bis Nürnberg«, sagte sie zu Max, als sie schließlich im Zug saßen. Sie hatten ein Abteil für sich und gaben dem Schaffner Anweisung, dafür zu sorgen, dass kein weiterer Fahrgast sich zu ihnen gesellte. Der Mann studierte ihre Ausweise mit nervtötender Akribie, dann nickte er.

Schließlich, nachdem der Zug sich in Bewegung gesetzt hatte und inmitten einer Qualmwolke aus dem Bahnhof stampfte, sagte Max: »Wir sollten versuchen, die Dinge zu sortieren. Irgendwie eine Verbindung herzustellen zwischen allem, was geschehen ist.«

Sina machte den Anfang. »Larissas Rolle ist am einfachsten zu erklären. Dieselben Leute, die dem Magier den Auftrag gaben, dich zu töten, haben nun sie entführt. Der Magier hat seine Auftraggeber wahrscheinlich längst telegrafisch über alles in Kenntnis gesetzt.«

»Angenommen, sie hielten Larissa als Geisel fest – wen wollen sie erpressen? Mich?«

»Möglicherweise.«

»Aber weshalb? Was habe ich, das sie nicht haben?«

»Vielleicht die Zeichnung?«, schlug Sina vor, aber es klang halbherzig.

»Die kenne ich doch selbst erst seit einer Stunde. Außerdem erklärt das nicht, weshalb der Magier mich töten wollte.«

Sina überlegte einen Augenblick. »Klammern wir dich für einen Augenblick aus. Wer sonst wäre durch Larissa erpressbar? Ihre Eltern?«

»Sind beide tot und besaßen kaum genug, um ihre Tochter und sich selbst durchzubringen.«

»Hat sie andere Verwandte? Oder Freunde in höheren Positionen?«

Max runzelte die Stirn. »Sie ist Schauspielerin. Sie kennt eine Menge Leute. Aber Freunde? Nein, keine, von denen ich wüsste.«

Und solche, von denen du nicht weißt?, lag Sina auf der Zunge, aber sie verkniff sich die Worte im letzten Moment. Im Grunde konnte auch sie nicht glauben, dass es wirklich um Larissa oder jemanden aus ihrem Bekanntenkreis ging. Die Verbindung zum Mordversuch an Max war zu offensichtlich.

Plötzlich hellte sich sein Gesichtsausdruck auf. »Es *gibt* noch jemanden.«

»Wen meinst du?«

Er beugte sich vor und stützte die Stirn in beide Hände. Dabei starrte er zu Boden. »Warum bin ich darauf nicht gleich gekommen? Als der Mann ›Thule‹ erwähnte, hätte ich es wissen müssen.«

Sina wurde ungeduldig. »Wovon redest du überhaupt?«

»Der Magier sollte mich umbringen«, stellte er noch einmal fest, »aus einem Grund, den ich nicht kenne. Also müssen wir uns die

Frage stellen, wen mein Tod derart treffen würde, dass es lohnt, dafür einen Killer bis nach Grönland zu schicken.«

»Deine Familie?«

»Meinen Vater.«

»Du glaubst, man erpresst ihn?«

»Wenn es um Geld ginge, hätte er mir davon erzählt.«

»Ist das nicht ein wenig vorschnell?«

»Ich bin sicher, dass es eine Verbindung zwischen meinem Vater und unserem Auftrag in Grönland gibt.«

Sie kreuzte sehr vorsichtig seinen Blick. »Hat dein Vater geschäftlich mit Luftschiffen zu tun?«

»Nein. Und, soweit ich weiß, kennt er weder Dänen noch Norweger. Mir fällt nur eine einzige Verbindung zwischen meinem Vater und unserer Reise nach Grönland ein, und die führt übers Hex und über ...«

»Zacharias!«, entfuhr es ihr.

»Der Alte, ganz genau. Das könnte diesen Namen erklären, den der Mann erwähnte als du fort warst. Thule.«

»Erklär's mir.«

»Gleich«, antwortete er mit leuchtenden Augen. »Lass uns der Reihe nach vorgehen. Nehmen wir an, mein Vater sollte durch meinen Tod in irgendeiner Form beeinflusst werden. Das Attentat aber schlug fehl. Also gingen unsere Gegner hin und entführten Larissa, denn an sie war viel leichter heranzukommen.«

»Ich dachte, dein Vater kann sie nicht leiden?«

Max zögerte, ehe er sagte: »Mein Vater hat sich verändert. Er schien zuletzt sehr bemüht um Larissa. Erinnerst du dich an dieses Telegramm, das ich in Ittoqqortoormiit bekam? Es war von ihm. Er schrieb, dass er sich mit Larissa versöhnt habe. Es war fast, als hätte er es damit plötzlich sehr eilig gehabt.«

»Du glaubst, er hatte Angst, dass ihm dazu keine Zeit mehr bleiben würde?«

»Wer weiß schon, was in seinem Kopf vorging. Ich habe ihn schon früher nicht verstanden, aber da war er in seiner Ablehnung wenigstens vorhersehbar. Aber seit er seine familiäre Ader entdeckt hat, ist er völlig undurchschaubar. Manchmal kommt er mir vor wie ein Mann, der seine Angelegenheiten in Ordnung bringt, weil ...«

»... weil er weiß, dass er sterben muss«, führte Sina den Satz zu Ende, beinahe gegen ihren Willen. »Liebe Güte«, sagte sie dann schnell, »ich wollte das nicht sagen. Es tut mir leid.«

»Nein«, sagte Max, »du hast recht. Das Gleiche habe ich auch gedacht. Mein Vater hat kein Geheimnis daraus gemacht, dass er die Hochzeit zwischen mir und Larissa plötzlich akzeptierte. Auf dieser Feier, gleich vor unserer Abreise, hat er Larissa mehreren Leuten als neues Familienmitglied vorgestellt.«

»Damit gewann sie für seine Gegner plötzlich an Bedeutung.«

Sein Atem stockte. »Es geht in Wirklichkeit nicht um mich oder Larissa. Es ging immer nur um meinen Vater. Und um Thule.«

»Was ist mit diesem Thule? Das ist eine Stadt in Grönland, nicht wahr?«

»Ja, aber sie heißt heute anders.« Er deutete auf ihr Gepäck. »Hast du noch den Reiseführer?«

»Warte«, sagte sie. Das Gepäck, das in den Netzen über ihren Köpfen hing, war dasselbe, das sie aus Grönland mitgebracht hätten. Sina hob ihre Tasche herunter und kramte darin, bis sie zwischen Knäulen schmutziger Wäsche ein handgroßes Büchlein entdeckte. Sie schlug es auf, fand zielsicher das richtige Kapitel und begann, die Seiten zu überfliegen. Schließlich wurde sie fündig.

»Das alte Thule«, murmelte sie, hielt den Finger auf die Stelle und fasste zusammen: »Ursprünglich eine Insel oder Küste im hohen Norden, im vierten Jahrhundert vor Christus von dem griechischen Entdecker Pytheas aus Massilia beschrieben, angeblich sechs Tagesfahrten nördlich von Britannien. Es hieß, es sei das äußerste Land am Nordrand der Welt. Vor sechzehn Jahren, also 1910, gründete der Polarforscher Knud Rasmussen am Nordostzipfel Grönlands eine Station und nannte sie in Anlehnung an die alten Legenden Thule. Nach seinem Tod fiel die Siedlung an die Dänen, und sie gaben dem Namen der Inuit den Vorzug. Thule heißt heute Qaanaaq.«

Max wurde blass. »Erinnerst du dich, was Kapitän Jessen sagte, als wir mit ihm sprachen? Nach der Landung in Nuuk sollte nur ein einziger Passagier an Bord bleiben, um mit der *Polar* weiter nach Norden zu fahren.«

Sinas Augen weiteten sich. »Nach Qaanaaq.«

»Nach Thule«, bestätigte Max. »Und Thule erwähnte auch der Mann in Larissas Wohnung, bevor er starb.«

»Vielleicht ein Zufall.«

»Glaubst du das wirklich?«

Sie fuhr sich gedankenverloren über den Hinterkopf. »Nein. Aber was hat das zu bedeuten?«

Max sah aus, als wollte er vor Erregung aufstehen und im Abteil auf und ab gehen. Trotzdem zwang er sich sitzen zu bleiben und sagte: »Thule ist nicht nur eine Stadt. Es ist noch etwas anderes.«

Da begriff sie. »Aber ja!« Plötzlich lachte sie auf, doch es war ein übernervöser, gereizter Laut.

Max legte gedankenverloren den Kopf in den Nacken. »Die Thule-Gesellschaft. Ein Bund deutscher Nationalisten mit Hang zu nordischem Brauchtum und Okkultismus. Wurde vor rund zehn Jahren gegründet.«

»1918, vor acht Jahren«, verbesserte ihn Sina und war insgeheim dankbar für die Stunden, die sie stöbernd im Archiv der Villa verbracht hatte. Einmal daran erinnert, spulte sie ihr Wissen herunter: »Die Thule-Gesellschaft ging aus dem sogenannten Germanen-Orden hervor. In den Orden wurden nur Männer und Frauen aufgenommen, deren deutsche Abstammung sich bis auf drei Generationen zurückverfolgen ließ. Der Ordensgründer, ein gewisser Sebottendorff, propagiert die Ursache aller Krankheiten und Elendserscheinungen im ›Gemisch der Rassen‹, wie es in seinen Leitsätzen heißt. Sein erklärtes Ziel ist der Zusammenschluss der germanischen Völker im Kampf gegen alles, was er in seinen Richtlinien als ›undeutsch‹ einstuft, vor allem also jüdische, islamische und asiatische Einflüsse.« Sina schwieg einen Augenblick, während sie versuchte, sich an weitere Details zu erinnern. »Die Thule-Gesellschaft übernahm die Ziele des Germanen-Ordens und mit ihm auch seine Sitten und Feiertage, Sonnwendfeier, Julfest und so weiter. Die Gesellschaft wurde offiziell von zwei Studenten gegründet, aber der wahre Drahtzieher war auch hier Rudolph von Sebottendorff. Er kaufte für ein paar tausend Mark eine alte Münchener Zeitung und benannte sie um in *Völkischer Beobachter.*« Während sie sprach, blickte Sina gedankenverloren aus dem Fenster auf die vorbeirasende Landschaft. »Schon ein paar Monate später wurde der *Beobachter* zum Lokalorgan der DSP, der Deutsch-Sozialistisehen Partei, deren Münchener Ortsgruppe sich aus den Reihen der Thule-Gesellschaft rekrutierte. Die Verbindung zwischen Thule-Gesellschaft und Politik war damit perfekt.«

»Aber die DSP wurde 1922 aufgelöst«, warf Max ein, der mit politischem Geschehen weit vertrauter war als mit Geheimbündlerei.

»Allerdings, und zwar nur ein knappes Jahr vor dem Münchener Putschversuch dieses Österreichers, dieses Adolf Hitler. Mitglieder der DSP hatten sich tatkräftig an den Vorbereitungen beteiligt.« Sina schlug die Beine übereinander und sah nun wieder Max an. »Aber das war noch nicht alles. Sebottendorff rief innerhalb seiner Gesellschaft den Thule-Kampfbund ins Leben, eine Art Privatarmee. Die meisten Mitglieder waren studierende ehemalige Frontsoldaten. Schwerbewaffnet und von den Behörden geduldet nahmen sie an der Niederschlagung der bayrischen Räterepublik teil und wurden eine Weile lang sogar als Helden gefeiert. Andere Anhänger der Thule-Gesellschaft gründeten die Deutsche Arbeiterpartei, auf die wiederum Hitlers NSDAP zurückgeht.« Sina holte tief Luft. »Die Gesellschaft verlor erst an Bedeutung, als Sebottendorf 1919 aus Angst vor politischer Verfolgung aus Deutschland fliehen musste. Die Aktivitäten seiner Anhänger schliefen ein oder konzentrierten sich auf andere Organisationen. Erst als vor drei Jahren die NSDAP verboten wurde, trafen sich einige ihrer Mitglieder erneut unter dem Deckmantel der Thule-Gesellschaft. Aber die Tage, in denen das Treiben der Gesellschaft irgendetwas bewirken konnte, sind längst vorbei.«

»Wenigstens nach außen hin.«

»Du glaubst wirklich, die Thule-Gesellschaft ist wieder aktiv?«

»Darauf zumindest lassen die Worte dieses Mannes in Larissas Wohnung schließen.« Max überlegte. »Was wurde aus Sebottendorff?«

»Er ist seit sieben Jahren verschwunden. Niemand weiß, wo er sich aufhält. Man vermutet, irgendwo im Ausland, möglicherweise in Nordafrika.«

»Nicht allzu germanisch, dort unten«, frotzelte er bitter.

»Schwerlich.« Sina musterte ihn eindringlich. »Glaubst du, dein Vater war Mitglied der Thule-Gesellschaft?«

Max legte die Stirn in Falten. »Er selbst oder Zacharias oder alle beide. Darauf scheint es hinauszulaufen.«

»Vorausgesetzt, es wäre so«, überlegte Sina, »dann müsste es innerhalb der Gesellschaft zu einem Streit gekommen sein. Irgendwer versucht, Einfluss auf deinen Vater zu nehmen, und dabei geht er so weit, Larissa zu entführen und dich ermorden zulassen.«

»Irgendwie hat das alles mit dieser Explosion oben in Grönland zu tun. Mit diesem missglückten Sprengstofftransport, falls es überhaupt einer war.«

»Das war Jessens Theorie. Und Jessen mag ebenfalls dazugehören. Vielleicht hat er versucht, uns von der wahren Absturzursache abzulenken.«

»Das liegt doch auf der Hand. Die Fäden laufen im alten Thule zusammen, in Qaanaaq.« Max zögerte. »Irgendetwas ist dort oben.«

Sina war blass geworden. »Wenn das wahr ist, wenn die Thule-Gesellschaft wirklich wieder aktiv ist und durch Zacharias Einfluss auf das Hex genommen hat, dann bedeutet das …«

Max' Stimme klang hart und eisig. »Dass wir, ohne es zu wissen in ihrem Auftrag gehandelt haben.«

Kapitel 2

Die Schwarze Reichswehr war überall. Ganz gleich, wo Larissa sich aufhielt, ob zwischen den ehrwürdigen Fachwerkfassaden der Weißgerbergasse, ob an den baumbeschatteten Ufern der Pegnitz, die mitten durch Nürnberg floss, ob in der hohen, weihrauchgeschwängerten Halle der Frauenkirche oder in den engen Gässchen der Lorenzer Altstadt – überall stieß sie auf die schwarzuniformierten Soldaten, die sich allein und in Gruppen unter den Menschen bewegten, als sei es ihr alleiniges Vorrecht, hier für Ordnung zu sorgen.

Larissa wusste nicht, wie es in anderen Städten des Reiches aussah, aber zumindest in Berlin hatte es noch keinen solchen Aufmarsch der Schwarzen Reichswehr gegeben. Warum konzentrierten sich die Schwarzuniformierten ausgerechnet auf Nürnberg? Es musste einen Grund dafür geben, und er gehörte fraglos ebenso zur Lösung des großen Rätsels wie die Hintergründe ihrer Entführung und das plötzliche Auftauchen und erneute Verschwinden des Leierkastenmannes.

Ihre Handtasche war in Berlin zurückgeblieben, aber im Futter ihres Mantels hatte sie ein paar zerknüllte Geldscheine gefunden, die sie vor Monaten dort versteckt und seither vergessen hatte. Damals hatten Taschendiebe rund um den Kudamm für Aufregung gesorgt, und Larissa hatte angenommen, ihr Geld sei im Mantelfutter am sichersten. Jetzt aber erlaubte es ihr, für vier Nächte ein schäbiges Hotel in einem Hinterhof am Weinmarkt zu beziehen, mit kargem Frühstück und ohne fließendes Wasser. Ihr Zimmer lag direkt unterm Dach, und sie teilte es sich mit einer Familie ungemein fortpflanzungsfreudiger Spinnen. Sie saßen in den Ecken, im Schrank, unterm Bett und im Winkel der schrägen Dachluke, die eine herrliche Aussicht über die alten Giebel bis hinauf zur Kaiserburg bot. Streng und trutzig erhob sich das mächtige Gemäuer über der Stadt, ein klobiges Monument aus Fels und dunklem Stein.

Larissa hatte lange überlegt, was sie tun sollte. Die Rückkehr nach Berlin schien ihr unklug, denn zweifellos würde man genau das von ihr erwarten und entsprechende Vorsichtsmaßnahmen treffen. Wahrscheinlich wurde ihre Wohnung längst überwacht, und ein weiterer Trupp von Entführern stand bereit für den Zugriff. Sie wollte nicht den Fehler begehen, ihre Gegner zu unterschätzen. Bestimmt würden sich die Männer durch ihre Flucht nicht von ihren Plänen abhalten lassen.

Daher hatte sie beschlossen, vorerst in Nürnberg zu bleiben und herauszufinden, wohin man sie hatte bringen wollen. Das massive Aufgebot an Soldaten der Schwarzen Reichswehr war Hinweis genug, dass sie auf der richtigen Spur war. Was aber würde sie tun, wenn sie tatsächlich mehr über das Ziel ihrer Gegner erfuhr? Manchmal, in Augenblicken, wenn ihre Verzweiflung besonders groß war, kam sie sich albern vor. Sie war nur Schauspielerin, mäßig talentiert und vollkommen unbekannt. Sie allein gegen die Schwarze Reichswehr – das war wohl kaum ein gerechter Kampf. Und genau genommen war es gar keiner, denn von kämpfen konnte nicht die Rede sein. Nicht einmal von dem Versuch. Alles, was sie tat, war zu beobachten.

Oft dachte sie an Max, und ob er schon zurück in Berlin sei, aber die Gedanken an ihn machten sie krank vor Sorge, und so verdrängte sie sein Bild so gut es nur ging.

Von morgens bis abends streifte sie durch die Gassen und Straßen der Altstadt, stand in den Schatten am Rand der kleinen Plätze und versuchte, ein Muster in den Standorten der Uniformierten zu entdecken. Nach zweieinhalb Tagen hatte sie endlich durchschaut, was sie im Grunde längst vermutet hatte – dass nämlich das scheinbar willkürliche Auftauchen der Soldaten einem ganz bestimmten System folgte, einer Art Spirale, die sich zur Burg hin immer deutlicher verengte. Was immer die Männer bewachen mochten, es befand sich im Inneren der Kaiserburg. Ohne Zweifel wäre auch sie selbst dort gelandet, hätte der Leierkastenmann sie nicht befreit.

Sie fragte sich, was aus ihm geworden war. Vielleicht hatte sie ihn falsch eingeschätzt. Vielleicht hatte er es wirklich ehrlich mit ihr gemeint. Aber was half es schon, sich im Nachhinein Vorwürfe zu machen? Jetzt musste sie allein sehen, wie sie aus diesem Schlamassel herauskam.

Am Mittag des dritten Tages, nachdem sie herausgefunden hatte, dass die Antwort auf alle Fragen auf dem Burgberg zu suchen war, zog sie sich für einige Stunden in ihr Zimmer zurück. Dort stand sie am offenen Fenster, beobachtete die Türme und Fenster der Burg bis ihr vom Sonnenlicht die Augen schmerzten, und fragte sich, wer hinter den meterdicken Mauern ihre Ankunft erwartet hatte. Wer gab der Schwarzen Reichswehr die Befehle? Wer nahm den Tod all dieser Menschen in Kauf, und was bezweckte er?

Und da fiel ihr zum ersten Mal wieder der Holzschnitt ein. Er musste noch immer auf dem Tisch in ihrem Wohnzimmer liegen. Lange hatte sie ihn betrachtet und über die geheimnisvollen Andeutungen des Mannes auf dem Friedhof nachgedacht. Sie erinnerte sich wieder an die Kugeln und seltsamen Formen, die auf dem Bild am Himmel über Nürnberg schwebten. Und wenn die Kugeln in Wahrheit Scheiben waren? Denn eine Scheibe war es doch gewesen, die Max in Grönland suchen wollte. Hatte sie endlich das fehlende Bindeglied zwischen Max, dem rätselhaften Holzschnitt und ihrer eigenen Entführung entdeckt?

Sie spürte, wie sich die Härchen in ihrem Nacken aufstellten. Scheiben und Kreuze und Zylinder über Nürnberg. Unwillkürlich blickte sie zum blauen, leeren Himmel empor und fragte sich, ob damals, im Jahre 1561, wirklich etwas dort oben gewesen war. Und ob, wie auf dem Holzschnitt dargestellt, wirklich einige der Kugeln oder Scheiben zur Erde herabgefallen waren. Wenn ja, hatte man sie jemals gefunden? Was war damit geschehen? Wo hatte man sie hingebracht?

Sie verstand nicht viel vom Mittelalter, aber doch genug, um zu wissen, dass die Burgen die Zentren allen Lebens gewesen waren. Sie waren die größten, stärksten und sichersten Gebäude ihrer Zeit. Wohin also hätten die Menschen von damals etwas gebracht, das vom Himmel auf sie herabfiel? Etwas, das sie fürchteten oder verehrten, ganz sicher aber vor fremden Blicken schützen wollten?

Larissa stand da, versuchte mit Blicken die kleinen schwarzen Fenster der Burg zu durchdringen und überdachte ihr weiteres Vorgehen. Und dann, am frühen Abend, fasste sie endlich einen Plan.

■ ■ ■

Sie waren bemüht, es sich im Abteil bequem zu machen und eine Weile zu schlafen, wenigstens auszuruhen, aber am Ende gelang es keinem von beiden. Immer, wenn einer gerade Ruhe gefunden hatte, kam dem anderen ein neuer Gedanke zu dem seltsamen Kreis aus Themen, der sie während der ganzen Stunden nicht loslassen wollte. Und wie hätte er auch? So vieles hing davon ab. Und so sprachen sie wieder und wieder über die Thule-Gesellschaft, über Zacharias und Max' Vater, über den Toten in Larissas Wohnung, über glühende Scheiben im ewigen Eis und die verblüffende Entsprechung, die sie in dem mysteriösen Holzschnitt fanden. Max hatte versucht, die Stichworte auf der Rückseite zu enträtseln, aber schließlich war es Sina, die Dominiks Handschrift wiedererkannte.

»Er *könnte* es geschrieben haben«, sagte sie, »aber sicher bin ich mir nicht.«

»Warum sollte Dominik Larissa solch ein Bild geben?«, rätselte Max.

Darauf wusste auch Sina keine Antwort. Zudem gab es Wichtigeres. »Wohin könnten sie Larissa gebracht haben?«, murmelte sie zum wiederholten Mal, und wie immer gab sie sich selbst die Antwort: »Es ist einfach unmöglich, sie ohne jeden Anhaltspunkt aufzuspüren.« Und dann fügte sie hinzu: »Vielleicht sollten wir doch zur Polizei gehen.«

Max fuhr aus seinen Überlegungen auf: »Und wenn Larissas Nachbarn uns gesehen haben, als wir das Haus verließen? Diese Leute kennen mich. Wahrscheinlich sind unsere Namen schon zu allen Präsidien im ganzen Reich unterwegs. Willst du wirklich das Risiko eingehen, Stunden oder sogar Tage auf irgendeiner Wache festgehalten zu werden, bis irgendwer aus Berlin anreist und unsere Aussagen aufnimmt?« Er verdrehte verzweifelt die Augen. »Ich meine, *drei* Tote! Was glaubst du denn, wem man die erst einmal ankreidet? Ganz sicher dem, der einfach davongelaufen ist, bevor der Krankenwagen kam.«

»Wir haben immer noch unsere Ausweise«, widersprach Sina schwach.

»Unsere Ausweise?«, höhnte Max und zog seinen eigenen hervor. Verächtlich starrte er das Dokument an, als trage es allein die Schuld an allem, was ihnen widerfahren war. »Wenn auch nur ein wenig von dem, was wir gemutmaßt haben, der Wahrheit entspricht, dann ist dieser Ausweis nicht das Geringste wert! Falls Zacharias zur Thule-Gesellschaft gehört und die irgendetwas mit dem Absturz des Luftschiffs zu tun hat, dann gibt es das Hex nicht mehr. Das Hex hatte seine Berechtigung, so lange hinter seiner Maskerade die Gesellschaft firmierte. Aber jetzt, wo schon viel zu viel ans Licht gekommen ist, ist es sinnlos geworden. Ich bin überzeugt, dass du recht hast: Das Hex existiert nicht mehr.«

Sie wollte widersprechen. Das Hex war viel mehr als eine Maske gewesen. Es war, verdammt noch mal, *wichtig*. Es hatte sie vor den Kindern behütet.

Im selben Augenblick wurde die Tür des Abteils aufgerissen. Sinas Hand fuhr zur Waffe.

Es war ein kleiner Junge mit einem Zeitungsstapel im Arm. »Reichskanzler Luther tritt zurück!«, brüllte er so schrill, dass es in den Ohren schmerzte. »Hindenburg ernennt Wilhelm Marx zum neuen Kanzler!« Und noch einmal: »Reichskanzler Luther …«

Max unterbrach ihn. »Gib schon her.« Er drückte dem Kleinen eine Münze in die Hand und nahm dafür eine Zeitung entgegen. Der Junge verschwand ohne ein weiteres Wort und ließ die Tür offenstehen. Sina stand auf und zog sie zu.

»Nettes Kerlchen«, stöhnte sie.

Max überflog die Meldungen auf der Titelseite, dann legte er die Zeitung entnervt beiseite.

»Darf ich?«, fragte Sina.

»Sicher.«

Während sie begann, in der Zeitung zu blättern, steckte Max seinen Ausweis ein. Sein Zorn auf das Stück Papier war durch die Unterbrechung verflogen.

»Hör dir das an«, sagte Sina plötzlich und zitierte: *»Das Automobil, in dem der österreichisch-ungarische Thronfolger, Erzherzog Franz Ferdinand, im Juni 1914 ermordet wurde, findet seit einiger Zeit in Bosnien als Postauto Verwendung. Weil den vorherigen Besitzern des Fahrzeugs ungewöhnlich viele Unglücksfälle zustießen, glauben die Bürger an einen Spuk und bekreuzigen sich, wenn der hellrot gestrichene Wagen vorbeifährt …«* Sie blickte auf. »Das wäre ein Fall fürs Hex.«

Max lächelte wehmütig. »Hat was vom Fischmensch im Wannsee.«

»Und von der fleischfressenden Pflanze im Tiergarten.«

Die Erinnerung brachte beide zum Lachen. Für einen Moment wich die Spannung, die sich in ihnen aufgebaut hatte.

Sina blätterte weiter …

… und wurde schlagartig bleich.

Ihre Lippen öffneten sich, doch einen Moment lang war sie unfähig etwas zu sagen. Es sah aus, als schnappte sie nach Luft. Dann erst flüsterte sie:

»Das ist einer von ihnen.«

Max beugte sich vor, beunruhigt von der Veränderung, die mit ihr vorgegangen war. »Wovon sprichst du?«

Sina drehte mit zittrigen Fingern die Zeitung um und deutete auf eine graue Fotografie. »Das ist einer von den Männern, die ich gesehen habe.«

Er begriff noch immer nicht. »Von den beiden Toten in Larissas Bad? Wieso …«

Sie unterbrach ihn abrupt. »Von den Männern aus dem Krater. In der Nacht des Lampenlöschens. Das ist einer von ihnen!«

Max zog ihr die Zeitung aus der Hand und betrachtete das Bild genauer. Es war die winzige Fotografie eines Mannes, der umgeben von Polizisten und Sanitätern auf einem Bürgersteig stand, irgendwo in einer Großstadt. Er trug einen schwarzen Hut, einen zerfetzten schwarzen Anzug und eine dunkle Brille, die seine Augen verdeckte. Die Qualität des Bildes war katastrophal – verwischt, unscharf, vom holzhaltigen Papier verzerrt –, aber das machte es nur noch unheimlicher. Den Mann schien das Treiben um ihn herum völlig kaltzulassen. Er stand hoch aufgerichtet da und blickte starr durch seine Brille geradeaus. Die Menschen, die aufgeregt auf ihn einzusprechen schienen, beachtete er gar nicht.

Darunter stand als Bildtext ein einzelner Satz: *Jakob Eisenstein bei seinem überraschenden Auftauchen vor zehn Tagen.*

Sina rückte näher, um gleichfalls einen Blick auf das Bild zu erhaschen. »Steht da, wer es ist?«

»Er heißt Eisenstein. Jakob Eisenstein. Ich kann mich an den Fall erinnern, irgendein Regierungsbeamter, der vor ein paar Jahren verschwand. Es hieß, er sei übergelaufen, glaube ich.« Max senkte die Zeitung und sah Sina über, den Rand hinweg an. »Es ist nur ein Zufall. Er hat dunkle Kleidung an und eine Brille. Sein Gesicht ist auf dem Bild kaum zu erkennen.«

Sina tat seinen Einwurf mit einem heftigen Kopfschütteln ab. »Er ist es. Ich bin ganz sicher. Ich weiß nicht, warum, aber ich erkenne ihn wieder. Ganz bestimmt.«

»Das ist unmöglich.« Er blickte wieder auf die Zeitung und überflog den Artikel, zu dem das Bild gehörte. »Hier steht, Eisenstein sei nach seinem überraschenden Auftauchen in Berlin gestern endgültig im Irrenhaus untergebracht worden. Offenbar haben sich Ärzte tagelang vergeblich um ihn bemüht.« Er verzog das Gesicht. »Liebe Güte, man musste ihm die Kleider vom Leib schneiden. Hier steht, der Anzug sei in den vergangenen sechs Jahren vermutlich kein einziges Mal ausgezogen worden. Stoff und Schmutz waren in seine Haut eingewachsen.« Kopfschüttelnd reichte er Sina die Zeitung. »Hier, lies es dir durch. Er kann es nicht gewesen sein. Wie soll er nach Grönland kommen, wenn er in Berlin untersucht wird? Außerdem, ich bitte dich … würde ich Anzug, Hut und Brille tragen, sähe ich genauso aus wie er. Oder wie deine drei Schneemänner.«

Zornesröte schoss ihr ins Gesicht. »Du glaubst mir nicht?«, fuhr sie ihn scharf an. »Denkst du wirklich, ich hab mir das da oben am Krater alles eingebildet? Das kann nicht dein Ernst sein!«

»Mein Gott, Sina, wir waren beide angetrunken. Du hast die Orientierung verloren und …«

»Ich nahm an, wir würden einander mittlerweile so weit vertrauen, dass wir die Beobachtungen des anderen nicht anzweifeln!« Ihre Augen glänzten vor Wut und Enttäuschung. »Aber offenbar habe ich mich geirrt.«

»Es tut mir leid. Ehrlich«, lenkte er bedauernd ein. »Es ist nur … Herrgott, dieser Mann auf dem Bild ist in Berlin! Man kann ihn nicht mal richtig erkennen. Und du behauptest, er sei dir in Grönland begegnet. Was würdest du denn sagen, wenn ich so was behaupten würde?«

Sina funkelte ihn einen Augenblick länger an, dann ließ sie sich schlagartig in den Sitz zurückfallen. Sie wirkte erschöpft und plötzlich sehr verletzlich.

»Du hast ja recht«, sagte sie leise.

Aber während der Zug die Vorstädte Nürnbergs passierte und schließlich in den Bahnhof einfuhr, dachte sie trotzig, dass sie wusste, was sie gesehen hatte. Sie wusste es. Und sie hatte den Mann erkannt. Es kränkte sie, dass Max ihr nicht glaubte.

Dabei hatte sie die größte Ungeheuerlichkeit für sich behalten: Es war dreimal derselbe Mann gewesen, der ihr am Kraterrand erschienen war, wie Drillinge in identischer Kleidung.

Dreimal Jakob Eisenstein.

■ ■ ■

Mit einem ohrenbetäubenden Kreischen der Räder kam der Zug zum Stehen. Auf dem Gang vor den Abteilen drängten Dutzende

Menschen den Ausgängen entgegen. Max beobachtete sie durch die Scheibe, wie sie schoben und schimpften und ihren Vordermännern das Gepäck in die Kniekehlen rammten. Erst, als sich der Aufruhr gelegt hatte, verließen auch Sina und er den Zug und traten hinaus auf den Bahnsteig.

Das Gedränge war entsetzlich, aber irgendwie gelang es ihnen, mit ihren Taschen bis zur Treppe vorzustoßen und in den düsteren Tunnel hinabzusteigen, der in die Bahnhofshalle führte. Hier verlief sich die Menge ein wenig, und sie konnten endlich wieder frei atmen.

»Zu welchem Ausgang?«, fragte Sina.

»Vorne raus.«

»Und dann? Willst du einfach auf gut Glück durch die Stadt laufen?«

Er keuchte übertrieben auf, vordringlich, um seine eigene Unsicherheit zu überspielen. »Hauptsache erst mal an die frische Luft.«

Sina verzog das Gesicht. »Toller Plan.«

»Siehst du die Soldaten?«, fragte Max plötzlich, während sie sich dem Ausgang näherten.

»Ich hab sie schon am Bahnhof gesehen.«

»Schwarze Reichswehr. Das gefällt mir nicht.«

»Vielleicht eine Kundgebung.«

»Ich denke, die gibt es offiziell gar nicht?«

Sie verzog den Mund. »Weiß der Teufel.«

Nur noch wenige Schritte trennten sie von den Glastüren am Ausgang, als das Unvermeidliche geschah.

»Halt!«, verlangte eine barsche Stimme hinter ihnen.

Sie erschraken, taten aber so, als gelte der Ruf nicht ihnen.

»Bleiben Sie stehen!«

Max erreichte die Tür, drückte sie auf. Trat ins Freie. Sina folgte ihm drängelnd.

»Herr von Poser! Frau Zweisam!«, brüllte die Stimme in ihrem Rücken. Zugleich gerieten mehrere der Schwarzuniformierten in Bewegung, schoben sich durch die Menge auf sie zu.

»Ich hab's geahnt«, zischte Max und rannte los. Sina lief neben ihm. Um sie herum blieben die Menschen stehen, drehten sich neugierig um. Manche schauten ängstlich, als sie die Soldaten erblickten, andere traten nervös ein paar Schritte zurück.

Mit wehenden Mänteln drängten Max und Sina durch die Menschenmassen, schufen sich eine Gasse im Gewühl, die sich hinter ihnen fächerförmig ausweitete, als sich ein ganzes Dutzend Soldaten auf ihre Fährte setzte. Mit einem Mal war der ganze Vorplatz in Aufruhr. Aus allen Richtungen drängten weitere Männer der Schwarzen Reichswehr heran. Es gab keinen Zweifel mehr, dass sie Max und Sina längst erwartet hatten. Der gesamte Bahnhof war abgeriegelt, jeder der Soldaten kannte ihre Gesichter.

Ein Schwarzuniformierter tauchte nur wenige Schritte vor Max aus der Menge auf. Max holte mit seiner Tasche aus und hieb sie dem Mann ins Gesicht. Mit einem überraschten Aufschrei taumelte der Mann und stolperte zu Boden. Max setzte über ihn hinweg, Sina lief einen Bogen. Sie kamen zum Rand des Vorplatzes und eilten über eine breite Straße, ungeachtet der Automobile, die scharf bremsend auf sie zu schlitterten. Hinter den beiden folgte eine ganze Horde von Soldaten. Sie schwangen Schlagstöcke, aber keiner von ihnen zog eine Pistole. Wahrscheinlich hatten sie Befehl bekommen, die beiden unverletzt einzufangen.

Max schaute sich um und sah zum ersten Mal, von wie vielen Männern sie wirklich gejagt wurden. Mindestens zwanzig, schätzte er erschrocken.

»Wir müssen uns trennen!«, rief er Sina zu.

Sie bejahte atemlos. »Da vorne, hinter der Stadtmauer. Dort können sie uns für einen Augenblick nicht sehen.«

Sie hetzten auf den gewaltigen Wall zu und liefen in westlicher Richtung daran entlang, bis sie an eines der Tore kamen. Ihre Schritte auf dem alten Pflaster hallten hohl unter dem Torbogen wider.

Jenseits der Mauer bogen sie nach rechts. Für einen Augenblick befand sich der Befestigungswall zwischen ihnen und ihren Verfolgern. Ohne Zögern schleuderten sie ihre Taschen über eine Mauer in einen Innenhof. Dort würden die Soldaten sie nicht auf Anhieb finden.

»Wo treffen wir uns wieder?«, fragte Sina gehetzt.

Max schnappte nach Luft. »Ich kenne nur einen einzigen Platz hier in der Stadt, und den nur aus Büchern.«

»Die Burg?«

Er nickte.

»Also an der Burg, heute Abend. Viel Glück!«

Damit rannte sie auf einen schmalen Spalt zwischen zwei Häusern zu und verschwand darin. Max lief etwa zwanzig Meter weiter, erreichte das Tor eines Hinterhofes und stürmte hindurch. Gleich dahinter führte an der Hauswand eine stählerne Feuertreppe hinauf. Immer drei Stufen auf einmal nehmend sprang er keuchend nach oben.

Wenig später hörte er hinter sich die Stiefel der Soldaten auf den Metallstufen. Er konnte nicht sehen, wie viele es waren und ob sie bemerkt hatten, dass Sina einen anderen Weg eingeschlagen hatte.

Die Feuertreppe endete im dritten Stock vor einer eisenbeschlagenen Holztür. Max rüttelte an der Klinke, aber die Tür blieb verschlossen.

Gehetzt blickte er sich um. Links neben der Tür, etwa anderthalb Meter von ihm entfernt, befand sich ein Fenster. Es war vergittert. Die obere Treppenplattform reichte nicht bis dorthin. Er würde auf das Geländer und von dort aus zum Fenster klettern müssen, denn gleich dahinter endete die Wand und ging in das Flachdach eines Nebengebäudes über. Es war der einzige Fluchtweg, der ihm blieb.

Sichernd schaute er ein letztes Mal nach unten. Die vorderen Soldaten erreichten gerade das erste Stockwerk.

Max schwang sich über das Geländer der Plattform und klammerte sich an seine Außenseite. Er streckte den rechten Arm aus und bekam mit Mühe das Fenstergitter zu packen. Seine Sinne hämmerten ihm ein, wie aussichtslos sein Plan war.

Er stieß sich ab. Wenn das Gitter rostig war oder morsch, wenn es aus der Verankerung brach oder die Steine splitterten – aber, nein, das Gitter hielt! Einen Augenblick später baumelte er mit beiden Armen am Fenstergitter und strampelte mit den Füßen frei in der Luft. Er musste sich beruhigen, musste seine Furcht überwinden! Stöhnend und nicht einmal mehr in der Lage zu fluchen, zog er sich mit aller Kraft nach oben. Er war nie gut in Klimmzügen gewesen, trotzdem gelang es ihm irgendwie, die Füße auf die unteren Gitterstreben zu setzen. Wie ein Affe hing er mit angezogenen Knien am Fenster, betete, dass das Gitter sein Gewicht hielt, und versuchte zugleich, mit der linken Hand den Rand des Flachdaches zu packen. Die Kante aus Teerpappe führte im rechten Winkel von der Mauer weg. Wenn es ihm gelang, sich fest genug abzustoßen.

Die Soldaten erreichten den oberen Treppenabsatz und blickten ihm brüllend hinterher. Vergeblich reckten sie ihre Arme über den Abgrund, um ihn zu packen. Der erste schwang sich über das Geländer, um Max zu folgen.

Max sprang, schräg nach hinten, und versuchte, sich in der Luft zur Seite zu drehen. Aber er war kein Artist, nicht mal ein guter Kletterer, und so krachte er mit der linken Hüfte auf die Kante, schrie gequält auf und zog sich trotzdem irgendwie aufs Dach. Einige Sekunden lang blieb er liegen, schwindelig von der Höhe und betäubt vom Schmerz, dann gelang es ihm, sich aufzurappeln. Die Soldaten brüllten und schimpften, während der Mann, der übers Geländer geklettert war, immer noch zögerte, sich abzustoßen. Auch ihm war die Höhe alles andere als geheuer.

Max hinkte los, quer über das Flachdach, zu einem winzigen Fenster. Vom angrenzenden Hauptdach zerrte er einen Dachziegel und schmetterte ihn in die Scheibe. Das Glas splitterte. Max steckte seinen Arm hindurch, löste den Riegel, dann kletterte er ins Innere. Er hörte, wie die Soldaten auf der Feuertreppe ihren Kameraden im Hof zuschrien, sie sollten ihn im Treppenhaus abfangen.

Der Schmerz in seiner Hüfte legte sich allmählich. Max stürmte über einen staubigen Speicher zu einer Holztür. Er riss sie auf und sprang die oberste Treppe hinunter. Unten im Haus erklang das Lärmen seiner Verfolger, die ihm jetzt entgegenkamen.

Rasch sah er sich nach einer Möglichkeit um, ihnen abermals zu entkommen. Ein Stockwerk unter ihm entdeckte er eine Wohnungstür. Vielleicht konnte er sie vor den Soldaten erreichen.

Und dann? Egal. Hauptsache weiter.

Er hetzte die Stufen hinab, kam völlig außer Atem vor der Tür zum Stehen. Mit den Fäusten hämmerte er dagegen. Die ersten Soldaten erreichten die Zwischenetage direkt unter ihm. Noch fünfzehn oder zwanzig Stufen, dann waren sie bei ihm. Ihre schwarzen Schlagstöcke glänzten wächsern in der dämmrigen Treppenbeleuchtung.

Die Tür wurde einen Spaltbreit geöffnet. Ein eingefallenes, grell geschminktes Frauengesicht erschien. Jetzt erst fiel Max das schludrig mit roter Farbe auf die Tür geschmierte Herz auf. Parfümschwaden wehten ihm entgegen.

Er warf sich achtlos gegen die Tür, die Frau stolperte zurück. Ehe die Soldaten die Etage erreichten, hatte Max die Tür bereits von innen zugeworfen. Er befand sich in einem langen Flur, von dem sechs oder sieben Zimmer abzweigten. Zwei Türen wurden aufgerissen, und ein Paar gealterter Huren starrte ihm verängstigt entgegen.

Max kümmerte sich nicht um sie, genauso wenig wie um die jüngere Frau, die ihm geöffnet hatte. Schimpfend rannte sie hinter ihm her, als er den Flur hinab in Richtung eines Hinterzimmers lief. Durch die offene Tür erkannte er Plüschsofas und rote Teppiche. Dicke Vorhänge schirmten den Raum gegen das Tageslicht ab.

Draußen im Treppenhaus hämmerten und schrien die Soldaten. Die Tür würde sie im Höchstfall noch eine Minute aufhalten.

Max stürmte ins Empfangszimmer der Damen – und blieb wie angewurzelt stehen.

Sechs Männer der Schwarzen Reichswehr saßen auf den Sofas und ließen sich von großzügig dekolletierten Mädchen umgarnen. Als Max hereinkam, sprangen drei der Soldaten auf. Die übrigen brauchten einen Augenblick länger, doch ehe Max sich versah, kamen auch sie auf ihn zu.

»Das ist er!«, rief einer von ihnen, dem seine Verblüffung besonders deutlich anzusehen war.

Großartig, dachte Max, gibt es hier irgendwen, der mich nicht kennt?

Im selben Moment war seine Flucht beendet. Drei der Männer

packten ihn, während draußen die Wohnungstür nachgab und ein volles Dutzend weiterer Soldaten hereintrampelte. Plötzlich war das gesamte Zimmer von Männern der Schwarzen Reichswehr bevölkert. Ohne zu protestieren drängten sich die Frauen verschreckt hinter ein Sofa. Die Soldaten, wahrscheinlich aus dem ganzen Reich nach Nürnberg beordert, waren ihre beste Kundschaft.

Max wehrte sich nicht. Er gab auch keinen Ton von sich, nicht einmal, als ihm einer seiner wütenden Verfolger den Schlagstock in den Magen rammte.

Kraftlos krümmte er sich in den Armen seiner Bewacher, stolperte in ihrer Mitte aus der Wohnung, die Treppen hinunter und hinaus auf die Straße.

■ ■ ■

Sina wartete.

Mit angezogenen Knien hockte sie in einer Nische, hinter zwei Mülltonnen aus grauem Blech. Die Schritte ihrer Verfolger kamen näher. Mindestens fünf oder sechs von ihnen stürmten die Gasse hinunter. Jetzt rannte der Erste an der Nische vorüber, der Zweite, der Dritte.

Der Letzte blieb stehen und sah sie an. Blickte ihr direkt in die Augen.

Dann schlug er Alarm.

»Sie ist hier!«, brüllte er den anderen nach, die bereits zehn, zwanzig Meter entfernt waren.

Sina konnte die Männer aus ihrem Versteck heraus nicht mehr sehen, aber sie hatte keineswegs vor, ihnen genügend Zeit zur Umkehr zu geben. Wie eine Furie setzte sie über die Tonnen hinweg, prallte gegen den verdutzten Soldaten und rammte ihm den angewinkelten Ellbogen unters Kinn. Röchelnd taumelte er zurück und hielt sich mit beiden Händen den Kehlkopf. Dann brach er in die Knie.

Die übrigen Soldaten waren nach rechts an der Nische vorbeigelaufen, deshalb wandte Sina sich nach links.

Sie kam keine dreißig Meter weit, dann erschienen vor ihr in der

Mündung der Gasse weitere Männer in schwarzer Uniform. Herrgott, man hatte doch wohl kaum diese ganzen Soldaten in Nürnberg stationiert, nur um sie und Max zu jagen! Aber es brauchte diese Erkenntnis nicht mehr, um zu erkennen, dass hier irgendetwas Gewaltiges im Gange war. Etwas, an das sie in diesem Augenblick keinen weiteren Gedanken verschwenden konnte, denn die Schwarze Reichswehr rückte nun von beiden Seiten auf sie zu.

Angestrengt sah sie sich um. Sie wollte sich nicht so schnell geschlagen geben. Aber es war vergeblich. Es gab keinen versteckten Fluchtweg, den sie bisher übersehen hatte, und erst recht keinen überraschenden Helfer. Da waren nur Sina, die Soldaten und die steilen Mauern rechts und links der Gasse.

Sie atmete tief durch, versuchte ihren Zorn zu schlucken und hob langsam die Hände.

»Das war's«, zischte sie zwischen zusammengebissenen Zähnen.

Wenig später führte sie der Tross der Schwarzen Reichswehr durch die Straßen, und nicht ein einziger Bürger Nürnbergs blieb stehen, um zuzuschauen. Männer und Frauen verschwanden in Hauseingängen und Seitenstraßen, sobald sie den düsteren Trupp entdeckten; nur die Furcht übertraf ihre Neugier.

■ ■ ■

Der Weg zum Burgtor war beschwerlich und steil. Nicht wenige der Soldaten stöhnten, während sie Max die gepflasterte Rampe hinauf zum Haupteingang der Kaiserburg führten. Mehr als ein Dutzend waren es noch, die ihn in ihrer Mitte hielten, und auf manchem Gesicht zeigte sich Erleichterung, als sie den Torbogen hinter sich ließen und endlich die Burg betraten.

Ein langgestreckter Vorhof, umgeben von hohen Mauern, Fachwerkbauten und zwei trutzigen Türmen, führte zu einem zweiten Tor, wo man ihnen Eintritt in den inneren Burghof gewährte. Es wimmelte nur so von Männern der Schwarzen Reichswehr. Kein gewöhnlicher Soldat war unter ihnen, auch kein Polizist.

Der Burghof wurde an drei Seiten von hohen, mehrstöckigen Gebäuden mit roten Ziegeldächern überschattet. An der vierten Seite ragte eine Mauer empor, auf der ein hölzerner Wehrgang verlief.

Ein Großteil von Max' Bewachern blieb zurück, als man ihn ins Innere des linken Hauses führte. Vier Männer blieben als Eskorte bei ihm. Sie hatten ihn nicht gefesselt, denn zwei von ihnen hielten ihre Revolver auf seinen Rücken gerichtet. Die anderen beiden gingen voraus. Max folgte ihnen durch einen Rittersaal, dessen reich dekorierte Fensterarkaden über die Dächer der Altstadt blickten.

Durch ein gotisches Portal betraten die Männer eine Kapelle. In der säulengestützten Bogendecke klaffte eine quadratische Öffnung, die in eine zweite, darüberliegende Kapelle führte. Einst war es das Vorrecht der Herrschenden gewesen, dort oben zu beten.

Max und seine Bewacher stiegen jedoch nicht nach oben – ganz im Gegenteil. Denn genau unterhalb der Deckenöffnung hatte man im Boden des Erdgeschosses die schweren Steinplatten beiseite geschafft und ein unterirdisches Treppenhaus freigelegt. Die geheime Natur des Einstiegs deutete darauf hin, dass das, was darunter lag, jahrhundertelang unbemerkt geblieben war.

Trotz der Gefahr, in der er schwebte, betrachtete Max eingehend die Treppe. Es war ein kunstvoller Bau, eine steinerne Wendeltreppe mit Hohlspindel und geschwungener Wangensäule. Solche Konstruktionen traf man, selbst in uralten Bauten wie diesem, weit seltener an als gewöhnliche Wendeltreppen. Die Stufen waren unerhört breit und niedrig, nahezu rampenähnlich. Es war augenscheinlich ein Treppenbau, der nicht zum schlichten Auf- und Abstieg, sondern zum Transport sperriger Güter geschaffen worden war. Aber unterhalb einer Kapelle? Das war mehr als eigenartig.

Die Stufen führten so tief hinab, dass Max auch nach grober Schätzung sicher war, dass sie sich bald schon unterhalb des Kellerniveaus der Burg befanden. Jeder Schritt, den sie jetzt taten, brachte sie tiefer ins Innere des Burgfelsens.

Die Treppe endete in einem Gang, breit und hoch genug, dass ein Lastwagen hätte hindurchfahren können. Tatsächlich wies der behauene Steinfußboden zwei langgestreckte Kerben auf, ähnlich wie Wagenräder sie auf Feldwegen hinterlassen. Hier aber hatten die Räder ihre Spuren in *Fels* gegraben; dafür mussten sie viele tausend Male auf und ab gefahren sein. Was hatten die Menschen von damals so tief unter ihrer Burg versteckt, dass solche Transportwege nötig waren?

Weiter ging es, durch ein Labyrinth breiter und schmaler Korridore, noch mehr Treppen hinunter, bis Max jegliche Orientierung verloren hatte. Ihm fiel auf, dass einige der engeren Treppenschächte auf einer Seite bemalte Wände aufwiesen, opulente Darstellungen von biblischen Szenen und höfischer Sitte. Obgleich die meisten bereits verblassten, war es selbst für Laien unmöglich, unbeeindruckt daran vorüberzugehen. Sogar die Soldaten ließen ihre Blicke fasziniert über die Malereien schweifen.

Da erinnerte Max sich an etwas, das er vor Jahren einmal während seiner Treppenforschungen gelesen hatte. Im selben Augenblick schwand seine Gleichgültigkeit, und er fasste neue Hoffnung.

Sie wussten es nicht! Er beobachtete die Soldaten, registrierte jeden ihrer Schritte und brach innerlich in Jubel aus: *Sie wussten es wirklich nicht!*

Denn dies waren keineswegs gewöhnliche Treppen – es waren Fallen. Menschenfallen! Und sie basierten auf einer denkbar simplen Beobachtung: Ein Mensch, der einen einseitig bemalten Treppenschacht hinabstieg, wechselte automatisch hinüber auf die unbemalte Seite, um eine bessere Sicht auf die Bilder zu haben. Konkret bedeutete das: War die linke Wand mit Gemälden geschmückt, ging der Treppensteiger unbewusst an der rechten Wand entlang, da ihm dies einen weiteren Blickwinkel auf die Kunstwerke gestattete. In vielen alten Bauten, angefangen bei den Pyramiden der ägyptischen Wüste bis hin zu geheimen Krypten unter gotischen Kathedralen, hatten Baumeister diesen Umstand genutzt – meist, um unerwünschte Besucher und Grabräuber in Fallgruben zu stürzen, die sich unterhalb einer Treppenseite auftaten. Wer am Bild vorbeiging, gelangte sicher nach unten. Wer aber nicht eingeweiht war und den Reizen der Malereien verfiel, stürzte unwillkürlich ins Verderben; auf seiner Seite klafften

Abgründe auf, stahlgespickte Gruben und scharfzahnige Eisenschneiden, die ihr Opfer in Stücke schnitten.

Die meisten dieser Falltreppen mussten mithilfe verborgener Mechanismen aktiviert werden, hölzerne Hebel, in Spalten und Mauernischen verborgen. Da die Treppen, über die Max und die Soldaten stiegen, offenbar noch nicht aktiviert waren, musste er nur eine Möglichkeit finden, den Mechanismus einzuschalten. Vielleicht gelang es ihm so, zumindest einen Teil der Bewacher loszuwerden.

Verzweifelt versuchte er, sich die Pläne ähnlicher Anlagen ins Gedächtnis zu rufen. Jahrelang hatte er Abschriften der alten Dokumente angefertigt, und viele kannte er in- und auswendig. Er wusste um die geheimen Treppen unter der Kathedrale von Salisbury und die Schwarzen Stiegen in Orvietos Domfassade, er hatte ihre Konstruktion studiert, analysiert, verinnerlicht. Und auch hier glaubte er zu wissen, wo er suchen musste. Seine Knie begannen zu beben, und diesmal war es nicht die Angst vor dem, was ihn am Grunde des Burgbergs erwarten mochte. Er musste sich zwingen, seine Anspannung zu überwinden und präzise zu beobachten.

Er bekam seine Chance am Ende eines Korridors, der wie alles hier unten, durch eine provisorisch verlegte Kette von Glühbirnen erhellt wurde. Der Gang endete am oberen Absatz eines weiteren Treppenschachtes, dessen rechte Wand vom Panorama einer gewaltigen, vorzeitlichen Schlacht bedeckt war. Die Stufen waren aus uraltem Eichenholz, knarrend, aber stabil. Hebel oder Nischen waren nirgends zu sehen.

Max hatte kaum die oberste Stufe betreten, als er seine Ferse mit aller Kraft nach hinten stieß. Und er behielt recht. Die Rückwand der Stufe gab nach und klappte unmerklich nach innen. Max konnte es kaum glauben: Nach all den Jahrhunderten war der Mechanismus funktionsbereit wie am ersten Tag.

Er wusste, dass jetzt irgendwo unter den Holzstufen eine komplizierte Folge von Zahnrädern, Waagschalen und Sandrutschen aus ihrem Schlaf erwachte. Er schickte ein stummes Stoßgebet zur Tunneldecke, dass der Mechanismus schnell genug in Gang geriet, bevor er und die Männer das Ende der Treppe erreichten. Dabei achtete er peinlich genau darauf, eng am Gemälde entlangzugehen. Niemand schöpfte Verdacht.

Ein dumpfes Grollen in der Tiefe gab seinen Hoffnungen recht. Die Soldaten blieben stehen und blickten einander irritiert an.

»Was war das?«, fragte einer, der seine Waffe auf Max gerichtet hatte.

Einen Atemzug später verschlang ihn der Abgrund. Sein Schrei verklang in der Tiefe. Auch einer der beiden Soldaten, die vor Max gingen, sauste kreischend ins Dunkel unter der Treppe. Sein Nebenmann schwankte am Rande der Kante und versuchte mit aufgerissenen Augen, sich an Max festzuhalten. Der aber wich seinen zupackenden Händen aus. Der Soldat verlor das Gleichgewicht, ruderte panisch mit den Armen und verschwand. Sein Schrei brach ab, als er am Grund der Grube aufschlug.

Max fuhr herum. Der letzte verbliebene Soldat hielt immer noch seinen Revolver umklammert. Auch er war auf der rechten Seite der Treppe gegangen, ohne zu wissen, dass er damit sein Leben rettete. Jetzt starrte er voller Entsetzen zu Boden. Die Stufen waren halbseitig entlang einer schnurgeraden Linie nach unten weggebrochen. Eine Hälfte stand noch, die andere war fort. An ihrer Stelle klaffte ein schwarzer Abgrund, aus dem eiskalte, muffige Luft emporwehte.

Der Soldat stammelte etwas, riss die Waffe herum – zu spät! Max hatte ihn bereits gepackt, zog ihn am Arm nach vorne und hoffte, der Mann würde ebenfalls in den Spalt stürzen. Doch diesen Gefallen tat er ihm nicht. Vielmehr überwand der Soldat schlagartig seinen Schrecken und schien zu begreifen, dass Max – auf welche Weise auch immer – die Schuld am Schicksal seiner Kameraden trug. Mit wutverzerrten Zügen sprang er vor, entwand seinen Arm aus Max' Griff, stieß gegen die Brust seines Gegners und versuchte, Max in den Abgrund zu drängen. Die verbliebene Treppenhälfte maß wenig mehr als einen Meter, ein Grat, kaum breit genug, um darauf zu gehen, und sicher kein geeigneter Platz für einen Kampf auf Leben und Tod.

Schon nach den ersten Schlägen und Stößen war abzusehen, dass derjenige, der am Ende in die Tiefe stürzen würde, den anderen unweigerlich mitziehen musste. Die Waffe war dem Soldaten entglitten, sie lag einige Stufen tiefer am Rand der Grube. Keinem der Männer gelang es, sich vom Gegner zu lösen, um den Revolver zu ergreifen. Ihr Keuchen erfüllte den Schacht, während aus dem Abgrund das Röcheln eines Sterbenden heraufdrang.

Plötzlich ertönte ein Ruf. »Los, helft ihm!«

Max und der Soldat blickten gleichzeitig auf. Zwei Uniformierte balancierten unsicher die verbliebenen Treppenhälften herab. Ihr Befehlshaber blieb oben stehen und beobachtete das Geschehen mit zorniger Miene. »Beeilt euch, verdammt!«, rief er seinen Männern zu.

Der Soldat in Max' Umklammerung grinste – und wurde einen Moment lang unvorsichtig. Max hebelte sein linkes Bein zur Seite, und sofort geriet der Soldat ins Taumeln. Dabei hielt er Max rechten Arm fest, und fraglos wäre Max mit ins Dunkel gestürzt, wären nicht im gleichen Moment die beiden anderen Männer herangekommen. Einer griff mit beiden Händen nach seinem schwankenden Kameraden. Der Soldat glaubte die Rettung nah, ließ Max los und packte stattdessen den Uniformierten. Der aber hatte damit nicht gerechnet, verlor seinerseits das Gleichgewicht, und gemeinsam stürzten die beiden Männer über die Kante. Der dritte Soldat blickte fassungslos hinterher.

Max nutzte das Zögern des Mannes und lief die nächsten Stufen hinunter. Dort lag der verlorene Revolver. Max riss die Mündung hoch und drückte ab. Die Kugel traf den Soldaten in die Schulter. Mit einem Schmerzensschrei brach er zusammen, war aber geistesgegenwärtig genug, sich nach rechts fallenzulassen. Blutend sank er auf den Stufen zusammen und blieb sitzen, eine Hand gegen die Wunde gepresst.

Sein Vorgesetzter begann zu toben, riss seinerseits die Waffe aus dem Holster und legte auf Max an.

Max aber war schneller. Zweimal drückte er ab, und beide Kugeln trafen. Ohrenbetäubend hallten die Schüsse im Treppenschacht wider. Der Mann am oberen Absatz schrie auf, fiel nach hinten und verschwand aus Max' Blickfeld.

Max ließ den Verwundeten auf der Treppe sitzen und rannte, so schnell es die engen Stufen zuließen, tiefer hinab in den Berg. Die Schüsse mussten weithin zu hören gewesen sein. Bald würde es hier von Schwarzer Reichswehr wimmeln.

Er erreichte das untere Ende der Treppe. Der Korridor gabelte sich. Der linke Gang war abschüssig, der rechte verlief seicht nach oben. Max wandte sich nach links.

Irgendwo dort unten, das wusste er, erwarteten ihn alle Antworten.

Und mit ihnen, so hoffte er, Larissa.

■ ■ ■

In der Dunkelheit kauerte eine Frau. Sina konnte den weißen Rocksaum erkennen und zwei helle Schnürschuhe aus Leinen mit hohem Lederabsatz. Saum und Schuhe wurden von dem schmalen Lichtstreifen beschienen, der durch einen Spalt in der Falltür im Boden fiel. Die Fenster waren von innen mit Brettern und schwarzem Stoff abgedichtet; die Latten waren zu fest vernagelt, als dass Sina sie mit bloßen Händen hätte herabreißen können. Unten auf der Treppe klapperten die Stahlkappen der Soldaten davon, die sie hierher eskortiert hatten. Der Raum befand sich im Obergeschoss eines Turmes. Um hierher zu gelangen, hatten die Soldaten sie durch eine hohe, düstere Kapelle geführt.

Im fahlen Schein des Lichtstrahls erkannte Sina an den Wänden des Turmzimmers kunstvolle Steinplastiken, kaum mehr als vage Schemen im Halblicht: sitzende Gestalten, Gesichter und eine Vielzahl kauernder Löwen.

»Warum hat man Sie hierhergebracht?«, fragte Sina und machte einen Schritt auf die Frau am Boden zu. Sie konnte im Dunkeln ihr Gesicht nicht erkennen.

Die Füße zuckten aus dem Lichtschein, als hätten sie bereits zu viel über ihre Besitzerin verraten.

»Sie brauchen keine Angst zu haben«, sagte Sina behutsam. »Ich tue Ihnen nichts. Ich bin hier ebenso eingesperrt wie Sie.« Sie ging in die Hocke, um auf einer Höhe mit der Frau am Boden zu sein. »Darf ich näher kommen?«

»Bleiben Sie, wo Sie sind«, entgegnete eine junge Stimme. Sie klang verstört und ängstlich, als hätte sie eben noch geweint.

»Ich will Ihnen doch nichts antun«, wiederholte Sina. »Sind Sie verletzt?«

»Ich nicht«, kam zaghaft die Antwort. »Aber hier ist noch jemand bei mir. Er ist bewusstlos.«

»Wurde er verwundet?«

»Sie haben ihn geschlagen, immer weiter, bis er ohnmächtig wurde.« Die Erinnerung ließ sie abermals aufschluchzen.

»Ich könnte ihn abtasten«, bot Sina an. »Vielleicht sind irgendwelche Knochen gebrochen.«

»Nein!« Die Stimme schnitt scharf durch die Dunkelheit. »Fassen Sie ihn nicht an! Und mich auch nicht!«

»Glauben Sie wirklich, ich gehöre zu denen?«

»Sie wären nicht die Erste.«

Sina verstand nicht, was die junge Frau meinte, fragte aber nicht weiter. Stattdessen setzte sie sich auf den eisigen Boden. Der Lichtstreifen trennte die beiden Frauen wie ein glühender Spalt im Gestein.

»Gibt es hier unten Wasser?«, wollte Sina wissen.

»An den Wänden.«

»Ich würde mich gerne waschen.«

Zum ersten Mal gab die junge Frau ein wenig von ihrer Gleichgültigkeit auf. »Haben die Sie … ich meine …«

»Vergewaltigt? Nein.« Sie rümpfte die Nase. »Die Soldaten haben sich sehr korrekt verhalten.« Plötzlich erschrak sie. »Sie etwa?«

»Nein. Aber ich würde es diesen Schweinen zutrauen.«

»Wer ist der Mann da bei Ihnen?«

Zögern, dann: »Sie sind wirklich keine von denen, nicht wahr?«

»Ich versprech's Ihnen.«

»Er ist mein Vater.«

»Ihr Vater?«, fragte Sina überrascht, und zugleich kam ihr eine Ahnung. »Warum hat man Sie hierhergebracht?«

»Ich weiß es nicht.« Es klang aufrichtig. »Mein Vater weiß es, glaube ich. Er und dieser Mann waren ... *Freunde.*« Das letzte Wort sprach sie mit solcher Verachtung aus, dass Sina schauderte. So viel Hass in einem so jungen Mädchen.

»Sie sind Evelina, nicht wahr? Max' Schwester?«

Selbst in der Finsternis bemerkte Sina, wie das Mädchen zusammenzuckte. »Woher wissen Sie das? Kennen Sie Max?«

»Mein Name ist Sina Zweisam. Ihr Bruder und ich sind Kollegen. Wir waren gemeinsam ...«

»In Grönland, natürlich«, unterbrach Evelina sie. »Max hat erzählt, dass Sie ihn begleiten würden.« Sie rückte vor, bis das Licht ihr Gesicht beschien. Ihre hübschen Züge waren schmutzig, um ihre Augen lagen dunkle Sorgenringe. Ihr langes Haar war zerzaust.

Auch Sina rückte vor, bis sie sich gegenseitig im Zwielicht betrachten konnten.

»Sie haben ein blaues Auge«, stellte Evelina fast. »Waren das die Soldaten?«

»Das ist schon ein paar Tage alt. Sieht man es noch so deutlich?«

Evelina lächelte schwach. »Nur einen Streifen.«

»Ich glaube, das ist nicht die beste Gelegenheit, um eitel zu sein.«

Evelinas Gesicht wurde noch bleicher. »Ist Max auch hier unten? Haben die ihn ...«

»Nein«, entgegnete Sina hastig. »Ich weiß nicht, wo er ist. Wir wurden getrennt, unten in der Stadt. Keine Ahnung, ob sie ihn gefangen haben, und ob er auch in der Burg ist.«

»Lieber Gott, hoffentlich nicht.«

»Darf ich jetzt nach Ihrem Vater sehen?«

»Ja, sicher.«

Gemeinsam rückten sie aus dem Licht wieder ins Dunkel, dorthin, wo Sina in der Finsternis einen Körper ertastete. Evelina hatte den Kopf ihres Vaters mit ihrer zerknüllten Jacke unterlegt. Wilhelm von Poser atmete leise und regelmäßig. Falls sie ihm eine Rippe gebrochen hatten, war sie zumindest nicht in die Lunge gedrungen.

Sina tastete behutsam seinen Schädel ab, konnte aber auch hier keine Wunden entdecken. Was nicht ausschloss, dass er eine Gehirnerschütterung oder innere Verletzungen erlitten hatte.

»Er braucht einen Arzt«, sagte Evelina leise.

»Das wäre sicher gut. Aber ich glaube, es steht nicht allzu schlimm um ihn.« Sinas Optimismus war nicht ganz aufrichtig, sie hielt es jedoch für besser, das Mädchen zu beruhigen.

»Wirklich?«

»Ich denke schon.«

»Danke, Sie sind sehr nett.«

»Das ist das Mindeste, was man hier unten tun kann – nett sein.«

Evelina ergriff ihre Hand. »Ich bin froh, dass Sie hier sind.«

Sina unterdrückte ein Beben in ihrer Stimme. »Ich weniger.«

»Ganz allein in diesem Loch, mein Vater bewusstlos und niemand hier, der einem helfen kann – das macht einen verrückt. Glauben Sie, Max holt uns hier raus?«

»Schon möglich.« In Wahrheit schien Sina das höchst unwahrscheinlich. Max war nicht gerade die Art von Held, die im Alleingang Burgen stürmte.

»Erzählen Sie mir, warum Sie hier sind«, bat Evelina.

Sina befeuchtete ihre spröde gewordenen Lippen mit der Zunge, holte tief Luft und schilderte der jungen Frau die ganze Geschichte. Vom Flug nach Grönland über ihren Weg zum Krater, vom Attentat des Magiers bis zu ihrer Rückkehr nach Deutschland. Schließlich berichtete sie von Larissas Entführung und ihrer überhasteten Fahrt nach Nürnberg.

»Larissa ist auch hier?«, fragte Evelina verwundert.

»Sie haben sie noch nicht gesehen?«

»Nein.«

»Dann ist sie denen vielleicht entkommen.«

»Oder tot«,meinte Evelina illusionslos.

»Oder tot«, bestätigte Sina.

»Larissa und ich haben uns nie sehr gemocht, wissen Sie, aber jetzt wünschte ich, ich könnte ihr Gesicht sehen. Nicht hier unten, nicht so wie Sie, sondern draußen, bei Tageslicht, in der Sonne ...« Sie brach ab und begann erneut zu weinen.

Sina nahm sie widerstrebend in den Arm und tröstete sie. Schließlich, nachdem Evelinas Tränen versiegt waren, bat Sina sie: »Jetzt sind Sie dran. Erzählen Sie mir von Ihnen und Ihrem Vater. Was hat Sie nach Nürnberg verschlagen? Und wie kommen Sie hierher?«

»Ehrlich gesagt, ich weiß es nicht genau. Mein Vater kam gestern Vormittag nach Hause und ... – oder war es vorgestern? Himmel, hier verliert man jedes Gefühl für die Zeit.«

Genau das ist der Zweck des Ganzen, dachte Sina; deshalb die abgehängten Fenster, die schreckliche Finsternis. Alles nur, um die Gefangenen zu zermürben. Sina spürte es bereits am eigenen Leib. Wie lange sprachen sie jetzt miteinander? Zehn Minuten? Zwei Stunden?

»Auf jeden Fall kam mein Vater nach Hause und war völlig aufgelöst. Irgendetwas hat ihn sehr aufgeregt. Er sagte, er müsse sofort nach Nürnberg reisen, und er wollte, dass ich mitkomme. Ich könnte auf keinen Fall allein in Berlin bleiben, jetzt wo Max nicht da sei.« Sie machte eine kurze Pause und überlegte. »Das war seltsam, denn Max wohnt ja schon seit ein paar Jahren nicht mehr bei uns im Haus, und ich war oft allein. Das hat meinen Vater nie gestört. Bis gestern – oder vorgestern.«

»Kann es sein, dass Ihr Vater auf irgendeinem Weg von dem geplanten Anschlag auf Max erfahren hat? Meinte er das vielleicht, als er sagte, Max sei ›nicht mehr da‹?«

Evelinas Stimme klang plötzlich zornig. »Sie wollen behaupten, mein Vater hätte damit zu tun? Mit einem *Mordanschlag* auf Max? Das kann nicht Ihr Ernst sein!«

»Nein, nein«, beschwichtigte Sina sie. »Nicht direkt mit dem Mord. Aber er könnte davon erfahren haben. Vielleicht war er deshalb so aufgeregt.«

»Möglich, so könnte es gewesen sein. Wir fuhren sofort zum Flugplatz. Mein Vater besitzt eine Privatmaschine. Damit flogen wir nach Nürnberg.« Sie verstummte, als mache ihr die Erinnerung immer noch zu schaffen.

»Was geschah dann?«, fragte Sina.

»Wir wurden erwartet. Gleich nach der Landung nahm uns die Schwarze Reichswehr fest. Ich habe versucht, mich zu wehren, aber einer von denen schlug mir ins Gesicht. Als Vater ihn anbrüllte, wurde auch er geschlagen.« Sie beugte sich im Dunkeln vor und strich liebevoll über das Haar ihres Vaters.

Sina fürchtete, das Mädchen würde erneut in Tränen ausbrechen, deshalb fragte sie schnell: »Und dann brachte man Sie zur Burg?«

»Ja. Nicht gleich in diesen Turm, aber auf die Burg.«

Näherkommende Schritte unter der Falltür ließen sie verstummen. Jemand machte sich am Schloss zu schaffen. Dann schwang die Klappe nach oben. Das Licht blendete die beiden Frauen, aber schließlich erkannte Sina unten auf der Treppe mehrere Männer in schwarzer Uniform.

»Frau Zweisam?«, sagte einer. »Bitte folgen Sie uns.«

Sie lachte böse auf. »Seit wann so höflich?«, spie sie ihnen entgegen.

»Kommen Sie mit«, beharrte der Soldat.

Sina stand auf. Es hatte keinen Zweck, sich stur zu stellen. Man hätte sie doch nur mit Gewalt aus dem Turmzimmer gezerrt.

Evelina packte ihre Hand. »Gehen Sie nicht mit denen. Die werden Sie …«

Sina schnitt ihr sanft das Wort ab. »Das wollen wir doch nicht hoffen, oder?« Tatsächlich aber war ihr keineswegs zuversichtlich zumute, und sie fürchtete, dass man ihr das im hellen Licht ansehen würde. Sie straffte sich und gab sich Mühe, eine möglichst gleichgültige Miene aufzusetzen. Wenigstens den Triumph, sie zu brechen, wollte sie den Männern nicht gönnen.

»Wohin bringen Sie mich?«, fragte sie, als sie durch die Falltür auf die obersten Treppenstufen trat.

Die Soldaten blieben stumm.

Sina hörte, wie Evelina ihr die Antwort zurief, kurz bevor die Klappe über ihr zuschlug.

»Zu Zacharias!«, rief das Mädchen ihr aufgelöst hinterher. »Die bringen Sie zu Zacharias!«

Kapitel 3

Das Mysterium entwirrte sich auch dann nicht, als Max eine Entdeckung machte. Ganz im Gegenteil; alles wurde noch verwirrender, noch rätselhafter.

Er war nicht sicher, wie tief er sich wirklich im Berg befand; sechs oder sieben Stockwerke unterhalb der Burgebene, schätzte er. Zugleich aber war er sich bewusst, dass er im Gewirr der Stollen und Treppen allmählich die Orientierung verlor. Immer wieder musste er Patrouillen ausweichen, und gelegentlich kamen ihm Männer und Frauen in weißen Kitteln entgegen. Als er einige von ihnen belauschte, hörte er, wie sie sich über Legierungen und Kunststoffe unterhielten.

In einem engen Korridor, ein wenig abseits der übrigen, stieß er schließlich auf eine schwere Eichentür, auf die jemand mit gelber Farbe das Wort »Gefahr!« geschrieben hatte. Aus dem Inneren ertönte ein leises Wimmern.

Max schaute sich vorsichtshalber ein weiteres Mal um, dann schob er langsam den Riegel beiseite. Die Tür schwang schwerfällig nach innen. Die Scharniere knirschten, als sei Sand hineingeraten. Im Raum dahinter war es stockdunkel.

Das Wimmern brach ab.

»Hallo?« Max hatte die Tür nur einen Spalt weit geöffnet und spähte angestrengt in die Finsternis. Irgendwer war hier eingesperrt, ein Gefangener wie er selbst. »Larissa?«

Ein abgehacktes Schnaufen ertönte. Es klang nicht so, als hätte Larissa es ausstoßen können.

»Ich will Ihnen helfen«, flüsterte Max.

Etwas regte sich in der Dunkelheit. Seine Vorsicht hielt Max davon ab, die Zelle zu betreten. Warum stand die Warnung an der Tür?

So schlimm kann es nicht sein, sagte er sich, denn es gab keine Wächter. Man hatte den Gefangenen gänzlich sich selbst überlassen.

»Verstehen Sie mich?«, fragte er.

Noch ein Schnaufen. Es klang jetzt näher.

Max blinzelte. Jemand kam in der Schwärze auf ihn zu.

»Ich will Sie hier rausholen.« Er nahm sich vor, dass dies sein letzter Versuch war. Er hatte keine Zeit zu verlieren.

Ein Mann schleppte sich ins Licht. Man hatte ihm eine graue Zwangsjacke angelegt. Er kniff die Augen zusammen, als könne er die Helligkeit nicht ertragen, und machte unwillkürlich einen Schritt zurück. Das Licht schien ihm Schmerzen zu bereiten.

Dennoch hatte die Zeit ausgereicht, um Max die Wunden im Gesicht des Mannes erkennen zu lassen, schwärende Löcher auf dem Nasenrücken und rechts und links der Augen. Als hätte der Mann bis vor kurzem eine Brille getragen, die ihm viel zu eng war.

Oder als hätte er sie sechs Jahre lang nicht abgesetzt.

»Eisenstein?«, fragte Max zaghaft. »Sie sind Jakob Eisenstein, nicht wahr?«

Ein Grunzen war die Antwort. Es gab keinen Zweifel mehr, dass Eisenstein den Verstand verloren hatte. In der Zeitung hatte gestanden, man hätte ihn in eine Irrenanstalt verlegt. Aber die Männer und Frauen auf den Korridoren waren trotz ihrer Kittel keine Ärzte gewesen. Und dieser Berg war fraglos keine Klinik.

Hinter Max auf dem Gang ertönten Schritte. Stahlkappen auf Stein. Mehrere Soldaten kamen näher.

Er zögerte. Sollte er zu Eisenstein in die Zelle schlüpfen und hoffen, dass die Männer vorübergingen? Was, wenn sie den Riegel vorlegten? Das Risiko war zu groß.

Zugleich aber schien der Gefangene nicht in der Lage, mit Max davonzulaufen. Er musste ihn hierlassen.

Mit einem bedauernden Blick in die Dunkelheit drückte er die Tür zu, schob aber den Riegel nicht vor. Vielleicht gelang es Eisenstein, auf eigene Faust zu entkommen. Mochte er wahnsinnig sein oder nicht – niemand hatte es verdient, in solch einem Verlies gefangen gehalten zu werden. Und falls er gefährlich war, umso besser. Der Aufruhr würde Max kostbare Zeit verschaffen.

Er rannte los. Die Soldaten waren noch eine Ecke von ihm entfernt. Atemlos erreichte er die nächste Biegung, bevor sie ihn sehen konnten. So schnell er konnte lief er weiter, wählte an Abzweigungen immer jene Gänge und Treppen, die weiter nach unten führten.

Die Stiefelschritte der Soldaten blieben hinter ihm zurück. Er gelangte an einen weiteren Treppenschacht, an dessen unterem Ende es heller war als in den übrigen Teilen der Anlage. Stimmen drangen herauf. Max hielt an und lauschte.

Zwei Männer erschienen auf der Treppe. Mit langsamen, gleichförmigen Schritten stiegen sie hintereinander die Stufen herauf.

Max blieb wie angewurzelt stehen. Er zitterte plötzlich. Die Männer trugen schwarze Anzüge, Hüte und dunkle Brillen. Beide waren exakte Abbilder des Mannes aus der Zeitung, bis hin zu den scharfkantigen Kinnpartien. Perfekte Kopien Jakob Eisensteins.

Sie mussten ihn längst gesehen haben, denn sie kamen immer näher und starrten ihn an. Trotzdem schlug keiner der beiden Alarm. Es war, als blickten sie durch ihn hindurch.

Steifbeinig wich er zur Seite, um sie vorbeizulassen. Sie blickten weiterhin stur geradeaus.

Etwas stimmte nicht mit dem Stoff ihrer Kleidung. Er war zu glatt, ohne jede Textur. Es gab keine Faserung, kein Gewebe. Nur eine glatte, wächserne Oberfläche. Sie glänzte genauso wie die Hände und Gesichter der Männer, als sei alles aus demselben Material geformt.

Das Ungewöhnlichste waren die Brillen. Sie waren nicht aus Glas, sondern aus dem gleichen Stoff wie Haut und Kleidung. Ihre Ränder waren rundherum mit dem Gesicht verwachsen.

Starr vor Grauen stieß Max mit dem Rücken gegen die Wand. Ohne ihn zu beachten, traten die beiden Eisensteins an ihm vorüber und gingen den Gang hinauf.

Max blickte ihnen fassungslos nach, sah dann erneut die Treppe hinunter.

Im selben Augenblick erbebte der Berg vom Kreischen der Alarmsirenen.

■ ■ ■

»Wissen Sie, wer Ezechiel war?«

Zacharias saß hinter einem breiten Schreibtisch am anderen Ende eines langgestreckten Saales; es war das erste Mal, dass Sina ihn in einer Uniform der Reichswehr sah. Sie war durch ein gotisches Portal aus dem Obergeschoss der Kapelle hierher geführt worden. Durch mehrere hohe Spitzbogenfenster fiel gleißendes Tageslicht. Zwei von ihnen waren geöffnet; der Lärm der Stadt drang vom Fuß des Burgberges herauf, ein Klangteppich aus diffusen Stimmen und dem fernen Knattern von Automobilen. Die Helligkeit brannte in Sinas Augen, aber zugleich widerlegte sie das absurde Gefühl, dass ihre Gefangenschaft im Turm auch die Außenwelt verändert hatte. Die Atmosphäre des Unwirklichen blieb auf der anderen Seite des Portals zurück, die Realität empfing sie mit Wärme und Licht.

Mit langsamen Schritten ging sie quer durch den Saal auf Zacharias' Schreibtisch zu, dem einzigen Möbelstück im ganzen Raum. Die beiden Soldaten, die mit ihr eingetreten waren, folgten ihr auf einen Wink des Alten hin mit zwei Metern Abstand. Auf dem hellbraunen Parkett knallten ihre Stiefel ungewöhnlich laut. Die gelbschwarze Leistendecke des Raumes war nicht hoch und wurde von hölzernen Säulen getragen. Die weißen Wände und das Tageslicht gaben dem Saal einen freundlichen, einladenden Charakter, trotz seiner enormen Weite.

Zacharias hatte die Ellbogen aufgestützt, die Finger vor dem Kinn verschränkt und blickte Sina durchdringend an. Hinter seinem Rücken stand ein gewaltiger, pechschwarzer Kachelofen, reich verziert mit Reliefen.

Sie starrte zurück und wünschte, ihre Blicke würden sein Hirn wie Gewehrkugeln durchbohren. »Ich wusste, dass Sie dahinterstecken, aber ich habe es nicht glauben wollen.«

»Sie werden alle Erklärungen bekommen, die nötig sind«, entgegnete der Alte ungeduldig. »Aber erst beantworten Sie mir meine Frage: Wissen Sie, wer Ezechiel war?«

Sina funkelte ihn bösartig an. »Haben Sie mich herbringen lassen, um Ratespielchen mit mir zu spielen?«

»Ich versuche, sachlich zu bleiben, und das sollten Sie ebenfalls. Ich war immer sehr stolz auf Sie, Sina. Sie waren die beste Agentin im Hex, allen anderen weit überlegen. Und warum?« Er beugte sich über den Schreibtisch vor. »Weil Sie *geglaubt* haben. Weil Sie keine Sekunde an den Zielen des Hex gezweifelt haben. Und nichts anderes verlange ich jetzt von Ihnen, Sina. Glauben Sie! Vergessen Sie all Ihre Zweifel! Hassen Sie mich, wenn Sie mögen, aber vergessen Sie nicht, um was es geht. Das hier ist die Wirklichkeit, und alles, was Sie hier unten sehen werden, ist real.«

Er stand auf, trat um den Schreibtisch und blieb zwei Schritte vor Sina stehen. Selbst wenn sie gewollt hätte, sie hätte ihn nicht angreifen können. Die beiden Soldaten, die als Bewacher hinter ihr standen, hatten ihr Handschellen angelegt.

»Also noch einmal meine Frage: Wer war Ezechiel?«

Sie schloss für einen Moment die Augen und legte all ihre Verachtung in die Antwort. »Ein Prophet.«

»Das Buch Ezechiel findet sich auf den letzten Seiten des Alten Testaments«, sagte Zacharias. »Er war in der Tat ein Prophet. Aber er war auch viel mehr: Ezechiel war – und ist – der Schlüssel zum größten Geheimnis der Menschheitsgeschichte.«

»Wo ist Max? Haben Sie ihn ermorden lassen?«

Zacharias überhörte ihren Einwurf. In aller Seelenruhe fuhr er fort: »Ezechiel wurde um das Jahr 623 vor Christus in Jerusalem geboren. Als er ein junger Mann war, wurde das Land Juda zum Vasallen Babylons. Fünf- oder sechstausend Männer und Frauen der Oberschicht wurden nach Babylonien verschleppt, in die südliche Ebene zwischen Euphrat und Tigris. Dort gestattete man ihnen, Dörfer zu gründen und ihr Leben so zu führen, wie sie es in ihrer Heimat getan hatten. Ezechiel war eine dieser Geiseln. Als Priester versuchte er, den alten

Glauben Judas aufrechtzuerhalten und die Menschen vor den Verlockungen der babylonischen Kulte zu bewahren.«

Sina rüttelte an ihren Handschellen, obgleich sie wusste, wie sinnlos das war. »Ersparen Sie mir Ihren Sermon, Zacharias. Sagen Sie mir, was Sie wollen und …«

Wieder unterbrach er sie, ohne auf ihren Einwurf zu achten. »Einmal, als Ezechiel Anfang dreißig war, wurde er während einer seiner Wanderungen von einem Gewitter überrascht. Der Himmel öffnete sich, und ihn überkam eine apokalyptische Vision.« Seine Augenbrauen hoben sich. »Ist es Ihnen nicht ganz ähnlich ergangen, Sina?«

»Woher wissen Sie …« Dann begriff sie. »Der Magier! Ist er hier?« Sie spürte, wie ihre Knie weich wurden, und zwang sich, ruhig zu bleiben.

»Ja, er ist hier. Aber es ist nicht nötig, dass Sie ihm begegnen – vorausgesetzt, Sie bleiben vernünftig.« Zacharias schenkte ihr ein väterliches Lächeln. »Zurück zu Ezechiel: Er sah dieselben Bilder, die auch Ihnen erschienen. Sie haben die Stelle in der Bibel bereits nachgelesen, nicht wahr? Er sah vier menschenähnliche Gestalten, jede mit vier Gesichtern – von Mensch, Löwe, Stier und Adler –, mit Hufen und zwei weiten Flügelpaaren. Ihre Körper glänzten wie Metall, ihre Schwingen rauschten wie Donner. Neben diesen Gestalten waren vier funkelnde Räder und innerhalb dieser Räder nochmals Räder mit Felgen, die über und über mit Augen bedeckt waren. Über den Köpfen dieser Gestalten erblickte Ezechiel eine Plattform, und auf ihr saß Gottvater selbst in der Gestalt eines Menschen. Er verkündete Ezechiel, er sei von nun an der Prophet des Herrn und habe die Aufgabe, in Gottes Auftrag über die Menschheit zu wachen. Wörtlich sagte er: ›Menschensohn, fürchte dich nicht vor ihnen, und erschrecke nicht vor ihren Drohworten, wenn auch Disteln und Dornen um dich herum sind und du bei Skorpionen wohnen musst – denn ein Haus der Widerspenstigkeit sind sie‹.«

Wut und Verzweiflung schärften Sinas Stimme. »Was soll das, Zacharias? Ich bewundere ihre Bibelfestigkeit, aber hier geht es schwerlich um Gott. Um ihn am allerwenigsten.«

»Nicht um Gott«, gab er ihr recht, »aber um das, was Ezechiel dafür hielt. Sie haben diese Vision selbst erlebt, Sina, und nicht Sie allein. Mir erschien sie schon vor sechs Jahren.«

Sina verschlug es vor Überraschung fast die Sprache. »Ihnen auch?«

»Mir und Ihnen und wahrscheinlich einigen Dutzend anderem. Wir alle haben gerätselt, gezweifelt und versucht, das Geheimnis dieser Bilder zu lösen.«

»Und natürlich haben Sie es geschafft«, spottete Sina. »Plötzlich begriffen Sie, dass Sie ein Erwählter waren und Gott Ihnen den Auftrag gab, einen Mörder auf ihren Patensohn zu hetzen. So war es doch, oder? Vielleicht glaubten Sie, Sie seien der wiedergeborene Abraham, der Gott ein Menschenopfer darbringen muss.«

»Seien Sie still«, gebot Zacharias ihr, aber es klang nicht zornig. Er hatte nicht einmal die Stimme erhoben. »Es geht hier nicht um Religion, Sina. Auch nicht um Gott und seinen Willen. Wir sprechen von einem der größten Missverständnisse der Geschichte. Ezechiel hatte eine Vision, aber es war nicht Gott, der sie ihm eingab. Ebenso wenig wie Ihnen oder mir oder irgendeinem anderen.« Er beobachtete genau ihre Reaktion und erwartete wohl neuerlichen Widerspruch, doch diesmal blieb sie still. »Es ist in der Tat gelungen, die Bedeutung der Vision zu entschlüsseln«, fuhr er fort und schränkte gleich darauf ein: »Aber natürlich nicht mir selbst. Ich besitze nicht das geringste Talent, was Geheimsprachen und Codes angeht. Vielmehr haben wir einige der fähigsten Experten beauftragt, ihre Bedeutung zu ergründen, Männer und Frauen, die ihr ganzes Leben damit verbracht haben, aus dem wenigen, was wir über ägyptische Hieroglyphen und babylonische Keilschrift wissen, komplette Sprachen zu rekonstruieren. Es ist verblüffend. Diese Leute nehmen eine Reihe von Zeichen – sagen wir, ein Dutzend oder zwei –, und daraus basteln sie die Verständigung einer ganzen Kultur. Ihnen ist es gelungen, die Inschriften der alten Tempel und Pyramiden zu deuten, die Texte der Papyri und Felstafeln, und durch sie erfuhr die Welt, mit welchen Worten sich die Assyrer, die Israeliten und Pharaonen unterhielten.« Er räusperte sich, als er merkte, dass er abschweifte. »Unsere Experten nahmen sich der Vision des Ezechiel an, ergänzten sie um die Details, die wir anderen bemerkt hatten, und begannen, eine Bedeutung herauszufiltern.«

Sina sah ihn verwirrt an. Ihre Wut und ihr Hass schlugen immer mehr in Neugier um. Sie konnte nichts dagegen tun, und das machte sie zornig – nicht etwa auf den Alten, sondern auf sich selbst. »Sie wollen damit sagen, hinter dieser Vision verbirgt sich eine Botschaft? Und zweieinhalbtausend Jahre lang soll das niemandem aufgefallen sein?«

Ein feines Lächeln lag um Zacharias' Mundwinkel. »Keine Botschaft. Etwas viel Besseres.«

»Und das wäre?«

»Ein Alphabet.«

»Das ist nicht Ihr Ernst.«

»O doch. Die Vision des Ezechiel birgt ein unbekanntes Abc, die Basis für eine Sprache – oder besser: für eine vollkommen fremde Kommunikationsform!«

Sina stockte der Atem. »*Wessen* Sprache?«

»Sehen Sie«, sagte er gedehnt, »und damit wären wir wieder am Anfang. Denn genau das ist der Punkt, um den es geht. Stellen Sie sich Folgendes vor: Das Schiff irgendeines Entdeckers, sagen wir vor zweihundert oder dreihundert Jahren, erreicht eine abgelegene Insel, irgendwo im Ozean. Die Eingeborenen, die dort leben, benutzen fremdartige Laute und Worte, die für die Ohren der Matrosen wie Kauderwelsch klingen. Nun versuchen die Seefahrer, diesen Menschen ihre eigene Sprache beizubringen, Spanisch, Englisch, was auch immer. Wie werden sie dabei wohl vorgehen?«

Sina verstand, worauf er hinaus wollte, gab aber aus Trotz keine Antwort.

Zacharias fuhr fort: »Sie werden auf Gegenstände zeigen und ihnen Worte zuordnen. Danach gehen sie zu Bilderfolgen über und vermitteln so ganze Sätze und Zusammenhänge, bis einige der begabtesten Eingeborenen das System begreifen, die Sprache erlernen und sie wiederum ihren Brüdern und Schwestern beibringen können. Und mit einem ganz ähnlichen Ablauf haben wir es hier zu tun. Jemand versucht, mit der immer wiederkehrenden Vision des Ezechiel den

Schlüssel zu einer Sprache zu vermitteln. Jemand will uns lehren, mit ihm zu kommunizieren. Diese Visionen sind nichts anderes als der erste Schritt eines Lernprozesses, über Jahrtausende immer wieder an einzelnen Menschen getestet, in der Hoffnung, dass einige darunter sind, die das System begreifen.«

»Und das ist Ihren Experten gelungen?«

»Allerdings.«

Sina spürte, dass sie schwitzte. Sie wollte sich mit dem Handrücken über die Stirn fahren, aber ihre Fesseln hielten sie klirrend davon ab. »Wessen Sprache ist es? Wessen Alphabet?«

Zacharias schmunzelte sanft, als er sah, dass sie endlich am Haken zappelte. Sina durchschaute seine Absicht, aber sie war zu schwach, der Verlockung zu widerstehen. Jetzt wollte sie alles wissen.

»Kommen Sie«, sagte der Alte. »Ich will Ihnen etwas zeigen.« Damit trat er an dem schwarzen Kachelofen vorbei zu einer Spitzbogentür aus Holz.

Sina blieb stehen und sah ihm nach. »Warum töten Sie mich nicht?«, fragte sie unvermittelt. »Warum setzten sie den Magier auf Max an und lassen mich am Leben? Weshalb erzählen Sie mir das alles?«

Zacharias öffnete die Tür, ohne sich umzusehen. »Weil man mich darum gebeten hat, Sina. Und weil ich Sie schätze.« Er trat hinaus auf den Felsengang. »Folgen Sie mir bitte.«

»Was ist mit den Handschellen?«

»Ich bin vielleicht vertrauensselig, meine Liebe, aber nicht dumm.«

Sina zögerte einen Augenblick länger, dann ging sie ihm nach. Die beiden Soldaten folgten ihr schweigend.

Zacharias führte sie durch einen Raum, der früher einmal eine Art Empfangszimmer gewesen sein musste; die Wände waren blau-rot-gold vertäfelt, die Decke mit zwei Dutzend Wappen verziert. Sie erkannte die Zeichen des österreichisch-spanischen Weltreichs unter Kaiser Karl V. Durch eine Tür betraten sie ein weiteres Zimmer, geschmückt mit Wandmalereien und geschnitzten Renaissancegrotesken. Die gesamte Decke wurde von einem doppelköpfigen Reichsadler eingenommen.

Der Blick aus den Fenstern gestattete Sina, ihren Aufenthaltsort genauer einzuordnen. Sie blickte über die roten Dächer der Altstadt hinweg, was wohl bedeutete, dass sie sich an der Südseite der Burg befanden.

Durch einen Ecksaal betraten sie ein enges Treppenhaus. Eine steinerne Wendeltreppe führte nach unten. Der Schacht war gerade breit genug, dass sie hintereinander gehen konnten. Zacharias lief voran, danach folgte Sina, hinter ihr die beiden Soldaten. Der Abstieg über die schmalen Stufen erinnerte sie unweigerlich an Max, ob schon sie versuchte, jeden Gedanken an ihn zu verdrängen.

Sie erreichten das Erdgeschoss, doch die Wendeltreppe führte immer noch tiefer nach unten. Sina wurde bewusst, dass Zacharias sie in die Tiefe des Burgberges führte. Was hatte er mit ihr vor? Und was konnte es dort unten geben außer mittelalterlichen Folterkammern? Bei dem Gedanken wurde ihr schlagartig übel.

Um sich von ihrem eigenen Schicksal abzulenken, fragte sie Zacharias: »Was gibt Ihnen das Recht, von Poser und seine Tochter gefangen zu halten?«

»Das Recht der Vernunft«, entgegnete Zacharias. »Er hat mir gedroht, das alles hier an die Öffentlichkeit zu bringen. Was hätten Sie an meiner Stelle getan? Ihn laufen lassen? Das Risiko wäre zu groß. Er wusste, auf was er sich einließ, als er sich uns vor Jahren anschloss.« Seine Stimme wurde leiser. »Wir haben Fehler gemacht. Viele Fehler. Verstehen Sie meine Motive nicht falsch, Sina. Was wir hier tun, hat nichts mit wahnsinnigem Forscherdrang zu tun – nur mit Schadensbegrenzung. Wir versuchen, Abbitte zu leisten. Wir wollen unsere Fehler wiedergutmachen, wir müssen es tun.«

»Abbitte bei wem?«, fragte sie beharrlich. »Was *tun* sie hier unten?«

Er lächelte, aber es wirkte übernervös und gespielt. »Nichts weiter, als die Welt zu retten.«

Sie lachte voller Zynismus auf. »Genau das war mein erster Gedanke, als ich Sie wiedersah, Zacharias – dass Sie hier sind, um die Welt zu retten! Wie ungemein edel von Ihnen.«

»Machen Sie sich nur lustig«, sagte er, und diesmal klang es, als erfüllten ihn ihre Worte mit ehrlichem Bedauern. »Ich hoffe, Sie werden Ihre Meinung noch ändern. Wenngleich – im Grunde ist es gleichgültig. Nichts, was geschieht, kann etwas an dem ändern, was getan werden muss. Die Zeiten, in denen wir eine Wahl hatten, sind lange vorbei.«

Den Rest des Weges gingen sie schweigend. Irgendwann erreichten sie das untere Ende der Wendeltreppe und blieben vor einer morschen Holztäfelung stehen. Eine nackte Glühbirne erfüllte die winzige Kammer mit fahlgelbem Licht. Zacharias berührte irgendwelche Teile der Wand, die Sina in den Schatten nicht erkennen konnte. Das Holz glitt knirschend zur Seite, ein schmaler, kaum brusthoher Durchgang entstand. Gebückt kletterten sie der Reihe nach hindurch und betraten einen Korridor, der mit groben Schlägen in den Fels gehauen worden war.

Sina wollte fragen, wo sie sich befanden, aber sie ahnte, dass sie keine Antwort bekommen würde. Noch nicht. Stattdessen zwang sie sich nachzudenken. Sie war verwirrt, natürlich, aber nicht allein wegen der Dinge, die Zacharias behauptet hatte. Vielmehr war es, als fasste sie gegen ihren Willen neues Vertrauen in diesen Mann, und dafür verachtete sie sich. Sie musste sich erneut ins Gedächtnis rufen, was er ihr und Max angetan hatte. Sie erinnerte sich an Evelina und ihren Vater, an die verschwundene Larissa. Und vor allem an die drei Jahre beim Hex, Jahre voller Lüge und Heimlichtuerei, in denen man ihr die Wahrheit verschwiegen hatte. Irgendwer musste sich prächtig über sie und die anderen Agenten amüsiert haben, und sie fragte sich, ob Zacharias am lautesten gelacht hatte. Plötzlich fiel es nicht mehr schwer, ihn zu hassen. Er hatte sie alle betrogen und der Lächerlichkeit preisgegeben.

Aber, Lächerlichkeit – was bedeutete das schon? Nicht genug, um ihn dafür zu verachten. Da waren andere Dinge, die schwerer wogen.

»Wo ist Larissa?«, fragte sie unvermittelt, doch ihre Worte gingen in einem erbärmlichen Jaulen unter. Überall im Berg heulten Alarmsirenen los.

Ein Uniformierter kam ihnen entgegengelaufen und salutierte vor Zacharias. »Der Gefangene ist entkommen«, meldete der Soldat.

»Welcher Gefangene?«, fragte Zacharias scharf, obgleich er die Antwort zu ahnen schien.

»Eisenstein.«

»Wie konnte das passieren?«

Der Soldat wurde kleinlaut. »Wir wissen es noch nicht. Möglich, dass der andere Flüchtling …«

Zacharias brachte ihn mit einer scharfen Geste zum Schweigen. »Finden Sie beide, und zwar umgehend. Ich werde Sie persönlich für weitere Missgeschicke verantwortlich machen.«

»Jawohl«, entgegnete der Soldat zackig. Er war merklich blass geworden.

Der Alte gab ihm mit einem Wink zu verstehen, dass er verschwinden sollte. Während der Mann davonlief, wandte Zacharias sich an einen von Sinas Bewachern. »Sorgen Sie dafür, dass dieses Gebiet abgeriegelt wird. Oben können die beiden kaum Schaden anrichten, aber ich will keinen von ihnen hier unten sehen.«

Der Soldat nickte und entfernte sich.

»Probleme?«, fragte Sina mit Unschuldsmiene. Und im Stillen dachte sie: Eisenstein? Was zum Teufel hatte der hier verloren?

Zacharias zog es vor, keine Antwort zu geben. Er führte sie und den verbliebenen Wächter eine breite Freitreppe hinab, die vor einem hohen, halbrunden Portal endete. Motorenlärm schlug ihnen entgegen, durchsetzt mit gebrüllten Befehlen und dem Splittern von Fels. In einen der Torflügel war eine schulterhohe Tür eingelassen; sie stand offen.

Die Sirenen verstummten.

Sina folgte dem Alten durch die Tür. Dahinter lag eine steinerne Balustrade, von der aus sie eine domartige Halle überblickten.

»Was … was ist das hier?«, stammelte Sina.

Zacharias lächelte, nicht ohne Triumph. »Beeindruckend, nicht wahr?«

Die Halle war voller Männer, zweihundert oder dreihundert. Sie alle trugen Arbeitskleidung, graue Overalls und feste Handschuhe. Im ersten Augenblick glaubte Sina, es sei ein geheimes Arbeitslager, aber die Arbeiter sahen zu kräftig und wohlgenährt aus. Soldaten patrouillierten zwischen ihnen umher, hielten ihre Waffen aber nicht im Anschlag. Die Arbeiter trugen mit dröhnenden Baggern, aber auch mit Spitzhacken eine Mauer an der gegenüberliegenden Seite des Felssaales ab, zehn, zwölf Meter hoch. Durch einen breiten Tunnel in der Seitenwand brachten Lastwagen und Schienenloren das geborstene Gestein nach oben.

»Den Tunnel mussten wir wohl oder übel selbst anlegen«, erklärte Zacharias gelassen und hatte Mühe, den Lärm zu übertönen. »Er endet in einer Lagerhalle in der Stadt. Von dort aus werden die Steine auf getarnten Lastwagen abtransportiert. Niemand ahnt, was sich wirklich unter den Planen befindet.«

Sina entdeckte zwischen den Arbeitern und Soldaten mehrere Männer in schwarzen Anzügen, mit dunklen Brillen und Hüten. Es waren die gleichen, denen sie am Kraterrand begegnet war. Sie musste sie nicht aus der Nähe sehen, um zu erkennen, dass auch sie getreue Abbilder Jakob Eisensteins waren.

Schwerfällig rang sie nach Worten. »Was sind das für Männer? Ich meine, wie …«

»Ich weiß es nicht«, gestand Zacharias. »Sie wurden uns gesandt als eine Art … nun, Botschafter wäre wohl das angemessene Wort.«

»Gesandt?« Die Erkenntnis traf Sina wie ein kalter Schlag. »Das ist kein Trick, oder?«

Zacharias wandte den Blick nicht von den Männern in Schwarz. »Es sind keine Menschen. Insofern könnte man es wohl als Trick bezeichnen. Aber wenn es einer ist, dann sind wir alle gleichermaßen darauf hereingefallen.«

»Was sind sie dann? Maschinen?«

»Nein, nichts dergleichen. Sie sind aus Fleisch und Blut. Wenigstens könnte man es so nennen. Es ist kein menschliches Fleisch. Und ihr Blut ist durchsichtig wie Wasser.«

»Sie haben sie untersucht?«

»Einen. Er wurde von Gesteinstrümmern erschlagen. Wir haben ihn nicht sezieren dürfen, aber die Steine hatten ihn zerquetscht, und wir konnten einen Blick auf das werfen, was übrig war.«

Sinas Augen starrten gebannt an Zacharias vorbei auf das Arbeiterheer. »Was hat das alles zu bedeuten?«

Zacharias stützte sich mit beiden Händen auf das steinerne Geländer. »Die ganze Geschichte reicht bis weit in die Vergangenheit.«

»Bis 1561?«

»Sie haben den Holzschnitt gesehen?« Er wirkte müde, als zehre jedes Wort an seinen Kräften. »Das Jahr 1561 war ein Wendepunkt, gewiss, aber die Anfänge liegen sehr viel weiter zurück. Wahrscheinlich war nicht einmal Ezechiels Vision der Beginn.« Plötzlich lächelte er wieder, aber es wirkte freudlos. »Haben Sie sich je gefragt, warum wir Menschen träumen?«

Sie blickte ihn verwundert an, »Was hat das …«

»Es ist eine Krankheit, Sina. Wenigstens lässt es sich am ehesten damit vergleichen, auch wenn es keine zerstörerische Kraft in sich trägt. Diese Wesen haben uns angesteckt.«

»Mit Träumen?« Sie verzog das Gesicht. »Sie gehen ein wenig weit, meinen Sie nicht?«

»Wir haben Beweise. Wenngleich ich wünschte, wir hätten sie nicht, denn das hier« – er deutete in die Halle – »ist der Preis, den wir dafür zahlen. Und, glauben Sie mir, er ist gering im Vergleich zu dem, was noch kommen mag.«

»Ich verstehe nicht, was …«

»Nein, natürlich nicht.« Er hielt einen Augenblick inne, dann fuhr er fort: »Sehen Sie, vor sieben Jahren entdeckte eine deutsche Polar-Expedition etwas im ewigen Eis, oben in Peary-Land, im Norden Grönlands. Es war etwas, das Ähnlichkeit mit einer riesigen Scheibe besaß, und es war offenbar beschädigt. Ein Wrack.«

Sina wollte Fragen stellen, doch sie bremste sich und hörte schweigend zu.

»Die Forscher fanden einen Weg ins Innere der Scheibe, und dort entdeckten sie … *etwas.* Sie glaubten, es sei tot. Es war steifgefroren. Sie nahmen es mit zu ihrem Schiff und brachten es in einem der Kühlräume unter. Dann kehrten sie zurück nach Deutschland und meldeten dort den Fund der Scheibe. Das Wesen aber, das sie entdeckt hatten, verschwiegen sie den Behörden; sie wollten auf eigene Faust sein Geheimnis erforschen. Schon nach wenigen Tagen flog der ganze Schwindel auf, der Fund wurde konfisziert und einem geheimen Kreis von Wissenschaftlern zur Verfügung gestellt. Ihr Leiter war ein Mann namens Kayssler. Haben Sie je von ihm gehört?«

Sina schüttelte den Kopf.

»Er war ein Genie, wenn auch in der Fachwelt aufgrund einiger Experimente in Ungnade gefallen. Er und seine Leute wurden in einem abgelegenen Anwesen nördlich von Berlin einquartiert. Zuerst hatte man erwogen, das Wesen zurück nach Grönland zu bringen. Dort war zwischenzeitlich eine Station eingerichtet worden, in Qaanaaq ...«

»Dem alten Thule«, ergänzte Sina und spürte, wie sich ihre Arme mit einer Gänsehaut überzogen.

»Unsere Leute untersuchten dort das Wrack, und es wurde erwogen, dort auch dieses Wesen zu erforschen. Schließlich aber entschied man sich dagegen. Ein Transport mit der nötigen Bewachung hätte Aufsehen erregt, und gerade das galt es zu vermeiden.«

»So also gelang es der Thule-Gesellschaft, die ganze Operation an sich zu reißen«, folgerte Sina.

Zacharias beugte sich weiter vor, als richte er die Worte an alle Menschen in der Halle, aber er sprach leise, gerade laut genug, dass Sina ihn über den Krach hinweg verstehen konnte. »Sebottendorff, das Oberhaupt der Gesellschaft, sah in der Technik dieser Wesen ein Werkzeug, seine Pläne einer germanischen Weltregierung durchzusetzen. Aber Sebottendorff ist größenwahnsinnig. Einige von uns anderen teilten zwar ein paar seiner Ansichten, erkannten jedoch auch die wissenschaftliche Herausforderung der ganzen Angelegenheit. Wir waren sehr naiv, fürchte ich.«

Sina stieß verächtlich den Atem aus. »Sie sind kein Stück besser als

Sebottendorff. Sie wollen doch nicht behaupten, die Ziele der Gesellschaft seien Ihnen nicht bekannt gewesen?«

»Ganz im Gegenteil«, gestand Zacharias. »Aber wir wollen nicht über Politik streiten, Sina. Ich schäme mich nicht für das, was ich glaube. Ich bin überzeugt, darin liegt die Zukunft unserer Nation.«

»Sie sind ein Wahnsinniger wie Sebottendorff.«

Ein geisterhaftes Lachen huschte über seine Züge. »Wäre ich das, könnte ich nachts vielleicht ruhiger schlafen.« Er riss sich zusammen und wechselte abrupt das Thema. »Es war Kayssler, der das Traum-Virus entdeckte. Er nannte es so, aber natürlich war es kein Virus im herkömmlichen Sinne. Es lässt sich biologisch nicht nachweisen, nicht wie irgendwelche Bazillen oder Erreger. Vielmehr findet eine Art psychische Übertragung und Ansteckung statt, auf eine Art und Weise, die unserer Wissenschaft vollkommen fremd ist.«

»Genau so, wie die drei Eisensteins am Krater mir die Vision übertrugen?«

»Ja. Wir können nur Vermutungen anstellen, wie es ursprünglich dazu kam. Kayssler war überzeugt, dass Ezechiel nicht der Erste war, dem die Fremden ihren Code übermittelten; er war nur der Erste, der ihn niederschrieb. Tatsächlich müssen sie bereits viele Jahrtausende zuvor, vielleicht schon zu Anbeginn der Menschheit, ähnliche Versuche unternommen haben. Irgendwann überkam einen unserer Vorfahren in seiner Höhle diese Vision, und von da an erschienen ihm jede Nacht neue und befremdlichere Bilder. Ohne es zu wissen, übertrug er das Phänomen auf andere. Der Vergleich mit einem Virus mag medizinisch falsch sein, aber naheliegend ist er allemal. Ein Virus, das sich im Hirn der Menschen verselbstständigt hat. Statt immer wieder den Code der Fremden zu wiederholen, so, wie es zweifellos geplant war, schuf es eigene Bilder und Visionen – das, was wir Träume nennen. Jahrhundertelang haben Forscher gerätselt, woher unsere Fähigkeit zu träumen rührt, und Kayssler glaubte, die Antwort endlich gefunden zu haben.«

»Und dabei ist sie so gut wie jede andere«, urteilte Sina ablehnend. »Eine ziemlich wilde Theorie, die er sich da zurechtgelegt hat.«

»Eine Theorie, in der Tat, und möglicherweise nicht mehr als das. Ich bin vielleicht nicht so gut wie Kayssler darin, sie überzeugend darzulegen. Hätten Sie ihm gegenübergestanden, Sie hätten ihm jedes Wort geglaubt. Das war vielleicht von allem sein größtes Talent: seine Überzeugungskraft.«

»War? Ist er denn tot?«

Zacharias schien dringend Schlaf zu benötigen. Seine Augenlider flimmerten müde. »Kayssler stellte allerlei Experimente mit dem Wesen aus der Scheibe an. Man kann es ihm kaum verübeln, denn er musste annehmen, es sei tot. Um ehrlich zu sein, ich glaube, er hätte sich auch nicht darum geschert, wäre ihm rechtzeitig klar geworden, dass es noch lebte. Jedenfalls war es noch lebendig genug, um – auf welchem Wege auch immer – Hilfe herbeizurufen. Und diese Hilfe kam prompt.« Er senkte die Stimme, als er sich an die Bilder von damals erinnerte. »Kayssler und all seine Assistenten starben, und das Wesen verschwand. Genau wie Eisenstein, der Kaysslers Verbindungsmann zu den Thule-Mitgliedern in allen Regierungsämtern war. Er hatte das Pech, zum falschen Zeitpunkt in Kaysslers Versteck aufzutauchen.«

»Aber Eisenstein kehrte zurück«, warf Sina ein.

»Vor einigen Tagen wurde er in Berlin aufgegriffen. Die Fremden hatten ihn freigelassen, vielleicht als Zeichen ihres Wohlwollens.« Er lächelte grimmig. »Ich habe es schon lange aufgegeben, all ihre Handlungen verstehen zu wollen. Sie verhalten sich so gänzlich anders als wir, ihre Entscheidungen sind … nun, aus unserer Sicht scheinen sie regelrecht falsch zu sein.« Er hielt inne, um zu überlegen, ob er diesen Gedanken weiter vertiefen sollte. Dann aber sagte er: »Eisenstein jedenfalls hatte bei seinem Auftauchen längst den Verstand verloren. Um mit uns in Verbindung zu treten, hatten die Fremden seine Ebenbilder geschaffen – Botschafter, die uns ihre Nachrichten überbrachten und unsere Antworten weitergaben. Sie verlangen Wiedergutmachung.«

Sie blickte ihn eindringlich an, versuchte seinen Blick zu kreuzen, doch den Gefallen tat er ihr nicht. »Wiedergutmachung für was? Für

Kaysslers Experimente mit einem von ihnen?« Sie spürte, wie ihr kalt wurde, eine bittere, innere Kälte. »Und was für eine Art von Wiedergutmachung soll das sein?«

»Sie kennen den Holzschnitt«, erwiderte Zacharias scheinbar zusammenhanglos. »Haben Sie auch die kleinen Rauchfahnen am rechten unteren Bildrand gesehen? Das sind Absturzstellen. Damals brachte man die Trümmer hierher, in dieses Kerkerlabyrinth. Sie wurden tief im Fels eingemauert, hinter sechshundertsechsundsechzig Mauern, die den Satan in den Trümmern bannen sollten. Diese ganze Halle« – er wies durch den Saal – »war angefüllt mit Ziegelsteinen. Was Sie dort vorne sehen, ist die letzte Mauerschicht. Seit Monaten sind wir dabei, eine nach der anderen abzutragen. Der Durchbruch steht kurz bevor.«

»Ein Zufall?«

»Dass gerade jetzt alle Fäden zusammenlaufen? O nein, natürlich nicht. Sie, Sina, waren immer die einzige wirklich fähige Agentin des Hex, und es gab Befürchtungen, dass Sie auf die ganze Sache stoßen könnten. Die meisten, die davon wussten, waren der Meinung, Sie sollten beseitigt werden, aber es gab jemanden, der sich für Sie einsetzte. Er schlug vor, Sie ins Ausland zu schicken, möglichst weit fort von hier.«

»Und Max?«

»Sollte sterben, ohne dass sein Vater sofort davon erfuhr und alle Pferde scheu machte. Deshalb wurde er Ihnen zur Seite gestellt. Der Magier hätte ihn gleich beseitigen sollen, als Sie das erste Mal aufeinandertrafen. Leider war er zu neugierig. Er war nicht in alles eingeweiht, und so zeigte er ein allzu großes Interesse an dem Krater und Ihrer Arbeit, Sina. Vielleicht auch an Ihnen selbst, wer weiß … Er wartete zu lange, und der Anschlag schlug fehl. Sie kehrten vorzeitig nach Berlin zurück, erfuhren von der Entführung dieses Filmsternchens und kamen hierher. Rechtzeitig zum Höhepunkt der Operation.« Er zuckte mit den Achseln, als habe all das kaum noch Bedeutung. »Schicksal.«

»Aber wenn Sie mich loswerden wollten, warum haben Sie mich

von allen Orten ausgerechnet nach Grönland geschickt?«, fragte sie ungläubig. »Dort musste ich doch auf alles aufmerksam werden.«

Zacharias schien unwohl bei dieser Frage zu sein, vielleicht, weil sie erneut einen seiner Fehler offenbarte. »Das geschah nicht auf meinen Wunsch. Aber dieselbe Person, die Ihr Leben rettete, war der Ansicht, man könne Sie vielleicht auf unsere Seite ziehen. Sie haben nie an der Existenz dieser Dinge gezweifelt, Sina, vorausgesetzt, Sie selbst kamen ihnen auf die Spur – so ist es doch, nicht wahr? Also wurden Sie – und ich betone es noch einmal: gegen meinen Willen! – nach Grönland geschickt. Wäre alles glatt gelaufen, hätten der Krater oder der Magier Sie lange genug aufgehalten, um den großen Augenblick hier im Berg zu verpassen. Anschließend wollte man Ihnen alles offenbaren und abwarten, ob Sie sich als kooperativ erweisen.«

»Wenn nicht, sollte ich sterben.«

»Sterben, ja«, bestätigte er leise und fügte wie beiläufig hinzu: »Das gilt noch immer.«

Sie blickte wieder über das Geländer hinweg in die Halle. Die letzte der sechshundertsechsundsechzig Mauern war zu drei Vierteln abgetragen. Hinter ihrem oberen Rand kam ein schmaler Streifen Finsternis zum Vorschein – eine Höhle oder ein Loch im Fels befand sich dahinter.

In vorderster Reihe der Arbeiter bewegte sich eine Gruppe von drei Männern, die anders gekleidet waren als alle übrigen. Einer schien Vermessungen anzustellen, der zweite starrte auf einen Papierblock in seinen Händen, und der dritte stand wie unbeteiligt daneben. Sina strengte ihre Augen an, konnte aber die Gesichter der drei nicht erkennen.

Schließlich wandte sie sich wieder an Zacharias, der neben ihr an der Brüstung lehnte. Sie betrachtete eingehend sein kantiges Profil, seine glasigen, sorgenvollen Augen.

Sinas Zunge war trocken und schwer, ihre Stimme klang krächzend. »Haben Sie ihn gesehen? Den Fremden in Kaysslers Labor, meine ich …«

»Nein«, erwiderte er schnell. Zu schnell. Sie begriff, dass er log, sich aber wünschte, es wäre die Wahrheit.

»Nein«, sagte er noch einmal, und es klang wie eine Beschwörungsformel. Sein Blick wurde glasig, »Ich habe ihn nicht gesehen.«

»Sie haben das Hex nur gegründet, um das alles hier geheim zu halten.« Sie wollte vorwurfsvoll, ja hasserfüllt klingen, aber nicht einmal das gelang ihr. »Durch uns erfuhren Sie sofort von jedem Hinweis auf die Existenz dieser Wesen.«

»Nur so konnten wir sichergehen, dass alle Gerüchte im Keim erstickt werden konnten.«

Sina wollte wütend nachhaken, als hinter ihnen Schreie ertönten. Als sie herumfuhr, sah sie eine Gestalt mit Armen bis zum Boden, die blitzschnell auf sie zuraste.

Erst als der Mann fast heran war, erkannte sie, dass die langen Arme die aufgerissenen Ärmel einer Zwangsjacke waren. Er wirbelte sie wild umher, brüllte dabei und war jetzt nur noch wenige Schritte von Sina, Zacharias und dem Wächter entfernt.

Noch ehe der Soldat seine Waffe herumreißen konnten, krachten bereits Schüsse. Sina sah, wie ein Querschläger funkenschlagend an Zacharias' Gesicht vorbeipeitschte. Eine Gruppe Uniformierter verfolgte den Wahnsinnigen und hatte das Feuer eröffnet.

Der Mann in der Zwangsjacke stieß Sina und Zacharias zur Seite, schwang sich über die Balustrade und verschwand schreiend in der Tiefe der Halle.

»Hört auf zu schießen!«, brüllte Zacharias die Verfolger an. »Wollt ihr uns alle umbringen, ihr Idioten?«

Sina verstand nicht recht, was er damit meinte, aber die Soldaten blieben unschlüssig stehen.

Der Wahnsinnige hatte den Sprung heil überstanden und stemmte sich auf die Beine. Mehrere Arbeiter waren stehengeblieben und starrten ihn verwundert an, andere wichen zurück – und gaben damit den Blick auf einen der Männer in Schwarz frei. Ganz deutlich war auf dem Gesicht des Wahnsinnigen ein abgrundtiefes Entsetzen zu lesen, als er *sich selbst* erkannte. Er verharrte abrupt.

»Er ist es, nicht wahr?«, flüsterte Sina. »Das ist der echte Eisenstein.«

»Ja«, erwiderte Zacharias. Er fuhr herum und brüllte seine Männer an. »Holt ihn da raus! Ich will, dass er sofort dort unten verschwindet!«

Eisenstein torkelte jetzt am Boden der Halle umher und rieb sich mit den Ärmeln der Zwangsjacke durchs Gesicht, als wolle er sich die Augen auskratzen. Immer wieder starrte er panisch auf sein Ebenbild, wankte von Grauen gepackt darauf zu und schlug in einem blindwütigen Taumel danach. Der Mann in Schwarz wehrte sich nicht.

Zacharias brüllte immer noch aufgebracht auf seine Soldaten ein, von denen die ersten soeben den Grund der Halle erreichten. Sie rannten auf den wahnsinnigen Eisenstein zu; er stieß jetzt hohe, spitze Schreie aus. Die Arbeiter, die sich in seiner Nähe aufhielten, brachten sich panisch vor ihm in Sicherheit, bildeten einen weiten Kreis. In seiner Mitte tänzelte Eisenstein um sein regloses Ebenbild.

Die Soldaten drängten brüllend durch die Menge. Einer versuchte, Eisenstein zu packen, doch der Wahnsinnige riss einen losen Steinbrocken vom Boden und rammte ihn dem überraschten Soldaten ins Gesicht. Blutend und schreiend ging der Mann zu Boden. Zwei weitere Soldaten griffen nach Eisensteins Armen, hatten aber den Kräften, die der Irrsinn ihm verlieh, nichts entgegenzusetzen.

»Erschießt ihn!«, brüllte Zacharias von der Balustrade.

Die Soldaten sprangen zurück. Augenblicke später peitschten mehrere Schüsse. Mündungsblitze flimmerten über den Fels. Dann herrschte Stille. Eisenstein lag mit verdrehten Gliedern am Boden, zuckte ein-, zweimal, dann erstarrte er. Ein halbes Dutzend roter Flecken erblühte im Grau der Zwangsjacke.

Als die Soldaten Eisensteins Leiche davonschleiften und die Männer ihre Arbeit wieder aufnahmen, wandte Sina sich an Zacharias. Er hatte den Kopf in den Nacken gelegt und starrte stumm zur Decke hinauf. Beunruhigt folgte sie seinem Blick, doch in der Kuppel des Höhlendoms gab es nichts Außergewöhnliches zu sehen, nur ein gleißendes Licht, das von einem besonders starken Scheinwerfer stammen musste. Ihm war die Helligkeit in der gesamten Halle zu verdanken; die vereinzelten Glühbirnen an den Wänden waren nicht einmal eingeschaltet.

Sina sah, dass Zacharias den Blick wieder senkte und langsam durchatmete. Sie gab sich Mühe, ihrer Stimme einen eisigen Klang zu verleihen. »Mich wundert, dass Sie Eisenstein nicht schon früher beseitigt haben. Ihre Leute sind doch sonst nicht so zurückhaltend.«

Der Alte öffnete den Mund, um zu antworten, doch eine Stimme hinter seinem Rücken kam ihm zuvor:

»Wissen deine Freunde, dass du versucht hast, sie zu hintergehen, Onkel?«

Sina und der Alte drehten sich gleichzeitig um.

»Max!«, entfuhr es ihr.

Er nickte ihr mit einem flüchtigen Lächeln zu und trat durch das Tor auf die Empore. Er trug einen weißen Kittel, den er offenbar einem der Wissenschaftler abgenommen hatte, um unerkannt bis zur Halle zu gelangen.

Zacharias funkelte ihn böse an. »Was meinst du mit ›hintergehen‹?«

Max lachte bitter. »Ich habe gehört, was du Sina erzählt hast. Aber ich weiß auch, was du verschweigst.«

Zacharias machte drohend einen Schritt auf ihn zu. »Ich weiß nicht, wovon du sprichst.«

»Aber natürlich weißt du das«, entgegnete Max. »Du tust so, als machst du dir vor Angst in die Hose. Aber zugleich spinnst du hinter ihrem Rücken deine eigenen kleinen Intrigen. Ich kenne dich, Onkel.«

Hinter Max tauchten mehrere Soldaten auf. Zacharias gab ihnen einen Wink, zurückzubleiben. An Max gewandt fragte er: »Bist du bewaffnet?«

»Nein.«

»Du würdest es mir sagen, nicht wahr?«

»Nein«, gab Max lächelnd zurück. »Aber leider war keiner deiner Männer bereit, mir seine Waffe zu überlassen.«

Zacharias überhörte den beißenden Unterton und gab den Soldaten Order, draußen vor dem Tor zu warten.

»Ich werde euch beide abführen lassen. Wenn du mir etwas zu sagen hast, Max, dann sag es schnell.«

»Nichts, das du nicht bereits wüsstest.«

»Was meinst du?«, fragte Sina.

Max ließ Zacharias nicht aus den Augen. »Er hat Eisenstein nur aus einem Grund nicht töten lassen: Er wollte herausfinden, was er in diesen sechs Jahren gesehen hat, wollte mehr über diese Fremden erfahren. Wo sie herkommen, zum Beispiel. Und wie es dort aussieht, wo sie Eisenstein hinbrachten.«

»Das ist lächerlich.« Zacharias wischte sich über die feuchte Stirn und richtete sich auf, in einem letzten Versuch, seine Erschöpfung zu überspielen. »Sie haben uns gedroht, sehr überzeugend gedroht. Sie wollen nicht, dass irgendwer auf sie aufmerksam wird. Nur deshalb gaben sie *uns* den Auftrag, die Trümmer für sie aus diesem Verlies zu schaffen und ihnen auszuliefern. Glaubst du nicht, sie hätten das auch ohne uns gekonnt?« Er atmete zischend aus, ein scharfer, humorloser Ton. »Wir haben nicht die geringste Ahnung, wie groß ihre Macht wirklich ist. Wie kannst du annehmen, ich würde das Risiko eingehen, mich gegen sie zu stellen?«

»Aus demselben Grund, der einen Mann wie Sebottendorff veranlasst, der ganzen Welt den Krieg zu erklären: Es geht euch nur um Macht!«, entgegnete Max scharf. »Das Risiko hat keine Bedeutung, nicht für ihn und nicht für dich. Wenn der Plan gelingt – wunderbar. Wenn nicht – dann ist ohnehin alles verloren. So denkt ihr doch, nicht wahr? Die größten Katastrophen wurden immer aus Überzeugung heraufbeschworen.«

»Ich habe einen Moralisten als Patensohn, wie rührend.« Zacharias' fahles Lächeln war eine Fassade, die allmählich Risse bekam. »Aber ich versichere dir, deine Vermutung ist falsch.«

Widerwillig musste Sina sich eingestehen, dass etwas in seiner Stimme lag, das sie dazu brachte, ihm Glauben zu schenken. Tief in ihrem Inneren spürte sie die Überzeugung, dass Zacharias die Wahrheit sagte. Diese Erkenntnis machte ihr mehr angst als alles andere.

Max war anderer Ansicht. »Ich glaube, Onkel, sie beobachten dich.

Sie verfolgen jeden deiner Schritte, und sie wissen nur zu gut, dass sie dir nicht trauen können.« Er beugte sich vor, und einen Moment lang sah es aus, als wollte er den Alten am Kragen packen. »Es war kein Zeichen von Wohlwollen, dass sie dir Eisenstein zurückgaben, begreifst du das nicht? Es war ein Test!«

Zacharias schüttelte heftig den Kopf. »Nein, niemals.« Er klang bemerkenswert gefasst. »Du täuschst dich, Max.«

Sina blickte von einem zum anderen. Wie aus dem Nichts kam ihr plötzlich ein Gedanke. »Dieser Passagier im Luftschiff, das war Sebottendorff.«

»Natürlich«, bestätigte Max, der zum gleichen Schluss gekommen war. »Und während er fort ist, irgendwo im ewigen Eis, versucht mein ehrenwerter Onkel, die Dinge hier an sich zu reißen. Hast du dich deshalb auf solch eine Gratwanderung eingelassen?«

Zacharias trat einen Schritt zurück. Seine Miene war leer, trug völlige Gleichgültigkeit zur Schau. Einen Moment lang sah es aus, als wolle er etwas erwidern, dann aber wandte er sich an die Soldaten hinter der Tür. »Nehmt sie mit«, befahl er knapp. »Steckt sie zu den anderen.«

Max grinste ihn an, sogar noch als er und Sina gepackt und zur Tür gezerrt wurden.

Aber er hat unrecht!, durchzuckte es Sina. Max' Anschuldigungen mochten noch so logisch klingen, doch eine Stimme in ihrem Inneren sagte ihr, dass er die falschen Schlüsse zog. Macht und Einfluss spielten längst keine Rolle mehr. In ihr stieg der furchtbare Gedanke auf, dass es bei dem, was hier geschah, um etwas vollkommen anderes ging: nur um das nackte Überleben.

Die Soldaten stießen Sina und Max aus der Halle. Hinter ihnen begann das Licht in der Kuppel zu pulsieren.

Kapitel 4

Evelina fiel Max in die Arme, als die Soldaten die Falltür des Turmzimmers hinter ihnen zuzogen. Schweigend standen die Geschwister in der Dunkelheit und drückten sich aneinander. Sina bückte sich und tastete in der Schwärze nach Max' Vater. Sie fand ihn und fühlte seinen Puls. Er schien normal.

Evelina und Max traten neben sie.

»Er ist kurz aufgewacht, ein paar Minuten, nachdem Sie fort waren«, sagte das Mädchen zu Sina.

»Das heißt wohl, dass es ihm besser geht.«

»Hoffentlich.«

Max ließ sich noch einmal berichten, wie sein Vater und Evelina hierher gelangt waren. Einmal, als seine Schwester die Schläge erwähnte, fluchte er leise. Ansonsten aber blieb er ruhig und nachdenklich.

Sina erwähnte noch einmal ihre Vermutung, dass sein Vater von dem geplanten Mord an Max erfahren hatte und deshalb nach Nürnberg geeilt war, um Zacharias umzustimmen. Zu diesem Zeitpunkt musste bereits festgestanden haben, dass er der Gesellschaft den Rücken kehren und seine finanzielle Unterstützung aufgeben würde. In Zacharias' Plänen aber hatte von Posers Vermögen fraglos eine beträchtliche Rolle gespielt; ihm blieb gar keine andere Wahl, als seinen früheren Freund mit allen Mitteln zurück auf seine Seite zu ziehen, sogar durch Erpressung und Mord.

Evelina wiederum schilderte ihnen das Attentat auf Dominik, den Feuertod des Archivars und die Ereignisse, die zur Auflösung des Hex geführt hatten. Schweigend hörten sie zu. Dominiks Tod schockierte sie, und sie zweifelten nicht, dass Zacharias und seine Leute auch für den Mord an Karel Haaf verantwortlich waren.

Max wurde wütend und ungeduldig, weil niemand etwas über Larissa wusste, doch all sein Zorn brachte sie nicht weiter. Schließlich saßen sie im Dunkeln am Boden, schmiedeten Pläne und verwarfen sie wieder.

Und dann, nach Stunden, kam eine Patrouille und holte Sina ein zweites Mal ab.

■ ■ ■

»Die Kinder haben aufgehört zu weinen«, sagte der Magier. »Ich höre sie nicht mehr, seit unserer Begegnung in Grönland. Ich hoffe aufrichtig, dass es Ihnen genauso ergeht.«

Sina hatte seither nicht mehr darüber nachgedacht – was an sich schon mehr als erstaunlich war –, doch jetzt, da er es aussprach, musste sie ihm recht geben. Die Kinder schwiegen.

»Es geht nicht mehr um die Kinder«, sagte sie müde.

Er beugte sich zu ihr vor. Seine Stimme war leise. »Aber es ist immer nur um sie gegangen.«

»Wie meinen Sie das?«

»Dass Sie und ich hier sind, haben wir nur den Kindern zu … ich hätte fast ›verdanken‹ gesagt. Aber das wäre geschmacklos, nicht wahr?«

»Sie werden nicht *dafür* in der Hölle schmoren. Es gibt bessere Gründe.«

»Jetzt werden Sie kratzbürstig.«

»Ich kann Sie nicht umbringen, oder? Nicht im Augenblick. Da ist Kratzbürstigkeit eine gute Alternative.«

»Nicht sehr befriedigend, fürchte ich.«

»Nein, da haben Sie recht.«

Er lächelte vergnügt, als würden ihn Sinas Worte tatsächlich amüsieren.

Die Soldaten hatten sie in eine Kammer gebracht, die das Vorzimmer zu einem größeren und prächtigeren Raum zu sein schien. Sina vermutete, dass sie sich im Erdgeschoss der Burg befand, wahrscheinlich unter dem Saal, in dem sie Zacharias begegnet war. Hier standen nur ein Sofa, alt, aber nicht antik, und ein paar Stühle. An den Wänden hingen grellbunte Jagdgemälde.

Die Sonne schien steil durchs Fenster, und Sina wurde schlagartig klar, dass sie die letzte Nacht regelrecht verpasst hatte. Sie hatte nicht einmal daran gedacht, dass draußen die Sonne unter- und wieder aufgehen könnte.

»Langweile ich Sie?«, fragte der Magier ruhig.

»So was sollten Sie nicht einmal denken«, gab sie giftig zurück.

Er trat ans Fenster und blickte einen Moment lang hinaus. Dann sah er sie wieder an. »Ich habe mich immer gefragt, warum Sie damals so gehandelt haben. Warum Sie unbedingt die Heldin spielen mussten.«

»Ich habe dafür bezahlt«, erwiderte sie kalt.

»Ja, sicher. Aber« – er schüttelte verständnislos den Kopf – »es hätte nicht sein müssen. Wir beide hätten in vielen Nächten sehr viel besser schlafen können, wenn Sie damals anders gehandelt hätten.«

»Diese Kinder könnten noch leben, wenn ich damals anders gehandelt hätte.« Sie spürte, dass sie ihren Zorn nicht länger unter Kontrolle hatte. Wenn es wirklich das war, was er wollte, dann hatte der Magier gewonnen. Sie war bereit, es einzugestehen, heute, nach all den Jahren war sie endlich bereit.

»Verzeihen Sie«, bat er sanft, »natürlich haben Sie recht. Die Kinder würden noch leben – und uns beiden ginge es besser.«

»Ich kann nicht glauben, dass ein Mann wie Sie Gewissensbisse wegen einiger Kinder hat.«

Er starrte sie an, schüttelte den Kopf und sagte bitter: »Nein? Vielleicht schätzen Sie mich falsch ein. Aber was ist mit Ihnen? Die ganze Sache war Ihre Schuld. Sie bestanden darauf, meine Bühne zu untersuchen, damals in diesem Park. Ich bat Sie, die Kinder fortzuschicken, aber Sie hörten nicht auf mich. Sie haben den Mechanismus in Gang gesetzt …«

»Ohne es zu wollen«, sagte sie leise.

»Als ob das einen Unterschied macht.« Er redete sich in Rage, die Worte sprudelten nur so über seine Lippen. »Sie haben die Bombe zu früh hochgehen lassen, noch während die Kinder vor der Bühne saßen. Ich war es, der Sie aus der Gefahrenzone gerissen hat. Ich hatte den Ruf, meine Aufträge präzise zu erfüllen, und ich habe immer nur die getötet, auf die es ankam. Weder Sie noch die Kinder gehörten dazu. Sie konnte ich retten, Fräulein Zweisam, aber die Kinder …«

»Sie hätten mich mit ihnen sterben lassen sollen.«

Er wischte ihren Einwurf mit einer verächtlichen Handbewegung beiseite. »Seien Sie doch nicht albern. Natürlich sind Sie mir dankbar, dass Sie leben. Und was die Gewissensbisse angeht: *Ich* habe mich aus meinem Geschäft zurückgezogen. Aber Sie?« Er schnaubte verächtlich. »Sie sind dabei geblieben, erst bei der Polizei, dann bei dieser lächerlichen Truppe um Zacharias. Wer von uns beiden hatte also das schlechte Gewissen?«

Es hätte nicht viel gefehlt, und sie wäre ihm an die Kehle gesprungen, trotz ihrer Handschellen. »Ich habe weitergemacht, um Sie zu fassen!«, schrie sie ihn an. »Ihre Unterstellung ist …«

»Was?«, unterbrach er sie ruhig. »Absurd? Infam? Oder einfach nur die Wahrheit, die Sie nicht hören wollen?«

Sie spürte, wie ihre Wut ihr die Tränen in die Augen trieb. »Was wissen denn Sie über Schuld? Ich habe vielleicht die Bombe gezündet, ohne es zu wollen, aber wer hat sie dorthin gebracht? Ihre Argumente sind verlogen! Geben Sie mir nur die Schuld, aber die Wahrheit kennen Sie genauso gut wie ich.«

»Sie hätten warten können, bis jemand kommt, um die Bombe zu entschärfen«, erinnerte er sie. »Aber Sie mussten ja selbst daran herumspielen. Sie selbst wollten den Anschlag verhindern, die große Heldin von Kopenhagen! Sie haben die Kinder getötet, nicht ich.«

Sie starrte ihn schweigend an, eine kleine Ewigkeit lang, dann fragte sie leise: »Warum tun Sie das?«

»Ich kämpfe mit meinem Gewissen, genauso wie Sie.«

»Indem Sie die Schuld einfach von sich weisen?«

Er zögerte. »Vielleicht.«

»Das ist der einfachste Weg, genau wie die Bombe. Der einfachste und schnellste Weg.«

»Und wenn Sie mir nicht wieder dazwischenfunken, gehe ich ihn diesmal bis zum Ende.«

»Hat Zacharias Ihnen das eingeredet?«

Irritiert sah er sie an. »Zacharias? Der hat nicht das Geringste damit zu tun. Nichts von dem, was in dieser Burg geschieht, hat damit zu tun. Es geht nur um Sie und mich und um die Kinder.«

»Als man Ihnen den Auftrag gab, Max zu töten, da wusste man, weshalb man sich an Sie wandte.«

»Weil ich der Beste bin«, behauptete er fest.

Sie lachte auf. »O ja, der Beste. Früher einmal, vielleicht. Bis Sie sich von einem Mädchen, ausgerechnet einer Polizeischülerin, alles kaputtmachen ließen. Wenn Sie je der Beste waren, dann liegt das viele Jahre zurück.«

»Sie können mich nicht verunsichern.«

»Ach, nein?« Sie wollte ihm wehtun, wollte ihn so tief verletzen, wie es in ihren Kräften stand. Das war besser, als ihn festzunehmen und hinter Gitter zu stecken, vielleicht sogar besser, als ihn zu töten. Sie wollte, dass er litt. »Niemand hält Sie heute noch für den Besten. Zacharias mag Ihnen erzählen, was er will, aber wenn es das ist, was er sagt, dann lügt er. Als er Ihnen den Auftrag gab, Max zu töten, da tat er es nur, weil er wusste, was Sie und mich verband. Für seine Zwecke waren Sie das beste Werkzeug, ohne Zweifel, aber nicht aus den Gründen, die Sie gerne glauben möchten. Jeder dahergelaufene Kriminelle hätte Max ermorden können. Was Zacharias brauchte, war jemand, der mich verunsicherte, mich aus der Bahn warf, um mit dem Rest des Hex leichtes Spiel zu haben.«

Seine Wangenmuskeln zuckten unmerklich, als er sagte: »Es war gar nicht Zacharias, der mir den Auftrag gab.«

Sina starrte ihn überrascht an. »Nicht? Wer dann?«

Die Verbindungstür zum Hinterzimmer ging auf.

»Ich«, sagte der Meister des letzten Wortes. Er gab dem Magier einen Wink. »Sie können gehen. Ich brauche Sie hier nicht mehr.«

■ ■ ■

»Ich hoffe, du hattest nicht vor, mich zu überraschen.« Sina erkannte seine Kleidung wieder; er war einer der drei Männer gewesen, die am Ende der Halle an der letzten Mauer gestanden hatten.

Dominik schien gelinde amüsiert, aber zugleich wirkte er gedankenverloren. »Ich musste verschwinden, es ging nicht anders.« Seine blauen Augen leuchteten, und sein Lächeln war charmant wie eh und je. Trotzdem wirkte er ebenso erschöpft wie sein Vater; sein blondes Haar war in Unordnung, die Wangen fleckig. »Vater brauchte einen Anlass, um sich vom Hex zurückzuziehen und für eine Weile unterzutauchen. Nach meinem angeblichen Tod hatte jedermann Verständnis dafür. Selbst als er vorschlug, das Hex aufzulösen, schöpfte niemand Verdacht. Sentimentalität macht Menschen zu Strohpuppen.«

»Wer saß wirklich in dem Wagen, als er explodierte?«

»Irgendjemand. Ich kannte ihn nicht. Das haben andere geregelt.«

War es möglich, dass man einen Menschen jahrelang so völlig falsch einschätzte? Schwer vorzustellen, dass dies derselbe Dominik war, den sie einmal gemocht hatte. Lieber Gott, das war erst ein paar Tage her …

»Du machst es dir sehr leicht«, sagte sie und blickte ihm dabei kraftlos in die Augen. »Seit wann gehörst du dazu?«

»Lange.«

Sie spürte, dass sich eine gefährliche Gleichgültigkeit in ihr breitmachte. »Blond und blauäugig – die müssen viel von dir halten.«

Er überging die Bemerkung mit einem Stirnrunzeln. »Sie wollten dich umbringen. Ich habe es verhindert. Mein Wort besitzt einiges Gewicht in der Gesellschaft.«

»Mehr als das deines Vaters?«

»In deinem Falle, ja.«

»Er hat mir gesagt, dass er dagegen war, mich nach Grönland zu schicken.«

»Das stimmt.«

»Ich kann ihn verstehen. Es war ein Fehler.« »Das kommt darauf an, wie du dich entscheidest.«

Sie ließ sich auf das Sofa fallen und faltete die gefesselten Hände im Schoß. »Du willst mich wirklich vor diese Entscheidung stellen, Dominik? Hast du mich in den letzten drei Jahren so wenig kennengelernt?«

Er setzte sich auf die Armlehne des Sofas und zog ein Knie an. Er sah wie ein trotziges Kind aus. »Ich kenne dich gut, Sina. Viel besser als du glaubst. Es war meine Idee, den Magier zu beauftragen. Es hat lange gedauert, bis ich ihn fand, aber ich glaube, die Suche hat sich gelohnt.«

»Wer hat Karel getötet? Auch du?«

Er zögerte, ehe er sich zu einer Antwort durchrang. »Karel war dumm. Er hat sich in Dinge gemischt, die ihn nichts angingen.«

Sie lächelte humorlos. »Das ist das älteste und durchschaubarste Argument eines jeden Verbrechers, Dominik. Setz dich nicht selbst so herab.«

»Er hätte die Finger von den Kayssler-Akten lassen sollen.«

»Wahrscheinlich habt ihr selbst ihn darauf gestoßen.«

»In jener Nacht hatte er nichts im Archiv verloren. Ihm wäre nichts geschehen, wenn er zu Hause geblieben wäre.«

»Du redest wie ein Kind, das Räuberhauptmann spielt.«

Zum ersten Mal verschwand sein aufgesetzte Freundlichkeit, und an ihre Stelle trat – kein Zorn, aber Unmut. Er war immer der Gelassenere von ihnen gewesen. Nicht einmal Max hatte das in all seiner Gleichgültigkeit überbieten können.

»Warum willst du mich beleidigen?«, fragte er und klang dabei, als verstände er sie wirklich nicht. »Ich habe dein Leben gerettet.«

Statt einer Antwort fragte sie: »Weshalb hast du es getan?«

»Wir sind Freunde.«

»Liebe Güte!« Sie lachte auf, viel zu laut und zu schrill. »Freunde, Dominik? Man legt Freunden keine Handschellen an. Man sperrt sie nicht in Turmzimmer und setzt keine bezahlten Mörder auf sie an. Du und Max, ihr wart Freunde … Ist es diese Art von Freundschaft, die du meinst? Darauf verzichte ich gern.«

»Max ist ein Dummkopf«, entgegnete er. Aus seinen Augen sprach

Bedauern. »Er besitzt keinen Ehrgeiz. Du bist fast eine von uns, Sina. Aber er? Max ist ein Versager.«

Sie sprang auf und schlug ihm mit beiden Händen ins Gesicht, ehe er auch nur reagieren konnte. Überrumpelt zuckte er zurück. Als er sich mit dem Handrücken über die Nase wischte, klebte Blut daran.

Und noch immer wurde er nicht zornig. »Was soll das, Sina? Damit löst du überhaupt nichts.«

Sie stand da, die Hände zu Fäusten geballt, und fühlte sich unendlich hilflos.

»Wer von uns ist nun das Kind, Sina?«, fragte er sanft. »Wer schließt die Augen vor den Ereignissen und hofft, man würde ihn übersehen?«

»Du hast dich hervorragend arrangiert«, spie sie ihm entgegen.

»Kinder schlagen um sich, wenn ihnen etwas missfällt. Wir aber suchen Lösungen, wir gehen Konflikten aus dem Weg.«

»Du bist ein schlechter Prediger, Dominik.«

Er schüttelte enttäuscht den Kopf. »Du begreifst es nicht.«

»*Was* begreife ich nicht?«

Sehr leise, sehr sanft sagte er: »Ich liebe dich, Sina.«

Er blickte sie einen Augenblick lang stumm an, dann fügte er hinzu: »Aber wenn du willst, dann vergiss, dass ich das je gesagt habe. Ich erwarte keine Wunder. Ich weiß, dass wir im Augenblick auf verschiedenen Seiten stehen. Aber wenn *ich* dich nicht überzeugen kann, dann lass dich von der Sache überzeugen. Du hast gesehen, was in diesem Berg geschieht. Wir haben keine Wahl, Sina. Wir müssen tun, was sie von uns verlangen, sonst werden sie uns und alles, was wir kennen, vernichten.« Er deutete zum Fenster und auf den strahlend blauen Himmel über den Giebeln. »Sie stehen irgendwo dort oben bereit, in ihren Festungen auf dem Mond oder jenseits davon. Sie warten, auf unsere Entscheidungen und auf Resultate. Und sie werden uns einfach auslöschen, wenn wir nicht tun, was sie wollen.«

»Ihr habt sie herausgefordert«, widersprach sie unsicher. *Auf dem Mond oder jenseits davon,* hatte er gesagt. Ihre Gedanken schwirrten im Kreis wie ein Hornissenschwarm; unmöglich, einen zu fangen und festzuhalten. Ihre Verwirrung fesselte sie in ein Netz aus Gemeinplätzen. »Es ist … falsch.«

»Es war falsch«, bestätigte er. »Aber jetzt müssen wir mit unseren Fehlern leben. Es war auch falsch, irgendeinen armen Teufel an meiner Stelle in die Luft zu sprengen. Falsch für Anstand und Moral, aber richtig für unsere Zukunft. Ohne die Gesellschaft, ohne das alles hier, wird es keine Zukunft mehr geben.«

»Was genau verlangen sie?«

»Sie wollen das, was 1561 in diesem Berg versteckt wurde. Die Trümmer ihrer Scheiben oder Kugeln, oder was auch immer damals vom Himmel fiel. Kirche und Kaiser ließen es verschwinden, einmauern, damit es niemals gefunden würde. Man glaubte, der Teufel sei stinkend und qualmend zur Erde gefahren, und man beseitigte so viele Mitwisser wie nur möglich.«

»Aber warum holen sie sich ihre Trümmer nicht einfach selbst aus dem Berg? Sie hätten die Macht dazu.«

Etwas wie ein Schatten – ein vages Lächeln? – zuckte über sein Gesicht. »Sie haben genug Macht, um diesen Berg und diese Stadt und vielleicht gar die ganze Welt einfach fortzuwischen, wie Kreidestriche auf einer Tafel. Sie könnten es tun – aber ich glaube, sie wollen es nicht. Sie sind Beobachter. Sie haben gehofft, mit uns in einen friedlichen Kontakt zu treten.«

»Stattdessen stahl man die Überreste ihrer Schiffe und ließ einen von ihnen von einem verrückten Wissenschaftler durch den Reißwolf drehen.«

Ein Hauch von Empörung klang aus seiner Stimme. »Kayssler war genial, nicht verrückt. Und durch den Reißwolf, das kannst du mir glauben, wurden am Ende nur er selbst und seine Leute gedreht. Kayssler hat den Preis gezahlt für das, was er getan hat.«

»Und jetzt ist dein Vater an der Reihe«, fügte Sina voller Genugtuung hinzu. »Und mit ihm euer ganzer schäbiger Verein von größenwahnsinnigen Möchtegern-Germanen. Trotzdem habt ihr es noch immer nicht begriffen. Noch immer versucht dein Vater, seine Vorteile daraus zu ziehen, ganz gleich, was dabei auf dem Spiel steht.«

Sie hörte sich ohne eigenes Zutun reden. War es wirklich das, was sie glaubte? Hatte sie nicht kürzlich erst erkannt, dass es Zacharias nicht um Vorteile ging? Wieso brachte ihr Zorn sie dazu, Argumente auszusprechen, an die sie selbst nicht glaubte?

Ihre Blicke kreuzten sich erneut. »Er ist mein Vater, Sina. Du verlangst doch nicht, dass ich dir recht gebe?«

»Du bist nicht besser als er.«

»Das Ringen um die Herrschaft ist nichts Verwerfliches, das war es nie. Selbst Wesen von solcher Macht wie die Fremden sind davor nicht gefeit. Was glaubst du, weshalb einige ihrer Schiffe über Nürnberg abstürzten? Sie kämpften, Sina, ganz gleichgültig um was. Aber sie müssen einen sehr guten Grund gehabt haben, dass sie dies vor den Augen einer ganzen Welt taten.«

»Du legst sie allen Ernstes als Maßstab an? Das ist töricht, und das weißt du. Was wisst ihr schon über sie?«

»Nichts, was sie uns nicht wissen lassen«, gab er zu. »Aber welchem Maßstab folgst denn du? Dem der Moral? Der Bibel? Dem Maßstab irgendeines Gottes?«

»Gesundem Menschenverstand.«

»Plattitüden werden nicht dadurch besser, dass man sie ehrlich meint.«

»Und Wahnsinn lässt sich nicht rechtfertigen, indem man den Irrsinn anderer als Maß heranzieht. Verstehst du es denn nicht, Dominik? Ihr macht wieder und wieder die gleichen Fehler.«

Er schwieg eine Weile, dann zuckte er schließlich mit den Achseln. »Alles andere würden sie nicht zulassen. Mein Vater versucht nur, das Beste daraus zu machen.«

Ein Gedanke schoss ihr unvermittelt durch den Kopf: Wusste Dominik denn, was sein Vater wirklich vorhatte? War er überhaupt eingeweiht in die ganze schreckliche Wahrheit?

Sie sah ihn noch einen Augenblick länger an, dann wandte sie sich mit einem traurigen Kopfschütteln zur Tür. »Es hat keinen Zweck, Dominik. Bring mich zurück zu den anderen.«

»Du wirst deine Meinung noch ändern.«

»Was willst du tun? Mich foltern?«

»Unsinn.«

»Was sollte mich dann umstimmen?«

Er lächelte wieder. »Dein eigenes Argument, Sina. Gesunder Menschenverstand.«

■ ■ ■

Der Tag endete, wie er begonnen hatte – in der undurchdringlichen Schwärze der Turmkammer. Sie hockten am Boden, grübelnd, verzweifelt, und Evelina begann zu niesen, denn sie saß am längsten von allen auf dem eiskalten Fels. Sie hatte versucht, die Bretter vor den Fenstern mit bloßen Händen herunterzureißen, aber alles, was sie bewirkt hatte, war, dass ihre Fingernägel abgebrochen waren.

Sina und Max flüsterten leise, schmiedeten Pläne, verwarfen sie wieder. Irgendwann, draußen mochte es Nacht sein, beschlossen sie zu schlafen, auch weil es nahezu das Einzige war, das sie noch nicht versucht hatten, um sich die Zeit zu vertreiben.

Sina hatte den anderen von Dominik und dem Magier berichtet. Max hatte sehr gefasst und ruhig reagiert, wenngleich seiner Stimme anzumerken war, wie sehr ihn der Verrat des Freundes schmerzte. Seine Schwester dagegen fluchte und schrie, und als all das nichts nutzte, zog sie sich wieder zurück in die Geborgenheit ihrer Trauer und schluchzte leise. Sina konnte es ihr nicht verübeln, obgleich es an ihren Nerven zerrte; Evelina war ein reiches, verzogenes Kind, das viel zu selten aus seinen bequemen Salons und Ballsälen herausgekommen war. Sie war die Einzige von ihnen, die die Mitschuld ihres Vaters an ihrem Dilemma nicht wahrhaben wollte. Wenn ihr Gespräch auf von Posers Mitgliedschaft in der Gesellschaft kam, dann schwieg sie einfach und tat, als gehe sie das alles nichts an.

Nach Stunden – unmöglich zu sagen, wie vielen – wurde die Falltür im Boden abermals geöffnet, und diesmal forderten die Soldaten sie alle auf, ihnen zu folgen. Wilhelm von Poser stöhnte leise, als Max und Sina ihm aufhalfen und beim Gehen stützten. Er sprach nicht, konnte auch kaum einen Fuß vor den anderen setzen, aber wenigstens war er aus seiner Bewusstlosigkeit erwacht.

Die Soldaten trieben sie über die Treppe in der Kapelle nach unten und durch das Korridorlabyrinth zur großen Halle. Die beiden Flügel des Tores standen weit offen und gestatteten schon von weitem eine gute Aussicht auf das Geschehen im Saal.

Zacharias und Dominik erwarteten sie.

»Die letzte Mauer ist gefallen«, sagte der Alte und wies auf die andere Seite der Kuppelhalle. Die Arbeiter hatten sich in einigem Abstand rechts und links einer hausgroßen Öffnung aufgereiht, traten nervös von einem Fuß auf den anderen und murmelten leise. Einige wurden von bewaffneten Soldaten zur Ruhe gerufen, doch nicht einmal die Präsenz der Schwarzen Reichswehr konnte das Murmeln und Flüstern restlos unterdrücken. Ein unverständliches Wispern lag über der Menge, ohne dass seine Herkunft genau zu bestimmen war.

Jenseits des Durchbruchs herrschte Finsternis. Sogar das strahlende Licht in der Kuppel vermochte die Schatten hinter den Felsrändern nicht zu durchdringen, ein schwarzer Schlund, weit aufgerissen, als wolle er in der nächsten Sekunde gellend aufschreien.

Max starrte Dominik ausdruckslos an, bis der sein Grinsen ablegte und irritiert in eine andere Richtung schaute. Kein einziges Wort fiel zwischen ihnen; Blicke sagten alles, was zu sagen war.

Sina sah gebannt auf die riesige Öffnung in der Höhlenwand. Fast vierhundert Jahre lang war keine Helligkeit an diesen Ort gefallen, und es sah aus, als wehre sich die Schwärze auch jetzt noch erbittert gegen jeden Lichtstrahl. Die Dunkelheit in dem Loch besaß keine sichtbare Tiefe, sie war absolut.

Am Ende der beiden Reihen aus Arbeitern bezogen mehrere Dutzend Soldaten Stellung. Sie standen im Spalier, als erwarteten sie, dass der Reichspräsident persönlich aus dem Loch treten würde. Aber Sina entging nicht, dass sie alle ihre Waffen umklammerten. Zwischen den Uniformierten hielten sich auch einige Wissenschaftler in weißen Kitteln auf. Eisensteins Ebenbilder waren verschwunden, die Fremden hatten ihre Botschafter abgezogen.

»Ich möchte, dass du mit dort hinunterkommst«, sagte Dominik und schenkte Sina ein aufmunterndes Lächeln. »Du willst es doch sehen, oder?«

Zu ihrem Erstaunen sagte Max: »Ich komme auch mit.«

Sein Vater stöhnte leise und versuchte, den Kopf zu schütteln, aber Max zwang sich, ihn nicht zu beachten.

»Was ist?«, fragte er Dominik. »Hat jemand etwas dagegen?«

Dominik sah Zacharias an. Der Alte knurrte gleichgültig. »Deine Entscheidung, Max.«

Sina war nicht sicher, ob sie wirklich dort hinunter wollte, aber sie begriff auch, dass ihr keine andere Wahl blieb. Zudem hatte Dominik recht: Sie wollte es sehen – was immer es sein mochte. Ein Haufen Metalltrümmer? Die Überreste fremdartiger Maschinen und Geräte? Die Wahnvorstellungen von ein paar fanatischen Priestern des Spätmittelalters?

»Ich möchte mit Vater hierbleiben«, sagte Evelina stockend. Niemand hatte etwas anderes erwartet. Sina bemerkte, dass das Mädchen Dominik hasserfüllt beobachtete. Er aber schenkte ihr kaum Beachtung.

Der Wachtrupp stieg mit ihnen über eine Seitentreppe in die Halle hinunter. Max' Vater streckte kraftlos den Arm aus, um seinen Sohn zurückzuhalten, aber Max tat, als bemerke er es nicht.

Sie erreichten den Grund der Halle im selben Augenblick, da das Licht an der Decke an Intensität gewann und den Saal auf einen Schlag in gleißendes Weiß tauchte. Sie alle kniffen die Augen zusammen, so sehr blendete sie die plötzliche Helligkeit.

Sie wollen die Öffnung ausleuchten, dachte Sina ohne aufzuschauen. Ihr Blick war beharrlich auf den Durchbruch gerichtet. Ihr war plötzlich kalt.

»Was erwarten Sie dort drinnen zu finden?«, fragte sie, ohne Zacharias anzusehen.

»Seien Sie still!« Seine Augen waren weit aufgerissen, fast andächtig.

Wir anderen suchen noch, durchfuhr es Sina zynisch, aber er hat seinen Gott gefunden. Egoismus war der beste Freund jedes Gläubigen. Wie sollte sie Zacharias da einen Vorwurf machen?

Oben auf der Balustrade stützte Wilhelm von Poser sich mit schmerzverzerrtem Gesicht auf seine Tochter, während Sina und die anderen fasziniert weitergingen, näher und näher an die Öffnung heran. Dreißig Meter trennten sie noch von dem pechschwarzen Schlund.

So lange Zeit, dachte Sina berauscht, beinahe vierhundert Jahre.

Im selben Moment fiel ihr etwas auf: Wo war der Magier? Seit er sie und Dominik oben in der Burg allein gelassen hatte, hatte sie ihn nicht mehr gesehen. Warum war er nicht hier?

Der Lichtschein auf den Wänden blendete sie noch immer. Sie bemerkte, dass eine ganze Anzahl der Arbeiter nicht zur Höhle, sondern hinauf in die Kuppel blickten. Sie beschatteten ihre Augen mit den Händen, einige wichen ein paar Schritte zurück, stießen dabei gegen andere.

Auch Sina löste ihren Blick von der Öffnung, drehte sich im Gehen um und schaute über die Köpfe der anderen hinweg nach oben.

Die Lichtquelle war in dem gleißenden Weiß nicht auszumachen. Es fiel Sina schwer, direkt in den Schein hineinzublicken, die Helligkeit blendete sie. Wohl aber erkannte sie, dass sich das Licht aus der Kuppel zum Boden herabsenkte.

Sina blieb wie angewurzelt stehen. Alle anderen verblassten in der Helligkeit zu wabernden Scherenschnitten. Auch Max wurde stutzig und verharrte.

»Das ist doch nicht …« Sie verstummte.

Es *war* möglich. Es geschah vor ihren Augen.

Das Licht schwebte wie ein losgelöster Stern über sie hinweg und stieß dabei pulsierende Kälteschübe aus. Auch Zacharias und Dominik blieben stehen, blickten zu dem grellen Strahlenkranz über ihren Köpfen empor.

Sina zitterte am ganzen Leib, nicht allein wegen der Kälte.

Es war die ganze Zeit über da gewesen, oben in der Halle. Alle hatten es gewusst.

Das Licht schwebte auf die Öffnung zu, passierte den Felsenbogen, glitt hinein in die Dunkelheit.

Und erlosch.

Von einer Sekunde zur anderen war es fort, als hätte die Finsternis es verschluckt wie ein Maul.

Generatoren jaulten, und die elektrischen Lampenketten in der Halle flammten auf. Im Vergleich zur bisherigen Helligkeit verbreiteten sie kaum mehr als fahles Zwielicht.

Aufgebrachtes Flüstern ging durch die Reihen der Soldaten und Arbeiter. Es gab keine Panik; alle waren auf diesen Augenblick vorbereitet worden.

Alle außer Sina und Max. Sie standen mit offenen Mündern da, stocksteif. Sina bekämpfte den Drang, sich herumzuwerfen und fortzulaufen so schnell sie nur konnte.

Zacharias drehte sich um, legte beide Hände auf Dominiks Schultern und blickte ihm eingehend in die Augen.

»Es ist so weit«, sagte er, aber in seiner Stimme war keine Spur von Begeisterung.

Dominik nickte stumm. In seinen Augen glosten Aufregung und nervöse Erwartung.

Zacharias umarmte seinen Sohn und flüsterte ihm etwas zu, das Sina nicht verstand. Warum wirkte der Alte so sorgenvoll? War es nicht das, wovon er geträumt hatte? Weshalb zeigte er keine Freude, warum keinen Triumph?

Sie erinnerte sich wieder an das merkwürdige Gefühl, das sie beschlichen hatte, als Max Zacharias Machtgier vorgeworfen hatte. Und sie hörte im Geiste wieder das, was der Alte darauf erwidert hatte: *Du täuschst dich.*

Hatten sie sich alle getäuscht, als sie glaubten, die Beweggründe des Alten zu verstehen? Was hatte er geantwortet, als sie gefragt hatte, was er und seine Leute hier unten trieben?

Nichts weiter, als die Welt zu retten.

»Ein Abschied!«, flüsterte sie aufgebracht zu sich selbst. Dann lauter, damit Max es hörte: »Er verabschiedet sich!«

Max fuhr herum, und auch Dominiks Augen wandten sich trotz der Umarmung seines Vaters zu ihr um.

»Was meinst du?«, fragte Max.

Sina achtete nicht auf die Waffen ihrer Bewacher, die zu ihr herumschwenkten. Sie sprang auf Max zu und zischte aufgebracht: »Verstehst du es denn nicht?«

Etwas wie der Schatten tieferen Begreifens zuckte über Max' Gesichtszüge, doch ehe er etwas sagen konnte, löste sich plötzlich Dominik von seinem Vater und starrte ihn fassungslos an. »Sie lügt, oder? Sag mir, dass sie lügt!«

Überall brach jetzt Unruhe aus.

Zacharias lächelte traurig. Die unerwartete Milde in seinem Blick schien nicht zu ihm zu passen. »Du hast immer nur unseren Vorteil gesehen, nicht wahr?« Es war keine wirkliche Frage, und er sah Dominik dabei fest in die Augen. »Du wärest nie einverstanden gewesen, wenn ich es dir gesagt hätte.«

Sina blickte von Zacharias zur Höhle hinüber. Die Schwärze war immer noch vollkommen. Trotzdem beschlich sie das Gefühl, dass sich aus der Finsternis etwas näherte.

»Max!«, flüsterte sie energisch. »Wir müssen hier weg!«

Er blickte sie einen Augenblick lang verständnislos an, dann nickte er abrupt. »Komm!«

Er fasste sie am Arm und zog sie von den anderen fort. Ihre Bewacher wollten das Feuer eröffnen, doch Zacharias rief: »Lasst sie! Es ist zu spät!«

Im selben Augenblick ertönte ein dumpfes Grollen, das durch Gänge und Schächte immer näher heranrollte. Durch das Portal oberhalb der Balustrade, dort wo Evelina und ihr Vater standen, quoll eine mächtige Staubwolke in die Halle. Ein zweites Donnern ertönte, lauter als das erste. Das Echo im Felslabyrinth trug das Prasseln von Steinen heran.

Zahllose Menschen in der Halle schrien angsterfüllt auf, eine Welle der Furcht ging durch die Menge.

Max und Sina blieben wie angewurzelt stehen. »Er hat den Zugang zur Kapelle sprengen lassen!«, entfuhr es Sina. »Er hat das alles von Anfang an geplant. Niemand soll lebend hier rauskommen, niemand, der die Wahrheit kennt!«

»Mein Vater und Evelina sind noch da oben«, rief Max und rannte weiter. Sina folgte ihm.

Die ersten Arbeiter setzten sich in Bewegung und liefen auf den Tunnel zu, der von der Seitenwand der Halle ans Tageslicht führte. Der Motor eines Lastwagens jaulte auf, als jemand in Panik das Gas zu weit durchtrat. Das Fahrzeug ruckte vor und prallte gegen drei Männer, die gerade auf die Tunnelmündung zueilten. Ein Tumult entstand, als andere über die Verletzten hinwegstürmten.

Eine weitere Explosion ertönte. Wie eine Flutwelle schossen Staub und Steinpartikel aus der Tunnelmündung, den Flüchtenden entgegen, hüllten sie in Dunkelheit.

Auf den Donner folgte ein Moment völliger Stille.

Manchem mochte klar werden, dass er nicht einmal wusste, wovor er die Flucht ergriff. Die meisten aber erwachten einen Augenblick später aus ihrer entsetzen Erstarrung und rannten weiter, hustend und keuchend, mitten in die Staubwolke hinein, in der schalen Hoffnung, am Ende des Tunnels doch noch einen Ausweg zu finden.

Max und Sina erreichten die unteren Stufen der Treppe, die zur Balustrade hinaufführte.

Dominik packte seinen Vater und schrie ihn an, irgendein Vorwurf, der im ohrenbetäubenden Lärm unterging.

Max sprang bereits die Treppe hinauf, doch Sina blieb unten stehen, drehte sich um und brüllte: »Dominik! Komm her!«

Oben auf der Treppe wirbelte Max herum. »Bist du verrückt geworden?« Zorn loderte über seine Züge.

»Ohne ihn kommen wir hier nicht raus«, gab sie scharf zurück und rief abermals Dominiks Namen.

Zacharias schüttelte die Hände seines Sohnes ab und drehte sich abermals zur Höhle um.

Irgendetwas kommt näher, dachte Sina zum zweiten Mal.

»Dominik, verdammt!«, schrie sie über das Chaos der flüchtenden Arbeiter hinweg. Irgendwo in dem grauen Staubnebel, der durch die Halle wogte, bellten Schüsse. Mündungsfeuer blitzten auf, jemand kreischte gequält; Sina konnte nicht erkennen, ob beide Laute zusammengehörten, auch nicht, wer aus welchem Grund auf wen schoss. Es war längst gleichgültig. Sie spürte mit jeder Faser ihres Körpers, dass das, was ihnen allen bevorstand, alle anderen Sorgen auslöschen würde.

Dominik stand da, unentschlossen, ob er bei seinem Vater bleiben oder fliehen sollte. Er hörte Sinas Rufe, schaute gar zu ihr herüber, wandte seinen Blick aber gleich darauf zurück zu Zacharias.

Einige Soldaten bemühten sich, die Ordnung aufrechtzuerhalten. Sie waren es auch, die versuchten, mit Waffengewalt die Panik der Arbeiter einzudämmen. Dass sie damit alles nur noch schlimmer machten, wurde ihnen zu spät bewusst.

Etwas regte sich im Schlund der Höhle. Helligkeit quoll aus der Dunkelheit empor.

Im Gegenlicht erschien eine Gestalt. Mit ungelenken Bewegungen taumelte sie durch den Felsbogen, dürr und mager vor dem gleißenden Weiß, wie die Rohform einer Marionette.

Die Gestalt trug eine Kutte.

»Sieht aus wie ein Priester«, flüsterte Max gebannt, als Sina ihn am oberen Ende der Treppe erreichte.

Der Tumult der Menschenmasse schlug in zwei Extreme um. Die einen begannen noch lauter und durchdringender zu kreischen und auf den Eingang des gesprengten Tunnels zuzustürmen; die anderen aber verharrten dort, wo sie sich gerade befanden, und starrten mit aufgerissenen Augen zu der Gestalt hinüber. Einige Soldaten hantierten erneut an ihren Waffen. Sie sahen nervös genug aus, sie zu benutzen, bis Zacharias ihnen mit einer Geste Einhalt gebot.

Die Kutte des Priesters war grau und farblos. Der Lichtschein aus der Höhle legte einen Kranz aus Helligkeit um seine Glieder. Auf der Brust prangte ein eingesticktes Kreuz, darüber quoll ein grauer Bart.

Seine nackten Füße steckten in primitiven Sandalen. Graues, strähniges Haar fiel bis weit über seine Schultern, verdeckte sein Gesicht wie ein Vorhang aus Spinnweben.

Seine Schritte wurden allmählich sicherer, seine Haltung festigte sich. Durch das Halblicht der Halle kam er direkt auf Zacharias zu. Wortlos schleppte er sich durch den Korridor der übrig gebliebenen Soldaten, an dessen Ende der Alte stand und ihn mit betonter Ruhe erwartete. Einige der Wissenschaftler drängten zwischen den Uniformierten hindurch, um sich dem Priester zu nähern, aber Zacharias winkte sie mit knappen Gesten zurück. Jede seiner Handbewegungen schuf Strudel im Staubnebel.

Noch zehn Meter trennten sie voneinander. Die knochigen Hände der Gestalt, auch ihre Kutte, glänzten fettig.

»Dominik, nun mach schon!«, brüllte Sina noch einmal.

Zacharias' Sohn hatte all seine Gelassenheit verloren. Er stand jetzt einige Schritte von seinem Vater entfernt, hatte sich bereits halb zur Balustrade umgedreht, konnte aber zugleich den Blick nicht von der grauen Gestalt abwenden. Er schien zu begreifen, dass er nicht nur seine Träume und Wünsche verloren hatte; er war im Begriff, auch seinen Vater zu verlieren.

Jene, die die Flucht ergriffen hatten, waren irgendwo im Tunnel verschwunden. In der Ferne hörte man ihre Rufe, als sie auf Felsen stießen, die den Ausgang versperrten.

Alle anderen am Boden der Halle standen still. Nur die Gestalt des Priesters schleppte sich ganz allmählich auf Zacharias zu.

Sina und Max traten auf die Balustrade. Evelina stützte weinend ihren Vater, brachte kein Wort heraus. Von Poser fielen immer wieder die Augen zu, doch in den kurzen Momenten, in denen sie offenstanden, sprach aus ihren Blicken nackte Panik.

Sina starrte durch die Staubschwaden an Dominik vorbei auf die Gestalt.

»Er blinzelt nicht«, presste sie tonlos hervor.

»Was?« Max wollte weglaufen, aber zugleich hielt ihn die bizarre Szene unten in der Halle an seinem Platz.

»In der Höhle war bis vor einer Minute kein Licht«, wisperte sie. »Eigentlich müsste ihn die Helligkeit draußen blenden.«

Dominik fuhr herum; er blickte wieder unschlüssig von seinem Vater zur Balustrade hinauf.

Fünf Schritte. Zacharias streckte der Gestalt zögernd die Hand entgegen.

»Vater, nein!« Dominik sprang plötzlich vor, wollte Zacharias mit sich fortziehen.

Die Gestalt war schneller. Sie ergriff Zacharias' Hand, riss ihn zu sich heran und umarmte ihn.

Hinter ihnen wurde das Licht in der Höhle zu weißer Glut. Kälte schlug aus ihrem Schlund in die Halle. Jedem, der hineinblickte, kam es vor, als überzögen sich seine Augen mit einer Eisschicht.

Sina erkannte, dass das, was sie hatte kommen sehen, nicht die Gestalt gewesen war. Da war noch etwas anderes.

Der Priester umklammerte Zacharias mit beiden Armen. Der Alte schrie, seine Fäuste hämmerten auf die Gestalt ein. Die Arme des Priesters aber drückten nur noch fester zu.

Dominik starrte mit geweiteten Augen auf das ungleiche Ringen. Doch statt seinem Vater beizustehen, wirbelte er in haltloser Furcht herum, rannte so schnell er konnte auf die Balustrade zu.

Auch Max blickte ungläubig in die Halle. Sina hatte recht; die Kutte des Priesters war nicht aus Leinen, und auch sein Haar war zu strähnig. Die ganze Gestalt war aus demselben Stoff gemacht wie Eisensteins Ebenbilder. Der Priester war genauso künstlich wie sie.

Ein Soldat schrie auf und feuerte zwei Schüsse in den Leib der Kreatur. Die fremdartige Masse schluckte die Kugeln wie zäher Schlamm, die Arme des Priesters pressten weiter. Zacharias' Augen drehten sich zur Seite, Speichel troff aus seinem Mund.

Im selben Moment, als Dominik die Treppe erreichte, barsten die Knochen seines Vaters unter dem Druck der Umklammerung. Doch immer noch drückte der Priester zu, fester und fester.

Max, Sina und die anderen torkelten zurück, sprachlos und voller

Entsetzen. Eine Flut von Flüchtenden, Soldaten wie Wissenschaftlern, ergoss sich in die Richtung der Balustrade. Niemand begriff, was geschah, aber alle wussten genau, dass sie sterben würden, wenn sie auch nur einen Augenblick zögerten.

Dominik erreichte zusammen mit Sina, Max, Evelina und von Poser das Portal.

»Das Tor!«, schrie Dominik, als sie durch den Bogen rannten. »Wir müssen das Tor schließen!«

»Glaubst du wirklich, dass uns das hilft?«, brüllte Max im Laufen zurück.

Hinter ihnen brandete eine Lichtwelle durch die Halle, aber niemand aus der kleinen Gruppe sah, was sie bewirkte. Sie stürmten vorwärts, um eine Biegung und tiefer hinein in das Labyrinth unter dem Burgberg.

»Wohin?«, rief Max außer Atem. Er stützte gemeinsam mit Evelina seinen Vater. Von Poser hatte wieder das Bewusstsein verloren und ließ die Beine schleifen.

»Wir können nicht durch die Kapelle, der Zugang ist gesprengt!« Dominik lief vorneweg, Sina war direkt hinter ihm.

»Es gibt eine Treppe, die hinauf zur Burg führt«, keuchte sie. »Ich habe sie zusammen mit deinem Vater benutzt.«

Dominiks Gesicht zuckte bei der Erwähnung seines Vaters. »Es gibt eine Treppe, aber sie liegt hinter einer alten Geheimtür. Sie lässt sich nur vom Treppenhaus aus öffnen.«

»Zeig uns den Weg!«

Als sie sich im Laufen zu Max, Evelina und von Poser umwandte, bemerkte sie, dass die drei zurückgefallen waren. Von Poser hing schlaff in den Armen seiner Kinder. Sina fragte sich unwillkürlich, ob er überhaupt noch lebte.

Noch etwas sah sie: Der Felsengang hinter den dreien war leer. Wo waren all die Menschen geblieben? Es mussten Dutzende gewesen sein, die zur Balustrade gestürmt waren. Und jetzt waren sie alle verschwunden. Einfach fort. Vor ihre Augen trat wieder die Lichtwoge, die auf die Brüstung zugeschossen war, und sie fragte sich, ob es außer ihnen überhaupt noch Überlebende gab. Nicht, wenn Zacharias' Plan aufgegangen war. Er hatte alle, die von den Fremden wussten, hier unten versammelt. Und alle waren auf einen Schlag ausgelöscht worden.

War die Helligkeit im Rücken von Max und den anderen nicht schon intensiver geworden?

Du wirst hysterisch, schalt sie sich bitter.

Aber nein, sieh doch! Es *ist* heller geworden!

Vor ihnen waren die Gänge wie ausgestorben. »Wie weit ist es noch?« Im Laufen rang sie nach Atem.

»Gleich da«, stöhnte Dominik.

Sie fragte sich, wann der Schock nachlassen, wann der Tod seines Vaters zu ihm durchdringen würde. Spätestens dann mussten sie die Treppe erreicht haben.

Wenn uns nicht vorher das Licht erwischt!

»Fräulein Zweisam«, sagte eine leise Stimme.

Sina hörte sie nicht.

»Fräulein Zweisam!« Lauter, diesmal.

Sie blieb stehen. Auch Max und die anderen verharrten schlagartig. Sie befanden sich mitten auf einer Kreuzung, wo ein hoher, straßenbreiter Stollen den schmaleren Gang schnitt, den sie entlanggelaufen waren. Die Stimme war von rechts gekommen.

»Und ich hatte schon befürchtet, wir würden uns nicht wiedersehen«, sagte der Magier. Er lehnte neben einer offenen Tür in der rechten Wand des Stollens. Hinter ihm endete der breite Gang in einer Sackgasse; die Stirnseite war mit Holz vertäfelt. Sie waren am Ziel.

In der rechten Hand hielt der Magier eine Pistole.

»Was wollen Sie?« Sina spürte, wie sich ihr Körper versteifte.

Max hatte seinen Vater und Evelina in ein paar Metern Entfernung zurückgelassen und wollte vorspringen, doch Sina hielt ihn am Arm zurück.

»Meinen Auftrag erfüllen«, sagte der Magier mit zuvorkommendem Lächeln. »Schließlich habe ich einen Ruf zu verlieren.«

Max sah aus, als wollte er sich jeden Moment auf den Mann stürzen.

»Stellen Sie sich vor«, sagte der Magier freundlich, »es kommt noch besser …«

Damit griff er mit der Linken in die offene Tür und zerrte eine weitere Gestalt hervor.

»Das Bonbon, sozusagen.«

Es war Larissa. Ihr Mund war geknebelt, ihre Hände vor dem Bauch verschnürt. Nur die Füße waren frei. Ihre Augen blickten groß und ängstlich, aber sie weinte nicht; stattdessen warf sie trotz ihrer Furcht immer wieder hasserfüllte Blicke auf den Magier.

Max schrie auf. Sina wollte ihn abermals festhalten, aber diesmal kam ihre Reaktion zu spät. Er stürmte vor, auf den Magier zu, und hatte die Distanz bereits zur Hälfte überwunden, als zwei Kugeln vor seinen Füßen den Fels splittern ließen.

Schlagartig blieb er stehen.

»Sehen Sie, wir verstehen uns«, sagte der Magier gelassen.

»Schwein!«, brüllte Max in hilfloser Wut.

Der Magier setzte zu einer Antwort an, als sein Blick auf ihre Schatten am Boden fiel. Sie wurden mit jedem Augenblick dunkler, krochen auf ihn zu. Was immer ihnen von der Halle aus gefolgt war, es kam näher. Der helle Schein eilte ihm voraus.

»Ich fürchte, wir müssen uns beeilen«, sagte der Magier und zog Larissa wie einen Schutzschild vor sich. »Ihre Verlobte, Herr von Poser, kam auf die unglückliche Idee, auf eigene Faust in die Burg einzudringen. Sie gab vor, eine Bedienstete zu sein. Als Schauspielerin ist ihr das wohl recht überzeugend gelungen.« Er lächelte wohlmeinend. »Erst, als sie versuchte, das Innere des Berges zu erkunden, hat man sie erwischt. Eine Schande. Sie hätte zu einer interessanten Figur in dieser Angelegenheit werden können.« Bedauernd tätschelte er ihr blondes Haar. Larissa riss angewidert den Kopf zur Seite. »Jetzt ist sie leider nur das gleiche wie wir alle – ein Opfer!«

»Lassen Sie sie frei!« Max hatte die Hände zu Fäusten geballt, sein Körper war angespannt und sprungbereit.

»Weshalb sollte ich das tun?« Ruhig und lächelnd hob der Magier seine Pistole und setzte sie an Larissas Schläfe. »Sie werden mir jetzt ihre Waffen aushändigen.«

Da ergriff zum ersten Mal Dominik das Wort. »Hören Sie auf!«

Der Magier sah ihn gleichgültig an. »Mischen Sie sich nicht in meine Angelegenheit.«

»*Ich* gab Ihnen diesen Auftrag, also tun Sie gefälligst, was ich sage.«

»Ich bin gerade dabei, Ihren Auftrag auszuführen.«

»Und ich entbinde Sie davon.«

»Vielleicht ist es dazu zu spät.«

»Denken Sie an Ihren Ruf.« Dominik klang für Sinas Geschmack ein wenig zu überzeugt von seiner eigenen Raffinesse. »Was Sie da tun, ist unprofessionell.«

»So, ist es das?«, fragte der Magier lauernd.

»Es ist vorbei.« Dominik lächelte fahrig und blickte sich um. »Das Licht wird uns alle auslöschen.«

»Nicht, wenn Max die Täfelung öffnen kann«, bemerkte Sina mit falscher Ruhe.

Die Blicke aller wanderten von ihr zu Max, der überaus verdutzt dreinschaute. Eine Sekunde lang war der Magier abgelenkt.

Larissa winkelte ihr Knie an, trat blitzschnell nach hinten und rammte ihren Fuß gegen sein Schienbein. Er taumelte überrascht zurück und riss sie mit sich nach hinten. Sie stolperte über seine Füße und sackte in seinem Griff zusammen. Dabei zog sie ihn einen Moment lang vornüber.

Max sprang vor, Sina folgte ihm.

Der Magier bemerkte es im letzten Augenblick und feuerte einen Schuss ab. Die Kugel peitschte um Haaresbreite an Larissas Hinterkopf vorbei und traf Max. Er wurde in vollem Lauf nach hinten gerissen und gegen die Wand geschleudert.

Sina rannte weiter, federte zur Seite, als ein zweiter Schuss in den Stollen widerhallte, und erreichte den Magier, als er gerade Larissa von sich stieß, um zurückzuweichen. Die beiden Frauen prallten gegeneinander, Sina stolperte und stürzte. Larissa versuchte noch, sich wegzudrehen, um nicht auf Sina zu fallen, dann taumelte auch sie zu Boden.

Der Magier seufzte schwer und machte einen Schritt auf die beiden Frauen zu. Die Mündung seiner Waffe zeigte erst auf Larissa, schwenkte dann auf Sina. Dort verharrte sie.

Max stöhnte auf, versuchte sich hochzurappeln und hielt sich dabei mit der Linken den rechten Oberarm. Die Kugel hatte sein Fleisch durchschlagen. Dunkle Rinnsale quollen zwischen seinen Fingern hervor.

Der Magier bemerkte die Anstrengungen seines Gegners, wusste aber auch, dass Max keine Gefahr mehr darstellte.

Der Magier schenkte Sina ein bedauerndes Lächeln. »Sie haben mich in Grönland am Leben gelassen, Fräulein Zweisam, und ich sagte Ihnen, dass das ein Fehler sei.«

Sina blickte ein letztes Mal zu der Waffe empor, die auf ihr Gesicht gerichtet war. Sie schloss die Augen.

Larissa reagierte. Ihre Beine glitten blitzschnell auseinander und schlossen sich um die Unterschenkel des Magiers. Dann rollte sie ihren Körper am Boden herum. Der Magier schrie auf, geriet aus dem Gleichgewicht und feuerte blindlings einen Schuss an Sina vorbei. Dann stürzte er. Die Pistole fiel aus seiner Hand. Krachend prallte er der Länge lang auf den Boden. Sein Kinn stieß auf Fels, sein Unterkiefer knirschte und brach.

Sina wollte sich auf die Waffe werfen, aber Larissa war auch diesmal schneller. Ihre Handgelenke waren aneinander gefesselt, aber ihre Finger waren frei. Plötzlich hielt sie die Pistole in beiden Händen und setzte sie ohne nachzudenken mit der Mündung auf den Rücken des Magiers. Zweimal drückte sie ab.

Unter den schockierten Blicken der anderen wand der Magier sich schreiend und hilflos am Boden.

Sina nahm Larissa ruhig die Waffe aus den Händen und zielte auf den Hinterkopf des Mannes. Ihre Kugel ließ die Schreie des Magiers verstummen, seine Zuckungen und Krämpfe erschlafften.

Dominik eilte zur Wandtäfelung. »Wir müssen hier weg. Das Licht …«

Es war abermals heller geworden. Die Tatsache, dass es sie nicht längst schon erreicht hatte, bewies, dass es kein wirkliches Licht war. Es war überhaupt nichts, das sie kannten.

Max taumelte vor und strich mit der Hand seines unverletzten Armes über das Holz.

»Kriegst du sie auf?«, fragte Dominik.

»Ich kenne mich mit Treppen aus, aber mit Geheimtüren … ich weiß nicht.«

Sina starrte immer noch auf den Leichnam des Magiers. Erst allmählich realisierte sie, dass ihr Gegner geschlagen war, »Dahinter *ist* eine Treppe«, sagte sie leise.

Max fuhr mit den Fingern durch die Fugen der Holtafeln, versuchte verzweifelt, sich an Dinge zu erinnern, die er vor Jahren in Büchern über mittelalterliche Architektur gelesen hatte. Verborgene Treppen hinter den Wänden von Burgen und Kirchen waren ihm nicht fremd, aber der Gedanke, dass ihr aller Leben von ihm abhing, belastete ihn mehr, als er sich eingestehen wollte. Die Furcht zu versagen blockierte sein Denken.

»Bitte«, stöhnte Larissa, der es gelungen war, den Knebel abzustreifen, »hätte einer von euch die Güte, endlich diese Fesseln durchzuschneiden!«

Sina wandte sich ruckartig von dem Toten ab. »Ich mach' das.«

Larissa sah sie ungläubig an. »Du willst doch nicht …?«

»Doch.« Damit hielt Sina Larissas Hände hoch, setzte die Pistolenmündung auf das Seil zwischen ihren Handgelenken und drückte ab. Die Kugel zerriss die Stricke und pfiff in den leeren Korridor davon.

Dass Larissa nun frei war, gab Max neuen Auftrieb. Er drückte mit der Linken in bestimmter Reihenfolge gegen die Tafeln, doch ohne Erfolg. Er zeichnete gewisse Muster mit der Fingerspitze in das Fugengitter – ebenfalls vergebens. Schließlich versuchte er es mit einer Kombination von beidem, und endlich erwies sich, dass all die Jahre seiner Beschäftigung mit Treppen nicht umsonst gewesen waren.

Ein schmaler Teil der Täfelung rastete mit einem Klacken aus und ließ sich zur Seite schieben. Dahinter war es stockdunkel.

Sina atmete auf, Dominik stieß ein heiseres Lachen aus.

Im selben Augenblick sagte Evelina tonlos: »Vater ist tot.«

Max fuhr herum und trat neben sie. Dominik und Sina zwängten sich bereits durch die Öffnung ins Treppenhaus, Larissa zögerte noch.

Wilhelm von Poser lag leblos am Boden, Evelina kniete neben ihm und hielt seine Hand. Ihr Schatten lag tiefschwarz über ihm. Das Licht kam näher, brachte fremdartige Geräusche mit sich, ein fernes, kaum hörbares Knistern, fast wie leises Flüstern.

Max legte den gesunden Arm um Evelinas Schulter und zog sie auf die Beine. »Komm, wir müssen hier weg.«

»Wir können ihn doch nicht hier liegen lassen«, widersprach sie kraftlos, ließ sich aber ohne Widerstand zur Täfelung führen.

Max nickte Larissa stumm zu. Sie nahm Evelina bei der Hand und zog sie mit sich durch das Loch. Max blieb als Letzter zurück. Noch einmal schaute er auf seinen toten Vater, dann zurück zur Kreuzung, wo das Licht, das aus dem Quergang fiel, immer heller wurde.

Er gab sich einen Ruck und schlüpfte durch die Täfelung. Die anderen erwarteten ihn; ihre Gesichter wurden von der Finsternis ausgelöscht, als er die Geheimtür zuschob.

Er hörte, wie Larissa leise auf Evelina einredete: »Dein Vater hat mir das Leben gerettet. Ich glaube, er war es, der dem Leierkastenmann den Auftrag gab, mich zu beschützen.«

»Leierkastenmann?«, fragte Evelina, aber ihre Stimme klang gleichgültig. Sie schluchzte leise.

»Seid still«, flüsterte Sina scharf. »Es kommt näher.«

Tatsächlich drang das fremdartige Knistern sogar durch die Täfelung.

»Wir müssen die Treppe hoch«, wimmerte Dominik.

»Nein«, fuhr Max auf. »Es würde unsere Schritte hören. Seid ganz ruhig und bewegt euch nicht.«

Dominik sah aus, als wollte er widersprechen; dann aber entschied auch er sich zu schweigen. In absoluter Stille hockte die kleine Gruppe da, um sie nichts als Finsternis.

Die Fugen der Täfelung begannen zu glühen, ein helles Raster in der Schwärze, wie ein Gitter aus purem Licht.

Evelina schluchzte auf, doch Larissa legte gleich ihre Hand auf den Mund des Mädchens. Keiner gab mehr einen Laut von sich, nicht einmal Kleidung raschelte.

Das Fugengitter wurde immer heller, und zugleich kamen die Laute näher. Sie waren wie das Knistern eines Feuers, nur dass sie regelmäßiger, fast wie in einem rasenden Rhythmus ertönten.

Es ist jetzt vor uns an der Kreuzung!, durchfuhr es Sina in einem Anflug von Panik. Direkt vor uns!

Und es verharrte.

Sina blickte zu den anderen. Das Lichtgitter ließ ihre schweißnassen Gesichter zu fahlen Masken erstarren. Alle hatten die Augen weit aufgerissen, in angstvoller Erwartung der nächsten Sekunden.

Dann, auf einen Schlag, wanderte das Licht weiter, das knisternde Flüstern entfernte sich. Es verklang nicht völlig, schien an ihnen haften zu bleiben wie ein schlechter Geruch, doch die Helligkeit wurde diffuser, schwand schließlich ganz.

Erneut saßen sie in völliger Dunkelheit. Erst allmählich wagten sie wieder, Atem zu holen.

Max fasste sich als Erster. »Nach oben, schnell«, flüsterte er.

Dominik hatte die Stufen in der Schwärze bereits gefunden und rannte voran. Hinter ihm stolperten Larissa und Evelina den schmalen Schacht hinauf, dann folgten Sina und Max; er hielt sich den verwundeten Arm. Die Wendeltreppe war so eng, dass sie nur hintereinander gehen konnten. Die Männer mussten die Köpfe einziehen, um nicht gegen die Decke zu stoßen. Es roch nach Staub und Moder und nach der stechenden Hitze ihres Schweißes.

»Wohin führen die Stufen?«, rief Max gedämpft.

Sina keuchte vor Anstrengung, ihre Stimme klang schwach und heiser. »In den ersten Stock der Burg.«

Sie war froh, dass er nicht fragte, was sie dort erwarten würde.

Immer wieder stellte sie sich selbst die Frage, wie Dominik sich verhalten würde, wenn sie einer Abordnung der Schwarzen Reichswehr gegenüberständen?

Die engen Windungen des Treppenschachtes machten sie schwindelig, ihr war schlecht, und die Kleidung klebte nass an ihren Gliedern. Immer wenn Evelina vor ihr stehen blieb, weil ihr der Atem stockte, musste auch Sina innehalten; es war verlockend, einfach aufzugeben, sich hinzusetzen und abzuwarten, was geschehen würde. Doch jedes Mal riss sie sich zusammen, spornte Evelina an weiterzugehen und sammelte ihre eigenen Kräfte, um sich abermals in Bewegung zu setzen.

Endlich gelangten sie nach oben. Dominik erreichte den Ausgang, stieß die Tür auf, taumelte in die Burg. Die übrigen stolperten erschöpft hinterher, ließen sich fallen, blieben am Boden sitzen, vergruben die Gesichter in den Armen. Max gab der Tür mit dem Fuß einen Stoß, sie fiel ins Schloss.

Außer ihnen war kein Mensch zu sehen. Auch aus den angrenzenden Räumen ertönten keine Laute. Zacharias musste Befehl gegeben haben, die Burg vor der Sprengung zu räumen. Die Explosionen unter der Kapelle waren ferngezündet worden.

Die fünf waren ganz allein in der großen, stillen Kaiserburg. Allein mit dem, was sich unter ihnen im Berg befand.

»Was hat dein Vater gemeint, als er sagte, er müsse etwas wiedergutmachen?« Sina stieß die Worte aus wie ein Stöhnen, krächzend, schwer verständlich.

Dominik hörte und verstand sie. Trotz der Anstrengung war er kreidebleich, sogar seine Lippen waren weiß. Seine blauen Augen wirkten grau, als wären sie mit einer Staubschicht überzogen. Er öffnete den Mund einen Spalt breit und sah aus, als wollte er antworten; dann aber schwieg er nur und blickte starr ins Leere.

»Es war die Scheibe, nicht wahr?« Max lag auf dem Rücken, sein Brustkorb raste auf und nieder. Seine Armwunde blutete. Jetzt rappelte er sich langsam auf. »Die Scheibe, die mit der *Lessing* zusammenstieß, war dieselbe, in der sie das Wesen entdeckten, mit dem Kayssler experimentiert hat.«

Sina blickte von Max zu Dominik und wieder zurück. »Ich dachte, sie war nur noch ein Wrack?« Noch immer schien es nicht ihre Stimme zu sein, die da sprach, sondern nur ein tonloses Echo. Sie hätte sich nicht auf Dominik werfen und die Wahrheit aus ihm herausprügeln können, selbst wenn sie es gewollt hätte.

Zu ihrer Überraschung raffte Dominik sich zu einer Erwiderung auf. »Kein Wrack, nur beschädigt«, sagte er knapp.

Max lehnte sich mit dem Rücken gegen die Tür zum Treppenhaus. »Zacharias' Leute haben es repariert. Es hat sieben Jahre gedauert, oben in der Forschungsstation im alten Thule, aber schließlich haben sie es instand gesetzt. War es nicht so, Dominik?«

Sein einstiger Freund nickte stumm.

Sinas Augen weiteten sich. »Du meinst, in der Scheibe waren ...«

»Ja«, schnitt Max ihr das Wort ab. »Die Kollision mit der *Lessing* hatte nichts mit den Fremden zu tun.« Er lächelte humorlos. »In der Scheibe saßen Menschen.«

Seine letzten Worte hallten in der Stille nach wie ein Todesurteil.

Sina wandte sich mit einer schwerfälligen Bewegung an Dominik. »Ist das wahr?«

Sein Blick klärte sich für einen Moment, doch die leichenhafte Blässe blieb. »Es war ihr erster Flug«, bestätigte er gedankenverloren. »Nach all den Jahren, in denen sie die Geheimnisse der Scheibe erforscht hatten, sie Teil für Teil auseinandergebaut und untersucht hatten, hatten sie endlich herausgefunden, wie man sie bedient.«

In Sinas Kehle stieg ein Kichern auf; sie wollte es unterdrücken, vergeblich. Alle blickten sie betroffen an. »Es ist ... nichts«, brachte sie mühsam hervor, immer noch gegen das irre Lachen ankämpfend. »Also *das* meinte dein Vater, als er von seinem Fehler sprach. Sie haben ihm ein Ultimatum gestellt, als sie erfuhren, was in Grönland geschehen ist. Er sollte ihnen helfen, ihre Spuren zu verwischen, einschließlich der Vernichtung jener, die davon wussten – oder sie ... ja, was eigentlich? Drohten sie, die ganze Welt zu vernichten?«

»Ich weiß es nicht.« Dominiks Stimme klang, als würde sie im nächsten Augenblick gänzlich versagen. »Ich hatte keine Ahnung, was er vorhatte. Ich wusste nur, dass er das Wesen, das hier eingemauert war, befreien wollte – in *ihrem* Auftrag.« Er brach ab, sammelte sich und stieß fast panisch hervor: »Er wollte alle töten, sich selbst … mich …«

Plötzlich schreckte Max von der Tür zum Treppenhaus zurück. »Was …?« Keine Sekunde später ging ein Zittern durch das Holz, es vibrierte gegen den Rahmen, ein anhaltender Laut wie von einem klopfenden Specht. Der dunkle Türspalt färbte sich grau, dann weiß, wurde immer heller und greller.

»Raus hier!«, schrie Sina aufgebracht, sprang auf die Beine und zog Evelina mit sich.

Die anderen begriffen es im selben Augenblick.

»Sie kommen!«, brüllte Dominik. »Sie kommen rauf!«

Voller Panik stürzten dic fünf ins nächste Zimmer, stolperten und taumelten durch die nächsten Türen, bis sie in den großen Saal kamen, wo Zacharias Sina am Vortag empfangen hatte. Der riesige Schreibtisch war leergeräumt, der Kachelofen kalt.

Hinter ihnen strahlte gleißendes Eislicht durch die Verbindungstüren, die Luft wurde auf einen Schlag kälter als der Polarwind.

Aber es folgte ihnen nicht.

Steinsplitter prasselten, Staubwolken wogten, als der Treppenschacht zusammenstürzte.

Dann splitterte Glas.

Zwei Fenster im Zimmer neben der Treppe explodierten nach außen. Ein Kristallregen schoss in den Abgrund der Nacht, sein Klirren übertönte das Flüstern und Knistern.

Das Licht verblasste.

Max blickte durch die Verbindungstüren und ließ sich dann neben den Frauen auf den Boden sinken.

»Sie sind fort«, sagte er müde.

■ ■ ■

Lange noch sprach man später von dem Gewitter, das in jener Nacht über Nürnberg tobte. Von den dunklen, schwarzgeränderten Wolken hoch über der Stadt, die in ihrem Inneren vor brodelnder Energie zu leuchten schienen. Von dem Sturm, der die Menschen in ihre Häuser trieb und sie die Läden ihrer Fenster verriegeln ließ. Von den seltsamen Nordlichtern, die schillernd und bunt über den Nachthimmel zuckten. Und von den beiden Kugelblitzen, die aus der Burg emporschossen zu den Sternen, ehe sie zusammen mit den übrigen Lichtern zu Dunkelheit und Nichts verschmolzen.

Man erzählte sich von Feuerbällen, die durch ein Fenster herein- und durch ein anderes hinausjagten. Von glühendem Hagel, der vom Himmel herabfiel wie aus einem Hexenkessel. Und von den Lichterscheiben, die manche gesehen haben wollten.

Niemand, außer den wenigen, die es besser wussten, glaubte auch nur ein Wort davon. Kugelblitze? Vielleicht. Aber glühender Hagel? Leuchtende Scheiben? Höchstens am Boden eines Weinbrandglases!

In jener Nacht verließen die fünf Überlebenden die Burg, ohne dass jemand sie aufhielt. Die Soldaten am Fuß des Burgberges waren zu sehr mit dem Sturm und den Erscheinungen beschäftigt; keiner war unter ihnen, der nicht den Blick zum Nachthimmel gerichtet hatte.

Dominik trat nicht zu ihnen. Er wandte sich bleich wie ein Geist ins Dunkel, ging ohne ein weiteres Wort davon. Verschluckt vom heilsamen Schwarz der Nacht.

Epilog

Grönland, elf Tage später

Der Nordwind wirbelte Wolken aus Eissplittern über die Hügelkuppe. Die Sonne stand niedrig über dem Horizont und übergoss den Himmel mit roter und gelber Glut. Endlose Schneefelder warfen die Farben zurück; es war, als stünde das Land in Flammen. Allein die Kälte verwischte die feurige Illusion, durchschnitt messerscharf die Kleidung der beiden Menschen, die sich schweigend den Hügel hinaufquälten.

Sina und Max hatten den Schlittenlenker und seine Hunde unterhalb der Hügelkette zurückgelassen und legten das letzte Stück zu Fuß zurück. Mit ihren Fellstiefeln stapften sie durch hohen, unberührten Schnee. In der Stille des ewigen Eises klang das Knirschen bei jedem Schritt wie zerbrechendes Porzellan.

Wenn sie sich umsahen, konnten sie am Horizont die See erkennen, und davor, gleich an der Küste, eine Ansammlung von dunklen Punkten. Die Häuser Qaanaaqs. Die Stadt, die einst Thule geheißen hatte, war aus der Ferne kaum mehr zu sehen. Um sie auszumachen, mussten ihre Blicke dem Verlauf der Schlittenspur folgen. Nahe der Stadt, auf einer Ebene, die aussah wie ein See aus Gold, hatte das Luftschiff festgemacht, eine zigarrenförmige Silhouette, an deren Rand sich die Sonnenstrahlen brachen.

»Wir haben's gleich geschafft«, brummte Max in seinen Schal.

Sina gab keine Antwort. Sie war die Erste, die schließlich den Hügelkamm erreichte und auf die andere Seite hinabblickte. Sie stand da und schwieg, und kein Zucken verriet, was sie dachte. Max trat wortlos neben sie.

Das Tal hatte keinen Boden mehr. Keinen natürlichen.

Unvorstellbare Hitze hatte das Gestein zusammengeschmolzen. Dort, wo einst Felsen und Schnee gewesen waren, glitzerte eine Fläche aus Glas, wellig und funkelnd wie erstarrtes Wasser. Die Glasebene lag tiefer als der übrige Talgrund, ihr Rand war wie ausgestanzt.

Der zweite Krater innerhalb weniger Wochen, ungleich kleiner als der an der Ostküste, dafür tiefer und mit größerer Hitze und Wut in die Felsen gebrannt. Die Häuser Qaanaaqs, jenseits der Hügel, hatten gebebt, aber es waren keine Scheiben gesprungen. Es war eine kontrolliertere, gezieltere Explosion gewesen als die erste.

Bis vor wenigen Tagen hatte dort unten die Station der Gesellschaft gestanden, eine Ansammlung aus Wellblechhütten über unterirdischen Laboratorien. Keine Spur deutete jetzt mehr darauf hin. Nichts war übrig geblieben. Die Gebäude, die Menschen und ihre geheimen Erkenntnisse hatten innerhalb eines Sekundenbruchteils aufgehört zu existieren.

Sina ergriff Max' Hand und drückte sie durch den Fellhandschuh. Er blickte ihr ins Gesicht und sah, dass sie weinte. Er umarmte sie. Kein Kuss, aber warme, zärtliche Zuneigung. Freundschaft.

Eng umschlungen standen sie auf der Hügelkuppe, im Licht der untergehenden Nordmeersonne, unter sich die letzte Spur der Fremden, ein Abgrund aus Glas und Fels. Ein Mahnmal.

Sie hatten nicht anders gekonnt, hatten es mit eigenen Augen sehen müssen. Es war so wichtig, Gewissheit zu haben, so wichtig, nach allem, was geschehen war.

Nach einer Ewigkeit lösten sie sich voneinander, drehten dem Krater den Rücken zu und stiegen langsam den Berg hinab.

Die Schlittenhunde bellten, als sie zurückkehrten, wedelten freudig mit den Schwänzen, als wären sie keine Fremden mehr.

Und das waren sie nicht.

Keine Fremden. Nicht auf dieser Welt, nicht hier.

Anderswo.

ENDE

Nachwort des Autors

Credo, quia impossibile est.
Ich glaube es, weil es unmöglich ist.
Tertullian

Der Nürnberger Holzschnitt ist keine Fiktion und keine Fälschung. Er tauchte vermutlich Ende April 1561 in den Straßen der Stadt als Flugblatt auf. Ein Text auf der Rückseite datiert die Erscheinungen am Himmel auf den 14. April 1561. Das Original – blau, orange und grün koloriert – gehört zum Fundus des Pfarrers Johann Jakob Wick (1522–1614), der aus ähnlichen Flugblättern, Zeitungsnachrichten und Berichten von Freunden ein reichhaltiges Archiv über Curiosa des 16. Jahrhunderts anlegte. Die sogenannte »Wickiana«, immerhin dreiundzwanzig Bände stark, wird seit 1836 in der Graphischen Sammlung der Zentralbibliothek Zürich aufbewahrt. Der Künstler Hanns Glaser, der den Holzschnitt anfertigte, war vermutlich von 1540 bis 1571 in Süddeutschland tätig. Von einigen Randnotizen in einschlägigen Werken abgesehen, ist sein Schaffen in Vergessenheit geraten.

Über das Wirken der Thule-Gesellschaft wurden zahlreiche Bücher und Abhandlungen verfasst. Manche Historiker halten sie für einen der wichtigsten Ursprünge des Dritten Reiches, andere lehnen diese Theorie vehement ab. Fest steht, dass zahlreiche Merkmale der Gesellschaft, von germanischen Herrschafts-Fantasien bis zu einem fanatischen Interesse an nordischer Mythologie (einschließlich ihrer Verfälschung im Dienste des Nationalsozialismus), von Hitlers Regime übernommen wurden. Rudolph von Sebottendorff, die Graue Eminenz der Gesellschaft, starb im Mai 1945, einen Tag nach Kriegsende. Sein Leichnam trieb im Bosporus. Freitod, meinen die einen, Mord, die anderen.

Rechte Schriftsteller haben immer wieder die Behauptung publik gemacht, es sei Hitlers Wissenschaftlern gelungen, »goldene Flugscheiben« herzustellen, die, wären sie nur einige Jahre früher einsatzbereit gewesen, dem Zweiten Weltkrieg eine entscheidende Wende gegeben hätten. Beweise dafür sind nie aufgetaucht. Forscher haben die Berichte über Nazi-Flugscheiben als das abgetan, was sie zweifellos immer waren: als propagandistisches Gefasel. Trotzdem habe ich mich entschlossen, ihre Legende im Roman zu verarbeiten.

Die Treppenfalle, die im letzten Teil des Buches eine Rolle spielt, könnte wie beschrieben existieren. Studien belegen, dass das unbewusste Steigverhalten des Menschen von äußeren Einflüssen abhängig ist, ganz besonders von Wanddekorationen, wie sie sich in zahlreichen Sakralbauten des Mittelalters finden. Messungen des Steigverlaufs auf solchen Treppen haben das bestätigt.

Die erwähnte Explosion im Tal der oberen Angara, Sibirien, hat tatsächlich stattgefunden. Die Wucht der Detonation, der schwarze Regen, der anschließend fiel, und ein erhöhter Radioaktivitätswert sorgten für allerlei Mutmaßungen, dass ein außerirdisches Raumschiff in dem Gebiet abgestürzt sei. Sowjetische Wissenschaftler haben jedoch nach langjährigen Untersuchungen den Aufschlag eines Meteoriten nachgewiesen. Vermutlich handelte es sich dabei um ein Teilstück des Kometen Encke, der am 30. Juni 1908 die Erde passierte.

Die berühmten »Männer in Schwarz« sind fester Bestandteil der Ufo-Mythologie. Vor allem in den USA haben Zeugen angeblicher Landungen von Außerirdischen oft behauptet, ihnen seien im Anschluss an ihre Ufo-Sichtungen unheimliche Männer in schwarzen Anzügen, mit schwarzen Hüten und Sonnenbrillen begegnet. Manche erklärten, sie seien von diesen Männern bedroht worden.

Historisch ist der Streit zwischen Dänen und Norwegern um die Hoheitsrechte an Grönlands Küsten. Dabei kam es im Zuge eines Konflikts um nichtkolonisierte Teile Ostgrönlands, auch in der Gegend von Ittoqqortoormiit, zu regelrechten Landbesetzungen. Erst 1933 wurde die grönländische Hoheit vom Internationalen Gerichtshof offiziell an Dänemark vergeben. Der Streit wurde daraufhin beigelegt.

Der Kampf der Inuit um kulturelle Selbstbestimmung ist so alt wie die Kolonisierung Grönlands. Die alten Riten und Bräuche werden auch heute noch von einigen Stämmen und Siedlungen gepflegt. Das traditionelle Lampenlöschen ist allerdings selten geworden.

DANKSAGUNG

Die Mitarbeiterinnen der Züricher Zentralbibliothek stellten mir postwendend eine Reproduktion des Glaser-Holzschnitts zur Verfügung und versorgten mich mit Hintergrundmaterial (»*Dafür* interessieren Sie sich?«). Mein Lektor Reinhard Rohn war der Erste, der sich überzeugen ließ, dass Ufo-Geschichten eine lange Tradition haben und auch weiterhin spannend bleiben werden (»Und das X in ›Hex‹ schreiben wir auf dem Cover sooo groß!«). Zur Nürnberger Burg begleitete mich Peter Blumenstock (»Nicht schon wieder!«), während Burkhard Zinner bemüht war, mich über die historische Wirklichkeit der Thule-Gesellschaft aufzuklären (»Also, so kannst du das wirklich nicht machen!«). Meine Frau Steffi las die erste Fassung des Manuskripts, als ich glaubte, vor unüberwindlichen Problemen zu stehen, sagte mir zu gewissen Punkten allzu ehrlich ihre Meinung und kam schließlich auf eine clevere Idee, die viel besser war als meine eigene.

Kai Meyer, August 1996